第三子

Третий сын

[俄罗斯]弗拉基米尔·斯塔罗斯京 著

皮野 译

Владимир
Старостин

译林出版社

图书在版编目(CIP)数据

第三子/(俄罗斯)弗拉基米尔·斯塔罗斯京著;皮野译. — 南京:译林出版社,2016.10
ISBN 978-7-5447-6564-0

Ⅰ. ①第… Ⅱ. ①弗… ②皮… Ⅲ. ①长篇小说-俄罗斯-现代 Ⅳ. ①I512.45

中国版本图书馆CIP数据核字(2016)第211890号

Третий сын by Владимир Степанович Петров

著作权合同登记号　图字:10-2012-132号

本作品通过中国文字著作权协会取得中文简体字版专有出版权,由译林出版社独家出版。

书　　名　第三子
作　　者　弗拉基米尔·斯塔罗斯京
译　　者　皮　野
责任编辑　冯一兵
特约编辑　王延庆
原文出版　ЛПК «Рунеж», 2006
出版发行　凤凰出版传媒股份有限公司
　　　　　译林出版社
出版社地址　南京市湖南路1号A楼,邮编:210009
电子邮箱　yilin@yilin.com
出版社网址　http://www.yilin.com
经　　销　凤凰出版传媒股份有限公司
排　　版　南京展望文化发展有限公司
印　　刷　江苏凤凰数码印务有限公司
开　　本　880毫米×1230毫米　1/32
印　　张　9.75
插　　页　4
字　　数　210千
版　　次　2016年10月第1版　2016年10月第1次印刷
书　　号　ISBN 978-7-5447-6564-0
定　　价　45.00元

译林版图书若有印装错误可向出版社调换
(电话:025-83658316)

献给我的母亲——

彼得罗娃·安娜·瓦西里耶夫娜

目录

第一章

去奥利乔伊之前的那一夜，阿尼西娅几乎一夜未眠，只是偶尔在某个时段稍微睡了一会儿。倒不是因为窸窸窣窣的声音包围着她，一直不停，她都习惯了，这些声音完全没有转移她的注意力，也没有打断她的思索。阿尼西娅躺在床上，听着她的小木屋在冷漠的星光下呼吸，那些星星被家中的暖意自下面托住，高挂在上空，勉强可见；大地正在打瞌睡，中了魔似的不由自主地出着长气儿，就像孩子哆嗦那样；木屋外那棵枝繁叶茂的孤松在轮番上阵的气团的重压下，不时地哼哼几声，手掌状的枝桠在挠擦着屋顶，好像是在祈求让它进屋过冬；阿尼西娅又听到有只老鼠在床脚胆怯地抓挠——唉，它出来了，也是睡不着啊！木屋里还有不知是什么东西一直在沙沙作响，似乎是在顶棚下穿梭拉扯，轻飘飘的，看不见形迹。这些声音是从哪儿来的？牵挂与眷恋来自她——来自尘世上这个有着强大生命力的她！自她缘起，飞驰而去，愈来愈远，就像屋子里的温暖气息那样飞向天际；而那些声音源自她的牵挂与眷恋，自上而下地，向她的木屋汇聚，向她汇聚。

在昏暗的屋子里，高耸的炉子的后侧壁因为其上的一个深色斑点而显得非常扎眼，后炉壁昨天刚用白垩粉刷过，并不是因为需要，而是因为习惯。潮湿的白垩仍散发着浓重的气味，很长时间也不消散。就是用这种白垩她粉刷了炉壁多少次啊！春天——复活节前刷，秋天——严冬到来之前刷。

阿尼西娅盼望天快一点亮……

可是，如果没把所有的东西都收拾好，没把该放入箱子的东西都放进那个掉了漆的旧箱子里，没把该放入包袱里的东西都捆扎在两个包袱里，她怎么能睡得着呢？阿尼西娅只要是忽然发现疏漏，就会啊呀叫一声，从床上爬起来，把两个包袱搜找个遍，再打量打量箱子。如果她发现忘带的东西已经归位，就会轻松地舒口气儿。阿尼西娅挑了一下煤油灯的灯芯，一边叹息着，一边收拾好东西。困劲儿没来，一丝丝激动却不知不觉地降临到心头；得了吧，不是今儿个就是明儿个就会驶来一辆嘎斯牌轿车，到那时候，人们会召唤她，会喊让她开心的话儿：老太太，快点收拾好行李吧！人家盼星星盼月亮，你怎么不紧不慢的？不是啊！她会说，我已经准备好了，只是一些随身的行李。喏，那就是……

她所有的思绪，或者差不多是所有的思绪都萦绕在奥利乔伊那儿的家，末了，她还是打算走着去，就像之前多次去过那儿的别的地方那样。她能顺利地抵达——路不远，非常熟悉，体力也足够；又不是第一次去那儿！只是现在还早，哪怕是窗外天蒙蒙亮也能走。阿尼西娅睁大眼睛，想竭力看清在前端间壁墙上挂着的家人的照片，相片上蒙着一块大玻璃，玻璃嵌置在一个深褐色的、曾经装过名人肖像的相框上。不行，看不清。等天亮以后，就把照片收起来，把相框留下。摘下相框和圆镜子，墙上会呈现出一块块发白发亮的斑痕，这些白亮斑痕满含责备之意，可真令人不快！处于黑暗之中的、被拉紧的结扣以及旧箱子显出不祥之兆。阿尼西娅搞不懂自己：这样的好运降临，她该乐得手舞足蹈才对，但是她……觉得自己似乎犯了错——物件自有其摆放位置，从看上去舒服，且人们已经熟悉的位置上挪走它们，就好像是背叛了它们一样。

依旧是在梦中：这不是马上要搬到小儿子为她盖好的新房子里去了吗，在那儿她就要过上极好的生活了。哎哟，开始过……阿尼西娅突然感觉到，有个什么东西在她的床底下微微动弹了一下，又一下，向右摇晃，向左摇晃。又摇晃了一下……又一下……

对于别人来说，这是件奇怪的事儿，可是，它却没有让女主人失去镇静。她知道，这是松树在开玩笑。阿尼西娅笑了笑，小声嘀咕道："好吧，你叫醒了我……起床吧，老太太，哼，睡了那么久，变懒的老太太！天亮啦，你看啊，已破晓了，而你还在睡懒觉！起来抖抖精神，收拾收拾零碎东西……谢谢，亲爱的！"她掀开被子，像年轻时候一样，噌的一下就下了床。两条颤巍巍的腿没在地上寻摸，就直接穿上了拖鞋。阿尼西娅点亮了灯。窗外没有光线，就像夜间一样。

舒爽的清晨来到了，一个有风的清晨，带着丝丝寒意。露水很重，闪光的露珠已变得浑浊：等着吧，初冬的日子很快就要来到。风越来越猛，窗棂发出尖细的呼啸声。阳光顽固而又勇敢地穿透窗子照进木屋……这就是清晨的第一缕阳光……"天哪，原谅我这个懒鬼吧！亲爱的太阳，你已经就位了，而我这个老太婆，还在院子里。旭日初升，你是那样气势磅礴，那样壮美，在你的照耀下，我觉得自己更加强健，更加有信心。"

院子里很干净，也很干燥。被狗踩坏的地方、狗爪子抠挠出来的小坑在两天前都被她用菜园里的土铺垫过；当时还扫了一堆垃圾，垃圾堆也烧掉了。母鸡从鸡架子上飞了下来——鸡窝的门整个一晚上就没有关严，所以母鸡已在台阶周围溜达，看到主人后，立刻就向她奔过来。阿尼西娅转身回屋，取了一碗头天晚上准备好的鸡食。公鸡则沐浴在阳光里，一动也不动，就好像在狗舍里待着那样无精打采，低头耷脑地站着。刮大风的时候，稍稍低垂一下它那善于扭摆的尾巴，但还是没有睁开眼，看来，它是在香甜地睡着自己的早觉。

她家的狗都养不长，在每一条狗身上总是会发生点什么事儿：第一条狗被枪打死了，当着她的面。打狗的人是一位住得较远的邻居——这条狗长有锋利的犬牙，在打架的时候它会毫无顾忌地撕咬对方的肚子。第二条狗被地质工作者带进森林了。而第三条狗简直就如石沉大海，消失得无影无踪，好像是有人把这条对人亲热的狗从土台子上直接塞进袋子里带走了。然而最后一条是自己走的，但阿尼西娅无论如何都忘不掉它，所以啊，无论是过去还是现在，狗窝一直都在，一直空着。最好把狗窝拆成小板，这些板子还不错，可是现在用不着了：奥利乔伊那儿的新房子正对她翘首以待呢，那里的庭院还没人照管，当然了，新房子边上没有狗舍；新家、新庭院正等着她去打理呢。而今天，她就要去察看察看！母鸡们，那还用说，这些傻瓜在狗没了的那个8月，立马就在狗窝里过上了新日子，在那里悄悄地下着蛋。你们这些母鸡，满院子转悠的日子不会太久了，时间一到，你们也要搬家！他最好快一点赶到……

可以说，柴棚子留下的都是美好的回忆：她把这座宽敞的、坚固的棚子用来装木柴；晒干的木板子和有裂缝的松木桩子非常好烧。相较于锯子，阿尼西娅用斧头更多。带上斧头和锯子，砍木头、锯木头、劈木头，一整个秋天她都在拖拽木头过来劈柴，劈好的木头块儿被搬到穿堂那儿。说实话，大半个外屋都被她占上了，但是这样用起来方便，也麻溜。

昨天，炉壁子是怎么刷的，为啥要刷，她自己也不知道！把炉火生旺后，阿尼西娅和花盆里、洋铁罐里种的花儿聊起天来。她冲着石腊红等花儿直截了当地说：等着我啊，等我回来就把你们带走。你们也将搬过去！新房子里没有鲜花怎么行呢？尤其是你们——我的小天竺葵。走吧，和我一起走吧，亲爱的……

而它也马上就来了，是快车。这也意味着，七点了……它会从低处突然跃出，喧腾着、灰不溜秋的，窗户就好像成了一条笔直的细小锁链，风驰电掣地一闪而过。驶过桥梁的时候，会传来一阵轰隆声。每次进站，它都鸣短笛。虽是在两公里外，但还是能听得到！家里没有狗，阿尼西娅的心很苦闷，特别是在漆黑的漫漫长夜里。只有这飞驰而过的火车所发出的轰隆声和汽笛声才能缓解恐惧，消减苦闷，在一定程度上也抚慰她的内心。

彻底地成为孤家寡人的那一年……她打算养一只小猫，但立刻就奚落起自己：拿什么来喂它呢？母牛已经卖了，被人们送去了车站。现在，她这位前主人偶尔还会去母牛那儿，和它说会儿话。离开的时候，人们会送给她一些从“自己的”牛身上挤出的奶。你能找到更多的奶吗？周围根本就没有卖牛奶的人。阿尼西娅寂寞得难以忍受，以至于看到耗子都高兴。但是鼬鼠出现了，它吃掉了所有耗子。鼬鼠离开后，或许，老鼠们还会来？……这里的麻雀也绝迹了——它们跟随着人们，迁居到车站那边了。和人们在一起，麻雀们也更开心。

日子就是这样过去的：没有母牛，没有狗，没有那些耍赖的小耗子和叽叽喳喳爱吵嘴的麻雀。麻雀在的时候，不给人片刻安宁：一天到晚叽叽喳喳地叫，斗口吵嘴从来就没停止过，虽如此，它们始终保持一个小团体，而不是分道扬镳各奔东西。你看看这些小笨鸟吧！人如果不想陷入那种孤儿般的境地，不想被寂寞、苦闷包围，就应该向它们学习，要像它们那样，过群居式的生活。你瞧，在一起，虽争吵不休，但是在任何情况下都抱成一团。

躺在床上的漫长冬夜里，阿尼西娅都会瞪大眼睛，认真地思索：一旦她沉入梦境，就再也醒不过来了。于是，在她的房子里和院子里将出现彻底的空空荡荡的场景。一切都将随她死去，甚至小草也会停止生长。如果没有了传递喜讯的眼眸——传递艳阳温暖的眼眸，没有了领悟喜悦、燃起生存热望的眼眸，小草又怎会从寒土中发芽露头，奔向温暖和光明？然而，不管睁多大眼睛，它们还是慢慢合上了。早晨起来之后阿尼西娅一边忙家务，一边四处张望，一会看看树林子，一会看看小河和菜园，她平静地思索：别再烦恼了！你还能看到这个世界，看到万物对现实的渴求的模样！所以，你也要对现实有渴求、寄予希望，一定要这样。你还要光着脚在小草上走一走，还要在你四周长满蘑菇的树墩上坐一坐……新房子在等着你呢，焦急地等着你呢！

阿尼西娅从台阶上走下来，台阶已完全破损——被时光侵蚀，被众多走过它的人踩踏，阿尼西娅都有点害怕——害怕踩空啊。她没跌倒，因为台阶毕竟被她修过的。当时她抄起斧子，从拆了一半的棚子上敲打下来两块板子，放置在台阶上的破损处。这样一来，可能她走台阶的时候就既不会摔伤膝盖，也不会碰伤胳膊了。

阿尼西娅先是将生了锈的门钩钩挂在她亲手钉好的钉子上，好关紧篱笆门，不让它有一点儿松动，然后就抓起拐棍——路上用的好朋友，拄在手里，向前拄了一下，又拄了拄，尔后向门外的路上走去。这条路是她造出来的，当时可是灰尘飞扬，一根儿绿草都没有！而现在，一出篱笆门便满眼的绿意……没走多远，阿尼西娅就会转过身。每一次都是这样。不言而喻，转身回望，看一看她即将离开的地方，哪怕是离开的时间很短，但终究是人的离开，是把离开的地方留下。现在，是一个特别的原因让她站在路中间，让她转身回望，回望她的小木屋，回望这个突然之间不能像之前所想的那样成为她的终老之地的小木屋。三儿子出现了，她的生活完全变了样！

……贝加尔厉声狂吠，它一边叫一边从墙根周围的土台子上纵身跳下，后脊背上粗硬的狗毛因为生气而奓起来。它没有冲向篱笆门，而是站在院中央忽高忽低地咆哮。它连续不断地扭头看窗口——阿尼西娅正在窗户后坐着。它是在说，主人，有人找你！“会是谁呢？”老太太想了想，随即挺起身，把针线放在桌子边上，站了起来，同时，又用发麻的那条腿将圆凳子踢挪到一边。栅栏外站着两个男的。其中一个，是年轻的中国人，干瘦干瘦的，比另外一个人高出整整一头，他一直在警觉地环顾四周，时不时地看看左右，看看狂吠的狗。他力图站在前面，如果不是这样，哪怕是和同伴肩并肩地站在一条线上也好。同伴对瘦子的举止没任何反应，好像他也没注意瘦子。他中等个稍高一点，两颊绯红，胖胖的。本来头上戴了一顶淡黄色的夏帽，但他后来摘下了帽子，就那样站在那儿。

由于害怕摔倒，阿尼西娅小心翼翼地挪着步子走，下了台阶后，她不知所措地站住了。个子矮一些的那个人，一只手拿着帽子，另一只手在心急地拉扯着吱呀作响的篱笆门。他张大嘴，亲切地微笑着，金牙套微微闪现。这个微笑是多么熟悉啊！是谁曾这样对她微笑过？……突然，两颊绯红、留着短发的他俯身低头，向阿尼西娅鞠了一个躬，那是中国式的鞠躬，鞠完躬脊背还没有挺直，就压低沙哑的嗓音叫了一声：

“妈妈！……”

阿尼西娅哆嗦了一下，差点倒在院子中。她不由自主地碎步紧走，迎向客人。她绝对没有想过，会如此轻易地遇到那个她多年以来魂牵梦萦的人，在这样一个阳光灿烂的日子，以这样一种平常的方式，就像李方于她这里平常地来来去去。梦中的那个人走进现实，她哭了，她责骂自己不能控制情绪。她接连失去几个儿子，她在等待惩罚。可是，却等来了幸福！……

她已经不记得她是怎样打开篱笆门的，也不记得她是怎样被那个胖胖的、已经有了小肚子、已经摘下帽子的人抱住的。拥抱她的人长得不像中国男人，没有中国男人那样的圆脸以及厚嘴唇。

“你？难道是你，是小卫？……天哪！”她怀着激动的心情小声问道，眼睛一刻也没离开短发男子。他的微笑是那样像他父亲，阿尼西娅的心在猛烈跳动，两眼一阵阵发黑。她差一点失去知觉，但是儿子抱住了母亲那发软的、干瘪的身躯。他紧紧地抱着，用他短粗的双手有力地抱紧。

“你……你……”阿尼西娅小声地低语道，她像受难者一样微笑着，竭力地向一旁挣脱，以便更好地辨认他，好搞清有没有认错，是不是在做梦。怎么可能，这样的事怎么可能发生呢?！“活着……还活着！”老太太欢快起来，终于挣脱了儿子的怀抱。

那个高个子一步也没有退后，右手始终插在肥大的裤兜里。他轻盈地一跃就跳过了破旧的台阶，又打头阵跳进门斗，随即又掉头回返。他表示，可以进入。他那一双灵活的眼睛依然是在四处打量，小心翼翼地环顾四周，对母子重逢表露出完全不感兴趣的神态。

“是我，妈妈。我可找到你了！”李卫放下手，神采奕奕地说道。他摸出一个瓷哨子，吹出三声响。她那儿也有一个这样的哨子，现在就能找到。阿尼西娅冲进屋，取出了一个一模一样的哨子。母子俩一起吹，然后都笑了。

“你长得可真……天哪！一道皱纹儿都没有，”阿尼西娅若有所思地说，“你可是四十了吧！唉，我变成老太婆了。高兴起来我就想不起过去的事儿了！”她真诚地倾诉着，不时地轻抚儿子那绯红、柔软的脸颊。他眯着眼睛，把自己胖乎乎的脸颊使劲地贴在母亲布满皱纹的手掌上。“我在梦中就是这样梦到你的，就是这样。我可是流了多少泪啊！”她干涩的眼睛里闪着泪光，呢喃低语。她抽回手，平静地、几近痛苦地补充道：“我就像在梦里，怎么也睡不醒。真不敢相信！”她用头指点了一下那个高个子，“他和你一起来的？你的……儿子？”老妇人无意中脱口而出。

李卫洋洋自得地笑了笑，旋即又板了一下脸：

“和我一起来的。得这样做，妈妈！以后你就都知道了……我有一个女儿……”李卫字正腔圆地说话，就好像在学校里学习的学生，力图把每个音都发满，重音咬得非常明显。

“谢天谢地！我们重逢了……我看到了，看到了！”阿尼西娅非常高兴，就像一个孩子看到他玩过的、他喜欢的玩具那样。“我忘不了你，忘不了！……你是怎么找到我的？”阿尼西娅清醒过来，突然间又号啕大哭，连李卫的解释都没听，细小的泪珠从稀疏的睫毛上滴落。阿尼西娅哭得浑身发抖，她打了一下手势请他们进屋。“警卫”默不作声地把帽子递给主人的母亲，仍是那么谨慎，头一个进了屋。

她还记得，她坐在桌子旁问儿子，如果她死了，会去找她的坟墓吗？李卫瞪大惊奇的眼睛：妈妈，那还用说！我生在奥利乔伊，在墓地里找过；而你却在乌利亚基尔，还活着！

“是的（шиды），是（ши），妈妈……是（да）！”李卫矫正自己的语言，“哎，哎！木筏子，水，不好（бухао）！不好（плохо）！”儿子再一次矫正道，在他的话里时不时地掺杂一些中国词儿，他就红着脸再用俄语解释一遍。“奶奶告诉我说……爸爸看我有当头儿的样！……曾经有一个叫‘卫国’[①]的国家。父亲就用它的名字给我起名。但是这个国王[②]，唉……不太好（бу тайхао）——是个坏人！老百姓在挨饿，而他却喜欢鹤，喜欢养鹤……把鹤养得膘肥体壮！后来，一个叫‘狄’的部族来攻打卫国，卫国就灭亡了。百姓都不去打仗，他们说：让他派自己的那些肥鸟儿去打仗吧！上天惩罚了这个国君……在我们那儿不会有吃不饱饭的人！”李卫庄重、自信地说完他的话，意味深长地看了母亲一眼。

阿尼西娅一边听一边回忆……在他们为儿子选名的时候，李方给她讲的就是这个故事。他非常喜欢我们俄罗斯的这条圣训：要爱他人。李方还给她讲过一个寓言，是愚公移山的故事，那座山妨碍了愚公和邻居们交往。在愚公用小桶运石移山的时候，人们都嘲笑他……愚公于是向嘲笑者解释道：“虽然我会死，可我有儿子；子又生孙，孙又生子；子又有子，子又有孙；子子孙孙无穷尽啊，而山不加增，怎会铲不平？”

“每一个中国人都知道这个故事，也都喜欢愚公那样的人。”李卫自豪地说。

儿子在那儿讲啊讲啊……可是，阿尼西娅却没有全记住。许多许多金子（тинзы）被李方带回了家，都藏了起来。“他本可以不再去阿穆尔河[③]的那一边，在家乡成为一名士绅，开始自己的事业。可是，爸

① 中国春秋战国时代的诸侯国，位于今河南省鹤壁、新乡一带。

② 此处指卫懿公，他嗜好养鹤，人称“鹤将军”。公元前660年北狄入侵卫国，卫懿公兵败被杀。

③ 即黑龙江，俄语称“阿穆尔河”。黑龙江原为中国内河，但在清代，沙俄迫使清政府签订不平等的《中俄瑷珲条约》《北京条约》，上中游被划为中俄两国界河，伯力以下的下游成为俄罗斯内河。2004年，中华人民共和国与俄罗斯联邦签署边界协定，将两国国界以黑龙江为基本界限划清。

爸却还是东奔西走，带回来的金子越来越少。奶奶劝他不要再走了。他说：我爱上了一个俄罗斯女人，我要娶她为妻。于是……他走了，再也没有回返。”后来，也是很久很久之前……我（李卫）从家里跑出来，成了一名红卫兵，因为文化大革命！……“哦，妈妈！回忆太痛苦了。但是我活下来了，长大了……我找到了金子，满满一瓶金子，装香槟酒的那种瓶子，一直装到瓶塞的位置……妈妈，我还找到了你！”

儿子瞧着小木屋，瞧着院子和菜园，阿尼西娅觉得他好像对这些满不在乎。想象中，装卸工们也不想运走那些“破烂”，但阿尼西娅说服了他们……对她来说，那些新东西也好，贵重的东西也罢，有什么用呢？不只是柜子、橱子，小老鼠她也会想念的。她明白，儿子是担心她年纪大，想让她过得好点。但好是什么呢？在一起的时候才是好。李卫往边上推了推杯子和陶碗，然后就把一沓绿色的美钞放在了桌子上。

“头一次见面，这是给您的！可以在城里换成卢布……我还会再给的！”儿子说“还”这个词儿，和他父亲的发音一模一样。微笑的时候也像！酷似父亲……儿子又说了一遍：他的家在中国。这是在暗示，住在阿穆尔那边，工作在这边。“他怎么不给我看看我孙女呢？啊，是呀，孙女已长大成人了。”她可是在阿卫三岁的时候就把她爱不释手的儿子交给了他父亲，一点也不害怕……儿子快速地挥挥手，笑盈盈地看着她：他，他在儿子身上复活了！——她的亲爱的李方努什卡！

阿尼西娅默默地坐在那儿，干枯的手稍稍捂着脸，没有瞅那沓儿钱，似乎她觉得很害羞。她把手从苍白的、布满皱纹的脸上拿了下来，迷惑不解地看着儿子，在她困惑的眼神中充斥着隐藏不了的疲倦的悲伤——长时间的内心煎熬所带来的那种令人疲倦的悲伤。你之前究竟在哪儿？就算是你告诉我了……你在墓地里找我！？不，我不能……

她断然拒绝了这笔钱。她用这些钱做啥？她把那些花花绿绿的票子称作是上帝的惩罚。她用这些钱买什么呢，况且那么多？还是外国钱，她害怕——不是我们国家的。我已经什么都不需要了。难不成还带钱进棺材吗……如果是那样，爹娘就更不接受我了。他们会问：从哪儿来的？我说什么啊？会被称为女贼……不，儿子，我不要。我的退休金足够吃喝了，何况我什么东西也不需要……你寻找到了妈妈——对于我来说，就是我的幸福！这些钱你拿着，你更需要它们。

阿尼西娅记得，当时，儿子从凳子上猛地一下蹿起来，拍拍自己的额头，又拍了拍肚子，一下子就把母亲抱住了，以俄罗斯人那种方式三次亲吻母亲的面颊和鬓角。阿尼西娅有点紧张不安，她鬓角上的青色血管在微微跳动。亲吻后，儿子就高声喊叫，他知道母亲能幸福永久、寿比南山的秘诀了！喊叫声充满整个木屋。他非常激动，一边喊一边把那沓钞票塞入钱包。儿子得意洋洋地瞅瞅“警卫”，又把目光转向母亲，瞧了瞧母亲，然后目光再次转向“警卫”，终于，他说出了心里的想法，这个想法使他兴致勃勃：

“妈妈，我要在奥利乔伊那儿为你盖一座房子！你搬到我那边去住吧……永远地住下去！啊呀，我们和你一起住……别难过，稍等一段时间，秋天之前就搬过去……”

李卫还有别的事要忙，急着赶回程的列车，于是就匆忙离去，回国了……儿子启程回家的事是装卸工们告诉她的，他们还说，8月份的时候会派一辆越野车来拉家什儿。她终于相信了，儿子没有吹牛，房子几乎盖好了。但是她决定，搬家的事儿暂且搁一搁，她要去看看房子，所以直到这会儿才收拾东西。正因为如此，她才像等待迁居的游牧人那样，在这里一直住到今天。

自家做的那种桌子和凳子，不管是什么样的，装卸工们都不愿意搬，阿尼西娅父亲所做的这些家什也一样。他们同意搬走的桌子、橱子，还有那个带雕饰的柜子，虽然也是旧的——但都是工厂做出来的。然后装卸工们就自行决定，从“破烂”堆里又挑选出一些，扔进车厢，运走了。那么多好东西被留下了！

沙发床、木床、小木桶，这些东西难道不是宝贝吗？衣橱不是好东西？奶罐不是？草叉子、耙子、手推车和小爬犁也不是？虽说有的物件破损了，生锈了，但是还有用……如果还有人住在这儿，他们会把剩下的东西席卷一空，那样也不可惜……可是所有的人都搬走了！她可是白扔了——没人可送，白白地扔了……

第二章

那年春天，阿尼西娅“变傻了”，就像她自己认为的那样。而在11月初，也就是在李方离开之前，她怀孕了。她很高兴，同时也很害怕。

5月的阳光暖洋洋的，这是稠李开花的时节：抽芽散叶，花絮满天。就在这个时候，向阿尼西娅献殷勤的爱慕者出现了。就像人们平时所说的那样，这是万物复苏的日子，也是人类情欲勃发的季节。在那种俄式的洗矿槽跟前——许多次！——他和漂亮的、从身体到精神都让他觉得陌生的这位女洗工相遇。移不开眼睛，更不要说走开，长时间地不注意她都做不到。那些没丈夫的婆娘们都在哧哧笑，还不如说她们是在嫉妒——男人们没能从前线回来，她们在苦撑苦挨着。阿尼西卡[①]终究是被大伙饶过了。她们不会指责她，不会，但所有人都友好地、就当是开玩笑地暗示她——这是被禁止的，你是在做犯禁的事。她们说，可不是我们反对你和那个中国人交往，是咱们那个法律通——村苏维埃主席，他会臭骂你，也会收拾你。

---

① 阿尼西娅的爱称。

女工友们时不时地嘲笑阿尼西娅，完全是那种无心的逗趣嬉闹，她们更多的是递眼色、微笑提醒，示意她可以、没关系，或是最好不要、不行。一个夏天就在这样的嬉笑和提醒中过去了。在这个夏天里，她和他无数次地见面，每一次时间都很短暂，每一次都是偷偷摸摸的，只能悄悄地接接吻、紧紧地抱一抱。但是生活有它自己的法则——他们灵肉交合的那一刻还是降临了。

挖矿砂是单人劳作，这份淘金活儿非常繁重，也很危险。但是，用在这儿得到的金子当日就能买到粮食——这位质朴憨厚的采砂工想要许多粮食。自打干活的头一星期开始，李方就想要让身体变得壮一些。于是，临近秋天的时候，他的胳膊腿儿都是劲儿，脸颊胖得圆嘟嘟的，透出那种健康的浅红色，眼眸中闪现着快乐的光芒。不单单是因为存下了许多粮食，还因为来自女性的关切与热忱。两人之间已经没有了惶恐和戒备，尤其是在独处时。在他们的行为举止中不再有胆怯，羞涩和腼腆也少了一些。如果说在春天，李方刚来的那个时候，他瘦瘦的，无精打采，看上去一副可怜兮兮的模样，那么到了秋天，在他启程返乡去见饥寒交迫、缺衣少穿的族人之前，却已是一个自信的、体格健壮的男子汉，是一位非常好的未婚夫。

阿尼西娅搞不清自己的想法，她一点都不明白自己说的是啥，但还是在说！她也没听清他说了些什么，可是他也在说！她全然沉浸在感情中，没法儿不屈从它。就好像是呆愣了，眼瞎了，耳聋了。她很长一段时间都没弄明白：到底发生了什么事？罪恶行径好像不是发生在她身上，好像不是她，而是另外一个她根本不认识的局外人，一个小傻瓜，每个黑夜都跑去约会，跑到破旧的小木房子那儿，去找李方。为了相会，她得穿行三公里的森林，要整夜整夜地把孩子留给她的老母亲照看。就好像所有的母爱都从她身上离开了，麻木了，却剩下了一个冷漠的蠢货。她全然遗忘了她那好打架的恶棍一样的丈夫,仿佛和他不存在夫妻关系似的。她仿佛是睡着了,又突然醒来……

他们的夜间聚会,时而在棚子里,时而在澡堂里,时而在河边的灌木丛里,可是,这样的相聚都是匆匆忙忙、偷偷摸摸、一声不吭的,是在忙乱和恐惧之中相聚……只有在李方的小木屋里,在这个奔赴之地(她从家里一动身母亲就唠唠叨叨),她才能将自己彻底放开。她头昏昏地沉醉于激情,每当在东方天际,在车站那边出现黎明的第一缕阳光时,她就会感到惋惜。

那个夜晚是从母亲和孩子那儿偷走的一个夜晚,自打这第一个夜晚后,阿尼西娅就想:天亮前一切都会被忘记,都会消逝,都会随风而去。然而,所有这一切都没有被忘记,都没有消逝,更没有随风而去。她没和自己作对,没有抵抗。他们在小木屋里一起度过的为数不多的所有夜晚汇聚成一个——一个奇异的、迷人的、短暂的、仿如昙花一现的夜晚。不知道因为什么,阿尼西娅害怕月亮,害怕那个歪斜在空中、嫉妒地盯着他们住处的月亮。月光闪闪,冷冰冰的,好像是在偷窥,因此也就越发地恐怖。害怕的感觉紧紧相随,直到李方每一次"无意地"出现在她跑来的路上的那一刻,她的恐惧感才会消失:李方是在保护她,护卫她在路上不遇到麻烦,也是在迎接她,以幸福的人所发出的那种高兴的笑声迎接她。小木屋成了他们的家。斑驳陆离、神秘莫测的原始森林让人害怕,树木、树桩和灌木整个儿晚上都在那儿呆愣着,就像死了一样,提前干枯了;而那些长得高高的、处在昏暗之中的茅草则沙沙作响,仿佛是在责备——它们在白天的时候,在太阳底下可不是这样。当他们俩来到林中旷地上,李方就会挨着她坐下,揽住她的腰,羞涩且又温柔地靠向她。她非常满足。为避开皎洁的月光,她会转向暗处,转向茂密的松盖儿所投下的暗影处。

在相会的所有时间里，他们几乎不说那些充分表达感情的异乎寻常的话。如果两颗心紧贴在一起，是甜蜜的，是互相吸引的，何必说那些话呢？她紧紧地抱着李方，越抱越紧，浑然忘我。她热烈地亲吻着，一直吻着，久久不放。长时间的热吻如同甘醇、新鲜的家酿啤酒，一浪又一浪地激发着李方的热情，他像着了魔似的投入……他兴奋地颤抖起来……

“咱们将来怎么办？”他问道，问话时单词一个个不连贯地迸出来。“我担心。不是为我，是为你……为你担心！”他没有垂下眼睛，而是以那种审视的目光，一直看着她。

“我的孩子碍事了？我年龄比你大。担心这个？……别担心！妈妈在照看他们。当时哪怕她说一句反对的话，我就不会决定那么早就嫁人，唉，你知道我嫁的那个人……他连我妈都折磨，这个恶棍！我妈也意识到自己的错误，所以她现在让我做任何我想做的事！”阿尼西娅开心地、面带微笑地说道。她勇敢，同时又非常温柔地问：“你爱我吗？”

“哦，尼西娅[①]！我很早很早就爱上你了。深深地爱上了你……那时候你站在台阶上，我是在那次塌陷后刚恢复知觉，第二次重生……”

“记得，我记得！”她霍地一下抱住了他，双唇再一次紧贴在那饱满、结实的男人的面颊上，紧贴在他的鼻子和嘴唇上，李方的双唇也在渴求、回应着。她在松树下差一点没站稳。他扶住了她，没让她倒在长满柔软的苔藓的地面上。阿尼西娅的身子变得软软的，就像在祈求一样，她低语着亲昵的话，同时，她还把李方的身子拉向自己。他知道该往哪儿去：去他那早已打造得几乎像家一样的舒适的小木屋。

---

① 也是阿尼西娅的爱称。

“夜晚是我们的。我不会那么早就离开。我想要个孩子。我想要，想要……也许，这是我最后一次陪伴你……我特别害怕：怕你溺水，怕你被红胡子[①]打死。那些野兽不可怕？啊……”

也许，从路过澡堂的那一刻开始，她的心就已经剧烈地跳动起来了吧？完全有可能，因为……

李方不知疲倦地亲吻她，羞怯同时又小心翼翼地触碰着她。她几近窒息，就像是在昏迷中。她感觉他身上有一股用不完的劲儿，这种力量征服了她。还未冷却的澡堂里飘出白桦枝叶的味道，[②]熏黑的树枝条发出扑哧扑哧的声音。她荡悠在身体紧紧接触所带来的快感中，贪婪地深吻着，深吻敏感的男人的双唇。她感觉到，两个人被一起带入他们所向往的深渊，无上幸福很快就要结束，精疲力竭和羞愧也将中断他们的肉体接触。

他呢喃着，向她诉说着温柔、热切的情话儿；她时而回应，时而不作声。她允许李方在她身上做他敢做，做他能做的一切；她毫不抵触，甚至是在迎合，逢迎他柔和、有分寸的动作。她的眼睛里似乎聚集了泪水，泪滴沿着面颊滑落。但这并没有让她感到痒，或是太湿，相反，她的感受是愉悦的，快乐的。她还有一种飞起来的感觉，不是她一个人飞，而是他们一起飞，飞向天际，那里有欢腾跳跃的星星，有高不可测的苍穹，越飞越高，一直飞向不朽与永生。

不再低语呢喃，他们沉浸在彼此之间的感性认知上。越到后来，他们就越有意识地寻找见面机会，以便一次又一次地体味快感，延续快感——那是一种奇妙的、强烈的、令人十分舒适的快感。原始森林的迷人气息令人陶醉，不但大森林可靠地掩护了他们，还有夜空中的璀

---

① 红胡子，指旧中国东北的土匪。

② 俄罗斯人在洗澡时用白桦树枝抽打身体。

璨宝石装点着他们的爱情。

时光荏苒，如白驹过隙……11月到了，李方得启程回乡了，就像以往他一年年所做的那样。他越来越多地觉察到阿尼西娅长时间地、期待地望向他的眼神。但是他沉默不语，忙着各种各样的琐碎事，想以此忘记这场将会是十分困难，但是又避免不了的谈话。他不能把自己仅仅表现为一个因为长期得不到女人温存，而将全部身心都已投入到那个静谧的、夜晚的原始密林，投入到昏暗之中的亲热，投入到澡堂冷却后白桦树枝所发出的声音，投入到自己那个装有干劈柴的小屋——到处是呛鼻子的松木味道的小屋，投入到那个散发出香味、已整饬平整的干草垛，投入到他所爱的女人的讨人喜欢的面庞的男人。他从她那里听到祖国发生的事情后，就故意地拖延了自己回家的日期。阿尼西娅也明白，他做这件冒险的事是为了她。

李方也清楚自己的处境。发生在祖国的那些大事可能会影响到他和他心爱的人之间今后的关系。他不知道将会如何影响，他能做到的只是猜想。也许，早早地向她求婚，他也不会成为外国人。他承认，他怕阿尼西娅拒绝他。虽然他娶妻结婚的决心一天比一天强烈，但他仍旧在沉默。他在等，等阿尼西娅先开口……拒绝他。那个时候他的心就会轻松一些。能轻松些？难道一个被拒绝的人会轻松一些吗？

约会的时候，阿尼西娅来得稍晚了一点儿，像是在告别一样，她异常温柔地抱住了他，热烈地亲吻他，总也亲不够。李方的心加快地跳动起来。阿尼西娅先是道歉，然后就用她母亲的口吻转述了她们之间的谈话：

“对不起，因为妈妈我耽搁了一会儿……妈妈说：‘告诉你那个偷鸡摸狗的，现在正把他们撤走呢，就在贾林达[1]那儿核点人数，想不登记挂号就回去，绝对没门！他们的俄罗斯老婆在边境那儿就被抓起来了，他们被遣送回国。闺女啊，你瞧瞧，情况就是这样！他像隐身人似的飘荡，就让他这么飘回去吧。他是来挣钱的，不是来找你的。你咋的，还打算扔下我和孩子？你要这么干，我就用笤帚抽你。差点就让你跑掉……我就戳在门口：不让你出去！你开开心，取取乐，也就够了啊。这些男人我们都认识，可不是你第一个认识他们的。哎呀，金日克耶夫可是咱们自己人，要不然你就……金日克耶夫，他怎么就不能做你丈夫？当然，对你来说他是老了一些。但他是咱们国家的人，你嫁给他可没人抓你进监狱。虽说在帮忙干家务活这一点上他和那个魔鬼不能比。和现在这个……可你们俩不是两口子！他这个岁数的男人，谁还是单身汉？……你最好还是听听，听听人家说你啥……’”

“啊！她不信。”李方非常激动，他暗自说道。他若有所思，神色非常专注：她妈还听说别的了？他明白了，有关他的一切事儿她母亲都知道，如果隐瞒的话那就太愚蠢了。

“她详细地盘问关于你的一切，什么都问，当然我什么也没说。她过去不了解，现在也还是不了解。她现在只是猜到，我们想生一个孩子。这事你就是骗她也是白骗……”

他们慢慢地、慢慢地走，脚下的林间小道迅速地暗淡下来——天黑了。李方走在阿尼西娅的侧面，挽着她的手，光秃秃的树枝噼噼啪啪地抽打着他的脸。但是他没注意那些小树枝。他已经没有退路了：要么就是现在，要么就是……启程离开前先许下一个空洞的承诺，承诺明年春天再回来。可是，即便是回来，又能在这儿待多久呢？

---

① 俄罗斯阿穆尔州斯科沃罗季诺区贾林达镇。

“你有不痛快的事儿？还是身体不舒服？你说……我使你厌烦了吧？”

李方耸了耸肩：从国内传来的消息吸引了他的全部注意，也让他非常担心。

“留下来是不可能的，没地方过冬，也无事可做……”

“我就知道是这样！”阿尼西娅迅速地打断了他，“你走吧，把我扔下吧。妈妈说得对！”阿尼西娅的脸变得煞白，嘴唇颤动。他们一声不吭地走着……螽斯发出最后的唧唧声，一阵短促、密集的鸣叫后声音就戛然而止，鸽子在咕咕地叫，却是那种着凉感冒后的沙哑的咕咕声。

“我没法留下来！”李方痛苦地重复道，“知道国内的消息后，大伙就都离开了。就剩我一个人在这……眼看就要下雪！泉眼就会冻住了，怎么工作啊！妈妈、哥哥和小妹们都在等我，我答应过他们回去。家里在挨饿，没衣服穿。我用流通券买些东西给他们带回去……”

“你在说什么，为自己辩解？你走吧，把我扔下！不用道歉。难道我不明白你的意思吗？难道你已经适应这边的生活了？根本就没适应！”阿尼西娅非常委屈，她哽咽着说道，双眼不是望向李方，而是看着别处。她随时都会放声大哭，却极力忍住了。李方拉起她的手，她试图将其从那双男人的大手中抽出来，却没能成功。

“我们将来该怎么办呢？”李方又一次问，“我不能一个人过日子，不能没有你！”他凝视着阿尼西娅那充满忧伤和泪水的眼睛，非常激动，喘吁吁地说道。“咱们一起去找你妈妈吧，我把一切都告诉她，一切的一切都告诉她！”

“你想和她说什么？说你要走，说你再也不回来了吗？说祖国不许你离开？”

“我要娶你，你会是我的妻子……然后，我会让你和我妈妈认识，和我小妹们,以及我哥哥认识。我还会让他们认识咱们的儿子……”

这些话并没有让阿尼西娅吃惊,也没有让她不知所措,虽然李方向自己的爱人说得很艰难、很费力。她好像是在等着这些话,也准备好了怎么答话。她摇了摇头,额头碰撞在白桦树的树干上,她扶住白桦,不让自己摔倒。

“尼西娅,为什么不答应?”

她没有回答:两手刚一扶在白桦树上,两条腿就已经撑不住了。他们沉默了很长一段时间。最后,还是李方开口了,两眼没有去看阿尼西娅,而是望向别处,说道:

“我和你会和睦相处,永远都不会吵嘴。我会一辈子开心,会感谢命运。你要是不和我一起走,我明年就不回阿穆尔河那边去了。让那边的人都饿死吧!”

阿尼西娅从白桦树上撤回手,走到旁边的小路上。她张皇失措,非常悲痛。李方立刻向她奔过去。

“太可耻了……不,不,这样不行!”

“可以这么做!……我会扔下所有的人!你说吧,你同意!我把所有东西,所有东西都卖掉,然后搬到你那儿。或者,你去我那小木屋里。但是你妈妈会非常难受的。唉,她会非常难受!难受,难受……”

阿尼西娅几乎是面无表情地耸了一下覆盖着旧绿色上衣的肩头,她温柔地吻了吻他,然后转过身子,准备离去。李方拉住了她。她顺从地向他依偎过来,脸色已经不再苍白,只是嘴唇还在微微颤抖。

“不,李方努什卡,不能这么做。我不该说这些。你要走了,再没有什么可说的了。我会……挺过去。你是单身汉,一次婚都没结过,完全可以自己做主。跟着我会束缚住你的!和我在一起能有什么好?你忘了,我有孩子,不止一个。你以后……会遇到一个年轻、漂亮、善良的姑娘，你们会结婚的。你们会相当好，彼此恩爱。是的，你会咒骂你看到我的那一刻，咒骂看到我这个已经结过婚的人站在台阶上的那一刻！……我扑上去搂住你脖子的时候，孩子就躺在身旁！你想想吧，你做了一个怎样的决定。我希望你……幸福！”阿尼西娅充满激情地说道，声音很大、很响，她想以祝福的话收尾，“我无法让你幸福的，无法使你幸福的，我亲爱的！”她非常激动，再一次地大声说道。她知道，自己的这番话会使李方很痛苦。她的眼里充满了泪水，嘴唇在颤动。

“妈妈……孩子们……所有的人将来都会觉得很好……但是，没有你我会很难受！”李方非常真诚地，也非常慌乱地说道。“生活为什么是这样？你告诉我……”

“别说这些了，你今天就走吧，我为你送行。明天妈妈就不会让我来了……无论如何也不会让我来了！”阿尼西娅害怕地说道。然而，她严厉、强硬的态度已经被自己眼中的哀求所取代，她哀求李方不要抱屈生气。随后她就一句话也不说了，双手搂着爱人，紧紧地依偎着。充沛的情感挤压着她，令她窒息，她几乎喘不上气来。她轻轻地说：

“谢谢你。谢谢你说的亲切的、诚实的话。谢谢你……对我的爱。这是最宝贵的！但是，就让我们把这一切都留存起来吧，完全留存起来。从秋天到春天，那么长的日子我还得一天天数着过。唉，时间那么长，有那么多天……再嫁？我不会，亲爱的。你别生我的气，如果我是一个人，我会跟你走，即便是跨过阿穆尔河，哪怕是去天涯海角。但是要考虑妈妈，要顾及孩子：孩子们长大后，没法回答他们。他们因为父亲，还拿着补助金，不管多少……”

阿尼西娅察觉到，李方的目光显示了他有一些新想法，他至今都还没有说出来。她没有擦去脸上的泪滴，而是好奇地看着他。她在等待，等着他开口……

“尼西娅，你害怕了？你怕我把你带过阿穆尔河然后在那边甩了你?!”这时候，他把张开手指的手放在自己的额头上，意思是这是在羞辱他。之后他又把手拿开。阿尼西娅盯着李方那张刚毅、帅气的脸，一方面是因为喜欢而欣赏，同时，也暗含有端详、审视的意味，那是一张圆圆的、粉红色的、透着善意的脸，她心中的犹豫和怀疑都消散了。“不会住在乡下，咱们会去哈尔滨。咱们在那儿会过得很好：你和我。”他忽然笑起来。“那里有很多很多漂亮的姑娘，但是，我不会……我们有个习俗：妻子的年龄通常要比丈夫的大。女人当家嘛！”

有一个满族人曾在无意中向阿尼西娅暗示过，他们的风俗是反对家庭破裂的：如若不然，他们将会受到信仰的严厉惩罚。在他们那儿没有公证结婚一说，结婚都是按照宗教仪式进行的。日常生活中的所有负担都由男人来承受，女人只照看孩子。甚至挤奶、养猪、喂鸡等活，丈夫也都不让妻子去干。在俄罗斯可不是这样：一切都是反过来的。女人，也就是妻子一肩挑起家庭的全部重担，而丈夫只管把钱送回来，此外，他就是狂喝醉饮。阿尼西娅不相信那些故事。她服从自己的命运，她认为自己就是一个命苦的人，要顽强地背负起守寡这具沉重的十字架。即便是她答应了他，那也是非常畏惧、非常胆怯的答应。李方意识到，她认为自己必定会受苦受难，就顺从自己的命运。没有人能减轻她的苦难……况且，如果他们都是上帝的子民，也用不着减轻。

“上帝在你们那儿对女人更好一些……”她微微地笑了一下，说道。

“就是，你看出来了啊！”李方不止一次地抓住阿尼西娅的话头。他们时不时地互相嘲笑一下，变换着谈论的话题。无论谈什么，无论谈得怎么样，他们的每一次见面都是异常温柔地结束，他们会定好下一次见面的时间和地点——在约定的某时，在小河对岸三条小路的交叉口守候对方。

他们两个见面总在转着手拉着手的念头，无法遏制，不可抗拒。这一次也是如此，就好像没互相指责过、彼此之间没有分歧一样。阿尼西娅沿着小路突然从他身边跑开，但是他立刻就追上了她。阿尼西娅跪地哀求，把李方搂在怀里，热烈地拥抱着他……

告别的时候，阿尼西娅再一次问道，他是不是会像他说的，像他应承的那样去爱她。

“你不信？”她的情人瞪圆他那眯缝眼儿，他的声音里流露出焦急与不安。阿尼西娅的眼睛里又一次充满泪水，但那是喜悦的泪。

“我可爱的，我亲爱的，我挚爱的！”阿尼西娅停歇一会儿，随后再次热烈地、忐忑不安地低声私语了一会儿。“祝你幸福开心，只是……你真爱我吗？”她问道，并不担心这样做会招人腻烦。“如果是真的，那么我愿意。我同意给你生个儿子，一起去你的哈尔滨。之后就听天由命吧！”阿尼西娅冲动地扑进李方的怀中。

“当然了，这还用问！难道你还不相信？你看不出来吗？”李方吻着向她凑过来的性感的、火热的嘴唇，小声说道。

最后一次见面的最后时刻虽然说是在告别，也不抱他在春天回返的希望，但这并没有使阿尼西娅多难过：李方的痴情她深信不疑，她确信，他甩开国籍羁绊的决心和她是一样的。简单地说，为了爱会竭尽全力！她向上帝祈祷，祈求上帝帮助她——她的体内有放荡的、强烈的情欲，她也渴望母亲和孩子们的原谅与宽恕。

有一次她瞧着自己，就像一个外人看自己那样。她非常害怕：她犯法了！就这样吧！像她这样昙花一现、偶然地爱上一个中国男人的女人，又不止她一个！可是，她也是这些女人中唯一的有外国男人从阿穆尔河那边跑过来寻找的那个……人们已经在水井边儿议论她了，很快就会在所有的十字路口议论。好吧，随他们的便吧！她挺得住……她越来越内向，也越来越愁闷。绝对不是在神奇的梦中：她感觉到体内有了新的生命。很快，她肚子里的胎儿手脚乱动起来，他的脚一蹬一蹬的，这是在宣告自己的存在，也是在讨要公平与正义。往哪里安置他啊，你能把他藏哪儿呢？她非常害怕。

村苏维埃主席费多谢伊·波利修克整整一夏都在盘问那些婆娘，也在暗中监视她，就好像他自己受了很大委屈似的。确实，他就要审讯她了。因为什么？……天哪！和外国人有绯闻，哪怕是因为一丁点儿这样的流言蜚语或是谗言诋毁，在当时也会被定罪收监的，这可是非常简单，且理由足够的判罚，第五十四条就够了，无需审讯和侦查，立马关押。村苏维埃主席不止一次地悄悄走近，并当场指出阿尼西娅和外国人在“危险地交往”，就好像他从来没有见过李方，也不认识李方一样。但是，金日克伊的出现打乱了波利修克的计划，也破坏了他探出来的线索，金日克伊出现在阿尼西娅家的院子里——为她劈柴，他还企图脱掉“女特务”的衣服，这个现象一直保持到开春之前。

阿尼西娅只好豁出去耍耍心眼，不这样干还能怎么办呢？她明目张胆地、当着众人的面、在所有人吃惊的目光下，和金日克伊调情。金日克伊是一位巡道员，住在两公里外的奇特坎[①]那边的工人集体宿舍里。他是一个身材矮小、言语不多的鞑靼人，也是一个单身汉，是招工过来的，所以认识他的人很少。金日克伊其貌不扬，而且俄语讲得也不熟练。但是，他说“迈入洞房，子孙满堂”这句话的时候非常严肃，一本正经……

---

① 奇特坎，现俄罗斯阿穆尔州斯科沃罗季诺区的一处居民点。

曾经在某个时候，李方特别温柔地看着阿尼西娅，他向她承认，他喜欢俄罗斯人。俄罗斯人都是非常感恩的人，他们怜悯所有人，所有的人所有的事都能宽恕……他们是基督徒！

“叶戈尔卡救过我，你救了我的父亲……”

“我？救过你的父亲？”

“你忘了？尼西娅，就是你，典型的俄罗斯女人！”李方咧开嘴笑了起来，同时惊讶地盯着阿尼西娅，他那两只聪明、细长的眼睛比平时睁大了许多。于是，他回忆起过去的事情……

冬天的时候，中国人居住的、围着高高的砾石围墙的简易棚子变得空旷起来。那些生病的淘金者，或是没有力气返程回国的中国人迁到村民放弃的空房子里。在春天，4月份的时候，阿尼西娅也搬进了这样的房子：女房主早就搬到城里去了，大概不会回来了……一阵寒气袭来，也吹来一股污浊的垃圾味。床上躺着一个人，浑身裹着东西，显然是逮到什么东西就用什么来包裹。这是一个又瘦又高的中国人，他细长的身材像竹竿儿一样，脸色深黄，脸颊塌陷。阿尼西娅好不容易才把他推醒。原来是李方的父亲！他把儿子打发回中国老家，自个儿拿定主意留下来大干一冬。不是在冰天雪地里，而是在格罗特那个矿洞中。可是，矿脉挖到头了，耗尽全部精力的淘金工也消瘦到了极点。他正在求神仙们把他带走，去和死去的亲人相聚……

阿尼西娅用小鱼做了鱼汤，捕捞的时候小鱼正成群地从溪流中游入湖泊。喝了一勺香喷喷的鱼汤后，这个上了年岁、努力干活的中国人哭了，他布满皱纹的、深陷的两腮上挂着细小、浑浊的泪滴……

眼前要做的头一件事，就是把那口荷兰式火炉的炉火烧旺。阿尼西娅从自家炉子里弄来一些烧得正旺的炭火，火苗很旺，以至于她的桦树皮小环套被熏黑，继而弯曲，突然地冒出火来……啊，这是什么？

地板缝里居然钻出了一个黄中带绿的嫩芽。“是土豆芽！”阿尼西娅叫了起来。“这是老鼠从地窖里拖来用以过冬的土豆。在暗处发了芽，奔着屋里的光亮冒出了芽……哎呀，这可是宝贝啊！”

阿尼西娅迅速地抄起劈柴用的大斧子。地板并非一下子劈开的，但是最终能劈开是由于它有些朽烂了。她拿出一颗烂了一半的土豆，再瞅了瞅地板下边，又一次高兴地叫了起来：这么多大土豆，哪颗都不小，就在地板下边，几乎是紧挨着。每颗土豆都被老鼠的利牙啃过了。阿尼西娅拣出三桶土豆：撑到来年开春是足够了，最好的土豆栽子也有了，足够栽种……

第三章

村主席波利修克窥伺着正在岸边钓鱼的根卡。根卡的钓鱼竿冷光闪闪，映着狭窄的山间小溪发出的光亮。鲴鱼并不躲藏，而是聚集在昏暗的坑洼深处，但只有在小河的浅滩上才能抓到它们。根卡仔细地观察一下战利品，顺手把做钓饵用的灰色牛虻或是绿色肚皮的螽斯穿在小钩子上……一条银光闪闪的大鱼被甩上岸后，认真钓鱼的根卡突然看到了村主席。波利修克的个头比较矮，但很结实，他肩膀不宽，上身穿了一件军便服，下身穿的是马裤。颧骨高高的，被晒得黑黢黢的、瘦削的脸上阴险地闪动着一双冷酷的眼睛。他坐在一块木头上，抽了几口自己卷的烟，随即就直接问道：

“小伙子，你说说，每天晚上谁敲你家窗户？去找你们的那个人是谁？你别撒谎，我知道，是个中国人。你一五一十地说出来！”

“根本就没那个人！”少年一下子就皱起了眉头，他顷刻之间就琢磨出坦白直言的后果将是怎样，于是就迅速地那样回答道。妈妈早就警告过，不要被村主席盯上，如果碰到他了，就快点跑开。根卡在往回收钓竿上的鱼线，却被波利修克有力的大手抓住了肩膀。

“你妈的肚子为什么大了？要下崽子了吧，像施韦季哈那样！”波利修克像一匹马那样张大嘴，粗野地大笑起来。沾满口水的自卷的纸烟在他嘴里从这一边倒到那一边。他傲慢地看着根卡，脸上带着一丝冷笑，没有松开他的肩膀。根卡的心在剧烈跳动。把他的亲爱的母亲和施韦季哈相提并论？他准备扑向这个恶毒的叔叔，或者，把钩子甩到他那张丑脸上，钩住他的鼻子，拽着他在村子里游街：你们瞧瞧，他在造谣！根本就没有人敲我家窗户，也没人在夜里来我家。没有任何人！

在根卡行动之前，母亲赶到了。她跑过来，头发乱乱的，非常生气。她原是准备抓住欺负孩子的人的，但是却抓起孩子的胳膊，断然地把他拉了过来。根卡正忙着往柳条做的鱼竿上缠鱼线，匆忙间就扎伤了手指。波利修克放开了自己的手。

“让你那钓鱼竿见鬼去吧！还有你，波利修克，滚一边去！你把人找出来，然后再拷问……金日克伊，其实你不认识他。从去年开始我们就好上了……”阿尼西娅当着儿子的面说道。她憎恨地看了一眼波利修克，然后又拉起了儿子。不是朝家那边拉，而是拉向原始森林那一边。

波利修克用双手拍了拍自己那肥大的，以至于来回晃荡的裤兜，吐掉烟卷，用极粗野的骂娘来回应。

“要不然你和我们一起去啊，你亲眼瞅瞅，我和金日克伊是怎么亲热，怎么爱抚的。他就在林子里，等着我们呢，我们要一起采蘑菇去。”阿尼西娅从村主席后面挖苦地说道。

“可我钓的鲴鱼怎么办？我才钓。一钓就咬钩，牛虻饵很稀罕的！”

“快去，拿回来……拿了马上回来！”阿尼西娅以命令的口吻差遣儿子，她的气还没有全消，仍在愤懑之中。她打算带儿子去“继父”那儿，让他们亲近亲近，不让他们之间产生什么不满或是谁瞧不起谁的事。至于村主席，让魔鬼把他抓走吧！如果能抓走，那可是太好了：但愿他再也不烦扰我。

根卡马上就回来了，鱼竿已经藏好，鮰鱼也串到树条上放到了水里……母亲在小路上等着，在通向阿穆尔河的那条小路上。那里是边境，那一边在打仗……李方叔叔就是从那一边过来的。根卡很少见到李方，但是，李方在办事处那儿的原木上坐着的时候，根卡瞅过他，那里是办事处收金沙的地方；在商店里，也就是在柜台旁边，根卡也瞅过李方。叔叔也没有表露过他们相识的神色：不久以前，李方送给根卡的一件礼物是钓鱼竿上的鱼线，那可是用蒙古马的马尾巴做成的，是最结实的鱼线！他们家的院子李方一次都没有进过，更没有进过屋子。的确，在梦里好像是看到过，似乎是李方叔叔敲门，母亲一下子就从床上溜走了，以后就不记得了……根卡向妈妈打听起来。

"那是金日克伊，哪条道他都走，他是路过，顺便来咱家！"阿尼西娅回答儿子的问题时猛地抬起头，接着又梳理了一下自己的头发。

"我记得当时雨下得非常大，您在厨房里小声说话，我听到了……就是李方的声音！"根卡刨根问底儿了。

"你老是胡说八道！我告诉你：那是金日克伊。自打冬天开始他就老来，难道你没看见？"

妈妈的话让根卡困惑不解。他非常纳闷：分明听到的是中国人的声音……唉，强迫过自己多少次，喂，醒醒，醒醒，可是眼睛总也睁不开。当时应该起来，对他说一声谢谢："谢谢你的鱼线。"特别好的鱼线！谁都没有我这样的……

"妈，你不是问过我：你怎么翻来覆去的？做噩梦了？你还说，睡吧，咱们睡吧，"根卡力求得到真相，"然后，然后我就睡着了……"

“你没向那个波利修克说这事吧？没说？他都探听什么了？你说说！”阿尼西娅抚摸起根卡的脑袋。根卡一字不落地向妈妈复述了波利修克的问话。

“波利修克撒谎……我已经说过他是谁。那是你的父亲。不对，是继父，”阿尼西娅改口道，“波利修克还从你这儿套出什么了？”

“什么都没有，他只问和李方叔叔有关的事……就这些。”

阿尼西娅知道，儿子并没有把所有的话都说出来。根卡带着怀疑的目光扫了一眼她那早已变圆的肚子，她的脸腾的一下就红了，她旋即又整理了一下紧裹着胸部和腰身的短绒衫。儿子感到很惭愧，竭力不看妈妈的脸，她的脸上已经泛起一层细细的小汗珠子。阿尼西娅又摸了摸儿子的脑袋，这在以前是非常少见的。

“他还问什么了？”阿尼西娅仍然心绪未平。“你干吗不说话？”她向儿子跟前挪了一下，儿子闻到了母亲身上的可亲气息：那是菜园子里的泥土味儿，是土豆秧味儿、茴香味、薄荷味、洋甘菊味。他一头扎进妈妈的怀里，勇敢且不加考虑地、软软地说道：

“他问，肚子，为啥变大了……”

“啊，这个啊……没别的了？”

根卡点了点头：没有了，妈妈！

“唉，这个我解释过……而你，笨死了，你个小毛孩子……为做梦的事迷惑了！”

“才不是做梦呢！……”

“你睡得太死！”阿尼西娅越发警觉地说道，“睡过一觉就把一切都忘掉了！根本不是李方叔叔……明白了吗？你父亲是另一个人……”

“妈，是继父……你自己说的。”根卡一点也不伤心地改正道。儿子的话让阿尼西娅高兴起来。

“乖孩子，是继父……咱们现在就观察观察他，他就在这儿的某一个地方呢。喂！”巡道员果真是从灌木丛中出来了。这一次他手里没拎桶，而是拿着一只皮面的装地图用的公务包。儿子讨厌金日克伊，因为别的孩子们骂他是“××崽子”。阿尼西娅向儿子打了一个手势，她的意思就是，你亲热一点，哪怕是说句话、打个招呼也好。之所以领着大儿子根卡和小儿子去林子里，是因为她担心自己和李方之间确凿的事实突然冒出来，担心她和李方之间以前的和现在的关系突然公开。如果是那样，根卡可能会在院子里歇斯底里，大声叫骂，他会威胁说要收拾李方，并对李方施以私刑。根卡对生父的记忆非常少，非常模糊。但是他知道：父亲与法西斯匪徒作战，牺牲了。母亲跟任何一个男人好，甚至她匆忙地与某个男人交谈几句，他都不满。为此，母亲想调和根卡与金日克伊之间的关系，让他们和解。

不，儿子长大了，他可不傻，他更加理解她了。根卡走近了一些，看了一眼金日克伊的公务包，坦率地望着巡道工的眼睛……

她似乎是达到了自己的目的。当根卡看了一眼“继父”，突然凑近她耳边悄悄地说了这样一番话之后，阿尼西娅完全放心了：

“这就是我梦见的那个人。是他，是他……我想起来了！即便是谁无意中说起李方叔叔，我都这么应答。你知道，这可是多大的危险！……”

“嗯，你看……我已经和你说了！……你知道不，他就是你梦里看见的那个人！是你梦见的！……噢，这么热。最好是把绒衫脱去，可就是蚊子咬得厉害。”她还称赞道，“好样的！根卡，没人保护我，那你就来保护我吧！”她为儿子感到自豪，旋即以这种自豪的目光环顾了一下四周。她没有脱下短衫——里面只穿了一件单薄的、绣着小蓝花的连衣裙，连衣裙下面是靴子。短绒衫是匆忙穿上去的。

此时此刻，母亲和儿子都说谎了，但谎言给他们两人都带来轻松的感觉。根卡非常清醒，母亲很快就要生小孩了，预计不会有什么耻辱，小孩子们所暗示的那样的任何羞辱都不会有。他不用为了母亲，为了保护她不受羞辱而打架了，也无需被“任何人都不能告诉、什么都不能告诉”的问题而弄得惴惴不安……阿尼西娅觉得现在没有被定罪，无声的“定罪”就由它去吧，要大大方方地挺着肚子。就让他们看到她怀孕！又不是她一个要堵住村主席的嘴，而是每一个婆娘：没人搭理你，你就不要死乞白赖地问。

哎哟，这些女人，这些娘们儿……不用瞒着你们。这些女人中的哪一个都不会诬陷指责她。她们准备好了一个事关李方的计划，以防万一……

“万一”还真就到了——极端事件发生了，不是从那一边来到，正相反，完全是从这一边来到。

阿尼西娅正好端上早饭，她慌慌张张的（睡过头了，是的！），想抓紧一点时间——天亮的时候回去做家务，然后去上班。还未升高的、低挂在空中的太阳躲藏在一小片乌云的后面，小屋里变暗起来。李方出去撒尿，阿尼西娅拿起一把茶壶，就在这个时候，窗户外突然传来啪的一声枪响。伴随着刺耳的呼啸声，磨得并不是很圆的家制霰弹猛地扫过来，射在房子的原木墙壁上，劈里啪啦地钻入干巴的老树干里。阿尼西娅急忙闪躲。一下子就跳开了，而且还把茶壶放到了桌子上。她又着急又害怕地撑开门，只打开一道缝，然后向外看了一眼……呆愣住了——她的大儿子根卡躺倒在残破不堪的小树墩旁，微微冒烟的枪管被他压在身底下。

……在父亲的阵亡通知书上，根卡读到了这样一行黑字：“壮烈牺牲……阵亡……被埋葬。”他的泪滴浸湿了阵亡通知书，少年的全部身心被恐惧不安占据了。不再是杳无音信……埋葬了。以前无论人们在无意间说出什么，根卡始终坚信，父亲会从战场回来，现在，这个信念再无依托……母亲把这封简短的书信递给了根卡，一边走一边哽咽，随即又用手帕的一角擦干眼睛，继续啜泣。儿子长大了，成人了，他的眼睛越来越经常地瞄那把枪——那杆枪安放在顶棚上为了不让他够到，可别出事！

根卡非常机灵、乖巧，他确实如此。不用赶他上学，他总是提前跑出去；放学回家后，他能整个晚上都坐在桌子前，在小油灯下吭哧吭哧地做作业，或者是看一本什么书。有一次阿尼西娅瞥了几眼厚厚一本书的前几页，讲的是一个杀人犯用斧子杀人的故事，砍死了一个老太太……她很害怕，随即就把枪换了地方，又把家中的所有子弹拿出来，都给了养马人，一颗不剩。

阿尼西娅并不知道，她儿子已经开始料理家务，而且把枪从顶棚的钩子上摘下来一回。他想出这样的办法：把桌子挪过来，再把凳子摞上去。就是这把枪，到手了！枪在他手里……这是枪管，这是枪托……紧贴在脸颊上：太爽了。这把“折叠枪”有些重，根卡想端得时间长一点，但是劲儿不够——他托着枪管四处瞄准。这把能杀人的重家伙让他乐得手舞足蹈！他向窗户那儿瞄准：看到了准星，可是保险却没有打开。根卡用手掌使劲地按压，保险勉强地向后移动了一下，紧接着，就发出撞击声。啊哈，会打开保险了！他准备去打野鸭，可是却没有子弹。哪怕有三颗也好。没有雷管，没有火药，没有霰弹……

街头的规则非常残忍，纠正不了，也补救不了。有一次，根卡在墙根玩那种“掷物砸钱”的游戏，用的是五戈比的硬币，这些硬币是李方叔叔给的，是妈妈塞给他的。根卡玩得兴致勃勃，赢了又赢。游戏对手非常来火，他眯起眼睛，恶狠狠地冷笑，就像复仇一样从牙缝里挤出一句话：

“你妈每天晚上都去那个中国人那儿，去和他睡觉。哈哈！……”

这已经超出了小男孩的忍受极限。自打和村主席的那次谈话，和金日克伊在树林中的那次相遇之后，母亲变得疏远起来，就像根卡感觉的那样，正在变成另外一个人。她一直在骗他……可是，根卡想爱母亲，也想被母亲爱。是谁毁了他们的亲密关系?！是谁把纷扰带入他心中，玷污了他的心灵?！不是母亲，是他，是那个“伙计”，那个中国人！哼，看上去那么善良正直！还企图用鱼线和硬币来赢取他的好感？休想！

根卡立刻就挥起拳头，和街上那个欺负人的家伙打了起来，结果他自己被痛揍了一顿……唉，原来如此！……于是，他开始深思熟虑，制订报复计划——要和母亲的那个真正情夫清算。“既然我没有父亲，那我就打死他！”根卡的眼睛里没有一滴泪水，内心中也没有丝毫犹豫。没有人可以去爱，他心中只剩下仇恨。他好像生活在睡梦中，他做了什么，去了哪儿，说了什么，向谁说的，他都不记得了。在绝望之中他想找到子弹，哪怕是找到一颗也好。他极其秘密地弄到了，是用他在游戏中赢得的钱弄到的。不久，他复仇的时刻到来了……

黄昏时分，母亲去邻居家“串门”，根卡确认了一下，看妈妈是不是在那儿，然后，他就开始将自己的计划付诸实施。

阿尼西娅没有发现枪已经不在原来的位置上了……根卡先是将子弹放进了折叠枪，然后再把枪藏在去年的陈草垛下，草垛是一入冬就堆起来的，就在牲畜圈的一个角落上。

根卡很早很早就起床了，趁太阳还没升起他就溜出了院子。他把枪扛在肩膀上，枪口朝下，一会儿跑，一会儿疾走，就这样靠近了李方的小木屋。母亲可能会发现，这不是他希望的。她很多次出现在庭院中，但一直没有走出家门……现在他只认为这样做才有意义，但是母亲没有错，如果她强行拿走折叠枪，那是他倒霉！她没发现……就是这个小木屋。从屋子里传出来的说话声让他十分痛恨——男人和女人的说话声，而女人的说话声是母亲发出的。

少年伏下身子，隐蔽在一截粗粗的、朽烂的树墩后。树墩上的裂缝很潮湿也很松软，于是，根卡把枪管放入裂缝里，将枪口对准房门。第一个出来的，最好是他，而不是母亲。如果是妈妈先出来，她马上就会看到一切。根卡开始等待，果然等到了……是李方！出了房门后，他马上就拐向一边，手里拎着已经解开的裤子的前开口。他的脊背很宽，是非常合适的射击目标：容易命中。准星落在了李方稍微弯下的后背上……但是，根卡抠扳机的手指麻木了，它急不可耐地想快些伸直。失去了准星后，根卡用所有手指抠扳机——手指被他攥成了拳头。于是，枪管也就微微地歪到一边……

枪声骤然轰响，男孩的两只胳膊转瞬间就没了力气，霰弹枪也从他的手上掉下，落在了他的身底下。李方转过身子，甚至忘记了系好裤子的前开口，呆住了。因为惊吓，他的两只眼睛瞪得圆圆的，几乎要迸出眼眶，嘴巴也大大地张开……根卡失去了知觉，倒在了枪上。霰弹枪又蹦起来，枪管末端还在冒烟，枪托重重地磕打在他的下巴上，但是根卡没有感到疼痛。因为抽搐，年轻的身体在哆嗦着，他旋即呕吐起来。

“啊，孩子，孩子！”李方非常惊慌，大声地喊叫着。他蹲下身子，用自己颤抖的手捋平开枪者的蓬乱的头发。“我再也不东奔西走了！”李方突然轻声地嘟囔了一句，声音很低，不是很清楚。他说这句话的时候，一点都没有掩饰或隐藏自己浓重的外国口音和话语中明显的文法错误。

这样更起作用，根卡应该踢他，或者咬住他的耳朵。到那个时候，根卡就会跳起来，会抓起使劲儿冒烟、散发出浓烈火药味的枪管，抡起枪，用枪托猛击他的窄脑门。正在你眼前呢！但是，李方的这份温顺与驯服使得少年无法反抗，甚至解除了他的武装。

“我再也不东奔西跑了！”李方用颤抖的声音重复着，他把手放在根卡的背后，张口痛哭，双唇愧疚地歪斜着。他的号啕大哭使得男孩的身体也随之晃动。

阿尼西娅跑了出来，冲着整个森林突然喊叫一声，张大嘴就愣住了，她的面颊像石化了一样，瞬间就没有了血色。随后她跑到跟前，弯下腰，从儿子身下忙乱地拔出折叠枪。旋即又跑进屋，子弹都没有取，就把枪扔到了高板床底下。她跌坐到凳子上，这时候肚子又磕碰到桌子，她放声痛哭。

根卡没能站起来。李方用他黄色的、青筋突起的大手将男孩小心翼翼地抱起，紧紧地搂在胸前，仿佛这就是他的亲骨肉，把他抱进了木屋。帮根卡脱掉衣服，放进被窝，盖上被子——这一切都是李方自己完成的，甚至没让阿尼西娅碰一下。他在根卡滚烫的额头上敷了一条湿毛巾。然后就沮丧地坐到了床角。太阳穴上的血管鼓起，双手颤抖。

阿尼西娅坐立不安。她时而哭泣，时而诅咒自己多灾多难的命运，时而断断续续地喃喃自语，她不时地将双臂用力地弯向背后，唉声叹气。

最先恢复知觉的那一刻，根卡能感觉到，一块动来动去的盖布遮住了自己红肿的双眼，紧接着，它又遮盖到头上，模糊了他的意识。根卡筋疲力尽，心头空空的，他陷入动荡的、变化无常的梦中。在他兴奋的脑海里亲生父亲突然出现了——活生生的、身健力壮的父亲。

“爸爸，爸爸！”少年一边晃动着胳膊一边喊着胡话。“我想去找你！找你！他已经被我杀了，杀了！……”

李方非常愧疚，他轻轻地，极其温柔地抱住了阿尼西娅，并没有亲吻她，而是忧郁地低语：

“你快点走吧，要不然就迟到了。我一定会将根卡送回去。过后咱们再碰面！他会安定下来的。激动对你不好……”

李方说话算话，很守信用：他把孩子送回来了，更确切地说，把根卡领到了一个约定的地点。他心爱的女人在黄昏中一出现，他立刻就转身回返了。他也对根卡履行了自己的诺言：马上回国，离开阿穆尔；他把这个决定告诉阿尼西娅，说他明年春天不会再出现……祝你得到天配良缘，找到一个好媳妇……

她走在李方的后面，走得非常慢，总是停下来，但仍在坚持着。不，她没有走到边境线……之前我没看到过你，哈尔滨城，现在我也看不到了。其实走到最后的时候，她一丝力气都没有了。她一步步地落后了，但是，阿尼西娅没有叫住李方，她靠近白桦树，将后背慢慢地倚在粗糙的树干上，然后坐在了松软的、长满青苔的小丘上。她从头上摘下头巾，盖在自己突然发沉的肚子上，试图用交叉的手掌来阻止小生命的跳动。但是没用！新生命在她身体里打滚，寻求出世降生……她呼吸越来越急促，喘气声几乎是合着肚子里的冲撞节拍，同样地不能舒缓克制。阿尼西娅咬紧牙关，像母牛似的哼叫。李方转身回头，立刻就跑了过来，他当然一下子就猜到发生了什么事。阿尼西娅两脚乱蹬，嘴里发出的已经不再是哼叫的声音，而是临产前的呼哧声。

“走开……走开。我自己来！”

李方顺从地向灌木丛那一边迈了一步，但随即就朝小路的方向扭过身，他把时而哼叫、时而号哭的阿尼西娅托在怀里，小心翼翼地抱着。他几乎是冲过来的，只担心一件事：可千万别绊上树根，别摔倒，撞到产妇。他心爱的人正在经受煎熬，因为过于使劲，阿尼西娅的脸扭曲得变了形，浑浊的、大大的泪滴从脸上滚落……

他们终于找到一处住所，一路走来所遇到的头一处，也是此时此地最近的一处住所，那里是焦油工歇脚过冬的地方。

李方小心翼翼地将阿尼西娅放到宽大的铺板上，又看了看正在遭受折磨的产妇，然后就急急忙忙地把那个用油桶改装成的小铁炉点燃。依采金人的习惯，这种炉子放在身边，它可是什么都能烧的宝贝。阿尼西娅在李方的注视下突然地四肢着地——趴在铺板上，用脸撞墙，嘴里不停地发出嘶哑的喊声。李方没有失去镇定，他小心地将阿尼西娅翻转过来，脊背朝下，把她的双腿弯曲。这时候，羊水已经出来了。

“尼西娅，尼西娅，躺好，快躺好！……生了，就要生了。”李方一遍又一遍地重复着。他非常紧张，但是没有张皇失措，也没有束手待毙。他抓起已经被烟熏黑了的水壶，跑到小河边去打水，第二次打水回来的时候，在房门前洗了洗手。他知道，接生的活需要他做。

阿尼西娅用两只手猛烈地敲打自己，用尽全力地敲打，逮到哪儿就敲打哪儿；她把手掌拿到唇边，想结结实实地捂住嘴，可是不大成功。哼叫声和号哭似的呜咽声轮番交替，整个小屋都被灌满。她身体弯曲，试图翻过来，但李方阻止了她。他揪住她的两条腿，使劲地将它们按在铺板上，不让它们抽搐。哪怕是抽搐一秒钟，也会延迟胎儿的出生：小脑袋露出来了！李方正帮助婴儿诞生到这个世界，与此同时，他仍然要控制住阿尼西娅腿的抽搐。丰腴、漂亮的嘴唇牢牢咬紧，已经变青了，上面聚积着一堆白沫。痛苦的泪水片刻不停地涌出眼眶，产妇生产时候的那种痛，就好像是身体正在被撕成两半，大腿正在骨折一般……

“我自己来……你走开……”

“快……使劲，使劲！”李方低声地说，他召唤阿尼西娅用尽全力。瞧，这就是他，刚生下来的那个小孩！他就在他的怀里。漂亮的、活蹦乱跳的小男孩，蜷在李方的手掌里，尖声地哭着：呱，呱……李方差一点没抱住这光滑的小身体。他双膝跪地，仔细端详，忘记了一切！

“把他宰了！”阿尼西娅怒气冲冲，但说话的声音却很低。她把手掌从微微颤抖的嘴唇上挪开，闭着眼睛躺在那里。她的脸苍白，消瘦了许多，脸色也变得严厉起来，好像死人的脸。李方非常惊慌，一下子呆住了。阿尼西娅突然睁开了眼，双眼迸发出和以前一样灵动的、吸引人的火热目光，她笑了起来。她从裙子的口袋里掏出一条彩色丝带，用勉强能听清的声音说：

“肚脐……包扎好……”

李方被自己心爱女人的微笑迷住了，开心地笑起来。他从身上扒下衬衣：太热了。他感觉很好，很放心。阿尼西娅向发出嘶嘶声的水壶点了下头，提醒他水开了。李方把婴儿紧紧地贴在自己赤裸的胸膛上，用一只手往尖声哭叫的孩子的身上撩调好温度的水，从各个方向撩水——为孩子洗澡。他甚至用嘴唇轻轻地吻了吻浑身通红的小宝贝的身子。

阿尼西娅还在受折磨：胎盘从她的身体里涌出来。她再一次咬住嘴唇，再一次合上双眼。终于，完事了……

“给我……”她一边招呼李方，一边用自己那双还不太听话的手摸索双乳之间的衣服扣子，解开了上衣。那是一对高耸的、和年轻的时候一样富有弹性的乳房。李方顺从地把哇哇大哭的孩子抱过来，把他放置在妈妈那温暖的身体旁，婴儿一下子就不哭了：他感受到了母亲的心跳和母亲的乳汁。之后，李方用温水给阿尼西娅擦洗身体。她幸福地眯起眼睛，偶尔微微地抬起浓密的眼睫毛。

胎盘埋在了地里。阿尼西娅说话的声音仍旧很微弱，她恳求：

“埋得深一点。可别让野兽吃了……我们都是把它埋在澡堂更衣间的地下，这样小孩就会成为幸运的人……”

李方又一次跑到小河边取水，当他回来时，发现阿尼西娅正站在小铁炉子跟前用梳子梳头。她的脸上容光焕发，脸颊显出淡淡的绯红色。李方愣住了，只能喊一声：你这是在干什么呀？可是，他心里却暗自在想：这体力，这精神头，真是太让人惊叹了！他满怀深情地看着阿尼西娅，但话语中仍有一丝责备：

“你得躺着，应该躺着……”

没过多久，他们就弄了一点吃喝的东西，还喝到了中国草茶：阿尼西娅半躺着，李方忙左忙右地照顾她。孩子躺在铺板上，用包布包着，沉沉地睡去了……

在李方的默许下，她回家了。他怀里抱着孩子，一直把她送到村子口。他们商量好不再见面，他马上就启程回家。他暗示了他曾经对根卡说的话。阿尼西娅非常镇静，她回应说：你许诺了，那就履行吧。现在这个情况，对我来说反正都一样。李方委屈地看着她，但是，他睿智的眼睛炯炯有神，希望的火花从他的脸颊上掠过。他一再地、深深地叹息，他说，他得帮助家人收割庄稼。他说，日子将过得十分紧巴：他带回去的金子非常少，只有一星半点。

在往家走的路上，阿尼西娅努力地不引起别人注意。她做到了。

阿尼西娅的母亲哎哟哎哟地叫起来，从屋里跑到院子里，破口大骂，骂金日克伊，还总是提到他的姓氏。她高声叫骂，是想让所有人都听到，她女儿的这个姘头是多么残忍、多么冷酷。她也没放过自己的女儿：你也是活该，脚上的泡自己踩出来的！怎么可能有这样的事儿——在树林子里生孩子？

“老婆生孩子，可他这个话都说不清的鬼家伙，无动于衷！你们看到了吧，那些破路对他来说比啥都重要：家里的事他就当不知道，根本不在意。儿子都生了，一点反应都没有，还那个样！算什么男人！”老太太骂道。对于那些笑呵呵的、从篱笆门前路过的同村人所提出的问题，老太太全都是三言两语就打发了：是，是，是儿子！终于，老太太安静下来，蹑手蹑脚地走到产妇的床前：

“唉，我们现在得把你当成什么人啊？浪过头了吧，你这个淫妇！你可劲地水性杨花……你搬到金日克伊那儿去？去住集体宿舍？”

“不，让他和我们一起住吧……让他歇歇，他应该休息好。你知道在这附近绕来绕去的腿脚有多酸疼吗？妈你照料一下，弄点好吃的……”

“让他一起住，去你的吧！他就不能从别人那儿了解到情况吗？你专门让他进进出出家门，人们正为这事饶舌呢……”

“他已经猜到了我和李方的事……我从他那儿获得了承诺，所以我才同意交往，同意和他手挽手。如果为此招致指责……”

“就这样吧，这样挺好，我的宝贝闺女！没啥大不了的，咱们把这孩子养大，会健健康康的。两只羊也是赶，三只羊也是放。班儿你就别上了，怎么样？你得休息一阵子，得养养身子……”

“金日克伊是个好人，可是，妈妈，他就不是一个爷们！有个词怎么说来着？我忘记了。他总是唯唯诺诺的，在那些婆娘面前奴颜婢膝，总是一副卑躬屈膝的样子……我可是很幸运……我没有水性杨花，肚子里怀孕那是因为爱。不,我不遗憾……”

“哎哟,你说说,你找到的是啥幸福！……唉,你没了丈夫,而这……”年迈的母亲挥动着她那干枯的、因长期劳作而变粗糙的、畸形的手。

“幸福不幸福不知道,我可是逃脱了牢狱之灾,没把孩子们弄成孤儿。也骗过了那个波利修克。李方他没碰到警察,即使警察……妈妈,我找到了爱情！自己的、唯一的爱情！”

她们没有就这个话题再说什么。

金日克伊跑进屋子,呆立在床前,满脸都是糊涂、发蒙的神情,一副张皇失措、可怜巴巴的样子。他连续不断地用舌头发出响声,摇晃着已是斑白的脑袋。他很长一段时间都没有离开床边,老是想看看婴儿。阿尼西娅没让他看：早呢,早呢,金日克伊！等我站起来给他喂奶的时候你再看。于是,“丈夫”就顺从地退后了……

日子一天天过去,阿尼西娅的每一天都被挤占得满满的：操持繁忙的家务,照顾刚生下来的小孩。三个月后阿尼西娅出门上班了,只能赶在吃午饭的休息时间喂婴儿吃奶。根卡尽量避免和母亲之间的眼神交流：他知道所有秘密,于是就生闷气,在心里默默地谴责她。他也生金日克伊的气,但两个人没有吵起来。

他们的生活来源是金子换成的流通券,或者是卖金沙得到的钱,那是李方留下的金沙。

金日克伊过上了天堂一般的快乐日子。他总是不停地夸赞自己的“继承人”,一边夸一边满意地吧嗒嘴儿,他那两片嘴唇因为长期吸烟都被熏黄了。当婆娘们向他道贺,用拳头掩口扑哧扑哧笑的时候,他一点都不难为情……白天的时候,他以一家之主的身份躺在干净的床上,脱得光溜溜的,在温暖的、收拾得非常舒适的房间里美美地睡一觉。在院子里他会竭力做一切他会做的，时不时还颐指气使地对岳母叱责几声。

秋天过去了，冬天来到了。突然……

大雾和严寒是铁路上的两个残忍的、阴险的敌人。如果是在酷寒的、又漫天大雾的夜晚，那就是碰到了更残忍、更危险的敌人。在这种情况下巡道工不能睡觉，他得拧紧铁轨接缝处的螺栓。为了看清楚，先是要用灯照亮，仔细检查哪些螺丝松动，然后摘下扳手……金日克伊在拧一个螺栓，却不好站起来：大衣前襟的下沿儿被夹在了轨头和道夹板之间。得反向退几步！正在这时候，列车飞奔的轰隆声就传过来了。还远，我还来得及。这皮毛大衣是公家的。可实际上，火车是说到就到。还来得及把这个螺栓拧紧，可不能让铁轨脱落，然后准备一下跳开，但是，已经晚了。他被拖走了，磕碰到一块石头，脑袋撞到了标桩上，很快就死了……

第四章

1953年，夏日的光明与温暖还没来到之前，斯大林去世了。在那个非常可怕的夏天里，镇子上一直流传说，叶戈尔·舒加罗夫，也就是她阿尼西娅的丈夫，还活着！人们不止一次见到他，但哪一次都没能走到跟前。一开始的时候，这个消息使得阿尼西娅大吃一惊，但她对那个甚至收到两份阵亡通知书的梅拉尼娅说，丈夫从战场上回来，可以更安宁地生活了。阿尼西娅痛苦地想，他回来也只是顺路回来看看，但是如果他们再在一起生活的话，将不会默契协调。让她更上心的一件事是，在以前自己每一次跑去和李方相会的那个十字路口，她终于发现了一个标记，那是李方在等她的信号。这件事不是发生在4月，也不是发生在有冰的5月，而是发生在大雨瓢泼的7月中旬。

李方还是那个李方，和先前一样，一如既往。但是他身上发生了一些变化：根卡瞎放的那一枪不是一点痕迹没留下，枪砂劈里啪啦乱飞，碎屑还是击中了他。

“根卡不在家。他去河运学校上学了，人现在在布拉戈维申斯克[1]。”阿尼西娅自豪地告诉李方。李方明显地高兴起来。他告诉她，妈妈让他把孙子带回去看看，要不然的话，无论是她还是邻居们，都不会承认这个孩子是本族的。这是习俗，必须遵守！

父子两人乘着木筏子顺着奥利乔伊河回中国了。两个人一起出发的，可是三天后只有李方一人回来了。阿尼西娅对此大发雷霆，她让李方承诺：下星期就跑一趟老家，他得负责把她的孩子带回来！“眼前就这样了！”

“那也是我的孩子！”李方笑着说。“对，还得掏挖五六天，万一忽然就挖到荒金了呢？……我一定把孩子给你带回来，一定带回来！”淘金者心甘情愿地保证道。他高兴地宣布，很快就要拿到同外国人结婚的许可了。现在可以……

但是这一切都命中注定没有成为现实……

没敲篱笆门，村苏维埃主席和民警径直就进了院子。招呼也不打，皱着眉头，拧着脖子，严厉地问：叶戈尔·舒加罗夫在你这儿吗？阿尼西娅回答道，不在，她已经不再等他了。

“他怎么的，难道不是你丈夫吗？从什么时候开始不是的？”波利修克一边问她，一边用眼睛瞄来瞄去，就像看待犯人那样。阿尼西娅没有回应。还要解释什么？一切都很清楚嘛！你怎么不坐啊，波利修克？我手里可是有他的阵亡通知书啊……

“他一出现，立刻上报！”村主席把他的包晃来晃去。而叶戈尔·舒加罗夫果然出现了……

还是在鲁赫洛沃的火车站那会儿，叶戈尔那双在侦察行动中训练出来的老练眼睛就发现了什么，在同一地点发现了两次。当他第三次

---

① 原为中国领土，中国名为海兰泡，1858年沙皇俄国强占该地并建城。

察觉的时候，他明白了：有人在仔细地观察他，一个畜生在怀疑他，无论他怎样伪装——是像蒙古人那样，蓄着稀疏的、灰白的、难看的胡子，留着丝毫未侍弄的、乱蓬蓬的头发，还是伪装成瘸腿儿，假装是左腿受伤的样子——都会被怀疑。甚至无法伪装：永远的疲倦，那是上过战场，体味过前线灾难的人所特有的。

他们好像是怀疑起来了，一会儿在这儿观察，一会儿在那儿偷觑。而他，叶戈尔，也了解窥伺人的所有举动，但同时，他确定不了那人是谁。村主席也害怕搞错了，他应该抓住叶戈尔的手，或者是用手指把他指出来——没错儿，抓住他。但这样做也不应该，原因是没有叶戈尔·舒加罗夫这个人。“没他这个人，可他就是！”波利修克冷笑起来，他咬紧了自己那干燥的薄嘴唇。这是一个在战火中死去的人，是在战斗中壮烈牺牲的人。而且，烈士公墓的精确位置距离东北方向的波兰教堂只有七十二步……傻瓜！这根本就不是人，不是血肉之躯，事实上是消失了，既摸不着，也看不到——他已消失在西边的、致命的异乡……

是鬼把他拉扯来的，拉扯到鲁赫洛沃这儿！要知道，忍不住了，想看看……他发慌了：八年了！他有时想：孩子们真的就在这里吗？……就这样在家乡的犄角旮旯里躲来躲去。而他是一个高傲的人，喜欢制胜，喜欢征服……

谁能知道他呢？……他以前和谁一起喝酒，和谁打架？……现在叶戈尔回来了：一定是住在这里的某个人探听到了……但是，是谁？自然会想起同乡波利修克·费多谢伊。波利修克和叶戈尔一样，他们都是淘金者，阿穆尔河流域的哥萨克。在战争前他们就各走各路了。叶戈尔干上了护林巡查员的活儿，他可以尽情地“抢野鸡”——抢夺那些刚刚进入采金行当的中国人；而费多谢伊被任命为村主席——因为他尽心竭力地拘捕反对政权的阴谋家。即便是在谁家发现一挺已经歪七扭八的，因为毫无用处而被扔到阁楼，锈得不能再锈的“马克沁”机关枪，这位新主席也会变得非常开心。之后，枪主人这位“阴谋家”就会在押送队的押解下被带到火车站。

在战争期间他们两人在医院里偶遇了。

他们什么都没说，满脑子都是家庭和孩子。是啊，他们经受了太多的鲜血与火的洗礼，儿女们因为饥饿身体都浮肿了。费多谢伊读着家里的来信……

“我们很快就能见面了，再忍忍吧：战争眼看就要结束了……而你，我发现，还没开始准备回程？我记得，你老婆当时没有到车站来为专列送行。多漂亮的娘们！……你大儿子跑去送你出征，你当时怎么什么都不说？那可是你的两个宝贝，怎么那样？……你小儿子，我还记得，老大驮着他，和那些婆娘们一起号啕大哭。”

叶戈尔转过脸去……

“哼！……我明白。而孩子们——你可真让我惊讶！——孩子们终归是没错的，一点儿错都没有！管你老婆喜欢不喜欢你，你合不合她的意。你别发火！你诬蔑诋毁了，你就要负责任。你得习惯……仗打了很长时间了。你得考虑考虑孩子们！他们为你送行，无论如何，他们都会记得，会等待。有多少失去父亲的孩子在奔波忙碌……而你，谢天谢地，还活着！”波利修克继续劝告说，“枪林弹雨都躲过去了，你别末了挨了枪子儿。让我病退了……右腿，你看见了吧，一截儿又一截儿。那可是一场名副其实的枪战。”

“你想教训我！你是谁？一个蹩脚的红军战士，而我是尉官，上尉！”他甚至扬起手，但是忍住了波利修克的责备。毕竟在一起淘过金。

“你，小长官，扔掉自己的派头吧，虽然是个上尉……战争前咱们和阿尼西娅一起相处的时候，你可是既能吓唬人，又能逗人笑！”波利修克平静地回答道，随即又补了一句，“我们都将活下去，你会想起我的，而且不止一次。不要让心灵陷于不幸，否则它会把人折磨到极点！”话音刚落地儿，他嗖的一下就把背囊扔到了肩上。

“往你那儿寄来多少封信，多少张明信片啊。我可是没收到她的一封信！倒是根卡的那些画很让我开心……画天气的，画钓鱼的……我寄出去五封信，只收到了一只小口袋，一个问候都没有！”叶戈尔忽然想起来，“他们在那边吃喝怎么样？也就是根卡和米什卡生活得怎么样？你老婆在信中附带提及了吗？”

“他们在盼望他们应分得的……就怕你杳无音信，你失踪了，他们就得不到补助金。”波利修克一边走一边嘟囔了一句，没有转身。

本应是温情的告别，结果却是冷冰冰的分手。也许，这次分别将推进的那一步，正是波利修克的两条腿送他自己来这里的目的。是他，阿尼西娅中意的人是他！叶戈尔的眼神在他身上停顿了一下。他波利修克一定会把他们在医院小花园里的谈话说给阿尼西娅听。

昏暗的傍晚。微弱的煤油灯在一闪一闪地跳动，黄色的小火苗就好像是在互相递着眼色；不时地传来狗叫声，间或是哀怨的尖声狂吠，手风琴也被拉得吱吱响；河面上腾起发热的水汽。叶戈尔不知为什么摸了摸手枪，身上腾的一下就冒出汗来。他走进小巷，那是一条他走过无数次的小巷。一对急不可耐的恋人被惊走了，发黏的汗水也再一次湿透了叶戈尔的全身。巴拉莱卡琴[①]叮咚作响，伴随着民歌声，人们

① 巴拉莱卡琴，俄罗斯的一种民间弦乐器。

在不停地跺脚跳舞。这就是生活！奔流不息，如此这般的生活！身处爱的旋涡中的青年们正手舞足蹈。但是他没有，没乱动：在第一个晚上，他看到阿尼西娅的那一刻，他就一下子、完全地显出本色……

叶戈尔本想敲门，但是老狗阿穆尔冲着他高一声低一声地嘶哑地狂叫，他不得不发出短促的唏唏声来呵斥它。阿尼西娅听出了他的声音，立刻就呆住了，真想不到！……

“阿穆尔，到我这儿来！”

聪明的看家狗认出了主人，马上就不叫了，而且还摇起了尾巴。阿尼西娅猛地一下就把铁钩从门上拿下。叶戈尔愤怒地用双掌推门，迈过门槛，威严地扔出一句：

“点亮一点！”他亲自剪了灯捻，又把凳子从窗户那儿拉到门跟前，疲惫地坐下来。“喂，你好啊，怎么样……”

阿尼西娅平静地回答着他的问题，声音里充满了浓浓的忧伤，那是她内心沮丧的一种自然流露……叶戈尔的双眼已经习惯了屋子里的昏暗，他能准确无误地看清每一个摆设了。所有物品还都在原来的位置，就好像他刚刚离开：碗橱、桌子、凳子……这些家什都是他亲手做的。箱子是廉价买来的，原本是从富农那儿没收来的物件。而那些垫子都是用各种颜色的碎布块拼成，那是老太婆的手艺，但是他没看到她，也没听到她的声音：她怕女婿怕得要死。

“有酒吗？家酿的烧酒呢？快点拿来……”

阿尼西娅一动都没动。他开始自己找——划着一根火柴，用手掌拢着光亮。米什卡已经睡了。孩子瘦骨嶙峋的，手脚上的皮肤都出现了皲裂，小腿几乎呈直角地弯着，膝盖抵到了肚子上。叶戈尔没找到酒，嘴里唉声叹气，于是从自己的口袋里掏出了一只半公升装的酒瓶子。

“长大了……”叶戈尔骂了一句。米什卡微微地抬了抬脑袋，朦朦胧胧地看了一眼火柴的光亮，随即又低下头，翻身冲着墙，吧嗒了几下嘴，又沉到睡梦中了。

“老大呢?”

阿尼西娅嘟囔了一句：走了，去当水兵了，当军官……阿尼西娅就好像是刚从幻觉中醒来，她把食物摆上了桌。

叶戈尔迫不及待地抄起汤匙，立刻就大口大口地喝起汤来。他闻到了面包的味道，根本就没抬头在桌子上寻摸，而是一伸手就把面包抓过来。他吃得又猛又急……又把那瓶没喝完的烈酒塞进了背囊，酒瓶子把背囊里面的硬币磕碰得叮当作响。

“哎，没有我你过得怎么样啊？说说！我现在还是你丈夫嘛，我的位置是不是已经被别人占了？说说，你是怎么撑门过日子的……”他轻轻地捅了一下阿尼西娅。阿尼西娅打了个趔趄，但是站住了。叶戈尔又捅了一下刚才捅过的她那个肩膀，阿尼西娅双手捂脸，低声地哭起来，她紧紧地靠在白石灰粉刷的间壁上。她想：好在小儿子送到中国了，叶戈尔如果看到了他可怎么办？他会把孩子打死……上帝保佑！求您保护好孩子！

喝完了最后一口稀粥，也嚼完了最后一块面包，叶戈尔站起身，熟练地，像老虎钳那样掐住阿尼西娅纤细的脖子，稍稍扼紧：

“如果你对别人说我回来了，我立刻就能干掉你……你这个最坏的脏东西！孩子‘失去’了父亲，你就狗扯羊皮地乱搞，是不是？你快招认吧，不然的话我就掐死你……”

“除了中国男人这里就没有其他男人，但是和中国人是禁止的……放开我。我看出来了……有本事你手别抖啊，你就学会了这一手！”她哽咽着说。

“使劲号吧，我可不可怜你。你过去是娼妇，一直都是娼妇。你等到丈夫了！……你丈夫就是我，你得接待我这个从阴间回来的丈夫。把床铺上，站在你面前的可不是圣灵，而是一个活生生的男人，过来！”叶戈尔骂骂咧咧地说道，但是他已经挪开了几步，语气也缓和了。他试图搂抱她：但阿尼西娅跑开了，她厌恶地耸了耸肩。

“滚开，你这个恶魔！总是这副德性，战争就什么也没教会你。阵亡通知书妨碍了我和你离婚：啊，我还能和一个死人离婚吗？要是知道你没死，我就豁出去了。我和孩子们不管怎样都能熬过来。唉，当时就应该离了！”阿尼西娅悲痛地哭泣着，低声说道。

“看到这个了吗？”叶戈尔把左轮手枪递到阿尼西娅的鼻子底下。“我要发一笔横财，捞上一大笔金子，国家给的补助金我会还清。贱货，我也会和你算账的……你知不知道谁在火车站看到我了？真是费多谢伊？”没有任何过渡，叶戈尔突然直接问道，仇恨的目光盯着她，就像是要蜇她一般。

“他好像是猜想到了。”阿尼西娅明白自己名义上的丈夫在说什么，她于是这样回答道。“他也不确信那就是你。他和警察一起来过，还要求说，你一出现就通知他。这不是结果出来了吗，他没认错……”

“那我现在就得跑！……他算什么东西，他当你的家啊？贱货，你瞧瞧，他又掌权了！……”阿尼西娅看着他，倔强地摇摇头，这是她第一次直视叶戈尔。

“好好睡一觉，明早去村苏维埃认罪吧，就说，我会把钱都还你们……波利修克会暂时隐瞒的。你也多采点金子，但愿有个好结果，他们能把你饶了！……说不定他会暂缓行动呢，毕竟你们在一起工作过，在同一个队上……”

“我了解他这个人：因为那挺烂马克沁机枪，他把几个老游击队员送进了监狱。他既不会把我研究明白，也不会再等待。他不是傻瓜，但是机关衙门里的那些个……总之一句话……你别转移我话题……在衣兜没塞满之前我是不会向政权机关投降的。我肯定还钱！”叶戈尔再次激动起来，他并不十分相信自己的话。他心里想：“真该出去一趟。费多谢伊说得对，我累极了，孩子们有一个活着的父亲，可是我却把他们弄得衣食没有着落。孩子们都没死掉，都活了下来。他很精明，想到了阵亡通知书，并不是自己琢磨出来的。说出了一个人心里的想法，别人就偷偷提示给他怎么做……他要我屈服、低头。决不！坏蛋……”叶戈尔的习惯是只讨好自己。

“认罪吧！坦白从宽啊……”

“臭婊子，你翻来覆去地嘀咕这句干啥？”叶戈尔勃然大怒。“他马上就要把我送进警察局了。在那个地方没金子就别想使唤人……给我闭嘴。你知道，我是不会手软的！”叶戈尔又转了转手枪，“而你……你得帮我！我得试着躲起来。不帮我就杀了你！”

“我……我能帮你什么？”

“你把嘴给我闭得严严实实的！不许跟任何人说起我！还得帮我弄些面包、土豆、盐等等东西。你浪一点就是帮我了，要浪出热情来！……我一个人在原始森林里，你知道的。当然了，需要联系！你不要任性：咱们得找一个见面的地方，一起说说话。我现在就下探井，去找淘金盘……在咱们之后没一个人能在幸运的泉眼里淘到金子了吧？就像庄稼汉们喝醉之后上前线那样凑巧？经常有人去格罗特那个矿洞吗？”

“谁去？没一个人去了……矿坑开始关闭了：婆娘们一定会为你挣钱的，等着吧！像我一样千方百计地拼命苦干；许多人都离开了，各走各的。”

叶戈尔满意地格格笑起来：显然他很喜欢这个回答。他站起来，

走近一点儿,再次威胁道:

"你就别想背着我耍什么花招!我会识破的,你明白了吗?"他又用同样的语气半命令半请求地说,"还有什么吃的喝的,都归拢到一块儿,面包啊、盐啊、糖啊……霰弹枪呢?放哪儿了?他妈的,我咋没看到呢?在原始森林里没家伙可怎么办?"

"我用它换土豆了……"

"好吧,只好凑合着用左轮手枪了……我现在就走!我要去哪儿,你知道的。我去捡点荒金,现成的金子!洗一洗,筛一筛,需要很长时间,一点都不容易……"已经跨出门槛了,他突然问:

"还有中国人出现吗?"

阿尼西娅发出不快的哼声,甚至打了个哈欠,就好像对她来说有没有中国人都一样似的。

"似乎有,我也不是很清楚!他们不在村里住,除非是在金沙收购点那儿,或者是他们出来换流通券的时候,我才能看到。我在铁路上卖苦力,没见过他们。更何况我跟他们能有啥交往:毫无瓜葛!再说啊,还有一道边境线呢!他们那里有新政权了,想按我们的方式生活,人家为啥要跑到咱们这边来啊?"

"你总是撒谎!边境线能拦住他们,拦住这些中国人?你瞧一瞧从阿穆尔河那儿通往咱们这边的小路吧!踩得有半米深,全都是他们的腿脚踩踏出来的!他们世世代代就走来走去到处游荡……要是边境线拦住他们,嘿,他们一样跳过去。"叶戈尔还逞威风地模仿了一下,随即又想起了一些经历:"金子,有吗?有,有……拿到这边来!……哎呀——砰砰!"①

---

① 这是叶戈尔想起自己以前抢劫中国淘金者时,与其对话的场景。

叶戈尔离开了，深更半夜里，一片漆黑的时候——他气势汹汹，恶狠狠的，也没有和阿尼西娅告别。

第二天，给母牛挤完奶，把它赶回牛群后，阿尼西娅就走向李方的林中小屋，她给李方带去了消息，事关那条小路，被她踩踏出来的小路。

母亲没有警告她，她没打算为女儿劳神。约定的记号正确无误，那是催促她快点去林中小屋的记号：狗没在院子里。她向母亲喊道："我去采蘑菇啦！"

李方正在篝火边喝茶。他一点都没吃惊：为了能碰上他，她经常是一大早就赶过来，因为他吃完早饭以后就要去泉边淘金。他站起来迎接阿尼西娅。阿穆尔没有叫，舔了舔他的手，在没有烟却还燃着一点儿微火的角落边躺下了……李方拉起阿尼西娅的手，不时地轻抚，他看着她，看了又看。阿尼西娅没有拿开手，就这样坐到了桌子旁，就像被绑着一样。为了让自己平静下来，她没有直截了当地说，而是绕起了弯……

"你瘦了……瞧，白头发都长出来了。时光催人老啊！光阴一去不复返。我想儿子，每时每刻都记着。他在那边过得怎么样？"她一边平定呼吸，一边小声地说，眼神始终没有离开自己的爱人。她似乎平静下来，现在可以说出那个可怕的秘密了。之所以说是可怕的秘密，是因为有一种不好的预感使她很不安。李方微笑着说：

"我瘦了？哦，还好，尼西娅……稍后，我们就结婚吧。住在哪边呢？咱们选一选……"

阿尼西娅非常认真地望着他，一副寻根问底的架势。他马上就察觉到她心情上有了变化，她也立刻就明白了他的无声的问题。阿尼西娅叹了一口气,移开了目光。

“我做噩梦了……你没出什么事吧?”

“没出事……虽然我没找到狗头金,”李方开了一个玩笑,“但你比世上任何东西都好!……”

“可我这儿却发生了……”

李方仔细地盯着她,把手中带棱的茶杯放了下来。

阿尼西娅讲了起来……

“我现在心里想的就一件事:补助金要被收回去了。我在这铁道线上得到了啥?一无所获,啥都没得到!眼前可指望不上他的抚养费……就是他救了你,你还记得那次塌陷吗?当时你们俩还在洗矿槽那儿拜把子,每人都喝了整整一大杯。你当着大伙的面叫他大哥。对我来说他是恶棍,对你来说,是大哥。他可是让我吃尽了苦头!我想:一切都过去了!可他说回来就回来了!怎么能这样骗我……他说,想的是孩子,不是想你,虽然你是我老婆!”阿尼西娅喘了一口气,稍稍歇了一下。

李方呆住了,像石头一样僵在那里。这个消息使他十分震惊。他被难住了,一会儿皱眉,像是因为疼痛,一会儿又睁大眼睛,试图理解究竟发生了什么。他该如何是好?他得怎么办?阿尼西娅会怎么决定?但首先他……是的,是的。应该,应该先搭救大哥!

……老早就被废弃的矿井发生塌陷,这根本就不是啥新鲜事。——危险!李方感觉到危险的那一刻,脚下的地面无缘无故、莫名其妙地下沉了,而他恰恰是身处塌陷的喇叭口当中。双脚沉陷在潮湿的洗沙中后,李方镇静下来。此时,高处的草根土自上而下地移动起来,并且慢慢地滑落。这是一座活动的坟墓!绳子、锹、镐,什么都帮不上忙。沙子已经没过膝盖,李方的身体也被拉拽着越来越往下。

就这样，下方在不断地沉降，周围的沙子一刻不停地涌来。坚硬的草皮的边缘击打着他的肩膀，让他感到极为疼痛，不幸的人已经是在等死了。

就在这个时候，有人把一根长杆儿扔在了塌陷所形成的喇叭口的开口处，那个人又把另一根长杆儿放下来，牢牢地抱住，就像撑杆跳高那样握住杆子。李方虽然几乎失去意识了，但还是本能地抓住了在自己头顶上晃动的勇士的脚。估算得很精确：刚砍下来的树杆子弹力非常大，借助树干挺直的弹力，李方将双腿拔出来了。在上方的人抛下绳子，两个人都死死地抓住它，顺着已经撅起来的第二根杆子急忙向上爬……他们就像木偶一样——“必然的死亡”的木偶，一直被拉到洗矿槽那儿……这位极其机敏的大胆的人就是叶戈尔·舒加罗夫。李方后来失去了知觉，鼻子朝下，一头扎向草地，趴在那里。叶戈尔若无其事，满不在乎，他将靴子里的细沙抖落，向中国人俯过身子，问道：“你还活着吧?!”他友好地拍了拍被解救的人的后背，离开了。晚上下班之后，叶戈尔把年轻的外乡人带进了自家院子，无论叶戈尔怎么推这个温顺的、吊眼梢的兄弟的后背，他都没有跨进屋门的门槛。他睁大眼睛仔细打量女主人，——是她，阿尼西娅！她站在台阶上，做出邀请的手势，请他进屋。他在她面前有些害羞，微微地鞠了一躬，接着贪婪地看着她。当她伸出手的时候，他用微微颤抖的手满怀敬意地与她相握，她记住了这一瞬。

“你发财了……我的狗头金算什么?！你有两个丈夫了。”李方悲伤地说，这个消息极大地震动了他。不！他不会退让的！……

“你知道，叶戈尔跟我说过：我不是为找你来的，而是为了找孩子。我淘金，给国家，我欠国家的补助金。就让他们惩罚我吧，我已经都准备好了。想要不可耻地死去，关键是要还清欠账。啊哈，他就是这么说的，他还说我不相信他，他也不爱我，虽然他艰难地回来了。”

“叶戈尔卡不信上帝也不信恶魔。他还劝我也别信，当然我没那么缺心眼，不是他想象的那样……他是个暴君！他是比恶魔还坏的人！就喜欢打架……可是我不怕他：对于一个知道了什么是爱，已经在爱的路上的人，辱骂和隔阂都算不了什么。”

“我最爱的人是你，是你，李方努什卡—伊凡努什卡！”阿尼西娅说完便不再作声，安静了下来。

李方的内心无法平静。他用手中的茶杯磕碰桌子，杯底儿轻敲在桌子上，声音很急促，也很密集，以至于茶水都溅了出来。他望着森林，若有所思，好像是在做什么决定。他的脸上闪现出极其悲痛的神色。忽然，在他的眼眸深处，在他眯缝起来的双眼中有一丝微光闪耀，这丝亮光开始剧烈地跳动。他不知怎么的一下子就抓住了事情的本质，他明白了，为什么自己心爱的人这么早就来找他，怎么办？难道他不理解阿尼西娅的处境吗？他，李方，会帮助救命恩人……也就是他的情敌。大哥需要很多金子，金子！……这就是他能搭救叶戈尔的东西。在别的方面他帮不上忙，在这方面他能帮。他知道，哪里可能有金子。应该，应该搭救兄弟，使他免受牢狱之灾，正如当初叶戈尔从死神手中救出自己一样。如果找到金子——就给他一半。

打定主意后，李方已经准备迅速离开……不，不去格罗特那个矿洞，那里的矿脉被彻底采光了。他急着去“一个娘们儿的房子”那儿碰碰运气，对对，就去那儿！在那里，在厕所的茅坑里放着一只酒瓶子，那是当时房主人从屋子里跑出来，当着李方的面扔进厕所的，因为突然出现了警察。谁都没看到，除了他！虽然李方陷入了埋伏，但他没告诉任何人，甚至包括警察科热夫尼科夫。房主人假装摔一跤，他趁着追捕的所有人都没注意，把瓶子扔了出去，然后站起来投降（一小时后被自己的同伙用枪打死了）。搜捕者搜查起金子，在炉子里找到一些，房主人并没有特别伤心，他解释说，金子是大伙一起淘金淘来的。实际上根本就不是那回事儿。这房子是能进不能出，进来的人就没一个能走出去。他们用女人来引诱，她住在这所房子里：房主的老婆一点都不年轻，非常老，反应非常迟钝，甚至弯腰驼背……把人引诱来，抢走他们的金子，再用又尖又长的锥子刺死他们。尸体被抛进山间的小溪。积攒下来的那么多金沙就是这么来的！金银财宝都藏着呢，为在哈尔滨生活藏着……现在去找来送给叶戈尔。再为自己挖一些。万一从这大户人家家里能翻出狗头金呢？哎哟！……

阿尼西娅搂着李方的脖子，和他说着温柔、亲密的话。那对紧实的、丰满的乳房使得李方激动起来，也点燃了他的欲望，汹涌而来的激情把两个人都惊呆了，他们停下来，一动不动。李方甚至不敢小声说话：他抬眼望向森林，就那么一直望着，只是偶尔瞥几眼心爱的人。最终理智战胜了情感。他轻轻地抚摸阿尼西娅的筋脉显露的手腕，内心怅然若失，勉强挤出一句话来：

"他在哪儿？"

"谁？"阿尼西娅问道，仍旧是温柔的语调，并没有刻意地抑制或是强忍。她满脸通红，变得更加诱人。末了，她还是猜到了这个"他"指的是谁。

"在原始森林里，在喷涌的泉眼边。跟你一样，在找荒金！他答应，说一个月后露面。我不得不给他送吃的喝的！我很害怕：他要杀了我！要是淘不出需要的那么多金子，他就会来杀我。他已经没什么可失去的了……"

阿尼西娅抽回手。他们已然是面对面地坐在那里……上帝啊！如果是被所爱的男人以特有的、灿烂的、火热的、幸福的目光看着，那感觉该有多好！李方现在并没这样看她。他只是随意地坐在那儿，甚至默不作声，但是，暖意在他的心里，正因为如此，他让阿尼西娅感受到的是他的善良和爱意。

李方把身子探到桌子那边，亲了亲阿尼西娅，手却意外地碰到了空杯子。杯子掉落在草地中的碎石上，彻底碎了。

两个人惊恐地互相对看了一眼。

“碎碎（岁岁）平安！器皿破碎意味着幸福临近、心想事成！”阿尼西娅从桌边站起来，说着鼓劲、振作精神的话，并开始收拾杯子碎片。她顺便又说道：叶戈尔会在某个地方沿着小溪游荡。他想招呼狗跟着，阿穆尔不去，它总是紧跟着我。阿穆尔知道我要去找你。狗比人更敏感。

李方的态度非常坚决。他说，他要去找叶戈尔，就是这样。他把阿尼西娅带来的包袱拿在手中，她扑过来，抱住了他。

“你是不是太认真了，李方努什卡？也许，没那个必要。也许，直到现在他还是在撒谎……”

“我是在帮你……把欠他的账都还清。我必须得去。应该去！”

“你想出来的啥办法……我不让你去！叶戈尔不会怜惜你的……我那么爱你，可是你要离开。”她依偎在他的怀里，紧紧地抱着，眼泪止不住地落下来。劝阻毫无效果，他就是这么固执的一个人：做出决定就够了，没别的话！什么都吓不倒他。他讲述过，“红胡子”如何在路上差点杀掉他，他还曾遇到山狸子和冬季没有冬眠的熊。诸如此类的意外在原始森林里还少吗！不用怕谁，也没什么可怕的。李方性格上的这一特点很合她心意，虽然也有阿尼西娅不喜欢的时候，尤其是在她的计划和想法与李方不同的时候，或者，当她的计划和想法被李方放置一旁的时候。他明后天本来得跑一趟去接儿子，把儿子带到他亲生母亲这儿来，看一看，玩一玩——足够了！现在可怎么办？真想不到，还得闯一趟原始森林，去找叶戈尔，为什么会这样？还不知道他们的见面将变成啥样。事儿挺好，但这个叶戈尔……哎哟，圣母啊！求您保佑，保佑我们逢凶化吉……

两个人在小路上静静地坐着，好像是要分别很久的样子。她建议道：

“当心，别和他打架……你别带狗去了，它会跟我回去的。叶戈尔应该一下子就能猜出来你是我的什么人。”说到这儿她忽然高兴起来，嫣然微笑。“那我是你的谁呢？是你熟悉的姑娘！”她吻了吻他。“走吧，上帝保佑！……”

他顺着小路离开了，越走越远。其间他曾两次转身，似乎是在永别。李方一边走一边粗略地估算，出这趟门需要多长时间，挖那个大户人家的茅坑用一个白天就够了，还得用一个白天找“大哥”……他第三次转身：阿尼西娅还站在那儿，一直望着他。他没有向她挥手，他怕挥手会绊住自己的脚，打乱自己均匀、从容的步伐。

第五章

“嗨，到这边来！”叶戈尔忍不住招呼了一声。被叫的人好像本来并不盼着过来，似乎他站在那儿反复地思量：是过去，还是不过去呢？这个外地人似乎在往后走，离开他的小木屋，转过弯后不知为什么又转过身来，这时候，叶戈尔终于忍不住了，于是才使劲地喊了一声。其实，这个外地人正期望着被邀请过去，所以才站在那里，等待时机。这不，人家喊他过去了。

外地人很确信地、径直地向这个过冬的木屋走来，就好像认得路一样：直走，而不是沿着小路走。他背的东西不重，没弯腰弓背，走路的步伐非常坚定。的确，步子很小，但是迈步的频率很快，中国人走路就是这样。叶戈尔遇到了不止一个，但他都放过去了，而且那些中国人也是急忙闪开，甚至闪到灌木丛中。他恶毒地想：挖吧，兄弟们！别怕……足够所有人的了。你们要是在小道上碰到我——我就把你们的毛拔光！可是，看走路的姿势，怎么这么熟悉……

天哪！……这不是李方-伊凡吗！那些和他关系很好的人，比如那些与他友好相处的淘金者，都这么称呼他。虽然民族不同，肤色各异，但他们有着一样的命运。嘿嘿，这是他从废矿的塌方处救出来的李方啊……是朋友，也是兄弟。没错：就是他！

在“等候客人”的叶戈尔无论如何也不能相信自己的眼睛，然而，这就是李方。

叶戈尔动身相迎，他微微地咳嗽了一声。两人走到近前都没有说话。

在两人凑到一块儿，还未问好之时，中国人刷的一下就把背着的袋子放到了草地上，就好像是口袋从他身上自己滑下来似的。李方向叶戈尔深深地鞠了一躬，叶戈尔慌乱起来：他这是要干啥？！他不知道自己该怎么做。可这时候李方已经直起了腰，他们的眼神交汇在一起。李方坦然、善意地微笑着，向仍在发呆的叶戈尔靠近了一步。

“你好！”

“你好！”

他们都没有伸手：俄罗斯的淘金者通常不会向中国的淘金者伸出手。不是出于敌意，而是为了尊重：因为中国人用鞠躬来打招呼问好，而不是通过握手这种方式。

“真没想到！……啊，请进……看这意思，你仍在打猎？……从哪儿折腾来的？”叶戈尔贸然地问了一个这么荒谬的问题。他应该这样猜想：是从村子那边来的！金子刚交上去，现在没了，口袋里都是吃的、喝的……口袋很小，就是说，出来的时间不长……根据他的心情判断，他还有金子！要把金子运过阿穆尔河。这也是他犹豫的原因——前往还是不前往俄罗斯人住的房子。叶戈尔突然又想道：“他不会是被谁派来的吧？”叶戈尔的脸立刻就变得伤感起来，一副愁眉苦脸、怀有敌意的样子。但是……过去他们是兄弟相处，谁能破坏他们的友谊呢？只有他们自己……两个人曾经互相搂着，唱着歌。友谊长存！兄弟情谊地久天长！

叶戈尔皱着眉，不友好地注视着客人——这家伙现在可是非常可疑——他没有隐瞒自己的不满。李方察觉到了，但未动声色。他的所有举动都在强调：我不会做害人的事，我来也不是为了害你的。你救过我，我一直记得，非常感谢，我不会只用一个友善的姿势来报答你。

“嗯，明白了！”叶戈尔移开了自己的严峻目光，走向篝火边，说道。中国人脱下潮湿的帆布裤子，把裤子搭放在火边，他又脱下了脚上的防水靴，把靴筒倒挂在灌木丛上，转过身来：

“我一直在瞎走，四处乱撞……还不错，终于找到你了！”

客人的欢呼声让叶戈尔十分厌烦。“这该死的吊眼梢子……居然找到了我。我凭啥用得着你？明显是被派来的。波利修克这个……奸诈的坏蛋，也不能让你就这样抓住我！”叶戈尔不怀好意地斜了斜眼。

两个人坐在篝火边。李方此时的举动让人莫名其妙，他目不转睛地盯着火堆，似乎是在祈福，还时不时地微笑一下。他这是为啥？不，不像是在算计人。在格罗特那个矿洞里能看得出一些新痕迹：他，他……也许，是别人？来淘金的可不是李方一个人。

两个人开始喝起茶来——是那种不花钱的草茶。叶戈尔深深地叹了一口气，非常感慨地说起了过去，他对以往的事很是惋惜：

“你还记得吗，兄弟，在格罗特那个矿洞，我们平均每天能淘多少金子？你记得吗？另外一伙人一个礼拜都没睡觉，淘出那么多金子！”“可是现在，我被折磨已经多少天了，却毛都淘不到。我害怕空手而归，决不能这样……”李方没问他什么，他害怕自己露出马脚，他什么都知道；阿尼西娅请求他，不要透露他们在相爱，也不要透露他们俩还生了一个儿子。为什么不能说呢？就让他知道吧……不能说。也不能问他：听说你被法西斯杀了，却怎么在这里，在森林的篝火旁？怎么像什么事都没发生过，就好像你没上过战场，也没被杀似的？尼西娅说得对：他们只是老早就认识的旧相识……他为什么说“决不能这样”？不能怎样？不能回家吗？他没说，话没说完就卡在嘴边了。因为那是阿尼西娅的家，不是你的，叶戈尔卡……那家是我的！美丽的阿尼西娅也是我的妻子。明后天我就去接儿子……

叶戈尔想说什么却没张嘴，而是站起身子，把自己肿胀的右手递给李方看。

“啧！”李方弹了下舌头，“疼吗？嘿……没事，兄弟！我们会找到许多许多金子的！”他非常自信地补充道，说得极其随意、平淡，就好像他已勘测到幸运的线索，发现荒金的线索——天然金块有核桃那么大，这还是最差的情况；如果是在最好的情况下，就好像是一口袋金沙已被他筛出来，有一普特[①]那么重，似乎口袋就在这儿，他带着呢。

“你为啥要找我？难道是阿尼西娅因为老交情说走嘴了吗？”叶戈尔老是想这样问一句，却不知是什么事阻止了他。李方向上提了提正在烘烤的裤子，用一根长棍儿的末端搅动了一下火堆，冲着叶戈尔明快地笑了笑。

“你好像掉金窝了？在这方面你可是啥都知道，你向来走运，你是总能捡到狗头金的能干的家伙！是偶然碰到，还是有别的窍门？我在这儿也没事干，既然你还记得我，那你就冲着咱们的老交情帮帮我！”不知为什么叶戈尔高兴起来，“你指点指点我‘幸运的窍门’吧。”

“啊，哈哈……应该的，应该的！”中国人兴奋地说，“尼西娅说过：如果你找到金子，得分给他一些！”李方说起了谎话。“嗯，我会帮你的：你是我大哥！”

“怎么，她让你把金子分给我？你去过她那儿？她求你的？这个

---

① 普特，俄国重量单位，1普特约等于16.38公斤。

多嘴的娘们儿，可恨的坏蛋……”叶戈尔差一点脱口说出：前天我到过她那儿，回了一趟自己家。可是他却压低声音，发狠地说：“不，我自己……我会走运的，会的。我正在等好运呢。手不听使唤了，狗娘养的！扭伤了手，好疼……我看，你是在村子里住吧。你住在那儿？”

李方摇摇头表示否定：怎么可能呢，我是中国人，政府怎么会允许我跟俄罗斯人交好呢？不管你是登记了还是没登记，都不许。以前我们住在宿舍里，现在他们都不在了。不允许我们单独行动，必须是大伙一起……

“是这样啊……你想在澡堂里和脱得光溜溜的娘们一起洗澡？”叶戈尔目不转睛地看着自己的情敌，嫉妒地问道，随即冷冷一笑，看得出他是想起了什么。他迅速地瞥了李方一眼，又往火里添了一根杈多的松树枝。松枝噼啪作响，迸出火花，冒出一股股黑烟。

“没想！”李方“朴实”地回答，同时也非常明显地撒了个谎。他坐到袋子边，解开口袋，从里面掏出了一只装过香槟酒的那种酒瓶子。看得出瓶子很沉，没有任何吸引人的光泽，颜色也一点都不显眼。虽然如此，李方还是用手轻轻地晃了晃，他说：

“终究是找到了……挖出来了！”李方非常兴奋，但没把瓶子递给叶戈尔。“我跑了又跑，挖了又挖……你知道‘一个娘们儿的房子’吗？就是在那儿挖啊挖……找到了！”他本想把瓶子摆放到地上，但又改变了主意，仍是提在手中。

“‘一个娘们儿的房子’已经被毁坏了，是用耙子耙毁的。”叶戈尔嘟囔道。他极其嫉妒：这个走运的中国佬！他之前就走运。叶戈尔知道那所房子，是道听途说的。“瓶子里装的是啥？里面是金子？可那是什么时候放进去的？”他用棍子头拨弄了一下火堆，在拨弄前，这根棍子的棍头子已经烧焦了。然后他生气地把棍子一摔，站起身来。他心情不好,这非常明显。

“手疼吗?”李方关心地问道,并准备帮忙。

“有点冷起来了……喂,让我拿一下。你太走运了……你说你找到金子了,哼……你走啊走啊,瓶子就在草地上滚过来?!为啥我碰不到呢?嘿,太走运了……就是说,你是一个有福气的人,瞧,真有福!”叶戈尔讪笑一声,不怀好意地、奸诈地看了看瓶子:“有多少公斤?”

“五,五,五六公斤吧,不过……咱们平分吧,哈。够了吗?”

“好一个公子哥儿……”叶戈尔想道,“他要分给我!这么快就做决定了?怎么,他跟阿尼西娅凑成一对了?或者,他是顾念我们之间的交情?为此而来?哼,这个臭娘们儿,她已经把消息泄露给所有人了。怎么求她保密的……停!他和她是什么关系?一般人?……有点不能让人相信。急需金子这种事是不会跟不相干的人说的。这就是说……也许,在未知我生死的时候他们就已经勾搭上了吧?这个‘伙家’① 是我老婆的情人?!”这一猜测使得叶戈尔大受刺激。他把瓶子凑近自己,双手颤抖。

“你快点从这儿离开!”叶戈尔咆哮道,“我根本就不需要你。不过这些金沙,是我的!”他用左手一把就抓起了瓶子。

“别过来!不然我就干掉你!你了解我的!”

“尼西娅求我平分!”李方笑了笑,朴实地反驳道。这可气坏了叶戈尔。不行,不能把这家伙放出森林……

“为什么是娘们儿让你平分?她算个啥……”叶戈尔气呼呼的,把手伸到腋下,摸索到手枪。李方明白了:打架是避免不了了。他准备好了!他不得不在这条路上打架,这条从阿穆尔河通往阿尼西娅所住

① 伙家,俄国人过去对汉语“伙计”的歪曲用法。

的那个村子的路……在这条路上,他曾经和一个陌生人战斗过,那一次他坚持到底,经受住了战斗。这一次战斗他同样要坚持到底……

……刹那间李方就发现附近有个土匪,他正准备跳过来。李方试图迷惑他,以便能绕过去并藏起来。就在这个时候,土匪突然一下子就把路堵上了,他不打算让开。这个土匪长得很凶,很吓人,像牛一样低着头,把紧握的拳头放在胸前,保持着打斗姿态。那是两只受过磨炼的、长着结节的大拳头。既然抢劫不能马上得手,那就挑战李方,和他对打。李方接受了挑战,但他知道谈判的手势也做了谈判的动作:把右手放到胸前,张开手掌,掌心向内。对方做了一个意思更加明确的手势:大拇指朝下,一下又一下地戳向地面。只能是你死我活……李方翻转左手,掌心向上,他这是在提议:可以明智解决——和平离开。但土匪却翻转左手,把手掌由自己身边递向了一旁,这意味着:战斗不可避免!

李方不由自主地握紧了拳头,和这样的对手交战,只用拳头肯定对付不了。野兽般的蛮力,这个时候也只有野兽般的蛮力,给土匪带来了明显的优势——战胜一个已经准备好为爱而牺牲的人的优势:他要去见她。他的尼西娅仿佛一瞬间就站在了他面前,像是被崇拜的女神;紧接着,在下一个瞬间,他就用双手挡住了对手的直接击杀。李方愣不给野蛮子所期望的那种打倒自己的机会。此时此刻,李方确实也没有退让。野蛮子被迫转为防守。侧击拳、虚拳、反击拳,一拳跟着一拳,但哪一拳都没把李方打倒。土匪呼的一声又是一记猛拳,直向李方的头部抡过来,李方敏捷地从他身边躲过。在闪开的那一刻李方也抡出了自己的拳头。土匪以强有力的、急剧的进攻来回击,他的整个身体都扑向了李方,膀大腰圆的躯体的全部重量都压了过来,但是李方站稳了,没有倒下。

两个人各退后一步,怒目而视。

这个敌人是谁呢?为什么非得要他李方死呢?他的皮口袋里没带金子,他是去找金子的。他带了什么呢?强烈的、深厚的爱。你和我一样,同是中国人,为什么非要我的命不可呢?你这个强盗,能迅疾进攻、出奇制胜,这样的"战士"干的是抢金子的活儿:所谓"拔野鸡毛"——抢夺那些刚刚加入采金行当的中国人。你打错算盘了:我不是一只嫩毛野鸡。

"红胡子"又一次发起了进攻,还是他第一个动手。

没多久,两个人都累了。双方气喘吁吁、面对面地站在那儿,谁都不说话。李方以巧妙、敏捷的攻击应对土匪的所有攻击,他尽其所能地躲开身子。土匪像野兽一样龇牙咧嘴,又是他率先动手,而且是用双腿进攻。嗬,你还这样打!接招吧……李方倏地一下就发起了闪电般的进攻,非常突然,自己都没料到,他双脚踹中了土匪的小肚子。那个家伙没有倒下,只是向后退了几步。

他们又停了下来,两个人都奇怪:这一切都是因为什么呢?

土匪狂喊了一声,恶狠狠地跳过来……没有打中,李方跳到了一边。土匪仍扑过来,又是无功而返……这个野蛮人不再蹦跳,而是开始追他,于是李方就躲避,搞得对手筋疲力尽。最终,追逐停止了。"红胡子"懊恼地吐了一口黏唾沫,气愤地跺了跺脚。

两个人谁都没力气了,都没退让,可也都不能再打了。野蛮子后退了一步,李方也后退了一步。土匪重又退一步,而李方退了三步。就这样,两个人小心翼翼地互相远离了,那个时候尚且是黄昏,他们的身影还没有彻底地与已经是5月头的漆黑的夜晚融为一体。

这场战斗发生在那条小路上,那条引领他走向心爱的女人的小路,难道这场战斗有某个目的吗？难道人生真的就是一个无解的谜吗？

他感觉有一股神秘莫测的力量在保护他，但他没猜到，这股力量就是爱。爱很多次地救过他的命。甚至是从野兽的嘴里救下他。有一次，是从山猫的嘴里救下他，确切地说，是山猫崽。当时李方预感到有一道很好奇、很吃惊的目光看着他，他一下子就停住了，同时闭上了眼睛：因为野兽忍受不了人类的目光，他盼着山猫崽能跳开……山猫崽不敢跳，可是，母山猫正在附近的某一个地方游荡吧？

危险过去了……

另一次是李方迎面碰上了熊，它绕着圈转悠，用后腿站起来，并不敢进攻。李方还遇到过狼。但是，有关猛兽习性的知识为他增强了信心，也使他更加勇敢。结果是，他战胜了狼。那些知识还是父亲输入他脑海的，是当时在路上——父亲带着儿子跨过阿穆尔河来这边的路上——教给他的。

如果一个人被邪恶支配，他会比野兽更可怕。

……李方勃然大怒，就像在那次打架中一样，气得浑身颤抖起来。他像摔跤手那样叉开手脚，稍稍弯下身子，眼睛好像看着地面，慢慢地移向既是对手又是朋友的这个人……“木棍在哪儿？哪怕是有根棍子……”

“我说，你快点滚吧，免得发生灾祸。给我消失得远远的！不然我会干掉你！我呢，你是了解的。你这只‘野鸡’！……这种野鸡的毛，我拔了许多，可不止拔过你一只。我救过你的命，我救过你……滚吧！”叶戈尔用他嘶哑的嗓音严厉地喊道。中国人打架的方式他也知道，他们也是非常凶猛的，不要期待有留情的机会。“要不你会倒在我脚下的！幼稚的下流坯！你还打架？你这种人我见多了！最坏的畜生是谁，就是你！……这瓶子金沙，归我了！”叶戈尔挥动着深黄色的瓶子，因为手在颤抖，他几乎拿不住它。他把李方从自己的身边赶走，目的是为了伺机打李方的后脑勺。

李方终于看到了木棍，他弯腰俯身，想把棍子捡起来保护自己，但没成功。叶戈尔先是用什么重物，更准确地说是用瓶子，打李方的脑袋，然后就径直地把他撞向火堆。中国人躲开了，马上又跳了一下，他明白，如果自己不站起来，那就完蛋了。裤子的许多地方都开始冒烟，但他却没感到烧伤或烫伤所带来的疼痛。他跳向叶戈尔，借助弹跳力用紧握的拳头打他。现在他们已经不是朋友，不是兄弟，而是交战的对手，是敌人。瓶子从叶戈尔的手里掉下来，滚到了一旁。

叶戈尔打个趔趄，倒在了地上，但同时也抓住了李方。就像在侦察行动中最危急的时刻，他把李方当成手榴弹那样死死地抓住。他们跌到草地上，一边大叫一边呼哧呼哧地翻滚，两个人轮番处在上面。站起来的时候叶戈尔用长胳膊牢牢地紧箍李方，给他来了一个过头摔，那双结实的长胳膊的功夫可是叶戈尔跟“俘虏们”在一对一的决斗中练就的。李方开始发出嘶哑声，仰面倒下了，但他再次跳起，急忙捡起那根木棍，将身上正在冒烟的一块块的粗布碎片打落。到底还是拿到木棍，当他已经把它抡起来的时候，看到了瞄向他脑袋的手枪的枪口。敌人非常平静，没有靠近，只是端着枪对准他……

既没有躲藏，闪避，也没有逃离……李方只是后退了一步，没有移开自己目光，他瞧见一双让人惊恐不安的、预示着不幸或灾祸的眼睛正在注视着他。但是后来，当他看到叶戈尔没有放下武器，而是端着枪，开始一步步向他走近的时候，他明白了，这是他的末日。木棍一下子就从李方的变软的手中滑落下来，他两腿瘫软，整个脊背都被汗水浸湿了，头晕目眩……突然枪声轰鸣，短促而响亮，他立即就用手捂住了脸。第二声枪响随之而来……子弹从他的头上呼啸而过，极其骇人，李方戳在那里，一动不动，就好像是已经准备好了一切。现在是瞄准他的第三枪……疼痛在他身体内炸开，要夺走森林和天空，要分开他和阿尼西娅。一切都将消失，永远地消失。他可是刚刚，刚刚找到自己的幸福。“活着多好啊！活着，去爱，去爱！”李方想大喊。他的双脚已不再发软，可是面无人色，他没能从左轮手枪上移开视线，那把枪正被一只残忍的大手举着。

看着他十分紧张的样子，叶戈尔报之以厚颜无耻的嘲笑。和所有阴险的人一样，他脸上的皮肤变得细薄、焦黄，那张凶残的脸越发显得狡猾、奸诈。在他那张脸上，暗红色的大鼻子旁有一道非常明显的伤疤，这道伤疤给叶戈尔的恶毒的讪笑增添了诸多意味：有隐藏着的专横与任性，还有不计后果的挖苦与侮弄。对于这种人来说，杀人就像吐一口痰。但是他们却胆怯、卑微地躲避武装得比自己强大的人，他们迫害、摧残无依无靠的人，不受约束地操控人命的那一刻让他们感到愉快。

心中的恨意汹涌而起，把恐惧也排挤了出去，李方向前走了一步，走向叶戈尔。他的全部神情似乎在说：开枪吧，我已经准备好让你杀死了。但是，你为什么要我的命，叶戈尔卡？我好心好意地来找你，你却恩将仇报……依仗武器的人，注定要灭亡。

也许，就是在突然之间，叶戈尔到底还是捕捉到，并且相信了“小兄弟”的真心诚意。这是叶戈尔在最后一刻，在李方的愤怒到极点的目光中捕捉到的，也是在李方冲着枪口向他勇敢走来的步伐中捕捉到的。叶戈尔像保护人一般地龇牙一笑，把手枪塞到了腋下。

“我，俄罗斯人！”叶戈尔激动起来，傲慢地说道，“俄罗斯军官不杀黄口小儿！”更难听的骂人的词儿几乎就脱口而出，但他控制住了。他仅仅是目空一切地冷笑了一下，令人厌恶地撇了撇粗糙的厚嘴唇。“好吧……小伙，鬼东西！”突然间，就好像他们之间什么都没发生过一样，叶戈尔伸出了他的锹状的、长满青色老茧的手，一分钟之前这只手还握着那把曾两次击发、召唤死神的左轮手枪。李方很窘，很难为情。不能丧失自己的人格尊严，李方勇敢地、一眼不眨地直视着叶戈尔，直视着他那双至今仍表露出恶意的眼睛，然后，伸出了自己的手——青筋毕现、热得发烫的手。就这样，他们第一次通过握手恢复了，好像是恢复了，老早就有的朋友关系。很久之前的老朋友，是不是？

“把我的‘香槟’拿过来！”叶戈尔说话的声音非常嘶哑，那已经不是他自己原有的声音。依然傲慢，可是傲慢并没有给他弯腰起身的力气，李方却做到了。

“兄弟，这是给你的……都拿去吧！”李方随和、亲切地笑了笑。叶戈尔用他颤抖的手把玻璃瓶子贪婪地摸了个遍，仿佛这只瓶子就是他自己的一样，随即就一声不吭地走进了小木屋。他很久都没有现身。出来的时候，他左手拎着一只半公升容量的瓶子，在太阳的照射下，瓶子闪闪发光。不对，瓶子空间有三分之一装着黄色的金沙。瓶盖儿连同软木塞子从叶戈尔拎着的口袋里撅了出来。李方非常吃惊，他大大地，却不失礼貌地张着嘴。他无论如何也不想拿……怎么可以这么做?!

“拿着，拿着，再这样我就骂娘了！拿给我的尼西娅……”叶戈尔重又显出得意洋洋、唯我独尊的样子，就好像是他把自己的金子分赠给别人，还用生气的目光打量了一下李方。李方把有点重的小玻璃瓶子接过来，塞进了自己那只用绳子做背带的口袋。口袋一直在那里乱放着，就在那块劈成两半的原木底下。他用一只手在袋子里东掏西掏，终于摸到了，一块面包头被拿了出来，它被包裹在一块干净的布里。李方感觉到了叶戈尔看向自己的轻蔑的目光，于是转身去烧火，他想把火重新烧旺：吹一吹那些没燃尽的、还冒着红红火星的木头块，并把它们汇集到一起。淡淡的青烟一缕缕升起。

“老弟啊，能不能把你的仁慈和善良收起来，明白不？”叶戈尔冷冷一笑，把已经开喝的一只半公升装的酒瓶子放到了篝火边用来坐的那块原木上。李方默不作声，一直没说话。

“酒后吐真言！”叶戈尔矫揉造作地说了一句拉丁语，然后就开始絮叨那句莫名其妙的话：“这就是我知道的！”他友善地解释说，“小伙子，伏特加里是藏不住真相的！你接过杯子，真相就会自作主张地跳出来。实话是藏不住的……对吧？”叶戈尔把一只带棱的厚底小杯子倒满伏特加，然后递给了李方，他用粗鲁且又低沉的声音说道：“喂，咱们向伏特加投降吧……”

看得出，叶戈尔已经对着酒瓶嘴喝了一些：他的脸色变得温和些了，他已经开始微笑了，虽然笑得很勉强；然后话也多起来，还时不时地暗笑几声，显得非常满足。

篝火几乎就要灭了，但是还足够烧热锅里的鱼汤，那是昨天剩下的。叶戈尔把木勺子递给了李方，而他自己就对着烧焦的锅沿儿直接喝，鱼汤非常浓，飘散出一阵阵的香味。面包他们两个人碰都没碰。叶戈尔再一次把酒杯斟满，递给了客人，然后自己就对着瓶嘴儿连喝了三口。

“小伙儿，我可是真想把你给整死，也想和你说道说道！我想，孩子们还在等我呢，阿尼西娅也不会好好地接受自己的丈夫。这个臭娘们儿！你最好保守这个秘密，直到把它带到阴间，带给你们自己的老天爷……大概，你已经成为老爷了吧？为啥还在这里瞎逛荡？一夜暴富的人，从宗族开始，隆重庆祝。是这样吗？”

李方摇摇头表示否定。他在心里暗暗地责备自己，就是因为不听阿尼西娅的话才跟叶戈尔搞到一起。这也太难想象，也太让人害怕了，差点丧命，栽到这个可怕的人手上！尽管弄明白了，他还是个人。

“真正的信任是不考虑金钱的信任。”李方说了一句睿智的话。

“咦，聪明人！你有那么多金子。你一定是百万富翁了吧？……”叶戈尔又嫉妒、又挖苦地问道。

“是，是！”叶戈尔的这位前搭档开玩笑地连声说是，“我成百万富翁了，太好了！”

“怪人，傻瓜……你可是急着回家的，急着过阿穆尔河的，却因为老交情顺路来看我？我看，我看……你会是你们那儿带金子回去最多的一个人。会成为有头有脸的绅士，对吧！……我要是也能这样该多好！在你们那儿就不会有人问：金子是从哪儿来的？是怎么到手的？有就是有，没什么可说的。若是我们也能享受到这样的条件该多好！”叶戈尔叹了一口气，“在我们这儿，带着金子哪儿都去不了，立刻逮捕！也不能把金子存银行，不然的话就直接进班房，那可就祝您健康了！要是我拿到警察局吧，以后……”叶戈尔蔫了，绝望地摆摆手。

“叶戈尔卡，告诉我：你甚至打死过人，是不是？在你当护林巡查员的时候……”

“和你有啥关系？你还是为还活着感谢上帝吧！……”叶戈尔嘟囔道。

“怎么，你没成为自己的主人？心中有爱的人才是和大自然一体的……”

“老弟，我没成为主人！我就告诉你吧，在我们这儿，你也成不了，就是把屁股划破了你也成不了。中国人非常聪明，都是不外露的含蓄的人，发明出许多东西，就是社会制度，也还是按照自己的方式坚守。

这在我们这边是不允许的。钱就是钱,他们是——政权机关!”叶戈尔朝着空气挥了几拳。

“没有这个难道能生活得很好?难道可以没有这个?”李方将两只手掌放在胸前,仿佛在那里找到了无法用言语表达的、不是所有人都能理解的东西。“它在,一切都应听从它的召唤!”中国人的眼神清澈明亮,他变得目光炯炯。

“没有哪个,没有什么?……啊,小伙子,别耍小把戏了。你的意思是不能没有心灵,不能没有精神?!……你要相信自己的头脑和坚强的手,你会活一百岁。啊呀!我有金子了,我会扔下一切。把金子都用到哪儿呢?我可是要享受,也要胡闹。很多人会记得我。老弟,你就和你的上帝去那儿吧,去天堂那儿铺路砌砖。明天就都把你忘掉了。要信钱,而不是信上帝!我可得游戏人间。他们也会忘掉我,既然这样,去他妈的吧!我们都会被遗忘的……所以啊,我想称心如意地生活。成为主人!……有什么不好?”

两人沉默了很久。

李方在想:叶戈尔卡,你这是狼的本性啊!崇高、圣洁的情感你一丝一毫都没有。没心肝的东西……我可是陷入了一个多复杂的困境!必须得摆脱他!

“老弟,我讨厌那些唠唠叨叨说上帝的人!金子放在屁股底下,你人坐在金子上面,什么屁事都不用琢磨了……我错了吗,嗯?你是活在地上,活在尘世,可不是活在那儿!”叶戈尔指了指天空。“我把你从矿井里拉出来,你没忘记,这很好。你帮助我……这是以德报德。还是在俗世凡尘……咱们为这个喝一口!”

李方承认这一点:他在等叶戈尔直接发问,问他和阿尼西娅之间的关系。但是叶戈尔一直在兜圈子。李方稍一暗示，叶戈尔就开始闲扯。他一定会发现这个秘密。金子扼杀不了他身上的所有人性——叶戈尔会明白的！

“老弟啊，你该娶老婆了，得领女人进门！我知道，你们那儿都是晚婚，而且娘们儿有点少……你能成年累月地只吃小米就颂扬上帝，我可不这么干。我唾弃这样的生活。我想怎么过就怎么过，谁都管不着！”叶戈尔喊叫道。他从原木上跳下来，走来走去。他在和自己作斗争，对他来说很重要的想法还没获得，在思想上尚未作出结论之前，他似乎领悟到什么。他好像是扯了一下早已穿脏了的衬衫的领子，不，他只是拍死了脖子上的一只蚊子。

“小米，非常好吃！”李方急忙回答，“我喜欢小米，啊，还喜欢放肉的炸土豆！”

“你嘛，老弟，好像不是坏人！”叶戈尔忽然说道，就像在宣告一样，随即又笑起来，嘴巴张得大大的。“要是放了你，你会出卖我，是吗？”像为了掏东西似的，他把右手伸到了腋下。李方没有出声，作为回答，他再次摇头，从这一边摇到那一边，似乎在说：不，我不会出卖你！我自己也是跨过大河过来的。叶戈尔坐到原木上，他对李方的这个沉默的回答很满意。

“你去过哈尔滨？”叶戈尔问道，完全是友善的，用的几乎就是朋友间的那种口吻。他的目光也不再那么阴郁，不再那么吓人了，“说说哈尔滨吧！”

“哦，哈尔滨！”李方精神一振，却也如坐针毡，他并没有喝醉。“哈，去过！我还曾站在松花江边上。俄式教堂非常漂亮！……一位来自恰克图的哥萨克女人做了我的教母，神父是一位游击队员，他支持苏联。”

“这么说你信仰的不是你们自己民族的信仰？原来如此，老弟，我说你为啥来这边！你可要考虑到我们的……不，我不会去你的哈尔滨，在那儿无事可做……但如果成了百万富翁，那可就爽了。嘿……”叶戈尔露出了淫荡的目光。

他们喝光了酒瓶里的酒，也喝完了鱼汤，面包头只是吃了一点点。篝火熄灭了，没有燃尽的木块儿已经变白，然后变成了黑色的碎渣，没有一点儿火星了。

“老弟啊，你怎么想两手空空地过阿穆尔河，什么都不带去见你的哥萨克教母呢？”叶戈尔斜着眼睛看李方，他既是在挖苦，也是在怀疑。“无论如何我都不明白！……我的婆娘建议你分金子给我，是这样吧？小傻瓜！……她想尽快地摆脱我，你居然听这个愚蠢的女人的话！难道你期望着再挖出一些金子？给我的东西我是不会还的，不还。你啊，就像人家平常说的，的确是个笨蛋。”

“我会挖到金子的……在那一边，”李方用手指向边界线那边，“秋天的时候家人会等我回去。然后，寒冰会封江，那是在提醒我：去找妈妈吧，李方！”

“这么说你目前不是要回家，而是要回到那边去？为啥？现在就走吗？”叶戈尔忍不住打断了李方。他的眼睛都发绿了，眼中燃起暴怒的火焰。他就像被蜇了似的猛然跳起来，已经准备扑过去。李方接受了他的挑战。

“是的！”中国人斩钉截铁地说，他也霍地一下站起来，就像他的对手那样。李方已经做好迎接的准备，无论是射向前额的子弹，还是对他后脑勺的攻击。叶戈尔却大发善心地安慰道：

“我不会杀你，别怕……一切都清楚了！去找阿尼西娅，就是说……嗯，去吧，去吧！我要是再看到你，就一定会射中你。我现在不是可怜你，我是舍不得我自己。这个贱货，她是要闹事！他们开始找我，我的计划要落空了，我不想进监狱……我没打死你，你就高兴吧。我不太需要你，黄肚子鬼！你运气好，撞上了金子，还撞上了一个娘们儿。你们都瞧不起我……呸，你个兔崽子！你说是尼西娅看上了你，她无论如何也不会接受我？我不会求她的，不会！……你为啥不跑？在等我掏枪吗？枪在这儿呢！”说着说着他真的就伸手去掏枪，可是，他又把手垂下了。叶戈尔气得发狂，脸也涨得通红，他冲着整个森林咆哮：“快滚，你这个可怜的、凶恶的家伙！”

李方不在的这些日子里，阿尼西娅一直都坐立不安。想做点什么却无能为力，这种感觉使她非常恼火。米什卡因此受到的委屈尤其多，他顺从地忍受了母亲的巴掌。有一次，米什卡泪痕满面地跑过来求妈妈保护——小男孩们欺负他，阿尼西娅二话不说，随手抽出一根树条，使劲地挥了一下，重重地抽在孩子的扭曲的后背上。

“跑来诉苦？现在，现在让我再可怜可怜你！”阿尼西娅又抡起树条，准备再打，米沙没吭声，跑开了。

老太太从女儿手里抢下树条，从后面抱住了她的肩膀：

“你暴跳个啥，和谁怒火冲天的？又不是孩子的错，和孩子没关系！”随后就把树条扔到了窗根儿下的土台上。米什卡很委屈，委屈的泪水劈里啪啦地往下掉，他用自己脏兮兮的、被抓破多处的小拳头抹眼泪，抹得满脸都是。

阿尼西娅好不容易等到黄昏，她已经是第三次跑到小溪边了，跑到那个珍藏在心的、秘密的十字路口……终于等到了！她几乎是跌落到李方那强有力的臂膀中，李方一下子就探过身来，接住她，亲吻她。李方还活着！安然无事。谢天谢地！白白经受了那么多天的煎熬。

“唉，你在那儿怎么样？他开枪了？”阿尼西娅直视着他，不知为什么突然问道。李方坦率地点点头，同时又愧疚地笑了笑。

“我就知道他会开枪！……快说说，快说说。”阿尼西娅催促道。李方从袋子里掏出那只装有金沙的半公升装的瓶子，递了过去。她并不想欢呼雀跃或是夸赞颂扬。崇高的爱情不接纳这些微不足道的东西。在李方突然要去原始森林的时候，她在内心深处就跟李方告别了。现在他就在这里，在身边！他们又在一起了……

“你们说了些什么？”阿尼西娅平静不下来，“别瞒我，你说说……”

“嗯……我说：我非常非常爱你！”

“那他呢？他拿枪对你瞄准，还开枪了？你说爱我，他怎么回答的？”

“他说他也很爱你，过去爱，现在也爱。他当你是他的妻子……”

“天哪！他是那么认为的，我可不是……让他见鬼去吧！居然开枪了！那你是怎么活下来的？上帝救了你，为我救了你……”阿尼西娅呜咽起来，一下靠在李方的肩头，这个男人的肩头是那样让人亲近，那样强壮有力。她贪婪地亲吻着他，就好像是在亲吻一个从阴间逃生回来的人。她仍然不能相信他真的归来了。

“一切如意，一切如意！”李方安慰道。他的话，或者，他的保证，是为了让阿尼西娅相信放心，使她振奋。只不过，阿尼西娅仿佛觉得，李方说话的语气不那么真实，是假装的。不知为什么他显然有一些话没有说出来。

“不是一切，一定不是！你告诉我实话。他走了吗？他不够……”

李方用一根手指的指甲盖儿顺着瓶子来回地敲了敲，随后又张开巴掌，拃了一下瓶子，以便估算瓶子里的剩余空间还有多大。再把这个尺寸比画给阿尼西娅看，阿尼西娅不明白他的用意。

“他想要满满一瓶，满满一瓶！”

“真要能给他……但愿把他撑死，这个凶恶的家伙，总是那么贪得无厌！”

“我都给他了……他又分出来一些：要给米什卡，还给自己的尼西娅……”

“他这么说的？”

“就是这样说的：自己的尼西娅。”李方重复道。

“就该让他知道我们的事，省得他将来发狂。不然的话他会翻来倒去地说：让我们谈谈我怎么回来吧，或许，我们可以生活在一起……啊哈，拉倒吧！我可和他住够了，得了吧。他可真能挖苦我……唉，我说！”阿尼西娅突然想起来，“你什么时候去接儿子？你可是答应过……先休息个一两天。我好想儿子，想极了！”

李方耷拉下脑袋，转过脸去，解释说：

“叶戈尔没离开，他会待到夏末。我要继续淘金子，把瓶子弄满。”

“夏末？秋天之前？”阿尼西娅吃惊地叫了一声，“那你说没说儿子的事？他要是知道这情况一定会杀了你。如果一回来就看到了，那可就完蛋了。”

“没说！”李方刚毅地回答道，随即又笑了笑，“当然了，如果他直截了当地问我这事，我可能会承认，那时候可就完蛋了。可是他没问……傲慢的人！”

阿尼西娅浑身都一哆嗦，央求似的看着李方：

“只要他还在这里，你就不要进原始森林！”

叶戈尔走进了小木屋，躺下后却又立刻跳起来。他感觉好像有个人一直待在自己身后……其实一个人都没有！他摇晃着瓶子，就像怀里抱着婴儿在摇晃那样。他心满意足地笑了笑，干燥、青紫色的嘴唇因为这得意的一笑都变样了。手还在微微地发抖，但不疼了。一点儿都不疼了！他坐下来，把脑袋倚在拳头上，然后就长时间地坐在那儿，抽烟，思索：

“这么容易就把问题解决了……简直不能让人相信！没杀人，瓶子却装得满满的。现在干什么？去哪儿？进城，把金子上交……够了，还能有剩余。要是有人问在哪儿弄到的金子呢？就说是靠诚实劳动，使劲淘淘到的。关你啥事？就这样办，我把债还了……应该给阿尼西娅分一点。我爱她，这个婊子，可她在生我的气。孩子们对她来说不算什么事。她把我的所有生活都连根拔起，要把我的一切都全部抹去。正合我意！蠢货……”

叶戈尔把他来过这里的一切痕迹都收拾掉了——不能留下任何蛛丝马迹。所有的瓶瓶罐罐都埋进土里，上面盖好草皮，炭灰也被踏平，为了保险起见，他又在上面撒了泡尿。很快就会下雪，每天早上都还有霜冻。夏天已经过去了。

秋天的黄昏来得那样畏缩，那样羞怯，叶戈尔踏着暮色离开了，去了乌利亚基尔。一切如常：手风琴声、巴拉莱卡琴声、狗叫声、伴着小调的跺脚声……他把枪掏出来，随手就扔进了灌木丛。那里的灌木长得整整齐齐，灌木丛的平整的冠面是静止的，一动不动，却不时地闪着晦暗的微光，那是洒落在灌木丛上的落日的最后一缕反光，太阳很早就下山了。

一点也不痛，一点也不累。背囊里的负重让叶戈尔很高兴，也让他平静下来，与此同时，也给他带来了勇气……那个背囊是军用的，是士兵用的野战背囊。

天已经完全黑下来了。叶戈尔慢慢地走着。他已经做完了最要紧的事，迅速、安全地做完了。是的，李方来之前，他本打算猎取几只“野鸡”，但是他很走运，遇到了李方……

“他还完债了！如果是我自己讨回来的该多好！我开始同情人了，我真是老了……”

沿路直走。这条路通向坑道，叶戈尔曾经在某个时候沿着它走过无数次。应该离远点，谨慎一些，以便随时转弯，悄无声息地溜走。

不过，没遇到任何人。非常奇怪。

到了，就在这儿，亲爱的木屋。

“我亲爱的阿尼西娅在家。应该暗示她一下——我回来了，尽管我知道真相了。她是一个非常好的女人。有耐心、顽强。可以原谅她的一切。可是，我却已经不能和她在一起了，已经不能和她相爱了。唉，生活！”

叶戈尔站了一会儿。夜色愈发地浓重起来，各种各样的声响也逐渐沉寂……阿穆尔吠叫了一阵，就匆匆地跑回犬舍了。墙根周围的土台，以及土台上的窗扇还都依稀可见。窗扇是黑色的，嵌在原木之间，那些使用已久的原木都是落叶松的。

迈过门槛的时候，他心里又起了愤恨的情绪，那门半开着，阿尼西娅都来不及躲开。

“给自己找到王子了，违背上帝的人！没杀了你这个贱货太可惜了！我可怜孩子们！我心甘情愿地去挖矿，去淘金。给你，拿去吧！”叶戈尔扔过来一只荷包，那是阿尼西娅以前寄给他的荷包，寄给他的时候里面还装了一把金沙。她一切都明白了，号啕大哭起来，无力地瘫坐在凳子上。而老太太——阿尼西娅的妈妈因为惊恐，已经躲到隔壁去了。

叶戈尔愤然离去，他使劲地摔门，以至于土台上的窗扇都震颤起来；煤油灯的灯芯上也蹿出黑烟，透过薄薄的、干净的玻璃罩，能看到里面的火舌在微微抖动。

阿尼西娅好不容易等到天亮，她一路飞奔，奔向“林中小屋”……当着她的面，李方准备好了上路的行装。那是一次令人喜悦的离别。她把亲爱的宝贝紧拥入怀……

然而，此后李方没再回来。阿尼西娅此前预感到这一点了，她的预感并没有欺骗她。当然，不是李方抛弃她，并不是他在阿穆尔河的那一边留下了。当流言四起，人们传说在通往阿穆尔河的小路上有只熊瞎子祸害了人的时候，阿尼西娅明白了：那个人就是李方。显然，熊瞎子挑选好洞穴准备冬眠，但它被人打搅了。奥利乔伊村的猎人们给阿尼西娅带回来一只装金子的空口袋。阿尼西娅只来得及小声地说一句“李方努什卡”，就变得像石头一样僵住了。

第六章

乌利亚基尔死气沉沉了好长一段时间，恢复活力也只是临时的，而且翻来倒去地就那么几拨人；冬天大部分时间，除了阿尼西娅以外，你找不到任何其他的人；可是一到夏天，到处都是不上班的：一些老太婆和她们的孙儿们。这里过去是一个镇子，当时有金矿，而现在，只是一个小庄子了。谢天谢地，它还在：如果没有它，更确切地说，是如果没有菜园子，人们就挺不下来了。那些被迅速放弃的木房子和菜园子，主要是菜园子，被城里人占据了。城里人把它们当作自己所有，还恬不知耻地称之为别墅。当然，这完全是有法律依据的。每到春天，各家各户的土豆地里会突然冒烟、蹿火，那是在焚烧一堆堆去年的土豆秧。在太阳的照耀下，被铁锹翻起的潮湿的黑土会蒸发出热汽。过不了多久，也就是在6月的时候，一群孩子在爱唠叨的老太婆们的护卫下来到这里。都是些嗓门大、淘气起来没完没了的小家伙，虽然他们没有参加幼儿园的夏令营，或没有参加少先队的夏令营，可是，他们在这里，在祖母或是外祖母的疼爱的保护下，在整个夏日里茁壮成长，大长见识。他们聚集在完好无损的木房子里，哪点不像夏令营呢？每到秋天,9月之前,火车就会停在低地后面的坡顶处,庄子里的街道通向那儿,那里也是火车停靠点。那时候,或是土豆,或是其他蔬菜,被大包小裹、肩背手扛地运到这里。如果是装得满满的袋子,就瞄准了,从肩膀上扔到制动台的连廊处;如果是装在网兜里的,就直接扔进机车里。

而此时此刻,整个村庄都已空无人烟:一点人声都没有,也没有任何鸟叫。也许,她耳聋了?不,还没有。母鸡咕咕叫的时候,她还能听到;房顶上、松树枝上呼啸的风声,老钟表的滴答声,她也能听到。眼睛也还没有瞎——织布的时候不用戴眼镜。这可太好了!戴啊,戴啊,你戴了那么多年:不再戴了。但是,眼镜她没有扔。阿尼西娅自个儿坐在窗户底下,或是坐在院子里织布,要不然就把旧衣服改成一件随便什么样的新玩意。没一个邻居——她可是真惋惜,真想叹息啊!

阿尼西娅停下来,挪开了右耳上的头巾——还是一片寂静。怎么会这样?在秋天这个奔波忙碌的时节,不可能有这么一个人烟稀少的僻静之地。每逢春秋,江河上游刮来的风可是频频光顾:一会儿是冷风,一会儿是暖风,来回打架。

难道是……鸟儿和牲畜都离开村庄了,只是一幢幢房子在那儿戳着?所有活着的东西都离开了……它们预感到灾祸了吗?还是它们害怕没有人的地方?阿尼西娅还记得贝加尔如何在窗下吠叫。回到家里,奔向自己的窝,应该高兴才对。它可是消失在某个地方多少天了!它回来后,一下子就蹲坐在土台上的那扇窗户的对面,吠叫了一晚上。第二天仍是如此。后来它消失了,大约一周后,阿尼西娅找到了它,它已经浑身冰凉。她把它埋在了院子后,棚子的那一边……贝加尔为什么要这么悲伤地吠叫呢?它根本就不是一条老狗。预感到死亡的气息了吗?是她会死还是它自己会死?显然:是它自己。她还活着,谢天谢地！她已经决定离开了，确实决定了。但是，沿着那条长满草的小道儿啪嗒啪嗒地走，那才是美事。清晨的太阳还不是很高，日光暖洋洋的，透过薄薄的毛头巾照在阿尼西娅的头上。

不，贝加尔不会无缘无故地吠叫。它想在死之前对她说些什么。它也说了！是她老了，当时没明白。她以为，那是它在告诉自己它很快就要死了。它叫得那样悲凉，望着窗户使劲地叫，是想让她明白什么事。不，她不明白。也许，那是贝加尔试图向她讲述自己的生活？它可是看到了，看到她在人世间如何奔波，所以就很同情她，同时也可怜自己。可是它呢，老实说，它在自己的生命中可曾看到过什么好事？它只看到自己的狗窝。它在那儿出生，也在那儿挨冻。最后，它离开了，死了……就是因为它离开了自己的狗窝吗？

“我仁慈的主啊！”阿尼西娅几乎要哭出来，她画了个十字。“我没有立刻猜到：贝加鲁努什卡[①]和我说的是关于我的事！说的是我……我只能说，你病倒在自己的窝里了，可是我还能说什么呢？我能向谁说呢？贝加尔能做到，至少它能对我说。它已经预感到我要离开了，于是，它就叫起来了。”

她从未像现在这样两腿发软。刚从家里出来，她就想坐下来歇一会儿。不，不，可不要坐得太久，应该站起来走。奔向新的生活，奔向幸福和快乐——去见儿子！

她这会儿走得比刚才更慢一些，小路两旁的一幢幢房屋与她相遇，那都是曾经喧腾热闹、有很多人居住的房屋，可是现在，死一般的沉寂。看见了吧，没有人了，无论是小鸟，还是别的什么动物，都不在这里生活了。没有了人，万物孤寂。

---

① 贝加尔的昵称。

终于走到铁路经过的低地了。火车驶离车站，从东边开来，她无需躲避：没什么可怕的。唉，还是那块旧石头，巨大的石头上长满青苔……在这里歇口气，在石头上靠那么一会儿，站一站，直直腰。石头上有标识道路的箭头。脚下的这条道紧挨着铁路线，一直到拐弯去车站的那个地方……天哪！这条路原来可是轧得瓷实的，非常平整，宽宽的，是条很好的砂石路。可是现在，这仅是一条小道儿，如果对面有人走来，或是有牲畜过来，根本错不开。路两边的蒿草高得像墙一样，四周弥漫着臭味。就这样直到车站。必须走过去，不能倒下。火车快到了，就在一分钟之前，刚经过信号灯。看起来，火车似乎直接朝你轧过来——轧过你这个虚弱的、动作缓慢的人，你一定来不及跳开。人老的时候还有啥不能突然臆想起来呢！它怎么轧呢，难道先脱轨不成？这时候，火车头已飞快地驶入低地，没过多久，就连最后一节车厢都消失在低地中了……好吧——火车是迎面开来的，可是感觉似乎要从背后撞来。你当时就在石头这儿站着？阿尼西娅蹦到一旁，随后就斥责了自己一句："瞧你个蠢婆娘！"运货的列车风驰电掣，掀起阵阵烟尘。阿尼西娅的话也和烟尘一起远去了。风平息下来，落下一层灰，可是臭气仍未消散，火车开过的轰隆声还萦绕在耳畔。到奥利乔伊之前，路上还得有多少这样的怪物要飞到跟前?！这些丑八怪会嘶叫，会狂吼，会可怕地、轰轰隆隆地扑过来，超过她！

是的，就是这个拐弯处，她最难忘的地方……根本不是在走小路，而是弥漫在心的愁苦与忧伤带领着她，牵引着她来到坟地。她的二儿子就躺在这里，躺在这潮湿的、永不解冻的土地下，到底有多少年了？阿尼西娅继续走，她并没有数一数米什卡到底死了有多少年。伏特加把他毁了？媳妇把他赶跑了？他被生活打败了？或者，是命运捉弄了他吧？你试试看吧，好好分析分析，理出头绪……外甥也是酒不离口，以酒度日……上帝啊，可别也看到他也在棺材里：那可是妹妹的宝贝儿子。他还在那儿活着吧，在奥利乔伊那儿……

每到晚上，或者是在潮湿的、刮风的日子里，在这样的日子里的幽静时分，她总会想：米什卡什么都没留下，即便是尸骨。一切都烂掉了，都化成了灰。也真是奇怪：怎么会像想起旁人一样想起他，他可是她怀过、哄过、抚育过的孩子啊。她的内心非常平静，甚至自己都感到吃惊，怎么能这么平静。多少年了……不，她没有忘记那一天，没有忘记那个夜晚。一个个场景在脑海里反复浮现，时而是这一个，时而是那一个。然而，无论是哪一个，所有细节都不再让她伤心，几乎不能把她刺痛。

睡觉前她喂了牲口，准备了晚饭，洗涮了自午饭后就堆在那儿的盘子、碗，她把盛放着小土豆的喂鸡用的铁锅放好，然后就像往常一样坐在窗户旁织袜子。这她都记得，记得很清楚。可是，那一切都是多久之前的事啊！她之所以记得那个黄昏，那个开始变暗、变得越来越黑的黄昏，是因为炉火的红色的影子在窗户上、在墙上不祥地晃动。她的心里不知不觉地溜进一丝惊慌，这她也还记得。但是，他——儿子出现在眼前，谢天谢地……两个人在门厅里转来转去，是在用笤帚拍掉毡靴上的雪。她站起身来，点上油灯。这第二个人是谁呢？

是的，得拿出些下酒菜放在桌上，随便什么都成……但一定要放，每个晚上都得放。即便是白天他一个人回来，也是如此，更何况是两个人。可以喝点、吃点，然后就躺下睡觉。但是到了早上，却是一顿粗暴的斥责：为啥不早点叫醒？为啥不早点让人起床？他上班迟到都是她的错，都是母亲的错。她本想叫醒儿子，她原本起得很早！他的工作还是那份工作——修路。但总是在寒冷的户外，迎着大风修路。你要是用手指戳戳撬棍，手指立刻就粘在撬棍上了，不出血是扯不下来的，根本就没地方取暖。如果组长做出安排，巡路工在拂晓前把暖棚子烧暖——在天亮前把炉子烧得旺旺的，那就好了。事实是，他们的生活太苦了。棉袄、棉裤、有防水橡胶的毡靴，即便全副武装上也不顶事，御不了寒。动一动就暖和点儿，站一下就冻僵了……儿子想出了办法，能够对付严寒……

儿子他今天偶然得到了一份好活儿——火车出故障了，要把粮食收进袋子，然后再将粮食袋子装上检道车。阿尼西娅还记得，她点着了煤油灯。映在面前的是两张冻僵了的脸，面部粗硬，深红深红的。年轻的汉子们浑身都冻透了。他们回到家后的动作一气呵成：摘帽子，脱棉袄，挂到挂钩上，洗洗手，坐到桌边。儿子用手指敲了敲桌子——意思非常明显，可以说是不言而喻：喝一杯酒倒是不坏，只是没带下酒菜。想暖身子的话得喝点才好。借口很好，理由也很充分，互相使个眼色，不能错过时机。趁着警卫进灌木丛解决内急的时候，两袋子粮食被藏了起来，上面盖满了雪。他们花言巧语地蒙骗警卫：全都在这儿了，一粒都不剩，请接收吧。警卫抱着肚子，也没有检查，就相信了他们的话。警戒解除后，警卫的人也走了。难道不为这个喝两杯吗?！他们一定认为，这两袋粮食是自己的了。于是，阿尼西娅钻进地窖，切了一块脂油送来，她又拌了一盘黄瓜。她听到了他们在商量：粮食袋子可以现在就去拿，半夜去也行，用树枝当雪橇。最后商定，就傍晚去，但要再晚一点。我们坐一会儿，休息一会儿，吃完饭就行动。他们盘算着：谁可能有烧酒呢？最近一段时间谁可能酿了很多酒呢？他们在那儿猜来猜去，但阿尼西娅可是知道到底哪儿有酒。她把地窖的沉重的盖子放下后，就告诉了他们有酒的地方。

“你们是不是要很多啊？一瓶可就够了吧?”

“不，”客人似的儿子反对道，“自己兄弟也要一瓶。”

“两瓶就两瓶。得给明天留一些。瞧，空瓶子在搁架上，自己拿。塞子我来拧。”

“他去不了，脚疼，我跑一趟。把你那些小瓶子都给我吧。”

阿尼西娅清楚地记得，她提着灯笼照亮，陪着儿子从门厅走到篱笆门，她还提着灯笼去了一趟牛圈，随后就返回到温暖的屋子里。儿子的那个搭档坐在那儿，用一只手揉脚，一声不吭。他是个新来的，以前在某个地方犯了什么错误，被派到工作队改造来了。他是个中等个子，鼻子很大，脸色苍白，眼神怯生生的。他只是在那儿坐着，也没兴趣和阿尼西娅交谈。阿尼西娅从炉灶上端下了装土豆的铁锅，切了脂油、面包和洋葱，装在一只盘子里，又端上了大头菜、黄瓜——所有吃的都摆放到桌子上了，酒还是等会儿再倒：儿子会自己在那儿找到酒，自己端上来。他会自己给自己倒满，干上一杯后，会满意地哈哈大笑。他会当着她的面喝醉，她也不训他，也不唠叨，因为这是醉在家里，不是倒卧在路旁。她会这样说：

“回家来喝，你想带谁回来就带谁回来，我什么都不说。但如果是和什么人都喝，而且是躲在旮旯胡同里喝，我不喜欢！”但愿儿子在这方面能听从她的话。至于其他方面，阿尼西娅一点儿都不在意。儿子只是恶狠狠地冷笑一声：这么说，你已经替我决定好一切了？……是一切，谢天谢地，在以前……她很高兴：米沙醒悟了！

她已经给母牛挤过奶，也给它备足了饲料，足够一晚上的。可是儿子却始终没有出现。的确，应该去一趟，去镇子的另一头。她要是请人帮忙找取酒人，他们一定不会同意，他们会说，从来没干过这样的事哦，对不起！……她继续忙活没织完的袜子，收针却弄错了，不得不拆了已经织好的两排，继续织。她想了想：好像不太对劲儿，似乎还不仅如此。难道他出门后真去了铁道线，去招呼工人宿舍里的朋友了？喝了酒，一定要展示展示善良的心和咱豪放的俄罗斯性格？“哼，”儿子的那个同案犯嘿嘿一笑，穿上了毡靴，“这会儿工夫即便是我拖着伤痛的脚也能跑到车站，然后再跑回来了！”“这倒是。”阿尼西娅回应道，“他也许到了，在那边已经喝起来了，在尝头锅酒呢。我说，你坐着吧，别把我们供出去就成。我跑去看看。”随后她就跑出去了……

脚下的雪被踩得咯吱咯吱响。夜很静，没有月亮，也没有星星。身后紧随着狗叫声，先是尖声吠叫，然后就没头没脑地长嗥起来。叫声很凄凉，音儿也拉得很长，但末了，还是停息下来，狗躲进了自己的窝。阿尼西娅的心一阵阵发紧，起初是因为周围太静，后来是因为狗在叫。不，这是另外一条狗，不是那条预示了自己死亡的狗，况且它能预报啥？没有哪条狗能活到二十岁。

阿尼西娅返了回来，抓起门廊里的灯笼。她没进屋，没顺便取取暖，而是心急火燎地奔到院子里。儿子的那个搭档跟在她身后：

“阿妈，你怎么了？”

“没什么，”她回答道，“你回去坐着等会儿，我很快就回来，就是去看看。”唉，狗不会平白无故就号叫的……一定发生了什么事。可是能发生什么事呢？什么事？她不知道。

一切就这样发生了。米沙把两只酒瓶都灌满，慢腾腾地走开，说是要回家……可是至今都不见人影。这可是什么时候的事？……上帝啊！她从这头跑到那头，穿过整个镇子，跑了一趟工人宿舍。火车的三盏尾灯都亮着，通红通红的。它就停在那里。此前它飞快地驶出低地，没开到铁路桥就停下了。是车闸烧焦了吗？她停住了脚步，仔细地倾听。传来惊慌的声音：“这儿，他就坐在这儿……”阿尼西娅的眼睛还什么都没看到，她就已经领悟到了这个悲剧意味着什么——这是发生在自己儿子身上的悲剧。号哭声从她的胸腔里迸发出来，非常突然，根本不受她的意志控制。突然间，儿子做过的一个梦浮现在她的记忆中，这个梦的浮现同样不受她的意志控制。那还是儿子顺便说给她听的。清晨的时候，米沙一边穿棉袄一边向她讲，他梦见一处刚挖了不长时间的墓穴，还梦见一头红色的公牛，那头牛用它粗大的犄角顶着他，把他顶进了墓穴。她当时就愣住了，手里还拿着水舀子。"瞎讲，胡说八道个啥！"随后，儿子就出了门。但阿尼西娅还记得，当时她就心想：坟墓，这不是什么好兆头……公牛也不好！唉，不该让儿子去取烧酒。如果是她自己去一趟……有两个人，从火车尾灯的那个地方一起离身，还时不时地挡住尾灯的光，他们向阿尼西娅的这个方向走来。停了一会儿，但随后就加快了脚步。他们已经走到阿尼西娅跟前了……

走过来的是火车司机和车长——列车员当时还是有的，在一个编组中是一名，而不是三名。他们看见一个女人站在那儿，提着灯笼，正在细心地看来看去。也许，阿尼西娅心想，他们正在寻找的也是被撞散的尸体吧？"瓶子……瓶嘴儿上的塞子，可是我亲手拧上去的……上帝！为什么啊？"她哭诉起来，一遍又一遍地哭诉，几乎都站不住了。灯笼的光很微弱，光线也非常分散，但她还是认出来了。如果是在其他情况下，未必能做到，可是，在这里，她看清楚了，一切都明白了，她根本就不敢用颤抖的手拿瓶塞。火车司机将瓶颈拾起来，那上面还塞着瓶塞，他没有安慰阿尼西娅，也没有更明确地补充什么：一切尽在不言中……

……迎面驶来一列长长的货车，速度飞快，它驶过桥梁，在爬坡的时候频频喷出一团又一团的黑烟。阿尼西娅还站在那个凄凉的转弯处，她在犹豫，是转身去墓地还是继续往前走。火车的轰鸣声让她重回现实，那也是在叫她，让她前往该去的地方。于是，阿尼西娅踏着碎步向前快走起来，她一边走一边用手轻轻地触摸干枯的蒿草的草尖儿。“住集体宿舍的那些人可是怎么住的呢？他们是怎么忍受过来的？得随时忍受列车行驶时发出的轰隆声、汽笛声，还有火车头愤怒的咆哮声。谢天谢地，宿舍都拆除了，人也不在了，脚印都没剩下。”

每天早晨，她听到麻雀富有朝气的唧唧声；快要吃午饭的时候，听到母鸡的咕咕声；一到傍晚，听到猫咪礼貌地请求开门的喵喵声。每当听到这些，阿尼西娅就会感到非常愉快。那么，小鸟的啁啾声呢？花鼠的吱吱声呢？……这些简简单单、平平常常的声音给她带来信心，她的心也因为这些声音而变得柔软。她会在心里想，你不是偶然住在这儿的，它们住在这儿也不是偶然的，但是，你得每天，每小时，每分钟听它们的声音。阿尼西娅还意识到，无论是谁，都挡不住阳光，拦不住所有生命的生存，鸟类、昆虫看到你，很高兴，因为你生活在这个世间、为它们住在这儿而感到高兴。

她在这个世界已经生存很久了，她完全确信：只有大自然的声音，只有自家屋顶上的、松树梢上的风声，只有教堂那儿树上的风声才能安抚她，安抚她那颗饱受惊吓的心。秋天的夜晚刮的大风和夏日的闪电雷鸣，无论是过去还是现在，她都不怕。家里只有她一个人，窗户外一片漆黑，风在哭号；沉重的雨滴像机枪子弹一样，劈里啪啦地打在屋顶上，也敲打在玻璃上；天空中一道道闪电划过，好像曲折的蛇在闪闪发光，雷声隆隆。但是，你并不感到害怕：因为已经没有什么人，也没有什么事能伤害到你了，没有；如果你在森林中，这一刻树木会保护你，它们会摇摇晃晃，会呼呼作响。坐在树冠下、树根上的你，不会被它们出卖：你是它们的“自己人”，它们也是你的“自己人”。因此，森林内的嘈杂声和嗡嗡声也是在哄你入睡。起初你绷紧全身，全神贯注地听，听风如何发狂，听雷如何逞凶，然后你心里就渐渐地感到轻松了，当然了，你也就困得眼皮睁不开了。在阿尼西娅身上不止一次发生过这种事……

窗外一片漆黑的时候，如果不是树枝在拍打屋顶时发出的砰砰声，而是隆隆的金属碰撞声，是车厢哗啦哗啦地响，是车闸发出刺耳的声音，车轮发出咚咚的碰撞声，是房子下的土地微微颤动，窗户上的玻璃都被震响了——那么能睡得着吗？根本就不可能！眼睛都不敢闭。但如果白天这样，晚上这样，一周，一个月，一年，五年，十年……无止无休，始终都是这种情况呢？

她独自一人生活，年岁也大了，身体很虚弱，孤单的生活使她心情沉重。但是，在她的身上仍系有一道迫使她留在这个世界上的牵绊，这股力量没有枯竭，一直拉拽着她——这道牵绊就是那持续的、时强时弱的隆隆声，就是那与所有的人，与大自然各种各样的声响紧密关联的宁静。墓园里的话完全不是白写的：愿逝者安息，愿逝者宁静。人世间常常是人们自己剥夺自己这种神奇的力量。过着乏味无聊的生活——你得平静下来，要心平气和。她的操心事太多了，她也吃尽了苦头。既然如此，那为什么还要和大自然母亲疏远呢？把人们聚成一堆，聚在无名小镇上，聚到车站上——是为了让所有人都更担惊受怕吗？也许应该如此，但是，她的头脑理解不了，这是为了什么，为什么要这么做呢？

阿尼西娅提心吊胆地走过了马达兰大桥，她很害怕自己会在枕木之间绊一下。这座大桥太长了，长得吓人！河滩非常宽，也非常浅，在阳光的照耀下闪闪发光。在大桥上碎步走，回声很响，就像走在隧道里一样，阿尼西娅为先前的那个念头责备了自己。她现在的念头是：“是上帝不让我离开，要不然的话我自己早就死了。”她停下来，站了会儿。哎呀，大桥可真高啊！

第七章

终于，在阿尼西娅到达奥利乔伊的时候，她的心情变得好起来。看到远处的家园，她忽然停下了……此时虽是正午，太阳当空，但是，和大约两个礼拜前的正午相比，日头爷儿已经做好了下降的准备。太阳不是很晒，并不炙热灼人，周围的天空就像一顶褪了色的帐篷，笼罩着，淡蓝淡蓝的。日头爷儿的腿脚变懒了，也变软了，仿佛僵住了。夜晚的时候，秋日的清凉会悄无声息地从高处落下，有点冷。这使得天上的星星越发地明亮起来，越接近黎明越亮，但它们通常比8月的时候更快地离开，那样急匆匆地告别，使人心情不安。清晨的薄雾怯生生的，还弥漫不到河心儿，在曲折的小溪上方也停留不了多长时间。秋日的白天明显地缩短了，可是，它似乎仍和夏日的白天一样，每一天都被要干的活、要操心的急事和琐事塞得满满的，没完没了。之所以如此，是因为除了农忙时的寻常事，还得应对这个季节里各种见惯的乱七八糟的事。

奥利乔伊村建在沙岸的缓坡上，一条很宽的河像带子一样从三个方向环绕着它。水流滚滚，发出时断时续的隆隆声；在太阳的照耀下，水面闪闪发光，如果从那沙土岸往上看，阿尼西娅不知不觉中踏上的路，就像是在一处又高又陡的悬崖峭壁上。这条路是凿出来的，所以，也是一条最短的路，纵身一跳的话，就会跳进下方黑黢黢的深水区，它如同诱饵一般。

阿尼西娅虽然在往前走，可是她的眼睛却盯着右边的草垛。草垛一堆又一堆的，就堆放在专门用来割草的沼泽地上。啊，奥利乔伊的男人们和女人们是多么卖力啊：草垛连着草垛，足够十群牛吃的！养那么多牛干吗？那是用来出售的……草垛被垛得太匆忙，手法非常粗野，完全没用心。这根本就不是草垛，而是乱堆在一起的干草。草垛堆得不高，长长的，形状有点像火柴盒。堆得好的草垛如果不让它们干透，青草的香味会一直保持到寒冬时分——那时候，人们会用货车或是通过水路把草运走。而这样堆放的干草就连干草味都不会有。也许是用来做草垫子的……她会把自己的小草垛堆成圆锥形，玲珑精巧。虽是干草，简直可以亲自嚼嚼……

从这里看，也就是从河岸边的这处崖顶看，整个村落有点杂乱无章：木屋子和楼房夹杂在一起，仿佛没有街道，也没有小巷；菜园子歪歪斜斜，东一条西一块儿地被分隔开。但是，再远一些，自高处的人烟稠密的中间地带开始，可以清晰地辨认出一些生产厂房——洪水泛滥的时候，那里是最安全的地方：有锅炉房，又细又黑的烟囱像一根棍子似的；有学校，看得出，学校的两个砖制烟道非常宽；还有加油站和车库，有些车库与街道后边的新房子紧挨着，也有些车库被塞到房前的小花园里，小花园被围墙围着，安有小铁门。她的新家就在这里的某个地方，得去那儿！她不喜欢这样的感觉：一处挨一处，蜂窝一样；清一色的都是板墙，用窄板条钉的那种栅栏几乎没有；小街道只是平坦一些，但都不长，也不宽。小儿子李卫跟她详细说过，她的新家在哪儿，窗户是什么样的，窗户朝哪个方向开——会找到的……

阿尼西娅简直不能相信，眼前的一切她是一口气看完的：村镇，稍远一点的河流，河上的令人讨厌的大桥，闪光发亮的轨道，车站的绿色站房，站房两边的两个小花园，中间刷着红白两种颜色的水塔。这一切的一切都使她非常激动，也扰乱了她那颗心——她竭力克制，才没有跪地祈祷，为上帝所做的一切而感谢他。铁路上传来轰隆隆的声音，那是飞奔而来的货运列车发出的；路基被阳光烤着，散发出呛鼻的焦油味——枕木上涂抹了防腐油。阿尼西娅有点记不清了，她似乎是走在一条小路上，小路蜿蜒曲折，从河岸的斜坡顶一直延伸到墓地所在的小丘，这块坟地就像是人工堆积的山丘。

阿尼西娅还是在少妇的时候不止一次来过这里，每次来都和今天一样，毕恭毕敬地环顾周围。她的灵魂似乎升到了天上，已故的人被记忆的丝线紧紧地拴在灵魂上，在那里来回飘荡。有多少人埋在这里，被那一抔之土阴阳两隔？——没一个人知道，也没谁了解过！这里埋的不是动物的骨头，而是人的骨头，周围的所有人都知道这一点，即便是小孩子也知道。阿尼西娅一直记得，一队又一队的学生，扛着大旗，拿着小旗，吹着号，在这里来回走着；老师们的面庞一下子就变得温和起来！那个时候总是静悄悄的，说话的声音都很轻柔。纪念碑的底座上刻着碑铭——“英雄永垂不朽！”前面的底座上可是有多少五颜六色的花束与花篮啊！

村镇上的居民没有一个在这里下葬，从来没有。车站上的人，也没有！人们会把死者运到河对岸，或是车拉，或是人抬——运到小镇的最东边。除非有需要，不然的话就没人埋到这里，埋入这座神圣的小山丘。多么高的马林果啊，生长得疯狂任性！黑色的茶藨子像一串串葡萄似的挂在枝头，因为太沉把树枝都压弯了，使其一直垂到地面……没人采摘这些浆果。烈士墓里埋葬的是阵亡将士的骨骸，生长在那里的浆果实在没法往嘴里扔。小山丘被人们以各种各样的名字命名：有称它为“移民岗”的，有称它为“阵亡烈士墓地”的，还有人直接称它为“游击队丘”。

站在这与众不同的山冈上，望过去几乎是一览无余，那可是多么美丽的风景啊！村庄，一块又一块的草地，近处的、远处的田野，拐了三个弯、左右都是峭壁的小河，半圆形的沙底浅滩，牛群，色彩各异的屋顶，体育场，三层楼的俱乐部，彩色的栅栏，还有一座不太高的教堂——这一切都像是在画里！也许，正因为如此美景，这位基督徒才那样的沉迷——阿尼西娅，你自己都没感觉到，你是怎样跪下的，那些几乎被遗忘的感恩的祷告词怎样滔滔不绝地从你的嘴里流出。如果一个人，他从小就在这片土地上奔波、劳作，踏遍这里的山山水水，道路翻浆时节，每一条被踩得结实的泥泞小路都留下他的赤脚的足印，那些感恩的祷告词又怎能不从他嘴边淌出呢？阿尼西娅摘下一朵朵散发着花蜜香味、散发着新鲜气息的野花，随即又将这些野花扎放成一束束的。她把自己向世界致意感谢的心绪转移开，思索道：鸟儿们的感觉可真好，它们在高处飞翔，不仅能看到自己的巢，还能看到附近的所有土地。怪不得每到春天它们都要返回，虽精疲力竭，但仍迁徙归来，它们啼鸣着，在颂扬自己啄破鸟壳后初次看见世界的地方。它们就是在这里长大，在这里振翅起飞，飞向自己踏立的第一根枝头，然后飞向高一些的枝头，再由此飞到白桦树的尖梢，一飞到那里就纵声歌唱起来。白桦挺拔、鸟儿啁啾，每一个人，即便是最不知羞耻的人，都会心怀慈悲，心中都会暖意融融……

即便是这块土地以永久的冻土之态长眠，在全世界也都没有比它更美的地方，没有！从那时起，从少女时起，也就是在阿尼西娅的心中萌生出对自己家乡的热爱的那一刻起，她就不会说：我已经老了，视力变差了，腿脚没力了，全身的皮肤都长满皱纹了，感情也变得迟钝了。现在还是不会说！……有一次，在病了很长一段时间后，阿尼西娅发誓要去神圣的小山冈那儿看看。她祈求上帝，一定要在她有生之年把她引领到这里，看一看这里的美景。请上帝在她还活着的时候引领她来这里，来这里尽情地看看。现在无论是村镇上的"头面人物"，还是车站站场上"享有荣誉的被尊敬者"，也仍然不能葬在此地。在机车锅炉过热所导致的爆炸事故中，死去的司机们被运到河的那一边埋葬。他们的墓地似乎是和这样的小山冈毗邻：那里埋葬的是不遵守教规者！

而这里的这样一个倍受尊重、不可破坏之处到底是一个什么地方呢？

不只是阿尼西娅一个人提出过这个没有答案的问题。把这个地方奉为神圣是民间的习俗，人们就一直维持这个习俗。

履行誓言的时刻到了。一条小路一直延伸到那个山冈，延伸向平缓的山坡。虽然平缓，阿尼西娅在爬上坡顶前还是休息了三次。哎哟，"殿堂"也没高到哪儿去！或者，是我没看清楚吗？她摘下头巾，这条绣着花边的头巾是送殡时才戴的，尽管只在这样的哀悼的场合佩戴，但它已经又破又旧了。微风吹送来阵阵芳香。在正午的阳光的照耀下，风是热的，也很干燥，吹到阿尼西娅的脸上火辣辣的，但还是为她带来丝丝清爽。稀疏、花白的头发被微风吹拂，从鬓角吹拂到额头，又从额头吹拂到鬓角。

阿尼西娅差点没站稳脚——不知是因为劳累，还是因为往事涌上心头，也可能是因为在感受迷人的美景吧。她走了几步，倚在一棵小松树的红色树干上。无论是老人，还是小松树，都在转瞬间摇晃了一下，然后就听命于永恒的静止的法则，一动不动地停了下来。

不，她的眼睛的状况还是非常好的——要不然会什么都看不清。她一直近视，近视到六十岁；戴着眼镜缝补、编织衣物；戴着眼镜清洗土豆。可是在这里，让她欣喜的是，她的视力完全恢复了，无论是近处，还是远近，都能看清楚！她环视着故土，再一次像年轻的时候一样，陷入惊奇和静静的狂喜之中。

但是，为什么她眼中的一切都是同一个颜色——都是金绿色呢？而且，为什么这个颜色在移动，更确切地说，就像是种植着小麦和大麦的田野一样在轻轻摆动？除此以外，任何农舍、房屋都没有，任何小块的草地都没有，没有一片松林，没有一条乡间土道，没有一头牛，没有一个人，这是为什么呢！？只是一块金绿色的波浪起伏的地毯……她闭上眼睛，而且是很快地、一下子就闭上眼睛——眼中明亮起来，金绿色逐渐消失，眼前已经不是地毯了，取而代之的是单调的干草的颜色。绿色的田野就是这样，成熟了就发黄、泛白，预感到收割期临近了，预感到许许多多干活的人即将来到，就停止了生长。那些受尽折磨，早已逝去，几乎被遗忘了的劳动者也出现在阿尼西娅的眼前。父亲和他们一起出现了……可是，他为什么不是像从国内战争的战场上归来的那天一样开心呢？那些幸福的、被劳动与快乐填满的岁月一段又一段地飞逝了。

父亲身材匀称，非常英俊……他穿着指挥员穿的那种军便服，胸前挂着勋章，军便服是收腰紧身的，身上挂刀剑的皮带和宽宽的指挥员皮带不时轻微地摩擦。父亲是那样自信，那样卓尔不群，彰显出骄傲与独立的气质。当然了！父亲是红军的指挥官，可不能把指挥官当作傻瓜和软弱的人看待。在阿尼西娅的目光下，绿色调转变为秋草的枯黄，父亲的面庞，乃至他的整个身躯——总是精力充沛、一直带着微笑的父亲突然消瘦下去,也变黑了许多。

父亲的内心备受煎熬,他一直在折磨自己。伤疤和皱纹使得他刚毅的、绯红的脸庞变得苍老。父亲略带顽皮的乐观、流露出的良善的狡黠,还有他的奕奕神采都同时消失了。父亲正身陷无望的处境之中吗？近了一些,更近了一些,他已经在餐桌旁了,坐在那儿,两只手抱着头,似乎是不想看任何人,也不想听任何话。他的眼睛看向墙角,看向地板。就那样坐着,抽着烟。时不时地吁气叹息,或是晃动额发。

非常奇怪：全家人都到齐了,弟弟和妹妹在旁边的地板上玩耍,阿尼西娅感觉到所有的亲人都聚在一起了,可是除了父亲,她却看不到别人。"你的思索在折磨你?"妈妈大声说道,不知是在炉子后面的什么地方。"可是他们马上就来,会运走最后一点粮食。我们以后吃什么呢?"

父亲突然站了起来,身材魁梧、健壮有力的他严厉地说：

"全都上交！咱们上交……明天——去农庄。我们在那儿……"父亲没有把话说完,而是咽了下去,他抬着头走出木屋。阿尼西娅又一次感觉到——她只这样感觉到,所有人都在颤抖,所有人的后背都在打寒战；母亲的眼里充满泪水,眼睛和眼泪——只能看到眼睛和眼泪。不,不,还能看到后背,母亲手里握着炉钩子,她在忙着生炉子。窗外的风像狼一般号叫,在阿尼西娅的心中,在弟弟、妹妹的心中,满是无声的忧伤,虽然她仍然看不到弟弟和妹妹。

父亲上交了所有粮食,那是因为他明白：否则家人活不下来,甚至他自己都无法保全。人们都不上交粮食,农庄就会突发混乱。他作出了一个正确决定,使得家庭免遭第二次抢劫……在去年冬天这事发生过一次,他们的食物几乎都被夺走了,是以"法律的名义"。一家人勉勉强强撑到春天……

来了三位“现役军人”：都穿着未戴徽章的短皮大衣，脚上是毡靴，手里拿着长枪。两个人进了屋，另外一个在大门附近的院子里踱来踱去，斜握着枪，枪口向前。当阿尼西娅急匆匆地从水井里打水，装满水桶，然后从他身边溜过的时候，这个踱步的人甚至看都没看她一眼。阿尼西娅拎水桶进屋，看到两个军人的时候，她呆愣在门口，可那两个人也没瞧她。阿尼西娅最终缓过神来，于是就安放好水桶……一个军人拿着左轮手枪，面对着父亲坐在桌子旁。他把拿枪的那只手放在两腿中间，一直都很安定、很稳重的父亲坐在那儿，用他结实的手掌捂着头，一句话也不说，他的双肩激动地微颤着。

“如果还能搜到，那就是你们的，全都拿走吧！”父亲的声音在颤抖，很是低沉，他的目光一直没有离开地面。“可是春天的时候种什么呢？”父亲抬起头，目光中满是恳求，“请给我们些种子吧……”

“啊哈，这不是有吗？可你却说没有。我们对你已经够友好的了。我们是民主党人，而你不过是前指挥官而已。就别挥舞你的军刀了，已经解放了！如果你不服从法律，就会因为欺骗国家而消失，就会入狱。”

“问题就在这里，我是指挥官，而不是强盗。我得什么都考虑到！你瞧瞧，我得考虑到他们，”父亲用手指指我们，“还要考虑到你们……得养活所有人：有他们，还有你们。莫非你们不吃面包？”

“够了，听够这些蛊惑了。快说，还有粮食藏哪儿了？不然我们就自己找，你就等着吧，我们会给你个厉害瞧瞧。集体农庄里的人不需要种子，懂了吗？”“现役军人”愤恨地拿出了左轮手枪。

“这就是说，在你们看来，我是富农？哪怕是过上一丁点儿的剥削者的生活也好；那样也就无需靠诚实劳动上交粮食了！这是什么？”父亲把手从头上挪开，把手掌转向他们，以便他们看清那些长在自己手指和掌心上的血泡与老茧。

"瞧瞧你幻想的是啥，讨厌的吝啬鬼！"拿左轮手枪的那个人再一次厉声咆哮，"你妈的，你就过快活的生活吧。走，咱们走！"

父亲就这样屈服了，屈服在左轮手枪的枪口下，报名参加了集体农庄。

没必要搬迁到奥利亚村了：村外都已经是农田了。

哎哟哟……阿尼西娅记得那个晚秋，甚至于记得非常清晰，可以说，一切都在眼前。奥利乔伊村和奥利亚村的最强壮的男人、善于经营的人、干活多的勤快人都被"肃清"了，那时候村子里哀声一片，哭号声就没停止过。积攒的财物都被没收了，像他们这样的"富农"家庭里的人都被赶上拉货用的那种大马车，运到某处很远的地方。阿尼西娅他们之所以被解救出来，是因为区苏维埃执委会得知父亲是模范指挥官，而且是积极支持苏维埃政权的斗士。但是，在查明、研究清楚问题之前，父亲还是在监狱里蹲了一段时间，饥寒交迫，被持枪士兵看守着。是女儿阿尼西娅带着需要的东西一次又一次地跑到父亲那儿。

阿尼西娅看够，也听够了各种各样的事：直到现在这些事都还留存在记忆中……一场持续了很长时间的秋雨后，白桦树光秃秃、湿漉漉的，树上一片叶子都没剩下。

从早晨开始，轮渡那儿就乱作一团。马匹打着响鼻，四轮大车的轮子嘎嘎作响——车上都是装了货的口袋。武装人员穿梭在各辆马车之间。阿尼西娅正在替母亲挤牛奶，牛奶还没有过滤，她就跑到了街上：一切的一切都被她看到了。马车，马车，到处都是大马车！所有的马车都载得满满的，在每辆车的前部，要不然就直接在袋子上，耷拉着腿坐着一个人或是两个人。都是熟人：是同村人。他们抽着烟，很少说话，都不愿张嘴，他们时不时地拎起缰绳，间或拉拽一下。他们在等统一指挥。口令传来了。听声音好像是他——手拿左轮枪的那位客人!?阿尼西娅和母亲还没来得及跑到父亲跟前，父亲就用力地挥舞起鞭子，狠狠地抽打在灰马的屁股上。满载口袋的马车动了，母亲立刻退向一边：她很困惑，不知所措，这使得她满是悲伤的面容完全变形了。但阿尼西娅终究还是听到了父亲对母亲所说的话：

“我不回来了，淘金去。在乌利亚基尔淘金很容易！我回来以前你在农庄干活，我靠淘金生活。咱们一家人就能饷口……驾，捣乱鬼！”

这件事到底还是发生了：父亲去做了淘金者，但不是在那一年，也不是在下一年，而是在若干年后，农庄的事业越来越上劲的时候。当时乌利亚基尔矿场可谓名声远扬：这是一个能捡到金子，可以露天采矿的地方；被流放的犯人、移民，还有外贝加尔的当地居民，他们成群结队地蜂拥而来。农庄里的许多汉子也有去乌利亚基尔的念头，十个人被选中为淘金者，父亲也被选中了。于是，父亲和母亲一起离开了，阿尼西娅虽然没有离开家，但很快就出嫁了……第一年还可以，两口子和和睦睦、浓情蜜意，之后第一个孩子又维系了夫妻间三年左右同心协力的日子，可是，自打阿尼西娅怀上第二个孩子，一切都偏离了正轨。丈夫酗起酒来。她要是能镇住局面该多好，但是管得了自己丈夫，而狐朋狗友们……他们尽情地喝，阿尼西娅根本就无力抗争。她离开父亲的房子，带着孩子们搬迁到乌利亚基尔，住进了父母临时修筑的房屋。随后就发生了莫大的不幸：矿井坍塌，父亲被困在里面，矿井里灌满了水，被石头压得严严实实。母亲用大车把棺材运回奥利乔伊，运回父亲的故乡，埋葬了他。让人无可奈何的是，房子被洪水冲走了。“也要把我送回来，送到你父亲这儿……”这是母亲的心愿，阿尼西娅后来帮她实现了。

夏天的时候战争开始了，丈夫去了前线……阿尼西娅和两个孩子就这样留在了乌利亚基尔……儿子们茁壮成长，都不是坏孩子。她为他们感到骄傲。大儿子成了一名海军军人，谅解了她和李方之间的事。她盼着儿子服役归来，可是那一次，潜艇却没有返回基地……尸骨无存，墓地就更没有了。

真的是无话可说：那时候男人们也喝酒，但不像现在这样。过去的伏特加酒什么都不往里掺，瓶塞儿上的火漆印都是真的，不会伪造。人们也不像现在这样一堆一堆的死去。不知是因为什么瘟疫！只要想酿酒，那就可以酿酒。明目张胆地，在住宅里酿，在地下室酿，像工厂一样。连理都不理政府！你就酿这些对身体有害的玩意儿吧，再卖出去，谁都管不着，哪一级政府都管不着！当然了，后来有管束了……人们在身强力壮的时候离开，他们本该在这里，在这个世界上生活的。可是去另一个世界了。有点不对劲……

在过去，至少有惩戒，人们也耻于成为酒鬼，大家可以和酒鬼们斗争，拯救他们。她拯救来，拯救去，到底没保住二儿子。她为此而痛苦，作为母亲，她至今还受着折磨。活多少天，就要痛苦多少日。上帝啊，你为什么要让我注定遭受苦难和悲伤呢？我到底做了什么对不起你的事？我错在哪里？我怎样才能赎罪，用什么才能赎罪呢？

阿尼西娅感觉自己微微打了一个寒战，就像感冒的时候那样。她睁开眼，从瞌睡中清醒了过来。不，什么变化都没有，没有任何改变。一切都如梦中一样，仿佛自己在慢慢飞翔，如同鸟儿一般，蒙着金绿色外衣的美景慢慢呈现在面前。初秋的美景往往都是这样，现在也是如此。阿尼西娅仔细端详，看得也更加清晰，她发现，洪水淹不到的村镇的上部光秃秃的，那种很高的、品种特殊的松树在那里长不成排，成不了片儿，于是当地的林业工作者就把松树移走了，山坡上的这种树全都被运到这里——也就是现在那片建筑所在的地方，栽成了一块小树林。在战争之前人们就把松树移过来了，栽进了提前挖好且施过肥的树坑里。美丽的小树林，多少幸福的时刻和你相关啊！朋友们都去哪儿了呢？不能没有她们……

一两年前，松林还枝繁叶茂，让人非常愉悦，它还为小镇遮挡凛冽的北风。可是现在，这里一片裸露，就好像树桩都被连根拔起了一样。到底是谁这么胡来呢？他的内心就一点感触也没有？谁的心不会为此而抽紧呢？发生了那么多变化——不止一次的战争、洪水（冲毁了下游一半的村庄和父亲的房子）、火灾、牛瘟，各种各样不幸的事。生活改变了，命运时有突变，可是，这片松林却一直给人以喜悦，它和蔼地对待任何人，每到春天就精力充沛地吐出新绿。现在，那终年的盎然绿意没有了！微红挺拔的树干没有了！……仿佛有人在撕扯，在掏挖阿尼西娅的灵魂深处和她的心灵，她的根基被掘开了——她的，阿尼西娅·舒加罗娃的，该死的命运的根基……

她还注意到，松林就是从坡顶的后边那儿消失的，就好像钻入地里，不翼而飞了。在那里，一段很矮的、几乎与地面等高的、窄轨铁路的路基被她发现了。阿尼西娅猜测，这是一条用来运木材的新线路。通过水路流送木材，或是借助牵引车走束柴路[①]运输木材已经满足不了需求，你看看，现在又在铺设相应的铁路了。原来是这样！嗬，伐木工人得多么麻利、多么灵巧啊……要是能看看伐木工该有多好！

老太太四处搜寻，望了一会儿河湾那边的田野、新修筑的窄轨铁路的路基，又望了望光秃秃的山坡，随即又看了看村庄的上半部和下半部，以及浅棕色的河滩——阿尼西娅倚在一棵细弱的、几乎就是幼苗

① 束柴路，即在泥泞地或沼泽地上铺木柴形成的通路。

的小松树的树干上，搜寻着。

难道生活过、劳动过的人们不留痕迹地消失在时间之河中了吗？除了旧木屋——那些被年久失修的篱笆围绕、松木板做的房顶已经坏掉的旧木屋——难道他们什么都没留下吗？末了，木屋、篱笆和房顶，它们也都会不留痕迹地消失。人会因嫉妒，会因为仇恨，会因为依照奸诈法则行动而丧失理智。但是大地—母亲……这主人是善良的，她还是把善良分给自己的子女。主人是富有同情心的，不论怎样，她都会为活着的人的眼睛留下些许痕迹。可是，痕迹在哪儿，痕迹到底在哪里呢？

虽然不是一下子，但她到底是想起来了：那些上面是金黄色、下面是淡绿色的椭圆形和圆形，正是木屋、庭院、栅栏和菜园子以前所在的位置！一、二、三、四……原来是这样！斑点指示了他们住过的位置，他们是：博布罗夫·伊拉里翁……克鲁佩诺克·彼得……阿巴布科夫·瓦西里……斯捷潘·哈姆丘克……大地—母亲没有忘记他们，她留下了痕迹，而上帝则是在拿痕迹给阿尼西娅看。

他们早就不在了；子女们长大成人，也已经去了不一样世界；孙辈们四散分离，各居一方，但是大地记得……

阿尼西娅哎呀哎呀地叫起来，她不明白自己是什么意思，也不知道自己是高兴还是悲伤。可能是既不高兴，也不悲伤。她没兴高采烈，也没泪流满面。这里仿佛荒无人烟，过去的人们消失绝迹——再也没有了。怎么就没了呢？不对！大地有，大地有记忆，只要善待她，她就会报答，也不会忘记。只能善待大地—母亲！

那条古老的小路也是如此：不论是被走过，还是被跑过，它会记得人的腿；庄稼地不论是被掘松过，还是被耕犁过，它会记住人的手；锄草的时候，小草会记住人的手指和手掌。从额头上滴落的汗珠会被吸收。就算是没有被土豆、燕麦或大麦吸收，而是被——比方说，被某一种树吸收，人的汗水也像是永远起效的肥料，滋润着树根。不，人不是平白无故地活着。人不在了，不在很久了，但是大地记得他。而人自身——他的身体腐烂了，也为活着的生物带来益处。这个念头突然地闪现在老妇人的脑海中，给了她力量。阿尼西娅感觉，自己飞翔在万物之上，飞到了河的那一边，她看到的东西是那样分明，那样清晰。她明白，不是她的身体，而是她的灵魂在飞，飞翔在故土家园的上空。好像她的新木屋就在这里的某个地方，和其他的新房子在同一排；得好好地注视、打量。飞呀，飞呀，她非常吃惊：视野如此开阔，一切都那样清晰，她能辨别出一切。

阿尼西娅还想道：那么多人离世了，永远地离去了，任何人都看不到他们，可是她的生命……没什么关系！身后的一切离她很远了：残破不堪的木屋、常绿的松树，还有咯咯叫的母鸡；可是在前方，在她马上就要以女主人的身份进入的前方，有小儿子送给她的、带菜园子的阔气住宅，依照惯例，还会有宽敞的庭院、板棚子和狗窝。该当如此吗？她理应有这样的命吗？她为什么活得这么久？是不是上帝在帮她？为什么保护她，却又折磨她，还宽恕她？

阿尼西娅感到口干舌燥，激动的泪水就像晃动的罩布一样蒙住了她的眼睛。而“罩布”没有向老妇人完全遮蔽这个生机勃勃的，被安排得美妙、妥善的世界——她不想离开、迟迟不想离开的这个世界。但是，这般激动的泪水、些微的昏暗，还是有些遮挡眼前的这个世界。马上就要快活地生活了，要开忙了……

她不记得，自己是怎样出现，怎样很快地出现在方尖碑的前面——这座碑被风吹日晒，已经有些破损了，许多地方裂了开来，上面的一些字母也脱落了。多少年没人来这里，没人走到跟前，也没人修补它。

唉，人啊！为什么这样呢？短暂的记忆——短暂的生命……不，不，既然她出现在这里，那就意味着“有人”牵着她的手领她过来，把她领到方尖碑的跟前，对她说：看看吧，老太太，不要忘了他们！他们生存过，受过苦痛与折磨，现在不在人世了，大地—母亲感激地收留了他们，怎么——已从心中删去，已经忘了吗？……老太太鞠了个躬。

阿尼西娅画着十字，不知怎么，仍是自然而然地跪了下来。她再一次感觉到，有个神秘的、看不见的人在操控着她的行为，在提示她，在这一时刻该想什么，在那一时刻该想什么。瞧瞧，她正跪着，在做祷告……一路上她没想过来这里，任何这样的想法都不曾有过，可是却发生了——她出现在这里……可见，世上有这样的地方，也会出现这样的时刻……双膝会自行跪落，一只手会自发地伸向额头、随即在胸前画过，双唇会自然地、悄悄地讲出那些神圣的、有那么多涵义和征兆的语句！这样的语句——具有上帝的意志与征兆的语句，也不是很多。这些话讲完后，阿尼西娅站了起来，她又鞠了个躬。从山冈上往下走的时候，她不停地回头看。在她的内心很久很久没这样平静，没这样安宁过了。但是，这并不是希望和心愿实现后出现的那种轻飘飘的感觉——那时候人们会说：“都实现了，谢天谢地，都实现了……”不是那种感觉！

令人痛苦的生活的全部重担依然压在她的肩上，但是，这重担似乎又紧紧地挤在一起，挤成了一团，变轻一点了，也许吧……她已经容忍自己遭遇到的一切了，容忍一切，意思就是接受一切，接受过去和现在的一切：与不爱的人过倒霉日子，之后是被禁止的爱情，寡妇的艰难困苦，亲人们的死亡，年老体弱，以及可怕的、长久的孤独。

第八章

▼

当然了，进了镇子后她要先去一趟邮局，去领退休金。阿尼西娅的心情变得糟糕起来，她觉得受到了侮辱，非常气恼。

第一次给她发退休金时，就自行地给她送了过来。她没诉苦，也没请求这样做：可以自己去领，又不是公主。来的是位女邮递员：非常可爱，长得白白的，虽是少妇，却胸部平平。第二次，第三次……退休金都是她送来的。她允诺说，会永远送来。采矿场已经没有了；俱乐部、邮局、医院，还有面包房都一同拆掉了，迁到了奥利乔伊。邮局没有了，而阿尼西娅领取退休金，就像现在常言所说的，是送货上门。无需奔忙，不用四处忙活，也无需浪费一整天的时间。哎哟，那样一位白净瘦弱的女人，她可怜阿尼西娅，为了阿尼西娅跑瘸了腿，态度非常亲切。哪怕是哭一次，抱怨一次也好啊。她会坐到桌旁。“嗯，阿尼西娅·瓦西里耶夫娜，您说，我们的小十字记号在哪儿？”她随即将自来水笔放下，用纤细的手指指着纸上的一行行内容给阿尼西娅看：通篇都是数字、方格和直线——老太太自己弄不明白。哎呀，这上面有那么多我们弟兄的姓名！一页又一页的表格，密密麻麻的花体签名……

只不过是用花笔道在表格上划掉几行，然后，那一沓票面额为一卢布的钞票就放在桌子上了。“可真想不到！她何必走这么远的路。”阿尼西娅心想。女邮递员很年轻，但很认真。假如是另外一个邮递员，反复让她过来，这样辛苦劳碌、这样疲惫不堪地帮助老人，肯定是不干的……而这位女邮递员像钟表一样准时：每个月的第二天来，哪怕是星期天也不例外。艰难费力地来这儿，来到这个荒芜的采矿场和废弃的村镇，却没得到任何好处。但她每一次都来：坐火车来，一站地，第11次列车，半个小时的车程，只为来阿尼西娅这儿，不再去别人那儿，仅仅是为她而来。女邮递员是多么善良啊！她从未任性地把退休金扔过来：给你，拿去吧，丑老太婆，你快死掉吧，和你打交道我可是腻味了！一次都没有。在她的内心就没有这样的想法……女邮递员每一次来都一定会带来面包，还会带白面包，或者带一些米、一包黄油、一公斤糖。把带来的食品的花费全部计算好，然后，她就会告诉阿尼西娅，总计多少钱。阿尼西娅会立刻清账，同时向邮递员道谢，或是回礼致谢，礼物就是能作为回礼的食物。邮递员同样表示感谢，但不管怎样都不会将任何吃的喝的再次带回车站。为此，阿尼西娅在清账的时候准备支付双倍的价钱，但女邮递员也不收。

一戈比都不多要！阿尼西娅劝了许多次……女邮递员友善地笑起来，越发地讨人喜欢，也越发地诚恳。

“你们这儿可真——漂——亮啊！”她环顾四周，拉长声说道，就像在唱歌一样。“电影是免费的……空气那么清新！小溪水……”

阿尼西娅很高兴，不单单是因为受到尊敬，因为收到退休金和面包，她还为两人间的谈话而开心。交谈的时间通常都比较短——在列车返回前就得结束。当火车晚点的时候，她们就可以喝着茶聊上一小时。阿尼西娅理解不了多少，但是糟糕的坏消息会让她伤心。“啊，他们对俄罗斯做了些什么!”阿尼西娅叹息道,“这群坏蛋,他们在干什么!……嗯,要夺取政权……”

有女邮递员来送退休金已经是以前的事儿了。自打政权更替,当权者变得凶恶残暴以后,善良的少妇就不再来了。现在没有什么事儿不可以遇到——老百姓的钱被强夺了,国家也被剥了皮,根本就没有可打听打听消息的人,也找不到可以向他要钱的负责的人……现实来临了,好一个现实!在过去,奶奶,请收钱——钱就给她送来了。可是现在,每一个月她都要遭罪。如果她没按期到,不缠着他们要自己的血汗钱,邮局里的人就开心了。瞧瞧,到了什么地步!半年,其实是一年都没领钱——没人管你,老太婆!她之所以能活下来,那是因为大地给了她食物,就像在战争年月一样。一直到去年,她还饲养着母牛和山羊。民以食为天,粮食重于一切,这话说得聪明,但是,粮食不是白得的,不会因为垂直笔画或是因为弯曲笔道就能获得,粮食得用钱买,付了钱人家才给。可是偏偏又没钱……

但是,正是从李卫——有着异族血脉的小儿子来探望她,并且许诺在奥利乔伊给她建新房子的那天起,阿尼西娅就受到了鼓舞,她热情高涨地生活着。她的心中充满希冀,她期待更美好的未来。可以说,她已经不习惯和人交往了……阿尼西娅偶尔也哭一阵:她舍不得离开乌利亚基尔!无论是村庄还是采矿场,早就没有了。没在这里生活过的人,确实没理由舍不得,他任何时候也不会有这理由。但是,在这里住过的,受过苦的,认识了许多人的,为上工干活而踩出淘金路、踩出庄稼道的人,会记住一切,会将一切记在心里,丢都丢不下……而爱情?这就是爱情的暮年果实:儿子和房子!

无论是从远处,还是从高处看,村庄都很美:就像是那种带油光的照片上的蜂房。可是在这里，在巷子里，在比较狭窄的街道上，常常堆放着黏土、砖和沙子，一堆又一堆，非常杂乱。有许多房子已经动工了，但还没建好，没有窗户，也没有门。这里的一切都呈现出异国风貌，阴沉沉的。工人们在某处忙碌着，不声不响，非常专注，半句话都不说；不过这和她有什么关系呢？她看到了中国人：他们以前就住在这里，现在和将来会一直住在这儿。他们的活干得多么好啊！……

阿尼西娅在村镇上慢腾腾地转悠，她时而看看左边，时而看看右边，只要看到农舍，哪怕是很小很小的简陋农舍，她都尽量多看一会儿。她的熟人们在某个时候曾居住在这些简陋的农舍里。女伴们和邻居们几乎都不在了，阿尼西娅曾和她们肩并肩地干着相同的工作，一起度过许多年——健在的人几乎是一个都没有了。父母的房子也没了，彻底地没了，即便是房子曾经的位置也辨认不出了：在那场可怕的洪水之后，荒凉的、邻近河岸的边缘地带就被占用了，混凝土搅拌机、沙子堆，还有卵石，把那里占得满满的；石棉瓦到处都是，码放好的瓦一垛又一垛的，还有一些石棉瓦都已经碎成了片儿——总而言之，毫无章法，乱七八糟。哎呀，屋子的主人们得磨破多少血泡啊！要干的活太多了：得"收拾好"这些乱放的、碍眼的杂货堆；要把这座那座房子建完；还得用栅栏把小花园围起来；得运来许多黑土、整理出用以栽种第一拨蔬菜的菜畦；得种植花草；还得为小路铺上石子！

……天哪！还得干多少活，还得操多少心，还需要多少钱啊……人们还将在这里洒下多少汗水啊……如果某位朋友也搬入这样的新房子，那就得了解清楚：住在这里的人，你对他们是十分了解呢，还是根本就不认识，完全陌生？

在奥利乔伊村，始终留在原处的建筑只有邮局、商店和好朋友梅拉尼娅的简陋农舍。没有钱，没有奶渣饼，也没有从前的女邻居和她说话，没有那些热闹的、带着想望的、真诚的话语，她得怎样应对呢？阿尼西娅并不急于赶路，更确切地说，在她即将进入自己的新家、亲吻儿子之前，她是在有意地延长幸福快乐的时刻。她在内心深处向自己坦承，上帝终于开恩了，而且，在她的晚年，在迫近终点之前，还给予她如此丰厚的奖赏。“这是因为什么啊，上帝！”知恩的阿尼西娅一边询问，一边祈祷，她有时候会猜测：“上帝显然是匀兑了别人的运气，末了的时候就赐给了我。他说，你总是一个人，已经受够了孤独，你一个人吃苦，苦已经吃得足够多了。拿去吧！连人也恩赐了那么多——看看他们有多少吧，还恩赐了属于她自己的栖身之所……你就活着吧，开开心心、心怀感恩地活着。”她以为，她永远地失去了自己的有着异族血脉的小儿子——以前李方总是向她央求，把小儿子带给他奶奶看看，可这件事竟是这样发展，这是多大的幸福落在她身上！上帝，你还把他派到她这儿来，谢天谢地！李方没有亲自把儿子带回来，但是你的仁慈让他自己回来了。

阿尼西娅本人也不知道是什么原因，她就拐向了右边——往邮局的相反方向，就好像有人在叫她，在引导她那累得酸疼的两条腿往右去。也许正是由于这个神秘不解的原因，她才拖延了自己进入“豪宅”的脚步，就如同给自己最后一个窝，大概是她生前最后的栖身之地施洗礼一样。其实是归宿之地前的一个——确实……

老妇人迈着碎步，走得很快，她前往的那个地方，是镇子的墓地。

阿尼西娅好久没有去那里了，没去的原因各种各样：有时是因为生病，有时是因为一整天都虚弱，还有时……为什么要躲避悔过呢，你能躲得更远一些吗？可以说，爬上那个有些陡的山冈，阿尼西娅是越来越困难了。她担心自己还没走到地儿，就死在半路上了。她自己也明白，这不可能是真正的原因，但是她没有下决心的力量，就是这样。

事实上，她在暗中默默地思量，但愿有人把她放到这儿，距离父亲母亲更近一些，要不然放在他们旁边，这样好让全家人——妈妈和爸爸，还有她——他们的放荡的女儿，居住在那里，在天上。怎么又没提到儿子——没提到她的喜事，从各个方面说，是最令她高兴的喜事！她现在已无法逃避：要趁着两条腿能走路的时候搬过来，搬到这里；当长眠开始，安息降临——那就搬入到父母的棺材里。儿子啊，谢谢你！你把一切都考虑到了，你把令人悲伤的、事关丧葬的操心事压到了自己肩上……

就好像有人再次凑向耳边，悄悄地私语，在询问：没忘吧？没有，我记得……没过多久，阿尼西娅就出现在了墓地上。

天光大亮，天也热了起来，一层微薄的蓝色水雾飘在河滩的上方，也飘在宽阔的、黑黢黢的深水区的上方。太阳还没有完全升高，只升到一半，但已经像在夏天那样烘晒万物了。干燥的暖热气息流动着，烘晒着小草，也烘晒着白桦树的叶子。因为长时间的晴朗天气，白桦树的叶子在渐渐地泛黄。

出现在眼前的场景让阿尼西娅大为惊愕。这块古老的东正教墓地，它打搅了谁啊，它妨碍谁了？墓地被隔出了一半，隔出来的一半被当成了仓库和锯木厂。工地！……你们还想要什么，这些坐着双门轿车、带着“伙计”的“俄罗斯新贵”们？

前面没有栅栏，当然也就没有大门。但她清楚地记得，以前可都有，既有栅栏又有大门！还有照管的人。即便是流浪汉里最正牌的，也不敢拿十字架上的木头和地里插着的木桩子生篝火……

有一股刚刚开始霉烂的味道，不是很明显，很轻微，它盖不住那股从老旧的墓地里发出的甜味。

终于看到它了，紧靠在角落里、挨着十字架的坟丘。无论是很久以前被人照料过的痕迹尚存的坟丘，还是又大又笨、用松木做成的十字架，现在都没人触碰过。在某种程度上，这让她的心情平静下来，她带着感恩之情，又一次想到了上帝：你把我直接领到墓穴前，不让我失脚踩空，不让我在无意中掉进可怕的、空空的地洞，还把我心头最后的阴霾也挤走了。彻底的内心的安宁在支配着她！

阿尼西娅曾经栽下的细细的小桦树苗已经长大长高了，树干粗壮，弯曲多节；高处的枝桠遮住了坟丘，也遮住了坟丘的围栏。想要进到围栏里坐一会儿，就得把刚长出来的茂密蓬松的幼苗与枝条撩开。枝条上的树叶密密麻麻，长得很大，肥厚多汁。树叶仍然是绿色的，完全没有被秋日的金黄所打动，阿尼西娅马上就注意到了这一点。与此同时，在她心里仿佛闪现过这样一丝不该有的念头，就好像在无意中"不道德地"想起：为她的漫长的一生，为幼树的根和已长大的白桦树的根补充营养的，是那些躺在棺材里安息、长眠的人。白桦树枝弯曲、下垂，好像是在保护墓穴一样。这并不是没有理由的，瞧，依旧水灵、多汁的绿叶正在悄悄地说着感恩的话。

阿尼西娅用手指关节轻轻地叩击十字架，就像是在叩门，在和活人打招呼一样。她邀请里面的人到外面来。仿佛是在上台阶……

"我来了，我在这里，就在你们面前。看看吧，看我变成什么样了……你们谴责我吧，但我就是这样！我投案来了。早就想来，是的……我住你们旁边还早，爹啊，娘啊，到时候我来，你们接受我吗？或者，你们怎样才能接纳我呢？"声音慢慢地低沉下去，阿尼西娅立刻就觉得有点怪了，但重要的是，她没有继续说话的能力了：突然咳嗽起来！这使她精神紧张。上帝表明，在她身上有件什么不好的事，可她没有能力理解。阿尼西娅的喉咙哽咽了，她坐了一会儿，重复道："我是来和你们交谈的。也许，你们俩对我都厌烦了？但是我会向你们详细地讲一讲我的命运。你们可不要感到难过……”

她绘声绘色地叙述一切，就像在神父面前做忏悔一样……

首先是因为孩子而认罪：宽恕我吧，我没保护好孩子，就像你们没有保护好我。两个孩子早就不在人世，甚至连骨头都烂掉了，而我却一直活到现在。她知道，这不合理，没按次序来，她还活着。按理应该是孩子们埋葬父母，在她这儿却倒过来了。

她不接受合法的丈夫进家门，而他还死乞白赖地强求，请求她。叶戈尔——你们认识他，别严厉地指责我。他是个恶棍、酒鬼，是个好打架的人，怎么跟这种人过日子啊？我不撒谎，他帮了孩子：孩子们领了补助金，就好像他在战场上阵亡了。战后八年他一直靠欺骗生活，我不止一次地体验、经历过，痛苦极了。叶戈尔用金子向国家还账，返还孩子们领到的补助金。可那是啥样的金子，是怎么得来的？爹，娘，那不是靠劳动、不是凭自己的血汗获得的，正相反，他是靠抢劫别人！他抢劫了我真正的爱人，我的李方。李方把自己埋藏的一半金子送给叶戈尔，像兄弟一样。可是他仍然嫌少……和李方相遇，我想都没想到过。原始森林、小溪、矿井和野兽，妈妈！……而他，叶戈尔，这个贪得无厌的恶魔，如果我告发他的话，他就会打死我。他不考虑孩子，也不考虑你啊，妈妈……咱们一起生活、一起受煎熬的那段日子，他有多少次扬手打人啊！妈妈，埋葬了你、埋葬了二儿子米什卡后，我就这样一个人生活。叶戈尔绕着乌利亚基尔跑，跑了一圈又一圈，说不定，他甚至杀死过人：嫌钱少，他总是嫌少……

阿尼西娅请求宽恕，宽恕她和一个不是俄罗斯血统的人相亲相爱。可是，有什么办法呢？丈夫没了：收到了他的阵亡通知书……和李方在一起的日子里她容光焕发，显出活力；她也明白了，女人在真正被爱的时候,是多么自在,多么好!

我怀了他的孩子。确实,到头来孩子不是在我身边长大的,而是在阿穆尔河的那一边,在他奶奶那儿长大的。因为外孙子,你是多么难过啊!你就生气、发火:究竟是谁干的?原谅我吧,妈妈……孩子出人头地了,当然是在中国。他靠父亲的金子富裕起来:李方每次都随身带一点儿,攒啊,攒啊,藏起来……当他们从平房搬迁到楼房里的时候,李卫发现了金子。他使用了……买下了我们的林场,他想在这里,在我们这儿,在奥利乔伊,安排好新生活,自由自在的、富足的生活。

"妈妈,孩子找到我了!……当时他高兴得吹起哨子。而我,我吹自己的那只哨子。整个儿成了节日啊!呵,那是我送给他的礼物。儿子一直保存着,我就更不用说了……他说,房子是给你的,搬来住吧。就在这里,在奥利乔伊,离这儿不远。我要去看房子:那会是什么样的宅院啊?小儿子像他父亲!是敢于付出最后一切的那种人……我还没到,还没看到呢。就要搬过来了,在这里生活,每一天我都会在附近转转、逛一逛。摆上蜡烛,时不时地、无意中出现在这里。一切,咱们讨论一切!我不会让你们无聊的,不会。你们就别作寂寞无聊地打发日子的打算。我还要过快乐的生活,还得活上一段时间。现在不就是在讨论,在交换意见吗?很有趣……"阿尼西娅没想出她随后要说什么。她想用自己的最后一件喜事安慰父母,让他们开心,但是没成功,不那么顺当、连贯。在一个动词尚未迸出嘴之前,她瞬间就明白了,她顿在那里,沉默下来。

阿尼西娅及时地闭上了嘴,没有说出那到了嘴边的话,因为她突然注意到,在父母的脸上写满了疑惑,他们转过脸,面对面地看着,这种情况在最困难的时候经常出现。"你是怎么想的?……我就是这样考虑的……"他们互相望着时,表达的就是这个意思。他们无需说出问题，也无需回答。即便没有言语沟通，他们也能相互理解，父亲和母亲已经习惯了这样步调一致地、默默地转头。父亲说的话母亲几乎是永远地、无条件地赞成。他们的生活如此和谐，因此，他们有权向她问罪，为什么在女儿身上发生的事不是这样那样，不全是按照基督教的方式……

阳光到底还是透过茂密的、多汁的树叶，宛如上帝的亲切与热忱，照暖了阿尼西娅的肩头。树叶各种各样：有树干外皮很厚、多枝桠的白桦树的树叶，有山杨树的树叶，有枝繁叶茂的松树的树叶，还有云杉的树叶。旁边是动作敏捷的小鸟，大胆地叫着，叽叽喳喳的；小鸟们非常聪明，已经有了理解能力，它们叫得并不快活。然而，无论是阳光、小鸟，还是树木，阿尼西娅都没注意，她只注意到父亲和母亲。在稍远一点的某个地方，出现了一个穿着毡靴、戴着鸭舌帽的身影，阿尼西娅想了想，明白了：这是二儿子，米什卡。他不可能在姥爷和姥姥旁边，或者在他们俩中间。而米什卡虽然是以另一种方式埋葬的，但至少，他不会被埋得那么远。

阿尼西娅明白，父母在斥责她，他们商量过了，已经准备好了结论。她开始等，等待这个结论。母亲刚刚表示同意，点了点头，父亲就开始说话了。阿尼西娅想抬起身子站起来，像所有听话的孩子所做的那样，她也试图这么做了，可是，怎么回事？她为什么不能站起来？被某种绳索拴住了？父亲正在斥责她，可她却听不见：父亲的嘴里塞满了泥土。父亲很不满意，非常恼火，然而，他是对什么不满呢？是什么事激怒了他？是因为什么事？阿尼西娅试图仔细地听一听——不，什么都没有听到。她想仔细地端详端详，试图凭借脸色能了解，并理解父亲的愤怒，但无论如何也做不到。泥土妨碍了他说话，因为泥土，父亲的嘴是黑色的，是塌陷下去的。嘴唇越张越大……阿尼西娅暗自哀求：吐出来吧，爹啊，你把泥土吐出来吧！你为什么要用泥土塞满自己的嘴呢？是谁强迫你受刑赴死？把泥土吐出来吧，我就会听到……

阿尼西娅什么都没听到，但是，她看到父亲在用头指点背后：他说，你看看吧！阿尼西娅惊慌起来，她感到害怕：肩靠着肩，一排比一排高，就像是学校里的合影照片，站着，不是人，而是人的影子，所有的影子都把脸转向阿尼西娅，一起拉长音，齐声发出令人恐惧的“呜——呜——呜”的声音。她仿佛听到驶离的火车远去的轰隆声：正是它压倒了地下的不满。父亲和母亲比所有的人影都距离更近一些，他们目光严峻，都在看着她。父母身后的都是亲戚，这是阿尼西娅联想、琢磨出来的。但是他们为什么愤怒呢？……上帝啊！他们在请求保护。代表谁呢？代表阿穆尔河那一边的居民？应该爱邻居。看看吧，她可真……拯救的方法在于它——在于爱，用不着指责，也用不着威胁。大地——是同一个！

一列火车飞驰而过，隆隆作响，比刚才的“呜——呜——呜”的嗓音更加清晰，更容易辨别……你，你，阿尼西娅，你犯错了。我们从来就没这样惊慌不安地生活过。上帝救命！他们还是异教徒。

“上帝啊！他们大发脾气，是因对哪一种拯救方法不满而叫骂不休？”老妇人心里想道，她躲得远远的，远远地躲开幻觉，躲开她感觉奇怪的一切。那些幽灵也这样躲开她，就像她躲开它们那样：默默地，顺从地。

阿尼西娅没有立刻站起来：现在她已经不能腾的一下就站起来了；必须用一只手帮助自己；得稳稳当当地站住，直一直僵硬、麻木的双腿；然后，她才能迈出一小步。慢就慢一点吧，终究是在迈步走路，或是向前，或是向后。阳光早就溜走了，匆匆离去，它曾是那样柔和，把肩头晒得暖暖的。就在幽灵和她说话的那一刻，更确切地说，在幽灵威严、单调地“哼叫”的时候，阳光就离开了。幽灵刚哼叫出“呜——呜——呜”的声音，阳光就不再暖照肩头了。阿尼西娅默默地注意到了这一点，但她不敢承认，那是对她的暗示。

她也没有马上就走，又站了一两分钟，然后道别，深深地鞠躬。现在阿尼西娅更怕摔倒，因此，从残破的围栏里走出来以后，她从墓地旁绕了过去。这种算不上狡猾的、无意识的随机应变，它没能使阿尼西娅摆脱幽灵，摆脱幽灵的持续至今的围困。在每一座尚未被铲平的坟丘下，在每一个还没被拆除或推倒的十字架附近，都躺有亲人、朋友、熟悉或不熟悉的乡亲。

她在心里和他们谈了谈，就明白了，所有幽灵都要拉她去自己那儿，就像她感觉的那样，要惩罚她。她为什么就不能使人满意呢？她错在哪儿，什么时候犯错了，以致她受到死者的共同指责？……但也许，此番种种，什么都是不存在的？或许，这一切都是她自己臆想出来的？嗯，当然了，她可以臆想出，可以充分地设想这一切，天知道是为什么！完全是自己折磨自己。平白无故地。

阿尼西娅一边走一边安慰自己，可是，只要在心里出现用以证明自己无罪的话语，她就想看看那些坟丘，好像有人在偷偷提示她一样。这时候，幽灵就会挺直身子再一次站起来，发出低沉的嗡嗡声。有几次她放慢步子，闭上眼睛，细听，只是倾听！——她困惑地想，要怎么回答，要说什么话，才能使地下这群惶恐不安的人平静下来呢？

阿尼西娅到底也没想到比许诺更好的话。“不会很快，但我一定会来找你们……不是来做客，不是……我会永远住下，和你们在一起，叔叔婶婶，大爷大妈们。那时候我会接受惩罚！请惩罚我，因我犯下的一切罪行！我们会用同一种语言，像生前、在世的时候一样，能互相理解。我是你们的孩子，不可能不认你们，不可能不亲切地对待你们，不可能从旁边就这么走过或是独自栖身……上帝啊！怪不得人们说：人死以后的生活是有的！只不过谁也不知道：那里的生活是轻松的呢，还是同样不安定，同样野蛮，同样令人痛苦不堪，就像这里的、地上的、光天化日下的生活一样。”“同样”，“同样”，阿尼西娅忽然听到自己用的这个词，停了下来，她被自己的突然发现震惊了。

最折磨人，最让人痛苦的是什么——是肉体上的痛苦还是精神上的痛苦？只要伤口愈合，长出新肉，肉体上的痛苦就会过去。可是，精神上的痛苦却要永远地承受。所以，它也是最凶狠的施虐者。“那些幽灵为什么那么责难我呢？这就意味着，他们正在遭受痛苦。是怎么猜出来的？如果太阳照着你，而不是照着他们；如果家乡的小白桦、山杨和稠李时不时地微摇树叶，向你表示欢迎，就能猜出来吧？只要树冠之间有间隙，树叶间有透光的孔隙，就能看到蔚蓝的天空，看到在孔隙上方飘来飘去的白云吧？要知道，它们也开口说话，就像围绕在你周围的一切能开口说话一样，它们还能理解所有的人的意思，应该理解所有的人！不要作梗抬杠，要和睦相处，要和树木、小草、甲虫、母鸡和睦相处，和一切——活着的、正在成长的、咕哒叫的、哞哞叫的、哭的、笑的，都和睦相处。这里的说话方式和那里的说话方式不同，但是，来自那里的意见和主张是正确的，是诚实公道的：因为那里积在表面的浮沫会被带走；于是那里生活的过失，就像那里纯朴的道理一样，也立刻变得更加清晰，更加分明。

阿尼西娅一边走一边摊开双手，大声地感叹道：“我做错了什么，我到底错在哪里啊？”啊呀，承认错误是多么令人痛苦啊！没空了解它！她自己回答自己：也许我活得太久，抢了别人的寿禄。儿子还为我建好了房子。这么大年纪了，为啥盖那么好的房子？这都公正吗？……

为了让我活着，房子都盖好了，我还可以赶上好日子。叔叔婶婶，大爷大妈们，反驳的话你们等一等再说。我还要再活上一段时间，我要看看，人们以后是怎么栽跟头，怎样跌倒，又怎样站起来，怎样高飞的。然后我就去你们那儿，永久地住下。而在这里我会收拾得干干净净、整整齐齐的：他们答应照顾我，非常好地照顾我。我到了你们那儿，会告诉你们一切，把所有事情都讲给你们听，我也会尽力摆脱我的罪孽，彻底地摆脱。

阿尼西娅又一次停下了，她把那根丢在一旁的带尖头的木棍拾起来，然后，从被车轮轧坏的道路起头，环顾着墓地。一两个小时前她就是从那条路上拐弯过来的。拄着凑巧碰到的“帮手”，阿尼西娅向前走去。

第九章

▼

阿尼西娅很快就猜想到，被汽车和拖拉机轧坏的这条道，正是人们把尸体抬运出院门后所走的那条小路。小路已经没有了：一道深深的车辙取代了它，而新的街道——只铺设了路基，而且还不是在所有的地方都铺设了。到处都是钢筋混凝土的板子、柱子、桩子，以及砖垛。"这是对的！"阿尼西娅非常满意，"这是在保护森林。和以前不一样了：在过去，什么东西都用木头做，人们千方百计地这么干，不是用硬杂木，就是用软松木。现在是用很多黏土啊、沙子啊，还得运来水泥。嗯，一定要爱护森林！"老妇人平静地思索着，她一边走一边想，同时为自己挑选更干一点、长满草的地方落脚。然而，实际情况却是：那片享有荣光的小树林被砍伐殆尽……

迎面开来一辆崭新的绿色翻斗车，引擎使劲地吼叫着，排出一个又一个爆音。阿尼西娅走到路边，等车开过去，她匆匆地看了一眼驾驶室。没发现里面有熟人：全都是新来的年轻人，她一个都不认识，也没人认识她。司机是个宽肩膀的小伙子，头上的帽子戴得歪歪的，他直视前方，但也瞥了一眼阿尼西娅。阿尼西娅觉得他的脸有点熟，不仅如此，他扫一眼后就调转目光，把眼睛盯向前方路面的这个动作也让老妇人觉得熟悉。

哎哟，耳鸣得厉害，快要聋了……

她边走边想：一定得习惯这种生活。汽车在窗根儿前从早到晚地飞奔，滴滴滴，轰隆隆，还时不时地"打喷嚏"。唉，完全不一样了，这里的一切都变样了，变得更有害。人们的疾病、神经过敏、令人不快的念头都是由此而来的。

好吧，为故去的人祈祷完——也到了去找活人的时候了。像她这个罪人一样在苟延残喘、勉强活着的人没多少，似乎可以说，根本就没剩一个。或许，连梅拉尼娅都已经去世了，而她，阿尼西娅，还不知道这件事吧？

又一次，不知是按照什么指示，阿尼西娅没有转向左边的邮局，虽然脚下的路就通往那里。并没有好好思量，她为什么需要这样做，就向右转了，她沿着斜坡走，沿着斜坡的顶部走。也许因此她的内心变得平和了，变得一片宁静。难道人心能被娇惯得不能吃苦，淡漠下去吗？无论如何也不能，要不然怎么就说它是人心呢？

她去过那里，虽然去的次数很少，但是去过，而且不止一次……唉，青春啊，青春！你是人的美丽朝霞，遗憾的是，你暗得太早。但是，你火热的光芒会被永远铭记，随着岁月的流逝，你还是会反光，会闪烁，让人牢记不忘，使人精神振作！

有一次，为了纪念农民互助会成立，大家伙聚在一起商量，决定帮助从事森林动物研究的学者们栽一块松林——在此以前人们从来就没这样团结过。这种团结是从我们的祖先那里传下来的，流淌在俄罗斯人的血液里。给每一棵小松树起名——谁栽的幼苗，就用谁的名字。用自己的名字给树木起名，这是多么不可思议的想法！它自然而然地就被大伙实现了，多么鼓舞人啊！人们争先恐后，你追我赶：看谁的名字用得最多。学者们运来的树苗不够栽，于是，年轻人仔细地搜索了附近的所有地方，所有小一点的树都移栽过来了。还需要泥土，用以盖上树坑里的树苗的根和根须：大伙用水桶从菜园子里取土，有些淘气胡闹的人，还从别人家的菜畦里取土。

树苗长高了，长大了！令人赞叹不已。起初，人们在照料幼苗的时候，每一棵树都被挂上了一块很小的写有名字的木标牌："冬尼娅"、"梅拉尼娅"、"季莫费"、"阿尼西娅"……这样一来，用人名字称呼树木成了习惯："冬尼娅"有七棵，"梅拉尼娅"有十棵，"季莫费"有十二棵，"阿尼西娅"则有二十二棵。虽然这些小标牌在树上挂了没多久，最多一两年，但是，阿尼西娅直到现在，她闭着眼都能识别自己栽下的所有的树，能识别出每一棵：可以根据树皮、树干、树枝，甚至是气味来判断……不管根据什么都能辨认出亲人，都能猜出令人高兴的东西，是不是？

也许，阿尼西娅的内心的恐惧，正是她在"悬崖"上看不到那片从前的、常绿的树林，后来又看不到"游击队丘"的时候翻涌起来的。就是这种恐惧引领着她，使她不由自主地来到了这儿。不是没有根据的，不是……以前在这里，人的呼吸总是很松快、很容易；阴凉地方就像是被一把锋利的、散发着浅灰色光芒的刀子从上面切割出来的，树叶婆娑，似乎是在低声地讲着故事。繁茂的松树梢将正午炎热的太阳藏了起来，它们还遮挡狂风骤雨。在这里，人的心情总是很愉快，他们会感到开心，感到特别高兴。阿尼西娅好像记得有一块很小的林地，远一些，位置也更高一点，就在现在的窄轨铁路的那一边。她走近那处"林地"，阳光突然强烈地闪烁起来：一排排的树木已经没有了！一股干燥的热浪立刻向她袭来。阿尼西娅慌张失措，差点倒在有点干枯的草地上。松树没有了：代之以散落的、已被外运木材的拖拉机碾压得破烂不堪的矮灌木丛，以及一个又一个的黄色的树枝子堆——正在干枯的、长满针叶的树枝子堆成的堆……松树桩子还在。只剩下了树桩！琥珀色的、秃脑门儿的树桩。鲜红的太阳光线泼溅在断口上，横断面油汪汪的，那上面是溢出来的松脂，很是均匀。这里的光线仿若箭一般刺眼，径直地刺入人心……

到底是谁这么“勇敢”，征服了这里？为什么要砍掉树林呢？那可是为装饰大自然的美景人工栽植出来的！松林还在的时候，人们觉得北风没那么凶恶，寒冬也没那么严酷。河水结冰要迟个把星期之内，深水段也只结一层光滑如镜的薄冰，老头子们注意到这种情况，会意地笑笑，会有节奏地、轻轻地捋捋自己的大胡子。那么砍树是谁允许的呢？当时人们都去哪儿了？

“这就是‘聪明人’，‘聪明人’就这样！”阿尼西娅气愤极了，她勃然大怒，差点没跌坐到浸满松脂的树桩上，那里就像是覆了一张油光光的薄饼：她及时地醒悟过来，闪开了。树桩，树桩……它们是树的时候可是她的呀！于是阿尼西娅开始寻找……好像这个就是，是的，是的……但是，她也没有信心。很快地，她停了下来，不再从这个树桩跑到那个树桩，不再跑来跑去地去端详——仔细地看这是不是她所种的树的桩根了。不再去辨别，这是不是在栽种前她摩挲过、捋顺过的、不久前还感恩地嘬吸大地汁液的那些树根。阿尼西娅还是认出了几棵自己栽种下的树的桩子，她放声大哭起来。因为她受了欺负，因为她无力改变什么。阿尼西娅用自己昏花的、视力弱得跟瞎子差不多的两只眼睛看着，在遍地都是树桩的空地上来回看着，她问道：“难道一切都永远地消失了？万物之灵竟是这般残酷无情……上帝啊！你让人类做了什么？你不往自己脚下看看……”她忽然看见了一丛深绿色的枝叶，依偎在向四面伸展的树桩上。亲爱的，到冬天的时候，你会长到哪里呢？这一丛枝叶完全浸润在树脂中。好闻的松香的气味！不会和任何其他气味弄混。这是松树的幼芽！从树根里萌发出来的幼芽，它得到了树根的正在衰弱的生气和能量，揪住了大地。它将继续生长……瞧啊，还有小灌木，还有……小树林一定会恢复原状！

现在已经的确不能拐去任何别的地方了：已经走到邮局附近。她，阿尼西娅，显得状态很好。其他念头自然而然地就迸了出来。老妇人来回估算，这半年里她可遭受了多少伤害！每个月都得来，没一点意义。上帝啊！他们坐在办公室里，端着杯子，在那里想什么呢？好像是什么都没考虑，什么都不懂，根本就不动脑子。就好像他们当官的可以永葆青春似的。上帝保佑这些领导们今后不要像她这样求人，不用像她这样在春天的时候缠着要自己的退休金。但愿不会……

阿尼西娅一边走一边在心里估算，她即将领到的这笔钱到底有多少，尽管在家里，在路上，她不止一次地算过；不，不，还是马上算算吧……上帝啊！她从来没有过这么一大笔钱。缝在褥垫里的那三百卢布，没剩下什么，不值一提。说实话，有一百卢布被蛀虫彻底咬穿了。无论如何也要再攒三百！有可能的话再增加一些。手里没点积蓄，那就没法生活……当她在床上翻身折腾的时候，小塑料袋里的钱会时不时地发出脆脆的声音，那是在提醒她别忘了它们：我们在这里，别担心！而要在奥利乔伊住惯，还得把钱改藏到别处。儿子当然攒了钱，哪里也没藏。来的次数的确很少，他的生意遍布远东地区。如果你发生什么事，暂时也够了。

人们将在床上找到冰冷的我，还能找到数百卢布的积蓄。俄罗斯人历来如此：把尸体从床上拖下来，把褥垫、枕头，全都摸个遍，还得按一按、揉搓揉搓。沙沙作响的纸币也会暴露！纸票子被迅猛抓起，找到钱的人会非常高兴，一点都不在乎尸体。

有趣的是：第一个扑上来找钱的人会是谁呢？是儿子，还是外甥？唉，不是前者，也不是后者，而是外甥媳妇。脑袋里全都是钱——可怜的人！无论是和谁说话，不管是在台阶上，在院子里，还是在街道上遇到谁，根本就不谈别的，只谈钱。在商店里自然就更是如此。没钱，没钱……没有，没有，没有……上帝保佑！可千万不要让你的奴仆……

哎哟，就这样牢骚来牢骚去，好像每一次诉苦都能有什么帮助似的……林场决定给外甥他们小两口运一车木头，值得吗？太少了。十到十二立方米的木材，六米长的原木也就二十根。决定了，原木也运来了：接收吧，主人，盖房子吧！男主人不想，女主人就更不想了。把自己拴住，不让自己脱身吗？不不，我们是经常更换住地、更换工作的漂泊者。于是，就都奔向了贝阿线[①]，去挣大钱。他——外甥，开推土机的，她——外甥媳妇，车站上的值班员。两口子一个月可以挣好几百卢布。贝阿铁路停工后，情况就变糟了。他们离开了腾达[②]：外甥媳妇被裁员了，外甥的推土机也被收回了。即使干活，干什么活呢？如果在腾达有房子，那还可以，但是等不及了：他们匆忙地回返，回奥利乔伊了。他们已经厌烦了那种一直住宿舍、蜗居小屋角的流浪生活。可是，在奥利乔伊村等待他们的又是什么呢？是那破烂不堪的林场的废墟……

阿尼西娅把外甥和外甥媳妇安置在邻居丢弃的房子里：想住多

① 贝阿线：全名贝加尔—阿穆尔铁路，或贝加尔—阿穆尔铁路干线，又称贝阿干线、贝阿大铁路。新线与原线相距380至480英里。原本是西伯利亚铁路最初的选线，在20世纪30年代动工，1953至1974年间停工，后又复工。1991年完工。

② 腾达在阿穆尔州的西北部，是该州的直辖市，是贝阿铁路上的交轨站——将西伯利亚铁路与贝阿铁路连通接轨。腾达是座年轻的城市，20世纪70年代初还只是原始森林中的一个小居民点，1976年建市。

久就住多久，女邻居不会回来了。她本来只是暂时离开，结果却是永远离开了。你们就住你们的吧，只管住着。哦，不，得把自己的东西带过来。这很好，可为什么老是诉苦呢？有啥用呢？请求也好，诉苦也罢，什么用都没有，别请求，别诉苦。将来能攥在手里的，你就能把它找到。年轻人似乎理解了阿尼西娅的意思，可是他们当面说的是什么话？“为什么要发钱给你？你用它们买啥？你把自己的退休金放哪儿呢？藏到袜子里了吗？还是藏到枕头里了？反正我们都能找到……”嘿，多厚颜无耻的人！

唉，一点都不害臊，就这样当面说。阿尼西娅泪如泉涌。他们小两口好像觉得她是靠白水和空气为生的。老妖婆把钱塞进枕头，塞得满满的，却不把钱给他们！不把钱给失去双亲的外甥！可见，是个吝啬鬼。她到底不是亲生母亲。将来老朽不堪，病倒了，她得找谁去？找我们。谁来照顾她、赡养她呢？还是我们……给她下葬这事会轮到谁头上？他们俩不管是遇到谁，一碰上就开始说起这样的话。对村里所有的人，外甥媳妇都嚷嚷到了。阿尼西娅弄不明白，自己的退休金怎样才能分成三十份，就是勉强分，也分不出来十份……而且还因为她没去邮局领钱，外甥媳妇就说她坏话，侮辱她，说她是个恶妇！不先把面包和糖买到手，而是去买衣服、买鞋子，有必要买吗？过冬用的木柴锯好了吗，劈够了吗？

阿尼西娅雇过文卡，一位修理工，儿子的朋友。文卡免费帮工大约一年。一进院子就立刻抄起锯子和斧头。他说，我作为朋友……活干完后，他先是拒绝了阿尼西娅给他倒的那一小杯酒，然后就捂着嘴哼了几声：人家说，朋友要有来有往。把酒倒满吧，老大娘！可以，照你说的办，应该一次就把酒倒满。但是，还没等酒倒满，他就厚颜无耻地把阿尼西娅结算好的钱都揪过去了：“老大娘”的荷包就在下酒菜的旁边。不止他一个人这样——周围所有的人，无论你求谁干活，都是这副德行。没有钱他们不会往前迈一步。到什么时代了！孕育万物的大地母亲都被抛弃了……

在魔鬼般的市场经济条件下，男人们都彻底变得厚颜无耻了！"你就别计较酒瓶子的是非功过了。"他们会一边说一边讪笑。"酒瓶子，就是个诱饵！一段让你掏钱的广告短片罢了。至于工作嘛，得给它估值，这是不言而喻的。"每月的退休金都所剩无几。钱都花哪儿了？还得熬过冬天呢，得留下劈木柴的钱。这样一来还剩下多少钱可以买食品？也就几戈比了。靠这点钱怎么活下去，祈求上帝吗？

长期的寡居生活教会了阿尼西娅许多，确实如此。但是，这么吃力、这样物品短缺、这样贫苦的日子她没过过。在战争时期，她一个人带着两个孩子在贫困中挣扎，但也没这么受苦受穷。战后，她不知怎么就挨过来了。领到的工资——丝毫不差，总是一样；领补助金的日子都在同一天，一天都不会差；到了领退休金的时候——退休金都是如期送来。但是现在，她很难见到退休金了。改革的时候一片混乱，多少年过去了，无论是当时还是现在，没看到一线希望。没有，她从来就没有像现在这样贫穷过，也从来没有像现在这样低声下气。真为年轻人惋惜啊！都成了酒鬼，比她二儿子还能喝，他们成群结伙地去吸毒赴死。数不清的乡村、市镇破产了，根本忍受不了！在以前，有时是靠牛，有时是靠羊，都能贴补一下生活，身体容许的时候她也都饲养过……可是现在，你得靠吃药才能入睡，靠吃药才能起床。要是生病了，还起什么床？谁来给你生炉子，谁来给你倒杯水呢？如果没人可以唤，也没有可以唤人来的地方，你还唤谁，上哪儿去唤人？她在乌利亚基尔已经是孤家寡人了。

嘿，谢天谢地，另一种生活为她照亮了路，给她带来了光明和希望，这不是在做梦。她在新居会养一只山羊。山羊不需要太多干草——扒上几笤帚就能过冬。但是需要牛奶……她会让房子住起来方便舒适，照管好院子。要向儿子说声谢谢……上帝保佑，最好能赶上他在家里……我只去邮局看一眼：无论如何也不能离了邮局！

阿尼西娅来到了邮局门前，还未踏上那三级台阶，她就放慢了脚步。每上一级台阶她都停一停，木质台阶发出吱吱的声音。她在门口又站了一分钟——以便平顺一下呼吸，抑制住膝盖的颤抖……在年轻的时候，如果天上稀疏地飘落下雨滴，阿尼西娅会像燕子一样轻快地跑上此时此刻踩在脚下的这些台阶。有那么一天，在同样下着小雨的日子里，阿尼西娅同样地跑上台阶，在昏暗的傍晚时分，她和格拉——格拉西姆·伊凡诺维奇待在一起……后来，格拉成了邮局的负责人。

"罪孽"老早就有，是纯洁无瑕的，他们差点就结婚了。格拉西姆瘦瘦的，高高的个头，人很害羞，也很忠厚——怎么就没成一对呢？如果你嫁给他，他会迅速地胖起来。他是个好小伙，是人们都喜欢的那种高个子、对人畜无害的男子。阿尼西娅自己也不知道，为什么他俩不能搭伙在一起。他们命运的轮盘开始按部就班地旋转起来，但各不相同。阿尼西娅匆匆忙忙地出嫁了：嫁给了叶戈尔，不是一个美男子，不是。她觉得叶戈尔是个随和勤快的人。他是把她强娶到手的：在整个村子里破坏她的名声，使她无可奈何。很快她就懂了：如果不是因为爱情而结合在一起，一生都要遭受痛苦。叶戈尔知道她和格拉西姆见面的事，非常嫉妒，于是就盯梢跟踪，但是阿尼西娅没有暴露过一次。

格拉西姆从战场上回来了，只剩下了一条腿。他开玩笑说：我把它丢在欧洲了。暂时用一条腿摇晃吧！也许，我的右腿会徒步走来，那时候我就痊愈了！……他就这样一瘸一拐地走到了奥利乔伊，带着一箱子钱，一箱子，嘿，可真多啊……见鬼，我忘了说了——正是美元，哎哟！……

格拉西姆在自己的办公室里不是站着就是坐着——你想不到这个人的一条腿自膝盖以下已经没有了。他往邮局走的时候，皮带和衣服的防寒里子发出刺耳的摩擦声，让人不由得怜悯他、同情他。他的呼吸很沉重、也很急促。你试着拖动一下那段硬邦邦、沉甸甸的木头，那是怎样的重负啊！上帝保佑他：一段带尖的木头代替了他的腿。如果他成了她的丈夫，她会开心地接受，会一门心思地照顾他、温柔地待他。他虽是残疾人，但做着这样一份重要的工作，能读会写，是个有文化、有良心、一滴酒不沾的好人。如果和他一起生活，她一定不会后悔……格拉西姆的老婆有病，走得也很急，给他留下了两个孩子。他忙乱起来，拖着一条腿张罗、忙碌，他去乌利亚基尔找阿尼西娅，想说服她聚到一起过日子，但是阿尼西娅犹豫不定。“整个苏芬战争[①]期间他都一枪没放，太胆小了，像只兔子一样！”这是她从格拉西姆的朋友那儿听来的话。“他的腿也是因为自己的愚蠢和迟钝才丢掉的……”这些话是他朋友在无意中说出的，并不是在醉醺醺的时候说的醉话，所以这些话就好像造孽的山杨橛子一样，至今还深深地扎在阿尼西娅的心里。这似乎也不会造成什么障碍：但格拉西姆也没坚持。如果他再去阿尼西娅家做次客，他们就会在一起了……

自格拉西姆当上一把手开始，在他心中就出现了每到节日就装饰自己的邮局的热情。从城里运回来的大红布只够做标语用，其余所需是他从村苏维埃那儿央求到的。无论什么地方的邮筒，他都用鲜红的红布把它包裹起来。写有标语的条幅被拉拽到邮车的“车厢”

① 这是第二次世界大战期间一场苏联与芬兰之间爆发的战争，自1939年11月30日苏联向芬兰发动进攻而展开，尔后以1940年3月13日双方签订《莫斯科和平协定》结束。

上，格拉西姆还安装了煤油灯，整夜都点着。人们拿他开心取乐，大声地问他：

“这样点灯熬油的，为啥啊？电不够用吗？格拉西卡[①]，你都跑起来了，那就去追赶云彩吧！你的邮局要是烧起来，你就成热锅上的蚂蚁了。瞧，多大的一把大火又点燃了……”

之所以数落他，理由很明显：当时村里有自己的电站，可以为机车抽水，还能为居家提供照明。确实，电只够用到半夜。格拉西姆会在一小时、半小时内点燃煤油灯，足够亮到清晨。格拉西姆的手段在于，将火红色的标语牌当作永燃的革命火焰，引得出来闲逛的人们来看热闹。在奥利乔伊，5月的节日和10月的周年纪念日就是这样庆祝的。

格拉西姆活着的时候，他办公室的门总是敞开的，如果他看见阿尼西娅出现在门口，就会跳起来，瘸着腿匆匆忙忙、摇摇晃晃地迎上前，去和阿尼西娅打招呼，打听她的日常生活情况。他目不转睛地看着阿尼西娅，看得阿尼西娅想冲他叫喊：为啥要盯着看啊，我有两个孩子，你也是有家眷的人……可是，当着别人的面，而且这些人都是他的下属，阿尼西娅如何去制止他？不，还是算了吧……那个从椅子上跳起来，一瘸一拐，匆匆走向她的格拉西姆至今都还经常出现在她的眼前。阿尼西娅迈过门槛，差点哎哟一声叫出来：还是在房门大开的那间办公室里，还是在那把椅子上，坐着一个在某些地方长得很像格拉西姆的男人……上帝啊！格拉西姆的骨头都没了，而她却仿佛又看到了他。什么原因？是幻觉吗？这个男人其实根本就不像格拉西姆：蓬松浓密的头发不像，年龄不像，而且是两条腿站在地上。他猛地站起来，一个字都没说，就出去了。

---

① 格拉西姆的昵称。

房子盖在住人的木屋旁，当时还没有电报业务。邮局被安置到这里，也只是用木隔板简单地将房子分隔为两半。后来右边的一半被再次分隔：一边用作领导办公室，另一边用作电报室。在办公室那边的一个没有门的小房间里，总是有一个看不见的东西在劈里啪啦地响，还时不时地吱吱叫几声。左边的一半有两扇朝西开的窗户，两张桌子，桌子上放了许多纸，还有四把椅子和两条长凳。邮局的一切业务都在柜台上办理，就像商店里的那种柜台，到门口也就一米的距离。太拥挤了……

阿尼西娅仔细观察了一下，明白了——这里出现了一些风格各不相同的新人。墙上裱糊着粗糙、难看的壁纸，有些地方的壁纸已经脱落了。宣传画的风格十分粗俗，内容荒谬且难以理解。中奖号码表用图钉固定在墙上。还有一面镜子，就竖放在柜台上。以前可没有。需要稍微地弯下身子，从小窗往里看……天哪，人们被分开了：别妨碍我们工作！你看，我们都在忙着，别打扰我们。在以前，人们会被邀请到桌子跟前，尤其是不识字的人，女工作人员总会耐心地讲解且指明在哪里签字。于是，阿尼西娅就会画一个十字。

老妇人低下头，向工作人员打了声招呼。没人回她的话。两个女人不停地在桌子上的纸堆里翻找，点着信封和明信片，翻看细窄的收据簿，一个劲地打电话。阿尼西娅年轻时就学会了看人，她能识别出许多东西：根据别人的坐姿、手的动作或是头的倾斜度，她能看出一个人具有什么性格特征。她总能猜对，这对她来说十分有趣。外貌年轻的那个女人生性冷漠：来的人是谁，有什么需要，遭遇了什么痛苦才来到邮局——这对她来说全是无所谓的事。另一个人也一样：最好是一个人都不来，没人打扰才好。她根本不看来访者，重又开始不停地打电话。

“奶奶，你这是从哪儿飞来的？”那个打电话的女人放下听筒，不满地回过了头。另一个女人从远处看见了老太太，态度变得温和起来。似乎，她认出了阿尼西娅，因为上次付款的时候，就是她支付的，那次的款项发放可是拖了有半年时间。虽然认了出来，但是并没有打断女友说话，而是一头扎到纸堆里去了。“飞来……我这是飞来的？你就直说好了，说我是不请自来的呗！”阿尼西娅心里想着却没有说出来。然后她大声地恳求，她的语速很缓慢，声音拉得很长：

“亲爱的，我来取退休金啊！唉，还没有吗？”

“没有，奶奶，没有！如果有的话，就发下来了……给你的钱还没印出来，工匠正在那儿狂饮呢！”她并不掩饰自己的嘲弄意味，哼哼笑道。然后就又打起了电话……

阿尼西娅想不出来要继续说什么。况且，还有必要说吗？但为什么没有钱呢？或许，我们的退休金被强占了，而且被藏匿起来了？她需要的钱那么少：哪怕是付四个月的也好。这，这……是她的养命钱。那又怎么样？

“亲爱的姑娘，”阿尼西娅仍用奉承的语气说道，“没钱我可怎么活啊？你说说，我怎么活呢？”

“怎么活，怎么活……都活着呢，光吃不拉，这样活呢！”她以手掩口扑哧一声笑了出来，然后向阿尼西娅建议道：“土豆不是收完了吗？菜园子里所有能采摘的、能捡拾的也都收起来了吧？不会饿死的……照我的看法，很长一段时间向你们都支付不了退休金。你知道了也就别讨人烦了。若不然一趟一趟来，打扰我们工作，还哭哭啼啼的……”

“……上帝啊！即便是在战争年代也没经历过这种事。孩子们的补助费就像钟表一样准时地发放。”老妇人摇晃着脑袋，痛苦地说道。“战后也没让人受委屈。退休金都给我送到庄子里，令人惊讶！可现在呢？糟到极点了。打仗的时候预计日本人可能会打过来：你看，你看，他们就要过来了……我们把剩下的最后的一切都献出来了……咱们俄罗斯人，好样的！可现在是谁要打过来呢，美国人?！钱都到哪儿去了？没有发生任何战争啊。也许，是我不知道？……唉，真是罪过，唉，不应该啊——不应该欺负老人，侮辱老人。上帝不会饶恕，不，别指望上帝饶恕你们……”

阿尼西娅走到了台阶上，没有抬眼。脑袋在转圈：不会摔倒吧？她用目光搜寻墙跟前以前一直摆放的长凳！——长凳没有了。说实话，在墙根周围的土台上的某个地方，那里已经被裤子磨亮了，但是，她——老妇人，不会去那里逗留！人们会说：看啊，她坐下了，她是来骗钱的。叫花子！不，她不会过去的。

老太太侧着身子，时而迈下这只脚，时而迈下那只脚，以对于她自己来说相当快的速度从台阶上往下走。的确是在下台阶，但立刻就步履维艰了，脚步越发沉重，身子不时地晃动，几近站立不稳。她蹒跚地走着，几乎就是拖着腿脚移动。有时两眼发黑，简直要跌倒，那她就停一停，等眼前变亮再一瘸一拐地继续走。可是去哪里呢？已经提前做了打算——去哪里，去找谁，和谁只是打打招呼，和谁可以谈一谈，和谁可以尽情地聊聊天。但是，并不是所有的想法都实现了：她只和过世的父母说了一阵子话。其余的打算全都被破坏了，弄得心里一团糟。她不知道接下来的事情会如何进展，不知道会不会乱得底儿朝天，她现在只有一个心愿——随便在某个地方坐一坐，休息一下。梅拉尼娅那儿是一定要过去看看的，哪怕是待一小会儿也行。应该现在就去，但是距离太远而且她又头昏脑涨。她没往石头上坐，也没往草坪上坐，没往商店的小长凳上坐。她的确知道：那里有条小长凳。男人们多半是站着喝酒，而小长凳被他们用作了桌子。摆上一堆酒瓶后就开始喝酒作乐。瓶嘴儿里倒出来的好像是水，而不是可以燃烧的伏特加，这样豪饮的还多半是年轻人。他们拎着酒瓶子就像是拿着珠宝一样，炫耀，做样子给人看：瞧瞧，我是多么自由，多么自在！他们向总是喝不够的喉咙里灌酒，喝醉后再胡作非为。有在河里淹死的，有在屋子里烧死的，还有倒在火车底下的，但他们还是跃跃欲试，非喝不可。现在这个时代的人们怎么都变成这样了？会留下什么样的下一代啊？

没发退休金，去商店也是钱包瘪瘪地去。可是她非常想喝牛奶，想吃酸奶油饼……脑子不运转了，绝不能激动！简直要晕倒在站立的地方了。人们会看到……不行，她得走到小长凳那儿，得在那儿坐一坐。以前她也出现过这种情况。可是，为什么要难过、忧伤？真难过吗？快乐的事在等着她，心中不安那纯粹是白费劲，担心一点用都没有。她就一个人，没有人揪住她的衣襟，没人哭求她买块好吃的东西：妈妈，你给我买吧！

是的：小长凳上是空的，没人坐，但它被搬进院子了。还算走运。“我稍微坐会儿，然后再走……”就是想坐你也坐不了多久：太脏了，污秽不堪！到处都是碎裂的木头箱子，已经碎成了许多块、印有大号外文字母的烂纸盒子，腐烂的破布，一根根卷曲的包装带、铁丝，还有生锈了的铁皮条，铁皮条上是一排密密的弯曲的钉子……

从这边看，坐在小长凳上就是坐在垃圾堆里，那就别从这边看了吧，再说，你有什么办法呢——邮局使你陷入窘境，而你又不擅长出卖自己的眼泪，也没本事激起别人对自己的同情。谁看到她都会转过身去。人们也许会以为：这个老太婆是在捡瓶子吧。许多人都是这样谋生的。怎么啦？卖瓶子就卖瓶子吧，不要害羞。很遗憾，这里一只瓶子也没有。

可实际上为什么难过，难过得想以头撞墙？现在还能感知花花世界，腿还能走，脑袋瓜子还能转，也还能说话，就应该活着。应该，应该活着……她的儿子那么知恩，那么孝顺……她还有外孙尤尔卡……但总不能空着手去见孩子，哪怕是随便带点什么，也应当带一点，即便是带点甜食逗孩子开心也好啊。可是，向谁要钱呢，她现在已经没有可以要钱的地方了……

阿尼西娅突然想起来：上帝啊！尤尔卡也不在家。小家伙被送到一所学校去了，简单地说——把孩子交给寄宿学校了。瞧瞧，什么样的父母啊！他妨碍了妈妈和爸爸……送的根本不是学校：她打听到了，阿尼西娅为了这事专门进城跑了一趟。看到孩子，她哭了起来。善良、可爱的小男孩！但实际上却是个傻子。这让她格外惋惜。孩子非常亲热、温和，阿尼西娅恨不得马上就抱紧他、亲吻他，太可爱了！极其可怜，让人忍不住淌下泪水。咸咸的泪水模糊了眼睛，她几乎无法离开小男孩、走出院子，那一刻，她差点摔倒了。

尤尔卡站在铁栅栏的后面，透过窗户上的栅栏，小男孩能够看到那一边的阿尼西娅……而他们——孩子的父母——却无动于衷。一门心思地挣钱，沉浸在无休无止的活计中。可那也挣不来所有的钱！给自己盖房子——可以理解，金窝银窝不如自己的狗窝。理解是理解，但无论如何我心里也不能接受。没有孩子玩的小铃铛，没有孩子跑来跑去的脚步声，没有玩具小鸟儿或是掉了脑袋的玩具熊，这算什么家？

哎呀，不应该啊，不该把尤尔卡送走！虽然，他生下来就是弱智。现在整个地区这样的孩子有多少呢？大概有上百个吧，或者更多。她知道，以前曾统计过，有数十个……她看到这份统计时，非常吃惊。俄罗斯民族正在走向灭绝。如果这样没有智力的孩子陆续降生，俄罗斯民族将会绝种。你教不会这样的孩子如何加工黏土，无论是用手和泥，还是用脚和泥；你也教不会他制砖、烧砖，然后用烧好的砖盖房子。阿尼西娅被请去帮忙，她和小男孩坐在一起的时候，怎么看也看不够他。“送到我那儿过夏吧！”阿尼西娅央求道。可是一次也没有同意！

尤尔卡真正开始学习了。学校对练习本的使用有严格要求，非常严！在方格本上做算术，在横线本上写字。看好啊，别弄混了！请告诉我，把歪歪扭扭的字写在方格本上或是写在横线本上，有什么区别呢？她坐在这样的练习本前面就会迷糊，根本坐不住，因为她一天学都没有上过。在扫盲学校的时候，她学会了读单词——熟练地读出一部分单词，一个音节一个音节地读，就这样还得是印刷体的那种。如果是在旧社会，也就是在父母曾生活过的沙皇时代，即便是读单词这样的本事她也不能掌握。当时的人们认为，女孩子用不着学知识，没有必要。

小可怜坐在练习本前，眼泪啪嗒啪嗒地落到本子上，纸上的字被泪水洇湿了，到处都是曲里拐弯的墨痕。妈妈可是说来就来，揍了孩子一顿，怎么也平静不下来，声色俱厉地呵斥：我打死你，你个寄生虫，我被你折磨死了！为什么哭哭啼啼的？果然，尤尔卡的口水从嘴里挂下来了，眼看就要掉到本子上了……于是，又是脏兮兮的一片，又是一顿打骂。母亲不明白，这么严厉，都已经拳脚相加了，孩子学习怎么还是那么费劲，学不会，也掌握不了。一个健康孩子却记不住字，读不了书，要不然就是……小男孩很敏感，也很柔弱，对他要格外友善，要给予双倍的注意、抚爱和耐心。啊呀，可是多么需要耐心！你要看着孩子的眼睛，不要从上往下看，而是蹲在他面前，跪立在他面前，或者，你把他抱在膝上，看着他，对他微笑！他会以微笑回应，于是，你和他就能融洽相处。可是，作业本上有脏兮兮的墨痕，小男孩在学校里得了个二分（不及格）……为什么关心这个，为这个打他有什么用？给孩子以安宁和抚爱，这样才能让他健康成长。是的，难免有动手的时候，皮带也得用上，但那只是万不得已，不是主要情况。阿尼西娅发现，在年轻人那儿，在年轻父母那儿，打骂斥责成了最主要的教育手段。

父母错过了时机——小男孩变得冷酷无情，因为母亲，他的内心出现了愤恨。孩子被毁坏了，被一点一点地葬送了。是自己人造成的，是他最亲的人下的手……

阿尼西娅每次去见尤尔卡都会带一些蜜饼和糖果。男孩见到她就快活起来，小脸兴奋得通红，还绽放出善意的笑容……孩子的脸颊红扑扑的，眼睛也笑眯眯的，她知道，对于外孙来说，她的到来是他的幸福时刻。在班里，尤尔卡被任意支使；同龄人不带他一起玩；他在各方面都落后于其他孩子；妈妈不爱他，爸爸也没工夫爱他。去哪里安身啊？这个无依无靠的孩子能依偎谁呢？他一看到阿尼西娅就会飞快地跑过来，一边跑一边大声地喊："亲爱的奶奶，我的奶奶！"孩子会紧依着阿尼西娅，他会感觉到，自己的小心脏在怦怦地、高兴地跳动。可是，她难过得肝肠寸断，几近心碎，谁能抚平她的心，谁能让她这颗老人的心平静呢？没有人能做到。

她反对寄宿学校，可是，她也消除不了她痛切感觉到的孩子的不幸命运。不幸的尤尔卡被人欺侮，可他能向谁诉苦，能亲近谁的内心，能紧靠什么样的胸怀呢？他能感受到那颗母亲般的心在急促跳动吗？那颗期待的心、善良的心……他根本就感受不到！小男孩不会写字，也不会组词造句。他认识单独的、不是写在一起的词，但是不能按规则把单词连起来。善良应该能治病，善良和巨大的耐心！阿尼西娅也想大喊：你为什么要出生？没人照管你，你就无法生活，你也不会挣钱糊口。你就是一个永远都需要别人抚养的人吗？把他们这些苦命的人安顿到哪里呢？……他以后可怎么办？"那我就向他父母请求，让我把孩子带到这儿来，带到我的大房子这儿来：很宽敞，不会挤的。尤尔卡的父母不是恶棍，他们会懂的。我身体不适的时候，外甥和外甥媳妇就会照顾他……对，就这样做。我应该去找他们，可是口袋里却一分钱也没有。一只空瓶子都碰不到。”

因为这个简单、明确、召唤自己立刻行动的想法，老妇人觉得自己好多了，头也不再疼，她可以站起来继续赶路了。阿尼西娅就按照自己拟订好的计划，往新家的方向走去。

第十章

阿尼西娅沿着小街蹒跚而行，这正是她在童年的某个时候，手里拿着跳绳、连蹦带跳地来回跑的这条小街。那时候，她迈着小姑娘所特有的那种碎步沿着这条街小跑，她也经常和小伙伴们互相追逐、沿着这条街飞奔；长大后，待字闺中的时候，她摆起架子、趾高气扬地行走在这条小街上；再后来，已嫁人的她，从这里走过时，已经是挽着叶戈尔的胳膊，迈着稳重、匀整的步伐了。

每年夏天，从这道栅栏到那道栅栏，整条街上都长满了小草——茂密、芬芳，在地面上匍匐生长的小草——只是在街道中间，绵延着一条黄色的沙土带，有四轮马车那么宽，这条小沙土路是行人踩出来的，也是被淘金者们的马车给轧出来的。现在，小街已经认不出来了，路面被履带式拖拉机轧得坑坑洼洼，运原木的载重车在路面上留下了许多车辙——不久以前开通了一条运木材的主干道，横穿小街。最短的路就是直行。但墓地在那里挡着，司机们不得不拐个弯，而且是在泥泞、狭窄的地方拐弯，这时候，司机中最勇敢的就会抄近路。墓穴经得住这些运木卡车的碾轧。只有两处地方被车轮轧破了：轧坏了用以掩埋尸体、保护尸体的土层。这是两处新的、被匆忙放弃的墓穴。在很久以前可不是这样，人们挖墓穴不在乎花大力气，死者也会被深葬在冻土层。

最近两三年，这条采运木材的主干道逐渐沉寂下来。从道两边的那些栅栏一直到路中间，怯生生、静悄悄、一点一点生长的荨麻和小草已是丛生满地了，矮矮的、在地面上匍匐生长的小草散发出一阵阵清香。先前那条让人亲近的小街有点显露出来了！路过的运木车越来越少，拖拉机已被禁止进出，彻底禁止——已经不再是十分需要它们了。现在是更经常的是通过河流来运输木材；然后把木排从水里捞出，分开后再捆成捆，随即就用吊车把它们吊起来，堆放成垛。这样一来，穿过村里的墓地运木材就没有必要了。没过多久，一连串的木材垛就高耸在河岸一带了，没用遮风挡雨的任何覆盖物，就那样裸露着。通往车站方向、用于铺设钢轨的路基已在匆忙修筑了，只是修好了高高的马蹄形路堤。死岔线上总是停放着敞车，或是空载，或是满载圆木、木板和方木。

阿尼西娅沿着小街碎步前行。小街其实仍是那样破烂不堪，那是被履带和车轮碾轧的。她不由自主地来回扭头，看看这，看看那，试图找到老朋友的小木屋，她熟悉的、快要倒塌的小木屋。春天的时候，老朋友还活着，健健康康的，一如既往的精神饱满的样子，以前的多事的“个性”一点都没失去。阿尼西娅瞧见，一小团、一小团的污泥块子挂在栅栏上——都是被车轮甩上去的，变干以后像石头一样结实，挂在那里仿佛伤口愈合后的痂皮。甚至夏天的倾盆大雨，或是令人厌烦的绵绵秋雨都不能把它们冲刷掉：这些黄灰色的黏土块子被车辆轧得结结实实，那里面掺有一半沙子，还添加了路上的草皮。在一些散落在木条之间的泥块子上，或是在一些“粗鲁地拥抱”着某一根栅栏条的泥块子上，长满了绿芽，它们没有向秋天投降。阿尼西娅嘿嘿暗笑，笑了一两次，她很满意：真想不到！但是，老妇人接着想的已不是小草顽强的生命力、它们百折不挠的坚韧以及它们面对严冬的无畏，她想的是她的好朋友，木屋的主人；阿尼西娅非常清楚地记得，木屋就坐落在不远的地方。

“也许，木屋已经拆掉了：它妨碍运送木材的车辆拐弯；或者他们正在商量拆这座木屋？”阿尼西娅想道。“不，不对，这样的事她不会瞒着，她会通知我去喝乔迁酒的。她不是那样的人，这样的事她不会不吭声的。否则不符合她的性格。”年轻的时候，那张嘴常给她“惹是生非”，她常不假思索就把话吐出来。阿尼西娅是梅拉尼娅最好的朋友——但她并不是一个斗嘴的行家。唉，梅拉尼娅可是多么麻利啊！干活也是……儿子、儿媳，还有孙子：一切都按部就班。该安静下来了吧，可是偏不：她喜欢吵吵闹闹的，眼不离电视，耳不离收音机，她的耳朵想听那个饶舌多嘴的家伙说话。她哪儿也不疼——心脏不疼，腿也不疼。她信仰上帝，而上帝，这位天国的统治者，对她总是百依百顺，而且，看她为数不多的几次祈祷，每一次的结果都一样：上帝都给予她恩赐，就像上帝是她永远的丈夫，这一切是他应该给予的。你就提要求吧……给你回报！……上帝有那个义务！

嘿……虽然经历的灾难也不少，但梅拉尼娅的面容很显年轻，身体状况也相当不错，到阿尼西娅这样的枯木朽树的分上还早着呢。梅拉尼娅从来就没胖过，也从来就没像竿子似的瘦过。春天的时候，她们痛痛快快地说了个够，笑了个够，也悲伤了好一会儿——“你走路慢吞吞的，最好哪儿都别去……我可不想咱们聊天以后，就再也碰不见你，就好像我永远地搬家走了似的。”

“你认不出来我了？我和人家打招呼，声嘶力竭地喊，可人家却待搭不理。自己家人都不认识了,啊?看这样,还活着呢?”

天哪!那是金娜:一位亲属关系已经过期了的、以前的亲戚……躲都没处躲,既不能转身走开,也不能避而不答。还是得致意问候……她为啥在奥利乔伊闲逛呢?她在这儿有什么要忙的事呢?上帝才知道她是什么时候消失的。这可是有多少年没见着了……

“咋能认不出来呢?……虽说费了好大劲。”阿尼西娅挖苦道。见人说人话,见鬼说鬼话。显然,她说的是假话。可别提有多认识了!一下子就……他们四个曾经舒服惬意地生活在一起:金娜、阿尼西娅、儿子,还有儿媳妇带来的“小拖油瓶”……当然,这都是过去的事了!现在,金娜放肆无礼地站在老人面前,得意洋洋地笑着。而她得去找好朋友梅拉尼娅了,得赶在傍晚之前……

“活这么久,就是说……哼哼,你病好了,痊愈了!坟圈子可是老早就在那儿等你呢……”年轻人打扮的中年女人站在那里大声嚷嚷,说话的声音整条街都能听到,与此同时,她还东瞧瞧、西望望,仿佛是在引诱旁边的人过来,把她和这个莫名其妙碰上的老太婆分开。那张高颧骨的、古兰人[1]的脸,窄窄的眼缝、黑眼仁,抹着厚厚唇膏的嘴,那副沙哑的烟酒嗓……那种放肆无礼的冷笑,一个对自己感到满意的人的冷笑……这一切怎么会忘记呢?她总是那样蛮横无理,那样洋洋自得。金娜从来就没得过任何病,显然,是魔鬼在保护她。上帝不欢迎这样的人,他会避而远之。但有时候——上帝也保护她,她也碰到了这样的机会,严冬里一连好多天困在宿舍里,身体冻透了,就着面包喝点酒精,有时候,是最后一块面包……但是活过来了。金娜穿着一身灰色的、实业家穿的那种西服套装,脚下是一双无跟的深褐色的鞋子,肩上

① 古兰人(гуран):阿穆尔方言,单词原义为“狍子”,从外贝加尔地区迁到阿穆尔河流域的俄罗斯移民后裔的绰号,他们戴的帽子是用狍子脑袋的整张皮做的,由此得名。

还背了一个黑色的女士包。她把双手端在胸前，好像是做好了打架的准备。那是一双留着尖尖指甲的手，手指很短，指甲都染了色。从她年轻时起，就没一个人愿意和她打交道，现在也是如此，虽说她的嗓音变得嘶哑了，举止也变得温和些了——看起来似乎是这样，但无论如何最好还是一声不吭地从她身边走过去。她就像中了邪似的！那张利嘴就没停止过咬人，说不定什么时候，她就会平白无故地侮辱别人，怪罪别人。所有的事都发生在不经意间，就好像谁活该让她侮辱、活该让她怪罪一样。因此，只要她双手叉腰摆出必胜的姿势，那就没谁想去碰一鼻子灰。女人们有时还会被牵扯进争吵之中，而男人们则会挥挥手，理智地走到一边，要不然就骂一句，然后跑开。她对此并不理解，她也不想理解。

实际上，对于阿尼西娅来说，儿子的前妻已完全是个外人了。金娜已经把架势都摆好了：双手叉腰，脸上挂着冷笑，得意洋洋地打量着这个弯腰驼背的老人，打量着这个戴着毛头巾的、曾是自己婆婆的老太太。阿尼西娅首先开口：

"真没想到上帝让咱们在这儿相遇！应该是在墓地那儿，你自己知道那是谁的墓地。我盼望着在坟前对米沙说：瞧啊，金娜来了，金娜来了……"

"怎么，你疯了吗？我现在得东奔西走，来回跑，烦心事已经够多的了！这里有我自己的一个售货亭：已经买下了。我还想拥有一家商店。我住在城里，做生意……那好吧，我去。就是说，这……你想干吗？因为他埋得离我更近吗，比你近？我看你可真是不知羞耻，太没良心了。你把儿子赶到坟地里，这意味着，你想把我也赶到那儿去？不可能。我是自由的人。我想干什么就干什么。我可是太应该去你那个差劲的乌利亚基尔啦……"

“我从来就没求过你，随你的便吧。没一个人强迫你，你放心。趁我还有力气的时候，我要去看几次，去看看。可是你在这么多年里竟没探望过你丈夫。也许去过，去过很多次……”

“当然去过啦……你能看见吗？数过次数吗？”金娜把两只手叉到腰上：她现在似乎要打人了！

“哎哟哟……咱们一起过，然后又分开过，这么多年来，你哪怕是送一次花、送一朵花也好。”阿尼西娅换了个说法，她想把金娜这个曾经的儿媳妇弄糊涂，也想让自己平静平静。要不然，她们俩这样喋喋不休地吵，就会像两只好斗的、引人发笑的老母鸡。虽然有息事宁人的意思，但阿尼西娅还是忍不住地责备道：那墓碑我已经立了多少年了，可你瞅都没瞅过一次。

阿尼西娅说话的声音不大，但她没有从金娜的脸上移开目光。她的推测看来是对的：前儿媳慌乱起来，把手从腰上挪开了，盛气凌人的气势也弱了，撒泼耍横的决心也稍减了些。这时候，从邮局里出来一个人朝她们这边走来：要是来了熟人可怎么办？

“你和我说这碑不碑的干啥，是强迫我闭嘴不说话吗？和我叨叨个啥……我可是看够他了，过的什么日子，他妈的……”

“你到底什么时候去过？”老太太不太明白前儿媳话里的弯弯绕。

“在沟里的时候，就是说，他躺在自己吐的那堆呕吐物里的时候……而我这个傻瓜，拖他回家。”金娜鄙夷地啐了一口。阿尼西娅把嗓子里苦涩的唾液咽下，说：“你是他的亲人嘛……难道会置之不理?！”

“你的孬种儿子，你的……”金娜急匆匆地抽起烟来，脸也扭了过去。

“对，我的……我不会和死去的人脱离关系。你可是一下子就把自己的男人给忘了。就是为了让他从眼前消失……”

“你要是过一段我过的日子，你就知道是啥滋味了……他让我懊恼，懊恼到想和他脱离关系，想忘掉一切的程度。直到现在我还会梦到那样的生活。无论做什么样的梦，都会有脏东西在那儿等着。你看他弄出来的不愉快的事，太让人讨厌了！就是死也死得那么可耻——你忘了吗？因为喝醉酒，坐到了铁轨上：他以为他看到了花园里的小长凳！像头猪一样倒下了。你告诉我，不是这回事吗？”金娜气呼呼地扔掉了手里的香烟。

“要是有个好老婆，丈夫就不会离开，也就不会像你刚才说的那样，倒地而死。这是一件不幸的事……我很奇怪：早前儿我们遭罪，一起过煎熬般的日子的时候，他怎么就没往火车底下扑呢？要是有个好老婆……”

“要是有个好母亲，孩子就不会成为酒鬼……你什么都明白，可你刺激他对我反感，一直刺激他！你亲自给他洗衣服，洗他吐脏的衬衫，洗那些被屎尿弄脏的裤子，你忘了吗？”

“既然是这副德行，那就别和他结婚。他娶你的时候你也不是小姑娘，嫁他之前你也遭了不少罪。你应该弄清楚再嫁……既然迈出这一步，那就忍着……你为啥紧跟着他？老是去打扰，纠缠不休。你把他所有的朋友都撵走，使得他们都不再和他来往了。你可是不管三七二十一，也不管在哪儿，说骂一顿就骂一顿……”

“我也愿意像和正常人那样和他过日子……把他治好……啊哈，让一个酒鬼挺立起来。你等着吧！”

“我看见的是你不止一次用棍子打他，我听见的是你当着所有人的面骂他。他倒是喝醉了，行，你就打吧骂吧，但是你忘了：醉汉睡一觉就会清醒，可蠢货永远不会清醒！他在我这儿不是傻子。你却用棍子打一个没知觉的人，打得那么狠。他身上青一块紫一块，都是棍子打的，你的心肠可真狠啊。愤恨就这样一点一点积累起来……这就是你想出来的形影不离地保护丈夫的办法？就是你想的像和正常人那样过的日子？家庭幸福不会从敌意和愤恨里钻出来……”

从邮局里出来的那个人原本是向这边过来的，而且是马上就将赶上她们，和这两个正在争论的人并排了，但那个人也许是为这两个吵嚷喊叫的娘们儿感到羞耻，于是走着走着就拐进了一条小巷子。他既不想调解，也不想指责这场街道上发生的大声争吵。他突然就拐进了巷子：你们就对骂吧，想怎么吵就怎么吵，哪怕是脸上抓出血来……

阿尼西娅全然觉察到，人们已经不再管这种事了，哪怕是下流无耻的事。像她们这种吵嘴骂街的微不足道的小事还可以不管，但如果是面对打架、杀人、偷盗这样的事……这种冷漠、这种无动于衷是从哪儿来的呢？堕落是从哪些上层人物开始的呢？如果两个人发生口角，在那儿辩驳掰扯——第三者不要打搅，这是谁授意的？这事和你无关……怎么会无关，是紧密相关！善良的人从来都会把打架的人拉开，因为他们不想助长邪恶。实在是善良的人变少了，而坏人的数量——也就超过了好人。人与人之间变得格格不入，我们也不再是问心无愧、真心诚意的人了。是谁让俄罗斯人变得冷血？难道人心都荒芜了吗？心不再澎湃，血也不再沸腾……这两个傻瓜，她们在干什么？这是——邪恶，邪恶在她们的心中沸腾。不，不要辩解。没有什么可为之辩解的，也没有辩解的必要。但是保护——要永远保护！……她们在互相埋怨，高声斥责，想多大声就多大声——很远就能听到！——但是没一个人挺身而出，也没一个人把她们叫住：恶婆娘们，你们吵什么，声嘶力竭的，嗓子都要扯破了。瞧啊，吵了起来，撕扯在一起，两个人都抓伤挠破了，在那儿对骂呢。没人出来，也没人指责她们。现在的人就这样；对所有人来说，一切都无所谓。幸亏人们还得忧虑操心赖以生存的饭碗或者金钱。为吃喝生计操劳也让人愤恨……

金娜继续在那儿胡扯——她就是这样的人，看见过路的行人，就把手收起来，而现在，她又在那儿双手叉腰，满嘴喷吐沫星子，喷污言秽语！她这是在唠叨什么？是的，我是他的母亲，即使不好，但终究是他的母亲。就让人说去吧，说儿子在长大之前，我教出了一个坏儿子，谁说都行！他在我身边的时候，可是滴酒不沾。后来长大成人，工作了，赚钱了，领了工资后他会一分不少地交给我，然后再跟我要：妈妈，给我点钱买这个，买那个。瞧瞧他原来是什么样！他可是娶了你，娶了媳妇以后，才开始喝酒，喝那种劣质的果酒，是跟你在一起的时候才开始喝的！两个一起喝，还抽着小烟卷。两口子都喝的时候，还不是在家里喝，不是居家过日子那种喝法，而是一堆人喝，一群年轻人在那里拼命喝，喝得酩酊大醉。瞧瞧吧，妻子在哪儿支持丈夫呢！在那里还可以痛打醉酒的人的脸……

"他不喝酒的时候每天晚上都是怎么找你的，你忘了这事？你在哪里闲逛呢？哎哟，参加业余文娱活动，上俱乐部的舞台……却很少在台上。他多少次对我这个做母亲的抱怨：每次又累又脏地回来，而老婆呢，不知去向，小孩子在大马路上。没有晚饭，行，这都不说了，但老婆在哪里？在俱乐部唱歌、跳舞呢。可你不在那里！那你在哪儿呢？可怜的他从哪里能知道，是不是有人在舞台底下或是在灌木丛里紧抱着你？年轻的丈夫就心里难过，生病了。有时候会无意中就想喝酒，想起这个瘟神。怎么着——我有没有瞎说？"

"你这令人厌恶的坏蛋，这意思是你撞见我和谁在一块啦，啊？喂，快点说出来，到底是谁把我带进了灌木丛，是谁在舞台底下紧抱我了？"

"老天爷也没给我留下多少日子了，我会把一切、一切都告诉大家，哪怕是你拎着打我儿子的那根棍子扑过来，我也不怕。我也不怕你当着邻居的面揪我的头发。要让那些听到、看到的人都知道知道，你到底是个什么样的人，你让我那孩子落到了什么样的牲畜般的境地。这里有几个认识我的人？也就两三个老太太，但每一个来你这售货亭的人都会看到，你是一个多么可憎的娘们儿，人家就会知道，这个女商贩不诚实……”

“你在我这儿买过东西吗，买过吗？我怎么就不诚实了？你说啊！”

“我说的不是卖东西，别逃避话题。我说的是你如何让我儿子变了样子，一切都变样了，毫无例外。那个黄脸的有钱人，他给你钱，那算什么钱？你也很机灵，攒下了一笔小钱。还用攒的钱购置了店铺。太好了！但你却损失了丈夫。他成了酒鬼，对吗？原来是他错了，而不是你？……”

“卑鄙可憎的坏蛋，你亲眼看到我吊膀子了？你看到了，啊？”

“不是我看到的……我看那个干啥？过去也好，现在也罢，不止一个人看到，也不止一个人知道。你和那个古兰人鬼混也不是一年两年了。大伙都知道，你糊弄不了他们，别骗人了！要不然你哪来的钱买店铺？丈夫在世的时候不好意思把钱露出来，把他埋了后，你立马就买了铺子。你说，不是这回事吗？就是这么回事，就是这样……”

“为什么有人紧抱我，还把我带到灌木丛里？啊？为什么？我也是个年轻人，不是一块冷冰冰的石头。那个黄脸的人，只是我的一个老朋友，自上学开始就认识，你不要伤害他！……看这意思，你儿子他就没跟自己的好妈妈暗示一下，我们为什么没有孩子？很少有办法把醉鬼推醒，而且还有那个别的……”

“什么‘那个别的’？”阿尼西娅不明白金娜的暗示，又问了一遍。

“就是说他因为狂喝不仅毁了脑子，而且他的身体出现了更严重的毛病。就是男人的那个……”

“你在暗示什么？”老妇人变得惊慌失措。

“我暗示的是，他的‘那个’始终起不来，总耷拉着：无论是他喝醉的时候，还是他清醒的时候。”

“是你的那些劣质果酒造成的。还有什么烟卷、聚饮、自由。”

“还有什么是我能做的？你也曾年轻过。‘活着时就该活得生气勃勃。’我清楚地记得，你不止一次这么说过。既然丈夫不那么称心如意，那我就跑俱乐部去！”前儿媳入情入理地陈述了自己的想法，苦笑了一下。

“上帝啊！我们这是在争吵什么呢？”老太太慌神了。不对，我们现在争论的话题完全不是发自内心想说的那个。可是我却没有能力停下来。除了我自己，还有谁保护我的儿子？为了自己的孩子，我将竭尽全力作战，更何况，是为已经逝去了的、自己不可能保护自己的孩子作战。

不，前儿媳不爱我的儿子，也不心疼他。而他却为媳妇担心！吃醋吃得厉害。一年、两年过去了，第三年开始……他突然间就不再操心劳神了：开始酗酒，非常严重。的确如此。

奇怪的是，为什么她们俩都避而不谈，当年米沙不是只领着年轻媳妇一个人回家，而是还带着一个孩子呢？四岁的小男孩……阿尼西娅这样请求：留我这儿，让我开开心吧！虽然不是亲孙子，但他即将是我亲儿子的亲戚，我会把他养育成人，教育他……金娜不想听到这些话，随她的便吧！但这就是……也许，正是这种让男人羞于启齿的疾病成为他过早离世的原因。无疑，他为此而备受折磨：别人可以，而我——却不行。可是，借酒消愁愁更愁！或许他知道自己不会有后代，所以才娶了一个带着孩子的老婆？在我这儿过了不止一个月的没有伏特加的日子。离开了，他很喜欢，很满意……可怜的孩子！……你可是遭受了怎样的折磨，遭受了怎样的痛苦啊！我却无以为助：既没有能力，也没有机会。那完全是两个人之间的事，也只有他们明白，该如何应对，也只有他们两个能弄清楚。儿子不想弄清楚了，突然就走了。一个人离开的。没任何人怂恿他。他在集体宿舍里没和任何人喝酒！朋友还在家里等着他——他为什么要提前喝上几口呢？这不是酒的原因。他的死不是偶然的。他不想继续遭罪了。他受到良心的谴责，羞愧也使他不得安宁：自己身后不能延续生命，他为此而羞愧、不安。于是，他抓住头脑恢复清醒的这一时机，离开了……

啊呀，她是多么了解自己的儿子啊！她已经准备好为儿子辩护，因为相似的事也发生在她的身上——她也不知道：这是那个让她喜欢的尘世吗？她现在是不是沿着小街走着，是否站在那儿和人吵架？也许，自己的尸骨早就腐烂了吧。而母亲和父亲——在那儿会接受她吗？……这就是母亲。这就是父亲。

阿尼西娅在那儿听着，但她什么都没有听到。她也没注意到，自己突然把话咽了下去。她不能在心里暗自地说，自己堪称模范地背负起了一个母亲应当背负的使命，世上也很少有做母亲的敢这样大声地说。可她是一个什么样的妻子呢？虽然不爱丈夫，但她是一个忠诚的妻子。为这个“已阵亡的人”而真诚地悲痛，确实，更多的是因为他是活下来的孩子们的父亲。在得知丈夫去世这个坏消息后的五年里，那些令人憎恶的、死乞白赖纠缠的人都被她轰走了。她完全没有像母狗那样惹来一群公狗——心里就没产生过这样的想法。虽然她的日子过得是那样不容易，那样苦恼！每天晚上她都生自己的气——为啥要隐忍欲望，硬要成为圣人。而堕落放荡、随便与谁苟合，她又做不到。她自己给自己规定了一个五年期限：要干干净净、堂堂正正地过这五年，就好像是有谁对她念了咒语一样。五年的期限过去了……李方出现了。

然而，前儿媳没有住口，她在享受着阿尼西娅的沉默给她带来的惬意和愉快。阿尼西娅在听，又没在听，这时金娜的几句骂人话和一些埋怨人的话传入老妇人的意识中来，但阿尼西娅心情平静地收下了这些话。她对自己感到吃惊。却原来，也没难受到哪儿去，上帝借奥普塔修道院[①]的长老们的口这样劝告世人并不是没有理由的："让我心情平静地迎接来日带给我的一切吧。让我完全沉浸于你的神圣的意志里吧……"

"不，你不爱我的儿子。"老太太想了又想，平静地重复着这句话。重复这句话的时候，她看都没看前儿媳一眼。"可他却为你操心劳神。你要是关心他，他会酗酒吗？无论如何都不会啊！我已是风烛残年，希望你知道，家里的男人是不会无缘无故胡闹的。但他胡闹的时候谁去阻止？该是妻子，妻子该这样说：你打住吧，老兄！可你根本就没这样做！他在你看来就是一个傻瓜。可是他那儿还长着一颗心呢，他有心——他把一切都看在眼里。他懂你，懂自己，也懂……他死了，但你活着……"

"那我就没长心啰？没有心啰，啊？"

"你没有。你对他从来就没有感情。若是你有心的话……"

她们又争了起来，但已经不再用一些过激的言词或是骂人的话来互相攻击了。没有叫喊，也没有气势汹汹地吵闹，而是平静地，有时甚至是"和睦友好地"说着话。至少，从旁观者的角度看是这样。一些来来往往的过路人，用惊奇的眼光看着这两个说话的女人。还时不时地有人和前儿媳打招呼。一个小女孩要买什么东西，金娜粗鲁地打断

① 奥普塔修道院：俄罗斯东正教历史上最负盛名的修道院。

了她：

“没有，最近也不会有！别在这儿碍事，没看见我们正在说话吗？嘘，嘘！”金娜气呼呼、下命令式地挥挥手。小女孩小跑着溜到一边，委屈地回了回头，然后迈着小碎步走远了。阿尼西娅看到这个场面，对小女孩很是怜惜，她的心情再一次变差。金娜的脸也凶了起来，语气中又带上了之前的火药味：“什么心不心的？这个心那个心，哪个心？钱就是心！……没有钱你是谁啊？没钱你就啥也不是！可我，我是一个人！我知道该怎么做，男人有的是：你眨巴眼睛的工夫我就找到了。”

阿尼西娅差一点没站稳：晕头转向的。她默不作声地听着。

“他能自己晃荡回来的时候很少。他亲妈什么都没看见，也什么都没听见，她那时候在哪儿待着呢，在太空吗?！我在墙根儿底下找到他，架住他的胳肢窝，再背到身上。我这是什么心？就是你说的那种心吗？而你那宝贝儿子，正如常言所说，已经进入酒给他带来的逍遥世界了，他半死不活，死气沉沉的：你爱怎么办就怎么办吧。他什么都做不了！但我得给他脱鞋，脱衣服，我还得把他弄到床上，让他躺在自己身边！能在家里就已经不错了。床也好，地板也好，对他来说没有区别……不对！”前儿媳挖苦地笑了笑，继而又痛苦地摇了摇头，“他的酒瘾打小时候就有。”

“他生下来就是醉鬼？”阿尼西娅忍不住反问道，“孩子们是纯洁无瑕的。后来是那些像你这样的人使他们成了醉鬼……”

“可我什么样？我就是一个正常的女人。过去和他一起生活，现在我也活着。我一个人，不难过，也不忧伤。没阳刚之气的软蛋我立刻就把他轰走……”

“随便你怎么生活，你认为自己应该怎么活，那就怎么活吧！只希望别人不再因为你而痛苦，不再因为你痛苦得浑身抽搐。幸福、长久地活着吧！我过我的日子，你过你的日子……我们在唠叨同一件事呢，同一件事！”阿尼西娅疲惫地重复道。先前的愤恨和心痛不知到什么地方去了；她只想坐一会儿：双腿都在颤抖。相互骂够了，也都把对方说得一无是处。无论怎么骂，哪怕是撕破撕烂脸皮了，没有谁能从那个世界回来，也没人能从墓穴里站起来。金娜的心也软了，变得温和起来。

“是你先发火，你头一个开骂的，我可是能对答如流！就是说，我不能像你那样。我尊敬你那么大岁数了。可你的劝说我不需要……”

“……上帝啊！我也只是问问你去没去过我儿子的墓地。曾经是两口子，一起生活过……他把你的，而不是自己的，我想说的是，把你们共同的孩子喂养大，培养大，把孩子当成亲生的。可是，如果不是秘密，那个孩子在哪儿？他怎么样啦？

“你仔细看就能发现……那就是他，过来了！”

一辆绿色的翻斗车正放慢速度向她们驶近，汽车不时发出扑哧哧的响声。在驾驶室里，在玻璃窗后面坐着的那个司机，正是阿尼西娅从墓地回来，站在路边，观察到的那个歪戴帽子、宽肩膀的小伙子。也就是从前阿尼西娅应儿子的请求，同时也是出于自己的心愿以及怜惜之心，在宿舍里照料了一整个冬天，给他脱衣服、穿衣服，用勺子给他喂饭吃的那个小男孩。你看那孩子现在长得有多高了啊，可是她一点也不知道……

“你去一去墓地吧！”阿尼西娅再次请求道，她不怕重复，也不怕引起金娜的愤怒，她仍然希望能说通前儿媳。“你和孩子偶尔去看看吧。我也希望自己今后能多去，但愿不会病倒、卧床不起。”她带着哭腔补充道，但是又控制住自己，冷静下来了。金娜有意和解，抱住了她。这时司机猛地一下推开车门，金娜急忙跳上去，坐到了他旁边，同时还和司机说了些什么。儿子缓缓地启动翻斗车，他的目光一直停留在这个孤单的、穿着黑衣服的老太太身上，然后才将车子加速。前儿媳又和司机说了些什么，翻斗车顺着小街不情愿地驶去。

阿尼西娅两眼发黑，她靠向了栅栏；在她的触碰下，在栅栏条上挂着的、混有沙子和灰黏土的干泥块子纷纷落下，但阿尼西娅并没有注意到这个。已经不能像当年那样大步流星地走路了，老太太不得不站一会儿，而且还得靠着点什么东西。她双腿打战，腰也隐隐作痛。此时秋日的、和煦的太阳已经越过天顶，阿尼西娅觉得，在这使人精神焕发的、不太热的日光的照耀下，身上的疼痛渐渐跑到不知什么地方去了，眼前的黑暗已经隐隐地淡去。心脏也不像一两分钟之前那样猛烈地跳动，呼吸也顺畅了。她感觉自己已经和自己达成了一致，就好像在路上发生的那件事，它应该发生，或早或晚一定会发生。于是就发生了：达成了一致，但是却没有安宁。此时此刻，阿尼西娅的内心不安宁，就如同一直拖延着的、极消耗精力的一项工作，在它完成的时候，却没有喜悦之情……一丝模模糊糊的不安在折磨着老太太：把身体的哪一侧递出去扛受打击呢？

阿尼西娅并不厌恶那个女人，虽然她长了一张高颧骨的脸，前额肉乎乎的，眼缝窄窄的，脸上的笑容显得放肆无礼。在这次不期而遇的最初的时候，在闭着眼睛的情况下，是想不起那个女人的任何面貌特征的——阿尼西娅当时正靠着栅栏休息。老妇人努力回想那张令人厌恶的脸，但最终也没想起来，这让她感到些许懊恼。她很想慢慢地、仔细地观察观察，前儿媳的脸有了怎样的改变，哪里改变了，那些让人讨厌的面部特征是消失了，还是变得更加明显了——老太太的努力回想没有收到一点效果：因为前儿媳以前的脸没有浮现在她的面前，无法比较。而当她看到大块头、宽肩膀的男司机非常显眼地出现在驾驶室的玻璃后面，就坐在绿色的翻斗车的驾驶室里时，她似乎想起了他用过的儿童香水的味道，那种广藿香水，想起了他看向她的充满喜悦的眼神："奶奶，我都准备好了！"阿尼西娅又向已故的母亲说："尊敬的母亲大人！我为什么发这么大的脾气？我以后得在这里度过晚年。人们会说什么啊？他们会说，来了一个爱闹事的女人，腥一锅汤的臭鱼。"她在想，显然，魔鬼暗地里向她嘀咕过很多挖苦人的、刻薄的话，还把这些话塞到她的舌头下面，甚至把它们挂在她的舌头上：这些话可以在刹那间毫不费劲地脱口而出，就好像她提前打造好了，已经滚成了丸儿似的。那么多年过去了……唉，如果当时它们恰好来到，有可能，当时就会起作用。但阿尼西娅多半还是会保持沉默，当时她只关心一件事：拯救儿子。她尽力了，但却没有成功。而现在，要是说那么多最刻薄的话，有什么分量？脱口说出来，徒劳无功；离开之后只会让自己激动不安，根本用不着这样！再相遇的时候——只字不要提过往，平静、简单地说一声"你好！"和"再见！"，然后，就像她以前每一次离开那样，不牵连进家庭里的争吵和纠纷之中，离去。结果会是：金娜又说对了？

老妇人已经回想不起来金娜的面容了，就像时光流走了一样。但是，在前儿媳终究还是答应要带着花去坟地看望米沙的时候，阿尼西娅能觉察出她声音里的慌乱。金娜没去过那儿，以后什么时候都不会去，她不是那种能被回忆所困的人。原来可以这样生活：不念过往。如果妻子把丈夫忘了……这种事怎样才能做到呢？即便是狗死了，也还会梦见它，在梦里听到它的叫声。当然，那个和她生了孩子、后来逃避开的男人，他根本不会和这样的女人亲近与和睦相处！——话说回来，我以余生残年作担保，她不会记得……上帝啊！我这是怎么啦？

要把事情往坏里想？可能，她会想起来的，为的是让老太太懊恼，让老太太更痛苦。为什么这样：活的时间越久，遇到越多的人——各种各样、形形色色的人，也就越不能理解他们，越不能认清。人们是怎么了？特别是和你曾经聚在一起，肩挨着肩地在一起生活的人，你曾经倾囊相助的人，越是这样的人，越是不能理解。他们浑身都附着一种令人费解、莫名其妙或者古怪的东西，像是长了一层铠甲……

阿尼西娅抖掉了鞋子上的泥屑，为了不踩倒黄绿色的、散发着香气的小草，她迈向了路中间。然后她拖着她已经习惯了的沉重的脚步，蹒跚着向远处走去……

第十一章

6月份的时候，一个阳光灿烂的正午，二儿子米沙把金娜从车站带回了家。阿尼西娅记得很清楚，那是一个干燥的大热天。自金娜在院子里出现的那一刻起，这只“小母鸡”就表现得好像是已经提前知道了大家会喜欢她似的。金娜不是一个丑陋的人，不是，但也不是美女：和儿子一般高；黑色的头发，没有梳理，就像是在仿效她这个年龄的女人都不梳妆打扮那样；扁平的鼻子；带有几分狡黠的眼睛，这让她的脸上出现了一副古兰人的表情——两只眯缝眼，里面的黑眼珠、白眼仁的颜色都看不出来。可是，吃饭的时候儿子被她呛住了，从她那双眼睛里猛然迸射出一丝带有报复意味的火花。无关紧要的事，谁身上没发生过呢？金娜却有这么大火气！阿尼西娅心中一阵郁闷，随即也就平息了，可儿子却连眉头都没皱一下。好样的！就该如此。再如胶似漆，勺子也得碰锅沿。但是，儿媳妇在那儿气哼哼地低声嘟哝：“别吧嗒嘴，你是啥，猪崽子吗？”阿尼西娅听到背后传来的这几句话后，明白了：儿媳妇执掌大权了，一锤定音、随心所欲、为所欲为都是她应该有的权利。“难道米沙带回来一个结过婚的女人？”唉，第一次骂人比最后一次骂人好,常言说得对啊。

树荫下不透光,非常凉爽。阿尼西娅从那里出来后并没有马上回家,而是拖延了一阵子。她估计自己进门后,会看到年轻人在那儿若无其事,装作什么都没发生一样在桌子旁坐着。一种不好的情绪在她心里出现了,没有缓解。阿尼西娅很期待:期待他们马上就开怀地、无忧无虑地大笑起来;期待那些在他们之间形成的无形的委屈、沉重和郁闷云雾能淡化,能衰退,能在玩笑中飘散。魔鬼总是栖息在圣者的周围……她的期待都落空了,阿尼西娅没有等到那样的结果。不但没有笑声,甚至连柔和的低语都没有;米沙,为什么?是因为母亲在跟前吗?!

"瞧,她是多么刻薄啊!"这个念头在阿尼西娅的头脑中一闪而过,她看都没看这对新婚夫妇,没看他们那两张虽带着笑容但笑得毫不真诚的虚伪的脸,就把一碗成熟了的蓝果放到了桌子中间,那是她刚从外面采摘回来的。也许新媳妇在这个时候会变得温柔一些,虽说可能有虚情假意的成分,但总会叫一声吧:"啊呀,这是我今年吃到的第一口野果!"但金娜把母亲所做的请吃的手势视为理所当然,立刻就拿起那些蓝色的、长圆形的浆果,一个接一个津津有味地吃起来。然后,他们三个人一起吃了第一顿饭,无聊乏味,谁都没有说话。

"儿子离开了……离开了,离开了,离开了……"这个念头萦绕在阿尼西娅的脑海,令她坐卧不安。自打看见米沙身边那个陌生的、嘴唇上抹着厚厚口红的女人那一刻起,这个念头就开始在她的脑海里打转。那女人这会儿没有穿外衣,差不多是半裸着身子:一件蓝色的紧身胸衣,高耸的乳房不知羞耻地从胸衣里凸出来,下身是一条鲜艳的橙黄色的泳裤。瞧她那被晒得黝黑的、灵巧的双臂,两条成熟、丰满的大腿。"儿子被她的身体迷惑住啦!"阿尼西娅的意识中忽然闪过这样一种想法。两个人走进院子的时候,他们的头发还都是湿的,被灿烂的阳光照得闪闪发亮。看来,他们是游完泳后回到家。吃过蓝果这最后一道甜食后,他们又奔向了小河边,是沿着小路一个跟着另一个跑过去的,金娜在前,儿子在后。“为什么不挽起手呢,一边跑一边幸福地笑,那该有多好?!”没有过这样的事,从最初开始就没发生过这样的事;在两个年轻人之间总是拉着一根黑线,不断地向远处延伸。而一只褐色的、凶残的蜘蛛将这根线拉成丝:在那里一个劲地揉搓,搓出更细的丝。

一条灰色的毛头巾:这件礼物好极了。阿尼西娅不喜欢花花绿绿的头巾。不过小两口在买头巾这件事上让她很满意。多半是金娜问过,米沙向她建议的正是这样的头巾。所有鲜艳、亮丽的东西,都不合她的口味,尤其是五颜六色的头巾。

金娜递给她一只很薄的塑料袋,还叫了她一声“妈妈”。哎哟,太让人感动了!此情此景阿尼西娅久久不能忘怀,正像是那个炎热的6月里那些令人不快的新发现一样。孩子们让她震惊了两回:先是米沙告诉她,他选择对象虽然仓促,但没选错。再就是,儿子就像是顺便说那么一句似的,急急忙忙的,一边走一边甩出几句——金娜结过婚,她有一个儿子。妈妈,那是你孙子……天哪!越来越不对头……

一周以后,小两口突然离去了:贝阿铁路线上的工作正等着他们。每一天都吵架。怎么能这样呢!阿尼西娅也年轻过,她还记得蜜月里夫妻之间的每一天。又安静又柔顺的日子。真幸福!让人无限愉快的日子。

有一次,儿媳妇打算洗衣服。“把您的衣物给我吧。”于是阿尼西娅就收拾出一些,主要是床单、枕套什么的,递给她。金娜利落、迅速地把活干完了。麻利的人不怕活儿。一天后,儿媳妇又擦洗了地板,角落里的灰尘都清干净了,即便是花叶上的灰尘也都被擦净了。还有什么不好的？那就是她的文化水平太低啦，连七年级都没上完。米什卡虽然也是个蠢货，学问也不怎么样，但至少能按语法规则正确说话，会尽可能地回避那些脏话，可这一位……她会冷不丁就冒出一个那样的词，说出来后也不会害羞地表示道歉：真糟糕，怎么说了这么一句。如果她说脏话被制止，就会威严地瞧着你，那样只能是你愁眉苦脸了。

后来就是这样："去河边打点水来，我要洗衣服！……""为什么要把水打回来呢？去河边洗不是更方便吗，想洗多少就洗多少。"阿尼西娅插嘴道。金娜高傲地扬起头，扫了婆婆一眼，那眼神就像是在用机关枪扫射一样，然后，她一声不吭地用手指指着盆子——指给丈夫看。儿子顺从地托起那只装得满满的盆子，扛到了肩膀上。唉，这也太刺眼，太让人难过，太扯人的神经了！并不是因为儿子拿起了盆子，把它送去了小河边，而是因为他毫无怨言地服从，服从那个命令式的、非言语的动作。哪怕他摇摇头，胡诌个笑话也能解解围。哪怕是提议两个人一起洗也好啊。可实际上却是这样：他，她的丈夫，米什卡，在干婆娘干的活。而且，阿尼西娅觉得，这种事并不是第一次发生。唉哟，金娜已把米沙紧紧地攥在自己的手心里了。她对待丈夫，就像对待小孩子那样，看管，监视，对他的每一步行动都实行有损其自尊心的检查，一来二去，也就打掉了他的主动性。阿尼西娅很快就察觉到了这一点，有段时间，她到贝阿铁路线那边去了，在年轻夫妇家里做客，并且一整个冬天都待在那儿，在那儿照看安德烈卡。

他们住在腾达，住在集体宿舍里。金娜在售票处工作，而米沙则是为了妻子才做了调车机车[1]司机的助手，只是调车或是编组，没有跑长

① 调车机车是专门用于编组站或调车场进行列车编组、解体作业的机车。

线路：把妻子一个人留在家里一晚上，他很担心。这就是家庭？

阿尼西娅来腾达后的第二天就听到金娜在那儿训话，她一直在追问丈夫：你把那三卢布花哪儿去了，用它们干啥了？“全都买烟了，给你的烟和我的烟，你看，都在这儿呢！”“都给我拿过来：只给你一包，今天的和明天的。不许给那些讨烟抽的人！那么多要烟抽的，一个劲地要：他们倒是很爱惜自己的钱！”“好吧，金娜，”阿尼西娅当时也想到了，“管管男人也不错。”的确，为什么给别人烟抽呢？你有这个义务吗？自个儿买自个儿的吧……

“检察官”的讯问让米沙特别紧张：喝了多少酒？跟谁喝的？什么时候喝的？在哪儿喝的？没什么关系吧：是的，喝酒的次数是不少……但不都是在晚上喝吗，而且是下班之后，纯粹是像街坊邻居那样喝酒。要么是过生日，要么是生孩子，有的时候用的是预支的钱，有的时候是用领到手的工资……汉子们块儿八角地凑钱：三个人喝光一瓶酒。有什么可怕的？消遣而已。他又不是生活在真空里：怎么能不凑上自己的那一份呢？要不然就招人厌恶了。难道他只能眼馋吗？金娜，你想象一下吧……

哎哟，金娜气势汹汹地责问：母亲，您这是把自己的孩子往哪儿推啊？让他去狂饮吗？母亲啊，你住嘴吧。于是，阿尼西娅闭上了嘴。但是不用证明：不应对丈夫发号施令，应该对他管理；当然，最好是改正他。不能用这种审讯的方式，用这种粗野的、蛮不讲理的方式，应该是用一切方式中最坚韧的那种、以女性所特有的温柔去改正他。金娜采用的却是审讯的方式，就像一位检察官一样：跟谁喝的？哪来的钱？你这个倒霉的酒鬼！“我们班组一起去的，得奖金了，喝酒庆贺……”“啊，整个班组！没事了，我去领导那儿问问。”然后她就跑领导那儿诉苦去了。

“好哇，你又喝酒了？”“嗯，和朋友一起喝的。”米沙笑了笑，他对妻子的每一个动作都示以温情的、赞赏的目光。上帝啊，他不能没有老婆：不管你是骂人，还是不骂人，反正你是我媳妇！“我得教训一顿你那些狐朋狗友！”“你又不认识他们！”“别担心，我能找到。他们为啥要请你啊？你出门的时候兜里可是一个子儿都没有！”这时阿尼西娅心里想的几乎就脱口而出：那种兜里没钱的男人会被人肆意嘲弄，对于这样的男人来说，去上班工作就像是入地狱。金娜，你难道不懂这个理儿吗？阿尼西娅忍住了没说。她已经做好打算：抛弃一切，打道回府。可是，你把小男孩也舍弃掉吗？阿尼西娅仍留了下来，一直待到夏日来临……

仲夏时分，米沙回来了——回来帮忙，给土豆培土。从车站走到家，已接近傍晚。进家门后，他坐都没坐一下，立刻就抄起锄头去干活了。吃饭的时候，灯已经点上了，阿尼西娅直截了当地问儿子：“你还在调车组工作吗？”“在啊。”“他们不嘲笑你？”“没有……为什么要嘲笑我呢？”“因为你工资不少，可是兜里却一分钱都没有。”“工资是不少……可是我经常借钱！总是向大伙块儿八毛地讨要。”“啊，乞求到很多钱？”“妈妈，你怎么啦，连你也要仔细盘问盘问？”“我是想帮你摆脱债务。男人没有钱会有失体面，这些钱你拿着！”“可是我把它们放哪儿呢？你考虑过吗？”“她还搜查？”“一个兜一个兜地搜。如果发现了，就又得闹一场，打一架：她总是当着安德烈卡的面严厉斥责我。小孩子哭叫抹泪的，但没用，无论什么都打动不了她。一个劲地纠缠，又骂又打。她要是像你这样该多好。”“已经到了这个地步？我的天哪……”

米沙忧伤地点点头，母亲则扭过脸去，啜泣起来。那是别人的家庭。你怎么能硬闯进去？阿尼西娅没有硬闯，但她已经拿定主意，再也不去腾达了。你牵连进去了，那你就摆脱开。和妻子如何相处，随你的便；但是母亲这儿，你得帮帮忙，搭把手。土地里出产的东西不是给我一个人吃的，菜园子里的菜你们得到的也不少……儿子确实帮忙了，很愿意忙活，花费了不少时间和精力：松土，栽种，培土，除草，收割，往地窖里搬运，收拾畜棚子里的厩肥。米沙为此而得到了一段假期，大约为五到七天。他拼命地干活，没有一点勉强。但总是沉默着，一声不吭，也几乎不笑。阿尼西娅的心被刺痛了：怎么这样忧郁呢？总是愁眉苦脸的。你虽不是一个能说会道的人，但是你能理解笑话，也喜欢对自己开点玩笑。你不是读书人：总是我逼迫你读书，但实际上自己不愿意把书本拿到手里。你也不喝酒了！甚至一次都没这样暗示过：妈妈你太疲乏了，应该喝点酒。

别人是别人，自己的儿子自己最了解。媳妇把他当成躺倒在地、游手好闲、胡作非为的酒鬼或者醉汉，但母亲知道，他根本不是那种人。他不是好打架的人，不是酒徒，不是色鬼：哎哟，这样的人最好他都是。

有一次，阿尼西娅跟儿子低声下气地商量："你们搬到乌利亚基尔去吧，在集体宿舍能住多长时间呢？在乌利亚基尔车站上找份工作，在那里，事情就会……""不，妈妈，金娜无论如何都不会去的。我太了解她了：何苦跟她费那个口舌。即便是套上绳索，你也不能把她从售票窗口那儿拉出来。""怎么这样呢？轻快活儿能找到啊，比方说，当一个信号员。只需要拿面小旗站着，迎送迎送火车。""她有很强的权力欲望。售票的窗口虽小，但给了她莫大的喜悦：买票的人落到她手里了。她简直是喜形于色：人们得求她！哪怕就一分钟那也是权力。大伙都在抢车票呢。她还想……还想拿差价，好像她就应该拿一样。""你是说，金娜卖高价票？""她经常向我显摆：从你那儿闹不出什么名堂，我来攒钱买汽车。叫到这话就好像是她揍了我一顿似的，没什么两样。"

原来是这样！贪赃舞弊，还吹牛炫耀！在丈夫面前摆架子，侮辱他：既然你不能……这日子可得怎么过啊！

从那个春天开始，也就是从栽种完土豆的那一天开始，米沙就没出现过。阿尼西娅的心中燃起了希望：谢天谢地，小两口的日子过得顺利了，已经和解，也同床共枕了。嗯，夫妻没有隔夜仇，床头吵架床尾和！难道不是吗？阿尼西娅可是知道。争吵之后，夫妻之间的关系会变得更亲密，而冲突或是争吵的时候却都直言不讳、无所顾忌。男人会说，我就是这样的；女人也说，我就是这么没出息。我可以没有你吗？不能没有，也不想没有。和睦相处吧！人害怕孤独。丈夫和妻子本是一体，骨肉相连……

菜园里的好多植物都开花了，散发出一阵阵香气。真想再去看看那些土豆，已经跑过去两次了！等不及了：雨过天晴后阿尼西娅就把菜畦修补好了，田间的杂草也锄完了。那些被她亲手割下来的、已经堆成小垛儿的青草格外芬芳。阿尼西娅在院子、菜园子里徘徊，从这块菜畦踱到那块菜畦，间或干一点什么活儿。但很快，她心里开始只思索一件事：儿子为什么没回来，究竟是什么原因呢？他可是答应过："妈妈，你别忙活，锄草、割草的活儿我回来干……"啊哈，该锄的草锄完了，该割的也割完了！好在腿脚还能走动，能把家务活做完。应该考虑到：两个家庭，有太多的活儿要他去干。但她一个人不可能，也没有必要操持这么大的菜园子，以及这份家当。还得指望儿子……

阿尼西娅一边思索，一边走出菜园，来到了院子中。此时此刻，儿子正在松树下的那条小长凳上坐着，和上一次一模一样。他坐在那里，拼命地抽烟……天哪，花香扑鼻……空气如此清新！阿尼西娅没有掩饰自己的喜悦，她举起双手，轻轻地拍了几下巴掌，随即就把儿子往屋里让。“不，不进去了，这儿挺好！让我休息一下。”“休息吧，难道我会反对吗？”她忽然觉得：自己的神经已经紧张到了极点。又吵架了？得了吧，请问，我为什么要知道？你们吵了好，好了又吵。这就像闪电一样：刹那间炫目，瞬间又消失。你们既年轻又健康……可是，闪电根本就没有消失：它深深地扎入到母亲的心里。扎进去，在那里滞留许久。它烧焦了母亲的那颗心，横穿而过。

阿尼西娅挨着儿子坐下了，用探询的目光盯着他。“说说，你出什么事了？”“什么事都没出。啊，妈妈！”颤抖的心平静了一些，跳动得不再那样剧烈：也许，自己是瞎操心吧？不，不是没来由地恐慌。米沙扔掉烟头后，又点燃了一根香烟。她什么话都没有说，在那里默默地等着——等他把手里的烟抽完，把这个烟头也扔掉。瞧，他扔了……“儿子……”阿尼西娅的心被挤压住了，憋得她喘不过气来，极其痛苦；她几乎就忍不住要哭出来。她习惯性地、亲切地将手搭在儿子的肩膀上。儿子动弹了一下肩膀以示抗议，他的意思是说，别碰我。于是，母亲将手拿开了，眼睛也看向了别处。她预感到了不幸：这件事相较于丈夫和妻子之间那种普通的家庭吵架，要可怕得多。“我被撵出调车班了……从机车上调离了，我现在是一名临时检修工。降职半年。如果回不去，就会成为一名正式的检修工了。”米沙沉默了一会儿，闷闷不乐地开了个玩笑：“我现在的毕业论文题目就是：‘铁镐、铁锹和铁钎’。”阿尼西娅责备地看了一眼儿子：“你还开玩笑？”“开啊。因为这事太荒唐了。无缘无故就把我给调离了，妈妈……无缘无故！”后几个词是米沙一个音节一个音节地说出来的。她掩饰不住内心的疑惑，她也不想使劲掩饰。儿子说不是因为他违反了工作条例。“妈妈，什么条例！我们班组得到了一大笔奖金，应该庆祝一下。这是规矩！可是，我还完了账，喝酒庆祝的钱就没有了。工资我总是一分不落地都交给金娜的。'留私房钱,你试试看……'结果就……""你被抓进警察局去醒酒啦?"阿尼西娅忍不住问道。"嗯,抓——进去了:因为我在围墙根儿底下睡着了……此前工资刚被我塞起来,她就跑过来讨要。但我把奖金藏了起来。她大发雷霆:'奖金在哪儿呢?'我就说:'因为旷工,没给我奖金。还不是都怪你吗,一大晚上的时间都用来找你了,而不是在工作岗位上值班……'这时候,伙伴们正在窗户外等我:'喝瓶酒去!你没有钱,但无论如何你得出来,我们有钱!'就喝醉了呗……"

"唉呀……那你到底欠了多少债?"

"三十卢布……"

"你怎么什么都不跟我说啊?我能不给你吗?先用我的钱把自己的债还了嘛,你挣的钱都交给了你老婆。这些人坐着喝酒的时候是个班组,散场了,就对你不管不问,他们可真是有头有脸的人!你如果不是一定要喝酒,那就啥事都不会发生啦。"

"不会的,妈妈,怎么可能!"

"为什么?"

"因为……因为只要我跌倒了,妻子就能看到。如果我跌倒了,她就不会把我扶起来,相反,她会再推一推,好让我嘴啃泥儿……"

"到底是图个啥,她感觉很有趣吗?"

"就是因为……我撞见她和她的野汉子了,所以她就想报复……家里的日子我已经过不下去了,无法安生!是金娜,是她把警察领来的。她还去了会计科,去那儿打探,把我得过的所有奖金的数目都抄了下来,每一天她都拿着单子羞辱我,一天当中,她会奚落我好几次。我的确是藏了一点点:要不然用啥来喝酒呢?"

"既然是这样,你摊上倒霉事那就是必然的了。"

"现在看来,的确如此!但那个时候,我没这样的想法……因为我爱这个女人，可是她却背叛了我。公开地背叛！四处宣扬说：她丈夫就是个大酒鬼，处处巴结她，连电线杆子的醋他都吃。工资她为他领：一个卢布都不能给他……妈妈，你说这是多么大的耻辱啊！……真不如脖子上套一根皮带，吊死算了。”

阿尼西娅再也忍不住了，放声大哭起来。为人父母，在养育子女的过程中，详细询问他们的痛苦与不幸，哪一次能做到心如止水、气定神闲呢？不可能！儿子安慰母亲，母亲反过来又给儿子宽心，随后，两个人都沉默了。她温柔地念叨着儿子的名字，一遍一遍地念。只要能抚慰儿子的那颗受伤的心，只要能让他的心情平静下来，她已经准备好，可以踏出任何一步！就让他打个瞌睡吧，哪怕他暂时忘了这一切也好，唉，她的如此不幸的二儿子。

“妈，你这儿有酒吗？有那么几口就行。”

“那还用说，那还用说……当然有！但是你别在这里待着了，回屋去吧。咱们娘俩一起，边喝边吃。我和你很久没在一起吃饭啦！”阿尼西娅愉快地低语道，然后就拉起儿子的手。米沙站了起来，很勉强，不是很乐意，但还是毫无怨言地顺从了母亲。

“煎几个鸡蛋吗？或者煎几个土豆？新土豆已经下来了……”

“要什么下酒菜啊？快点把酒拿过来给我倒上吧……给我只普通玻璃杯！干吗给我高脚杯？明天我不用上班：给了一天假，让我休息休息。我死乞白赖地请求，才得以到你们这儿的工务段上班：我说，我将住在母亲家，在腾达那儿我已经没有家了……他们没有把铁钎收回，我再也没有什么可失去的了。妈，你在那儿干吗呢？”阿尼西娅过来拿走了高脚杯，随即又放上一只普通玻璃杯……母亲便一直在那里开导儿子：“即便是一个好喝酒的人，如果在喝了酒的情况下，他不惊慌失措，能像牛一样干活，那么，他就还不是一个没出息、没价值的人，还没到注定完蛋的地步。不能用铁锹把活干完，出现这种情况，那就用铁钎……”

“这话什么意思，你想说什么？……妈妈，你让我疲惫不堪！”米沙抄起酒瓶子，用他微微颤抖的手倒了满满一杯酒，他尽量不看母亲，而是端着玻璃杯，透过杯子向窗外看。“唉，亲爱的妈妈，往前看！”他没有一口气喝干，而是一小口一小口地把那杯酒喝光了。母亲瞪大眼睛看着儿子，他对此毫不在意。但是，他又从烟盒里抽出一根烟，点着后吸了起来。阿尼西娅默不作声：以前吃饭的时候，儿子可是从来都不抽烟！

“唉，妈妈，妈妈！你不是所有的事情都知道……”

“孩子，我始终猜不透……你的金娜到底有什么不满足的？把你弄到这个地步，是要把你往死里逼啊。可这是图啥啊？你们可是因为相爱才走到一起的……我还记得你们回来时的那个场景。当时是夏天。非常热……你们送了我一条毛头巾……还跑出去游泳。可现在这是怎么啦？”

“其实她就是个娼妓，是个婊子，是一个无耻的荡妇！”

“圣母啊！……怎么发展到这一步？丈夫可是还活着呢。”

“从认识那天开始她就这德行。别人跟我说过，但是我不信：我的金娜为什么要这么做呢？直到我自己把他们碰上。是伙伴们给我出的主意……我出门时装出要去接班的样子，后来我偷偷跑过去，碰见他们两个人一丝不挂！呀，在那种情形下我痛骂了他们。结果却又是对她有利。”

“对她有什么好处，没有丈夫难道更好？”

“没有丈夫对她来说似乎更好……但是，清醒的时候我是不会进那个被叫作‘上海’的集体宿舍的。我发誓了。让我厌恶……”米沙又往杯子里倒满了酒，但只是抿了一小口，然后就双手抱头，两只眼睛盯着门把手。阿尼西娅试图站起来，却不行：两腿发软。他明天不上班。那后天呢？她收走了玻璃杯。儿子没有作声……

阿尼西娅毫无理由地认为，儿子会狂饮不停。可米沙后来在玻璃杯被收走之前连碰都没有碰一下，没和她提酒的事，只是拼命地抽烟。母亲有点放心了：他既然能克制自己不喝酒，那他根本就不是酒鬼。这给了阿尼西娅以希望。醉鬼是那种拒绝不了自己的人。

“那你现在有什么打算？”母亲一直忍着，直到儿子把烟头掐灭在盘子底上，她才开口问道。“我求你一件事：你别打人。她的确是该打，但如果你打了她，会把你关进监狱……”

儿子麻木地盯着母亲：你是怎么猜到的？我猜你也想揍她。正是这样。那次就要动手了……米沙贪婪地吸着烟，紧攥拳头，但没有向母亲讨要伏特加。阿尼西娅禁不住想建议他：孩子，喝一点吧，喝点酒你就会变得轻松些，但她没有开口。米沙仍坐在那里，还是老样子，眼睛盯着门把手。他仰靠在椅背上，突然间，迅速地瞥了一眼母亲，说道：

“那次确实让我堵上了……并不是堵在自己家里，不是堵在自己床上，而是堵在别人家里，堵在别人床上……不是姘头来找的她，而是她跑到姘头那里去，把孩子扔了一晚上。这可不是第一次。你明白了吧，她自己把自己送上门去！自己去的……”他伤心地说完自己的话，就好像在妻子不忠这件事上，他的诉说能改变一些什么似的。背叛就是背叛，能改变什么呢？

“可关键问题是，那个姘夫好像是她前夫……我不认识这个人。”

“那你是谁？”

儿子焦躁地咬着嘴唇。“我是她丈夫……当然，迄今为止还是，可那个姘头是她的前夫。你难道没明白？我错就错在：我知道她是一条不要脸的母狗，知道那孩子是她前夫的，我也知道，她尝到过性爱的快乐，可是，我知道了，却毫不在意，还领她去了登记处。迫不及待的！糟糕的是：我没看透她就是这种人。我哪怕稍微磨蹭一点，她就会和前夫言归于好，他们也就和解了。如果是那样的话，我就会碰到另一个女人。妈妈，你说是不是？”

“遇到……没有她，你怎么生活？你爱她！”

“是，爱过，现在也爱着。”

“甚至在这件事发生以后，你还一如既往地爱她？”

“甚至是在这件事以后……是的，妈妈，我还是一如既往地爱着她！……对你们来说，对你们老人来说，你们会觉得这很荒唐，可是我们，我们年轻人却不这么看。我们崇尚快速结婚，因此被你们认为是傻瓜蛋子。”

“感情归感情，而想法呢也是归想法。人嘛，总是有不同的想法。”儿子认真地看着母亲，阿尼西娅明白了：他既不会打老婆，也不会动她前夫一手指头，而且，他也不会和金娜离婚……这件事发生之前他怎么生活，这件事发生以后他就还会怎么生活：咬紧牙关，往嘴里灌酒，还会向嘴里塞烟。一声不吭地承受折磨，承受痛苦。在悄无声息的旋涡中……儿子会消失在这个无声的旋涡中！……阿尼西娅感到可怕。应该拯救儿子！再清楚不过了：除了她，除了他的亲生母亲，谁也帮不了他！如此一来，她得怎么活呀！就是死，也不能死在儿子前面。她不能死在孩子前面！通常是儿子埋葬父母；可是在她这儿，可能不是这样。不行！只要她活着，儿子也得活着。“圣母啊！你把更多的痛苦与不幸给我吧，但是，你不要把这些痛苦与不幸给我的孩子。要不然，你就立刻把我抓走，别让我看到儿子饥寒交迫，看到他被人抛弃。圣母啊，既然他自己不能安排好自己的生活，那你就允许我继续为儿子操心吧。圣母啊，你就让我……”

阿尼西娅把她记忆中的祷词全都祷告了个遍。她一边祷告，一边无声地哭泣；一会请求上帝延长她的生命，一会祈求上帝立刻就把她和儿子一起送入棺材。她更多的时间是用在赶走速死这个念头上。没有了母亲，她的孩子、她的骨肉岂不是要一个人留下？她已经做好准备，准备为儿子承受所有苦难。米沙已经睡着了，仰面躺在还未整理好的床上，裤子和衬衫都没有脱。

第十二章

▼

要做的头一件事就是去一趟腾达，尽管阿尼西娅曾经发誓再也不去那里了。还是得去一趟，去和金娜沟通沟通。阿尼西娅不知道这一次去能有什么结果，也不知道这样面对面地交流能不能起作用，但是她知道，应该谈一谈。她衡量来衡量去，寻思着怎么开始她和金娜之间的谈话，是从这个话题开始呢，还是从另一话题开始。她还得考虑到，自己每隔三四个小时需要喝一次强心滴剂（治疗心脏病的药）。让儿子在家里照看院子、照看菜园子吧。

门都上锁了，阿尼西娅固执地敲了很长一阵子，但没任何人回应，这让她颇有挫折感。儿媳妇在班上。太遗憾了！安德烈卡去了幼儿园。见不到孩子，阿尼西娅很难过。她和金娜进行谈话也不得不在家庭以外的场合了。可是，这谈话怎么进行呢？

售票处的小窗口开着，阿尼西娅往里看了一眼。金娜根本就没坐在来回交递钱款和车票的小窗口那儿，而是坐在那个宽敞房间的最里头，坐在一张桌子旁。那间屋子还散发着石灰味以及新刷油漆的气味。金娜正在那儿看书，脸上带着笑容。这个场景把阿尼西娅弄糊涂了：儿子说的那一大堆话全都是他胡编乱造的吧?！他老婆被他说得一无是处，而此时此刻，金娜安静地坐在那儿，正陶醉在自己喜欢的小说里，极其投入！难道一个女人在经历了吵架、自己的背叛被丈夫揭穿、继而丈夫又离开等等那么多事情以后，还能安静地看小说，还能微笑?

听到敲门声后，金娜非常不情愿地把自己的目光从书页上挪开，过了很长一段时间才打开房门，然后在大门那儿又鼓捣了一阵锁头……阿尼西娅进去后也坐到了那张桌子旁，和金娜有一搭没一搭地聊起天气，聊起腾达，说腾达的变化很大，一切都在往更好的方向发展；目前，当然，完善的配套建筑设施还很缺乏，许多人的生活还没有安定下来，但是……阿尼西娅说这些无关紧要的事，纯粹是在那里拼凑、寻找话题，她感觉到，金娜甚至对自己丈夫的母亲是怎么费劲地赶过来，是否去家里敲过门，之后怎么就胆大包天地来这里探望她等等情况，都根本不感兴趣。儿媳妇时不时地看阿尼西娅那么几眼，意思很明显：你就继续闲扯吧，我知道你为什么突然来到这儿。她的眼睛开始频繁地瞟向书页，有的时候还因为阿尼西娅说的话而皱皱眉，就好像是因为病痛而皱眉似的。她临了把一只手放在书上，毫不掩饰自己的尖酸刻薄，生气地质问起来："你干啥来了，来看腾达的市容市貌吗？还是因为在家寂寞、厌倦了？瞧这意思，你以为我猜不到是吧?！"阿尼西娅正需要这个问题。儿媳妇，你听啊，我要向你问的那个最主要的问题就是："从今往后的日子你们怎么过？发生了这么一件丢人丢到家的丑事后，你们的日子是过还是不过?""哪一件丑事？啥样的丑事?"说最后几个字的时候金娜压低了嗓音，不过她的脸还是红了，似乎也不好意思了。可是，金娜粗鲁无礼的说话语气丝毫未变："这关你什么事，你跑过来是想调停，让我们重归于好吗?"金娜说的话，还有她说话的语气让阿尼西娅感到莫大的委屈，但她克制住了自己。“关我什么事？他是我儿子，要不然我连认识都不认识你……你就鬼混吧，想跟谁就跟谁。安德烈卡很快就长大了，到那时候，你就一切都明白了。母亲把孩子一个人撇下，跑出去找，去找……”阿尼西娅顿住了。金娜跑出去找的人可是孩子的亲生父亲啊！……看看吧，魔鬼把她这个伤心的老太婆带到什么境地了！……“老妖婆，你想说什么？想说我是荡妇，是吧？你说啊，说出来啊！”“我为啥要说？那可是你自己说出来的。我可是还知道一点廉耻呢：已经羞臊到极点了！”

金娜抓起电话：“喂，喂，警察局吗！？快点让瓦夏过来……”接下来的话已经不是对着话筒，而是对着阿尼西娅说了：我，在上班！不允许外人出现在这里！我尊敬你，却挨了你的骂。看你骨瘦如柴的样儿，你个老东西……敢侮辱我？金娜把话筒摔在托柄上。这时候，小窗口里出现了一张脸，却是一张女人的脸。阿尼西娅突然站了起来，自己都感觉有点突然，她把凳子放回桌子底下，大方得体地走了出去，最后对着半开的门说了这么几句话：“你是什么样的人，就还过什么样的生活吧。希望你活得长长久久！把安德烈卡养大成人，祝你好运！”这时金娜不单单是冲着阿尼西娅的后背扬声咒骂，她还把那本书扔了过去，正好打在阿尼西娅的肩膀上，她没感觉到痛。

正所谓，来也来过了，谈也谈过了。阿尼西娅现在真的是在发誓：决不来腾达了！你们年轻人凭什么侮辱我，侮辱我这个一把年纪的老人？上帝啊，你去哪里了，你怎么不抬眼看看？难道你没看到，我是怎么被侮辱，是怎么被损伤尊严的吗？

“难道你想不出办法了……”阿尼西娅突然就打住了话头。她可不想招惹不幸。于是，她一边低声祈祷，一边为自己画起了十字。想要别人倒的霉，会反过来成为自己的灾祸。人的不幸还少吗？比如说，儿子遭受到的不幸。儿子马马虎虎地拢起了一个家，刚过上共同的生活，生活就变得乱七八糟，一片混乱与悲伤，就好像它们在那儿等候着他一样。

阿尼西娅从腾达回来后，上帝恩赐给她的那个晚上可是一个多么美好的夜晚！……和金娜见面的事儿她瞒着儿子，一切、一切都瞒着，一个字都没说。她说她去了一趟奥利乔伊，去找朋友梅拉尼娅了……母子俩坐在那儿一起聊天，聊去年冬天的严寒天气，聊那些发生在他们工务段的火车事故——他们这段铁路在所有工务段中是最危险的：地下水上涌，使得路基一次又一次地凸起，弄弯了，也毁坏了低处的铁轨；聊庄稼歉收、聊雷电交加时的倾盆大雨，还聊到战争和其他一些灾难。他们回忆起小母牛玛尔塔：它小心翼翼地把米沙顶起，顶在犄角上，再把他扔过栅栏，扔到邻居家的菜园子里——喜欢牴人的玛尔塔就是这样的。它很聪明：用犄角牴米沙，但不伤害他。阿尼西娅一时冲动，用这头小母牛换了一大桶酸白菜、一袋麦子，还有一些别的吃的(那个时候几乎就没有人有钱)。母子俩就这样聊着，两个人都尽量避开那些让人难过的话题。当阿尼西娅暗示着探询儿子是否会和金娜再好起来的时候，他一再摆手："咱们还是别……我还没打算离开……让我再寻思寻思。"

母亲同意了，她没和儿子继续谈论这个话题，但心中的疑惑却没有散去。"我的儿子，你不幸福。即使和上帝创造的另一半一下子切断联系，你也不会幸福。"阿尼西娅想道。好极了，儿子没有喝酒，既没有讨要，也没有强求。这让母亲高兴的是，她做的所有吃食儿子都吃得津津有味。米沙特别喜欢土豆炖鸡块那道菜。杀掉小母鸡做菜很可惜，但为了亲儿子，你还有什么舍不得的呢？

在所有那些至今仍难以忘怀的日子里，特别是在那些日子里的每一个晚上，米沙是那样有礼貌，那样亲切，那样殷勤！阿尼西娅越来越清晰地在他身上辨认出那个曾经的既随和又听话的小男孩，那个少年，那个青年的模样，而命运把金娜这个荡妇偷偷地塞过来了——好像命运在嘲笑她，在嘲笑他们——她的儿子始终都是那个样子。“在割草期内结婚的人都是懒汉和淫荡的人。”阿尼西娅还是小孩子的时候就听父亲说过这句话，她记住了，而生活就一定要向她证实：这句话是对的。的确如此。

“儿子，你变老了！我看，也变瘦了。”阿尼西娅在心里想道，可是，她没有勇气大声说出来。她至今还为此生自己的气。母子俩一起聊天的感觉多么好啊！时间飞逝，很快就要到半夜了；儿子在家里和她形影不离地一起生活已经是第三个月了，可是，对于那件主要的事，两个人都保持着缄默。在夏季的这些天里，他们可是做完了多少事！很重要的一件事就是，他们储备好了木柴，已经锯好，劈开，垛好了垛，就堆放在门廊里，距离房门很近：冬天的时候，他打开房门就能拿到烧炉子用的木头，不用去院子里搬来搬去的了。

“这以后的日子你们打算怎么过？”阿尼西娅老是话到嘴边却问不出口。“去和金娜和好吗？”她到底还是问了出来。“你有烟吗？给我拿一包来。”米沙点上烟猛吸了一口，没有作声。他没要酒喝，即使要烟抽，那也很好。看起来似乎他的身体在逐渐恢复健康、在一点一点地改善，变结实了，尽管他此前一天到晚在铁路线上拼命地干活。就这样到深秋了……米沙不止一次和母亲谈论机车上的工作。他喜欢那份工作！“考试我倒是能通过，但是你明白吗：我需要一笔钱。挣的那点工资也就是勉勉强强够吃喝。本来不想向你要的，但一下子唠到这儿了，那我就说了。”“我那钱……你没和金娜离婚吧？”“还没有……借我点钱吧，发工资的时候我就还你。”他的话听起来是那样令人信服，阿尼西娅就相信了。她太希望儿子这样了！她宁愿把儿子看作一个终究会走运的、一切方面都将变得顺顺当当的人。

“那得多少钱？”阿尼西娅胆怯地问道。

“也不多……包括路费在内，所有的花销，你自己也算得出来！总共也就七十卢布左右吧，顶天儿也就一百。”

“一百没有，七十我倒是能找出来……如果你重新回到调车班，在机车上工作那该有多好！”

“对我没信心？”

儿子的话再一次迷惑了母亲，她心中的希望又被点燃了，她希望儿子向好的方面发展，期望儿子能恢复到很久以前的模样。尽管她内心还有一个声音在大喊：“撒谎，全都是谎话！”阿尼西娅对此置若罔闻。“明天走？”“明天。”果然，还没到六点钟，米沙就从床上跳起来了。母亲心里开始犯嘀咕，那另一种声音又在说：这是急着去哪儿呀？去找谁？找哪个女人呢？他一个人多长时间了？年轻力壮的汉子，他需要女人。一到晚上就在那儿翻过来覆过去的，在那儿叹息，遭受着煎熬。

米沙拒绝了母亲为他预备的吃食。“你要是不拿，我不是也得琢磨：把这一小包吃食放到哪里去呢？你穿那件与裤子很相配的套衫，还有线衣，那多合适。”米沙当着母亲的面穿好了衣服，他并不感到难为情，然后，他就站在那里等着。“着急走吗？”“现在就走……要不然就错过机会了。只要考试通过，我工作的事就会圆满解决。我很快就回来，别担心！”儿子倒换着脚站在那里，一副窘迫的样子。“哪怕是喝口水……为什么这一大清早就走？……”“妈，必须这么早。昨天晚上你答应我什么来着？”“拿着吧，钱在这儿，给你。”

阿尼西娅昨天晚上就预感到，第二天早晨儿子会早一些动身，所以，这一预感出现后，她就把钱预备好了。先是把手伸进褥垫子下，从一个小塑料包里抽出一张面值为一百卢布的钞票，然后把小包放到枕头底下。“拿着吧，给你！”母亲重复了一遍，把那张在手里窸窣作响的钞票递了过去。儿子没料到母亲给的不是七十卢布，而是一百，于是把那张一百卢布的票子急急忙忙地抓起来，完全是乞丐在受赠一张大额钞票时才会有的慌忙与仓促的样子。她发现了这一点，但是什么都没有说。有说的必要吗？如果说了，她还会被儿子指责。儿子如果不骂人，那你就看看，看他是多么彬彬有礼吧！他把母亲拉到自己跟前，亲吻她的脸颊，亲吻这边后再亲吻那边……上帝啊！成年人的那种孩子式的殷勤、体贴是多么宝贵！“妈妈，谢谢你！你帮我摆脱了困境，彻底摆脱了。”“好钢用在刀刃上，这一百块钱攒得值。”“这句常言说得好！”儿子亲昵、和善地笑了笑，随即就开心地把那一百卢布藏了起来，藏在了短大衣的内兜里。这件短皮大衣是她父亲穿过的，自国内战争时期开始他就穿着它。阿尼西娅把它给了儿子，要不然放在哪里呢？她穿棉袄就可以了，还有一件厚呢大衣呢。“你怎么把夹克衫带上了？”“以防万一……哎，我要出发啦！”“走吧，走吧……你别再狂喝滥饮了！”“妈妈，你说什么呢？在机车上是不能喝酒的。在那里得忙个不停……哎，再见！”米沙急匆匆地走出房门，走出庭院，顺着街道快步走去。白天的时候，地上的积雪会融化一部分；米沙脚步匆匆，在他那两只长筒靴的踩踏下，已经有些融化的积雪发出短促的吱吱声。

阿尼西娅立刻就睡着了，就像昏迷了一样。但她很快就满怀期望地坐起来，她希望儿子赶快恢复正常生活：让一切都恢复正常吧，愿上帝保佑他！儿子会悔悟的。不会再常常贪杯酗酒，他会像一个正常人那样，重新开始工作，重新开始生活。没有劳动就没有人，而他现在还是一只甲虫，是一只蜻蜓。他失去了别人对他的尊重，失去了妻子的爱，他伤害了孩子。可是，对于母亲来说，即使儿子是一个最不可救药的酒鬼，他也是她的骨肉至亲，她有责任帮助他走出困境，帮助他重新回到上帝的世界中。愿上帝保佑，他女人也会有的。也许金娜会醒悟过来？但是，如果儿子不原谅她，还是聚不到一处的。即使凑在一起了，也避免不了指责和埋怨，那就又会有一通吵架、争执和拌嘴。唉，难道这是过日子吗？

是的，是的，儿子的一切都会走上正轨的。四下看看吧：有多少既漂亮又善良的女人啊！就算找一个年龄大一点的也没关系——只要不是一个脾气暴躁的人就行。必须是个正经的、庄重的人，而最主要的是，得有一颗善良的心，得富有同情心，知道关心人，和丈夫得同心协力，就像她阿尼西娅的母亲那样……不，不能是一个饮酒作乐的女人；得是一个能撑起家过日子的女人！儿子就是太纵容金娜，由着她的性子：说什么让她跟我一起喝吧，总比跟别的男人一起喝好。可是她倒好，来了个里外兼顾，不但和自家男人喝，和别的男人也喝。儿子他就要醒悟过来了，好像是已经醒悟了，但是金娜，她可是任何时候都不会觉悟过来的。

阿尼西娅就这样一边想着，一边做着家务：她把门厅打扫干净了，院子里的小路和鸡窝也都清扫了一遍，她还喂了喂鸡，给鸡上水、放食……可以说，那一段时间她是一个幸福的人。儿子的命运不再那么折磨她了，不再让她惊恐不安：她相信了儿子的话。她在炉子旁转了一会儿，就去挑水，然后，就在院子里和菜园子里东走走西看看，雪已融化的那些地方都被她注意到了……她仍然在思索着，有时就好像心脏完全停止了跳动……儿子，祝你一切如意！工作如意，家庭如意。至关重要的是“一切”都如意！但最最重要的是，绝不能再喝酒啦。变成酒鬼很容易，但返回可就需要智慧和毅力啦。儿子，你终究是挣脱了羁绊，到底上岸了……

这一年的秋天很早就露头了，时而下雨，时而下雪。早就到了起土豆的时候。可是儿子在哪里？所有的考试他都通过了吗？不得不自己挖土豆了。现在不管是谁在路上和她相遇，她都会扭过脸去，就好像是路上有什么东西引起了她的注意；或者是绕道走，再不然就羞愧地返回家门。如果别人忽然打听起她儿子，她该怎么回答呢？人家要是问为什么他不回来帮助母亲干活呢？他可是每年春天和秋天都回来帮忙的啊，可是现在……

真是奇怪，没有一个人在路上停下来向她打听米沙，也没有一个人从栅栏的那一边叫住她问：为什么你一个人在地里刨土豆？儿子在哪儿呢？……于是，她明白了：儿子的情况很不好，一定是又变糟了，大伙都知道这事。只不过是都给她留着情面，都顾惜她那颗疲惫不堪的、可怜的心，那颗心在一刻不停地期待着、盼望着。

……大清早的时候，米沙出现了。天还下着雨。他胡子拉碴，脸没洗，头发也没梳，两只眼睛不安地扫着桌子、碗架子和橱柜。他穿着一件很不合身的褐色夹克衫，衣服已经褪了色，又脏又破，显然是别人扔掉的；裤子在膝盖处打了补丁，被胡乱地塞到人造革做的长筒靴里。他没在院子里打站儿，也没在门廊里停留，长筒靴上粘着的污泥块都没有抖落，就这样径直从街道上迈入了家门。说实话，当他发现从那只磨损的鞋后跟上掉下来一块油渍渍、黑糊糊的碎块时，他“哎哟”叫了一声。

“把它收拾一下，可以吗？……有没有酒？”说完他就在餐桌旁坐下了。阿尼西娅差一点就脱口而出：有，当然有！但是她撒起谎来：没有了，都送人了，送给那些帮我收菜的人了。可实际上母亲的心里却是这样想的：再也不给了，我不会再给你酒喝了。她不会再用酒款待儿子了。到底有没有？没有就是没有，你就是问一千遍，依然没有。听到母亲说没有酒，以及她解释的没有酒的原因，儿子的肩膀立刻就耷拉下来了，人也垂头丧气的，非常沮丧。他无精打采地脱下外套，把它挂到了衣服钩子上。

“妈妈，你在耍花招。我通过考试了！叫我到机车上工作。可是你居然……”

“儿子，真的没有酒！我已经都跟你解释过了。我什么时候拒绝过你？”

似乎是最后这句话让他信服了。既然没有酒，米沙就向母亲要起了水。

“喝吧，那不就是水舀子。我得先出去一下！”阿尼西娅快速地跑出家门，她想让自己冷静冷静。

她不知道儿子之后也出门了，他大步流星地走着，直接穿行在泥泞中，向着车站的方向远去：他的身影在街道上久久地晃动着。

就因为儿子要喝那讨厌的酒，她就心慌意乱、六神无主，阿尼西娅为此深深地责备自己。她真不该从家里跑出来，把他一个人留在家里！上帝啊！你惩罚我和我的儿子究竟是为了什么啊？不管儿子怎么抗争，他的身体和灵魂都是分开的，它们不在一起！我怎么会看好儿子的呢？看起来似乎是好转了，可是现在，竟然是这样！一切都回到了那时的模样。他的这次婚姻可真要命！……她可是多么想念儿子啊！一起吃顿饭吧，一起聊聊天。“他很快就会回来的！”她相信儿子……后来，米沙是被大伙送回来的，先是用车拉，拉到低地那儿，后是人拽，拽进木屋：他自己已经走不了路了。除了喘气米沙什么也做不了。夹克衫已经被他吐脏了，衬衣被擦破了。再看看他的裤子、靴子……我的天哪！阿尼西娅扑过去，把儿子身上的脏衣服该扒的扒掉，该脱的脱掉，一阵阵地连推带叫，终于使儿子恢复了知觉……直到后半夜她才勉强睡去。脑子里杂乱无章，一片混乱，他让阿尼西娅备受折磨，使她不得安宁。明明是工作日，可他……也就是说，他什么工作都没有：既没有在机车上做助理，也没有在铁路线上做检修工。他在撒谎……钱也被他拿走了！他知道，钱放在什么地方，于是就无耻地从那只圆形的柞木匣子里——那是李方送她的礼物——把钱拿出来了。匣子里放着她一个月的退休金。不到十卢布。

我把他一个人留在家里！甚至没有任何不祥的预感。上帝啊！我变得这么冷漠无情……我可是太丢人了：人们看到了，也都低声地谈论过了。其实，他们什么都知道，可我却以为……

伊万·博布罗夫，阿尼西娅的邻居，米沙的同学，现在已经是火车司机了，他把米沙拖拽进屋子以后，说道：

“这小子，太沉了！他可是饿好几天了。就在工人生活用品供应处那儿站着，站在那儿要小钱。他说，他自己也不知道自己在干吗。就是想喝酒，没别的。我扇了他一个嘴巴子：我哪有钱？你瞧，我……我工资不低，可是兜里买瓶酒的钱都不够，真的！只有老婆慷慨解囊了，我才喝酒。那时我心里就既自豪又满意：老婆请客了！可是，我要是私下里自己买酒，那绝对不行！她会把我赶出家门。真的！……考试他倒是通过了，这是真的。可他好了没多长时间。他纵酒作乐已经一个月了。”

阿尼西娅紧接着问：“在供应处那儿许多人都看见他了？”

“去商店的人都看见啦……后来他在水沟里东倒西歪的，在栅栏附近一下子就睡着了。这根本就不是秘密！……她吧，咱们想点啥办法管管他。他也不是彻底的就无可救药了：真的，不能把他扔在危难中！你知道该怎么做：再把他管到自己身边吧。让他在老家住一段时间：你看着他，他会康复的。我将和他一起在机车上工作！他在我那儿能坚持一下。你也得帮帮忙：接收他吧！”

再一次……在老家——接二连三地。

……米沙状态完好地去上班了……就像以前一样，没沾一滴酒……但她还是有一种经常性的担心：他会突然失去自制力吗？会不会忽然就不回来了？啊，他回来了。还不是一个人回来的……两个人在门廊里来回转，同时，还在用笤帚敲打着毡靴上粘着的雪。阿尼西娅点亮了煤油灯。这第二个人是谁呢？……

第十三章

梅拉尼娅家的房子——看，那就是……上帝啊！春天的时候只不过是打下了灰不溜秋的十字形地基，地基的周围还都用木板挡着；而现在，在那座快要倒塌的老旧的木屋旁赫然矗立着一座白色的、砖砌的独家住宅。女主人最好是活着，没有生病，也没有卧床。当时的那是怎么样的一次交谈啊，可真是让人难忘！阿尼西娅多么想念她的老朋友啊！梅拉尼娅的儿子、孙子、儿媳妇最好和过去一样，最好是一切依旧。梅拉尼娅的全部工作就是照顾孙子。我的老天爷！他可是十七岁了，已经是成年人了。老朋友做事一直都按部就班、有板有眼的，和她可不一样，阿尼西娅对此很满意。没有买礼物，她就啪嗒啪嗒地走来了……真是不应该，老是在自家的小木屋里待着，外面的情况什么都不知道了；哪怕是听朋友说点什么，了解了解人们是怎么生活的也好。

面前是一扇堂皇的金属门，门框是用那种经过处理的烘焦木做的，阿尼西娅敲了敲门。没有人应声。她扫视了一下院子，还有菜园子，也都没有人。终于有人走过来了，她听到了门里边传过来的沙沙的脚步声。

“谁啊?”

她想让老朋友着急一下,于是就没有马上作声……哈哈,她来啦。还活着呢!

“是我……天哪！你认不出我来啦?”

“那还用说,当然能认出来……认不出来,我就不会给你开门了。必须认出你——这可是道非常严厉的命令！腿脚不行啰,有毛病了,好不容易才走过来。喂,我可是把门给你开开了……我亲爱的哟!”

阿尼西娅进了门……在门槛那儿两个人就热烈地亲吻了几下,都激动得留下了泪水。温柔、亲切的友情使得她们激动起来,两个人的面颊都呈现出绯红色。

“哎,进来进来!”梅拉尼娅指了指厨房。在那里,挨着桌子摆放了一张半圆形的皮面沙发,非常柔软。还有两台冰箱,几把半软椅,有靠背的那种,一只凳子都没有。非常干净、整齐。这才叫厨房呢!

“坐一会儿吧……一起喝点茶。咱们,应该,来得及……想必是饿坏了吧?”梅拉尼娅端上来一只小盘子,上面是切好了的奶酪和香肠,一片一片的,都挺厚。她又往一只水晶玻璃的小高脚果盘里倒了一些价格比较昂贵的糖果,还有饼干、蜜饼……可是,阿尼西娅却想喝红菜汤,想吃面包。

两个人就这样吃着,喝着,一边吃喝一边闲聊。她们喝的是中国绿茶,用的是上面带有中国彩绘的小茶杯。茶杯非常精美,轻敲能发出清脆的响声。

“尼先卡[①],往桌子这边靠一点,要不然点心渣子就都掉地上

① 阿尼西娅的昵称。

啦……儿媳妇那双眼睛总是盯着地上的碎屑。一个劲地往桌子底下看：看蟑螂还有没有，是不是在四处跑动呢。怕蟑螂怕得要命！你自个也知道，咱们当年，可是和蟑螂一起长大的：咱也没被蟑螂吃了，啥传染病也没和咱们搭上边！”……梅拉尼娅喝了一口茶水，在那儿继续发挥着自己的见解：“你咋还待在你的乌利亚基尔呢？儿子的坟墓就在旁边，你的心不就会被折磨得疲惫不堪吗？你这都多长时间没来看望看望我了？可是有半年啦！看样子，金子已经攒不少了吧？是不是抓到幸运的秘诀啦？认识你的人可都在闲扯，都在那儿起哄呢。你还记得，人们淘洗金沙，在洗沙盆子里洗来洗去来回搓吗？那个时候，不管是女人还是孩子，只要愿意，谁都可以淘金去。大伙儿洗沙的地方叫作‘维鲁奇卡’[1]，还真是那个‘维鲁奇卡’搭救了我们。它就在铁路线的那一边，在工人集体宿舍的那边，距离铁路的低处不到一公里。”

“唉，梅拉尼娅……我在乌利亚基尔住了那么久，对我来说，它比金子都珍贵。就让人们唠叨吧，怎么胡扯都行。”

“哈哈！……被人听到了，就会有人相信，他们会去找你，还会把你杀死！一直待在那儿，你是不知道，人们现在都退化到什么地步了。那些年轻人，就像野兽一样袭击过路的，不管三七二十一，拎着刀子就扑上来。傍晚的时候咱们这儿已经没人出来散步了，就在灯下读读写写了。在咱们那个时候，一有个节日什么的邮局都灯火通明，直到天亮。可是现在……一个露面的都没有：都害怕啊。光天化日之下抢劫、杀人。要是遇到那些打牌输得精光的人，那可就完蛋了！……唉，说也是白说。此时此刻你可能会想，要是不听不看，不受这些烂事折磨就好了。我是年老多病，不行了，自个害怕，还吓唬你……一晚上都

---

① 维鲁奇卡：俄语词的汉语音译，意为“拯救、搭救”。

没睡，睡不着……小姑娘变成老太婆，老了。可大伙就是不吭声，也不互相转告转告……哼，哼，看他们以后怎么办！”

随后梅拉尼娅把好朋友从厨房领到了边上的一个房间，那是她的卧室。

“坐啊，沙发上坐。我平时就在这边睡。干吗站着？可软和了……”梅拉尼娅转过身子，她那意思是说：看看吧，欣赏欣赏，看我现在过得怎么样。深棕色的沙发，又低又宽，宽到人坐下后都倚不到靠背儿上；三把椅子，其中一把是那种曲腿儿、旧式的，另外两把是黑色的、抛光面的；墙上没有任何修饰，地板上铺着长条地毯，是绿色的硬毛地毯。房间里只是仓促地摆满了家具，还没有彻底装饰好。

最大的房间是客厅，更加富丽堂皇：一张圆桌子，很大很大的那种，上面铺着带图案的、白底色的日式桌布；在圆桌的正上方，悬挂着一盏缀满子弹形水晶珠子的枝形吊灯。三把皮圈椅，内瓤全都鼓鼓囊囊的。站在窗前，向外看，视野非常开阔，可以看到山崖那儿河流的转弯处；站在另一扇窗前，可以看到火车站、水塔、横跨狭窄河谷的“魔鬼桥”，还有电站。太漂亮了……

“哎，那你过得怎么样？身体还硬朗吧？”阿尼西娅问道。

“你不是看到了，腿脚不行啦……上帝保佑，我还是像现在所有人这样活着。”阿尼西娅明白了：不是这样，不是这样的！梅拉尼娅不敢正视她的眼睛，她的目光躲躲闪闪的。

“你的房子可真新，是砖房呢！”阿尼西娅说出了自己的想法，话中没有一丝一毫妒忌的成分。

“可是我呢？几乎就走不了道儿了……耳朵也不好使啦。刚才在窗户里看到你了。恨不得马上给你开门儿。谢天谢地，在冬天之前把家搬过来了。你说说，还不错吧？儿子把屋子采暖的问题也办好了。

一群人干活儿，非常快。嗯，喝了一顿酒……”

“还不错……”

“你走来的吗？”

“嗯……谁能送我来啊？也没有通我们那儿的大道呀，过去没有，现在也没有。我又不喜欢坐火车。”

“哎哟，你好像是铁打的，一点不服老。夏天里满是青草绿叶的时候你就把劲儿都备足了。”

“哪有！人一老浑身都是病，哪儿都疼，处处是糟心的事……费劲地走来，就为那点退休金。人家说‘没有！’那就让它攒着吧……我这次过来还有别的事儿。”阿尼西娅忍不住笑了笑。

梅拉尼娅激动起来，似乎是本能地嗅到了好朋友的秘密，她昂起头：

“找谁啊，为谁来的？快说说，别折磨我啦……”

“与其说……你这不是搬到新房子里住了吗。是不是感觉舒服多了？我想……”

梅拉尼娅把眼睛瞪得圆圆的，听到好朋友的这句话后，她轻轻地画了一个十字。阿尼西娅有什么秘密呢？

“人都是和人说话，可我却日复一日地跟公鸡、母鸡，跟那些花草树木说话。在外人看来，我就是个神经错乱的疯子！一到晚上，简直难受死了……始终都是我一个人，一个人。烦透啦！我这脑袋里啥念头没想过啊……可真想请求，把我归拢到养老院去，哪怕是生活在人堆儿里也好。你和家人住一块儿，不是一个人生活。你不会有我这样的想法……”

“谁没有啊？我不也得生活吗？”

“你家的房子可真好啊！……地方足够大，够所有人用。这房子可以住它万万年,可是给咱们剩下的年头却不多啦。”

“不多了,不多了……这其实是儿子给他自己盖的房子。年轻人关心咱们吗?自打叶利钦上台,混乱就开始了,享用自由吧,人家说了,可以像享用面包那样享用自由,所以啊,我就看不着儿子了。他拼命干活,没日没夜地干,根本就不休息。尽管,这房子……可是我,需要吗?”梅拉尼娅将头转向一边,沉默了下来。

“管你需要还是不需要,可……”阿尼西娅也沉默下来。她几乎就忍不住了,恨不得要倾吐实情,向好朋友和盘托出自己的秘密:我也要搬家啦,走运的不是你一个!

“你说说,咱们两个一起奔波,在一个旮旯里长大,一起生孩子,可是现在,我和你过的这是什么日子?上帝的惩罚。但是为了什么惩罚啊?咱没害过人,也没害过牲畜,就是一只蚊子,咱们还怜惜怜惜呢!一丁点坏事都没做过。”

“梅拉尼娅,我可没感到委屈!也许我只是感到烦闷寂寞……但即便如此,也不该心怀怨恨,不该怨天尤人。上帝发现了……他恩赐了一样的东西!”

“发现谁了?还恩赐了什么?看样子,你这是打算硬拉几个涉世未深的毛孩子去火车站那儿?早就应该去了。那里的住房都是免费的。哎哟,你在铁路上可是干了多少重活!”

“去什么车站啊!你看到邮局后面小山冈上的那座新房子了吗?”

“嗯……那里是有一处单独的院落,圈上了围墙。是老板的办事处。建好有一年了。别折磨我了,你快说说吧。”

于是阿尼西娅就把事情的经过向老朋友讲述了起来……她这幸福是从天上掉下来的,甚至都不能令朋友相信。梅拉尼娅有点发慌……

“成为人物了!”梅拉尼娅嫉妒地拉着长声,就像是在唱歌一样。“难道是你违反禁令生的那个儿子，他成老板了？啊呀，你飞黄腾达啦！”

“就是他。他到我那儿做客，塞给我一沓钱，可是我没要。”

“你儿子他发财了。要知道，那可是一个受过苦的民族。他们地少人多。过去有许多人来到了咱们这边。毛孩子们经常戏弄他们：伙家，伙家，要盐吗？可那些勤快人……地里还全都是雪呢，勤劳能干的中国人就拉着洋葱上了集市，一边走一边叫卖：‘洋葱，谁买洋葱？’而如今他们不仅种地，同时还做生意，做得风生水起……这可真是新闻！”眼红的梅拉尼娅摇晃着脑袋说道。“我还记得，李方把孩子带回国，带回到孩子的奶奶那儿以后，你可是经受了怎样的煎熬，就像疯子一样游荡……此前你的肚子大起来了，咱们是怎样把它掩藏起来的，啊……哈，哈！”梅拉尼娅忽然大笑起来。她知道好朋友的所有秘密。她们之间可是交谈过多少秘密啊。不过，阿尼西娅的亲儿子成为了奥利乔伊的大老板这件事儿她可是刚刚知道。这个消息令她大为惊愕，以至于她说话都有点前后矛盾，说话的线索也混乱不清了：

“你总是遮遮掩掩的！”梅拉尼娅撇了撇发紫的嘴唇，说道。

“不是我遮遮掩掩：是害怕进监狱。村苏维埃监视着我的一举一动。警卫都安排了，在那儿隐藏着，准备抓现行。可是，我亲爱的李方努什卡，却一次都没有被捉到过！我也害怕在村里遭到羞辱。与其说危险来自人们能看到什么或发现什么，还不如说来自他们会去添油加醋地告密。你还给我出了个主意，让我假装嫁给金日克伊，你还记得那个巡道工吗？”

“记得，记得……我当时还成了媒婆。全村人都嘲笑你，笑得发颤：这样的美人怎么就嫁了一个那么寒碜的人！的确，金日克伊不好看，但是对于咱们来说，要的就是这个效果！哎哟哟，可真是冒险，太大胆了……年轻啊，什么都不怕！”

“我一点都不喜欢金日克伊，可你散布坏话：金日克伊他，他把阿尼西娅的肚子搞大了！傍晚的时候我招呼他来家里喝点茶水；人们看见了，也都听见了：我家里来了夜客。可实际上，夜幕降临后，我就把他赶出家门了：你想干啥？你不尊重尊重孩子们？……他是一个很听话、很温顺的人，趁着夜色就跑出门了。他时常嘀咕：你快产崽儿了，咱们就要下犊了……我和他没上过一次床，一次都没有！在我面前他没有显现出男人样，这也正合我意……我也就不知道有什么危险了。”

“和不称心如意的人上什么床？如果是和心上人在一起，灌木丛里也能留宿……可是，为什么我不了解自己的儿子了？这种事怎么会发生在他身上？就像在做梦！

“我现在对儿子也不了解，要是他没有找到我，也没出现就好了。他倒是把自己这么多年来的生活过往都详细地讲给我听了。金子是从哪里得到的，他也向我坦承过……李方为举办我们的婚礼竭力地淘金，把金子都储藏起来了。李卫找到的就是这些金子。”

“如果他没找到你，即便是母子相遇，你还能把他认出来吗？你儿子要是长得全都像你，他就是个美男子。他可真幸运啊！等来年他到奥利乔伊这儿走马上任的时候，我就能看见他了！我这日子过得……越过越像个笨蛋，啥都不知道了。你也不来看看我……你这个富婆！”

“我原本能来……可我担心把幸运给惊飞了。那现在怎么就能来奥利乔伊了？我得相看相看房子啊。退休金没领到，那我就看看新房子吧。我得走了……”

“嗯，走吧，走吧！”梅拉尼娅看了一下窗外：她在等候什么人。她也有阿尼西娅不知道的新鲜事儿。这时梅拉尼娅一点也不隐藏自己的气愤，恨恨地说道：

“是的……就是他把我们的小树林给毁掉了！盖房子用的那些松

木……他不在房子里住：过来一趟，马上就离开，油水儿在兜里呢。用得着他做啥？手下人就把活儿干完了，该怎么干就怎么干。我儿子没有手下人，他自己忙活。我在家里很不开心，没什么值得羡慕、嫉妒的……不，儿子不抢劫、不勒索；也没摆个货摊、经营个柜台啥的，不干那么多繁重的体力活儿。我就不知道，他这个样子是用什么办法把钱赚来的：轻轻松松地就把钱挣来了，就好像那钱是自己送上门的……以前我教会了他做线路领工员的活儿，可是他干上这份工作后没多久，却把它扔下不管了，人家振振有词：'我自由了，妈妈，我想做什么就做什么！我忙自己的事快要累死了！'我觉得：社会的这种混乱让我厌烦极了。可又能怎么办呢？难道你有本事制止？"梅拉尼娅一边说话，一边卷着头发，把自己那一头蓬松浓密、银白色的、因为没有梳理而显得凌乱的头发卷成了团儿。"制止不了！我原来的、更早时候的小木屋，和你的那幢一样……我自己一个人在那里住，要比在这个鬼镇子上住好多了！在这里睡不好觉，也捞不着清静。白天如此，晚上也一个样，而且，到处都是灰尘、噪音，一片恶臭。你那儿多宁静宜人啊！唉，真想住得和你近一点，咱们还能凑到一块儿，一起聊聊天。到了这把年纪，一点力气都没有的时候，还能干啥呢？可是，我们的生活不是我们自己能决定的，人家替我们管理着，替我们掌控着呢。唉，命运怎么能这样？难道我就得准备好，就这样战战兢兢、服服帖帖，就这么卑躬屈膝地过一辈子？"

"我做梦都没有想到过……丝毫没有，但是上帝发现了……"阿尼西娅一边想着自己的心事，一边随口答道。

"那你开心吗？上帝保佑你……嗯，你很快就搬过来了。你看啊，我住在豪宅里，在大伙看来，似乎是这样：这个老太太还想干什么呢？她还有什么烦恼啊？不用操心猪，也不用操心牛，像庄园一样的菜园子也有人拾掇……没人欺负，也没人斥骂！跟儿媳妇相处得很融洽。但是我告诉你，还是一个人过更好。清净、安宁，那简直是上帝的恩赐啊！你要是问我，有没有哪个家人关注一下我的内心，或了解一下我的心情，有没有哪个家人听听我心里的哭号，听听我内心的呻吟，我告诉你：一个都没有！用得着我的时候，才需要我。我们的心没有聚到一处。难道这很公平，该当如此？不！……”

“梅拉尼娅，这日子始终都一个人过，会让人难受……如果李方还活着的话，他肯定会打听……他会高兴的。我搬到这里后，咱们聊个够。”

梅拉尼娅却在想：你的儿子成了镇上的大老板，作为好朋友，你和我一起生活了一辈子，却遮遮掩掩，不先和我说个痛快——我梅拉尼娅不喜欢这样。她沉默着又一次凑到窗前，向外探望。

一辆崭新的日本丰田车缓缓地驶进了院子，几乎没一点声响。看到车子进院，梅拉尼娅紧张起来。从车上下来一名男子，中等个，身材瘦削，穿了一件破旧的绿色夹克衫。他掀开后备箱的盖儿，随手掏出两只大肚子的空塑料桶，然后就把它们拿进了旧木屋。

“哎呀，我又得受他责备啦！”梅拉尼娅哎哟哎哟地叫起来，她麻利地站起身。“他不让我开门放别人进来，可我就是不听。可能，也没啥大不了，是不是？他认识你……你说，我在这种情况下心情能好吗？”她冲着紧随她起身的阿尼西娅问道。“好吧，你就搬到这边来过新生活吧。咱们使劲地聊，上帝会让咱们聊个够。”

……末了，已经走出门外了，梅拉尼娅低声说道：

“他把酒分运到各个小商铺。通常就用这些塑料桶。”梅拉尼娅说这句话时紧紧地皱着眉头。

“用这些大油桶？”阿尼西娅吃惊地叫起来。好朋友点了点头：

“就是这种玩意儿。人们都在不择手段地追名逐利，他们会追到哪里去，我就说不上来了！……你不见那些原木被专门的运木车一车一车地……”

两个人匆匆忙忙地告别了。

阿尼西娅一边走一边想，梅拉尼娅现在一定正被她儿子数落呢，儿子责备她把好朋友放进了家门，她会一声不吭地忍着——犯错了啊。既然已经说了不让外人进，那自然也就没什么可辩解的。现在这是怎么了，两个老太太说说话、聊聊天都不可以了吗？如果人老了，那生命就结束了？她要是知道这一点，就不会去找梅拉尼娅，就不会往老朋友跟前靠了。但如果她每一天都是宝贵的，每一天都要计算计算怎么过，那她怎么能不去呢？谢天谢地，梅拉尼娅还活着。要是……那她就看不到了。但怎么就没考虑到这一点呢：又不是梅拉尼娅的儿子他一个人这样！

年轻人不会顾及老人的感受。他们以为，只有他们才活着呢，而你们，已经活到头了，就放弃自己的交际圈子吧。他们不懂，老人也还有自己的一些愿望和希望，年轻人理解不了这个。“你想干什么，老太婆，你还需要啥？”他们不会，或者说是不想好好地对待老人。也没人教诲他们……他们不信上帝。

好朋友的生活也过得并不愉快。她很痛心：瞥她一眼的人都没有。年轻人的心是那样冷漠，那样麻木。梅拉尼娅的生活是变富裕了，可是，正如阿尼西娅所理解，她不需要物质方面太多的财富，她甚至准备像阿尼西娅在乌利亚基尔那样，独自生活……上帝啊！人还需要什么呢？当他吃饱喝足了，他问：我幸福吗？好像永远都不会幸福。你看，与儿子、孙子、儿媳妇住在同一所房子里，他们在一起闲聊，而且每个人都有自己的事情，而你，你这个老太婆却没有。在人家用不着你的时候，你是不被需要的……把门关好，你就在屋子里待着，别出门，别招呼邻居过来，也别跟邻居说话……

老妇人就这样一边走一边思索，渐渐地、一步一步地走近了儿子的房子。她带着好感打量着这些新房子。不，和挨着梅拉尼娅家的那些住着人的房子不一样。

而她，阿尼西娅，她能要求儿子什么呢？请求他同情或是怜悯？她是生了他，但是却很少抱过他，没给他唱过几首童谣，也没在他睡觉前讲过几个故事。她对不起儿子。可是，她是否有罪呢？他们有这样的风俗：无论孩子在哪里出生，亲属们一定要看到他，而且一定要把孩子接到自己家里住……所以这么多年来，儿子李卫一直生活在那边，生活在另一个国家，他是由另一位女人抚养大的。他要是能跑回来就好啦，但边境线挡在那儿。边境线被守卫着。在《莫斯科—北京》① 这首歌出现的前夕，两个国家成为友好国家——欢迎你们来做客！当时李卫尚在襁褓中，他无法来做客。后来两个国家敌视了许多年，待到儿子来到俄罗斯，已经开始唱别的歌了……重归于好，再叙友谊。阿尼西娅很高兴：因为阿卫找到了她，她此时此刻正去儿子家做客。做客？不，是永远地待在那儿：我是他母亲。不会把我赶走……

还在远处的时候，阿尼西娅就看见了儿子的那幢房子：两层楼房，周围是高高的、密密实实的无缝栅栏。在夕阳的照耀下，铁皮房顶泛着光，鲜红鲜红的。一条白砖镶边的沙土路径直通向院门口。真不错，房子不是很大，是用木头造的。对阿尼西娅来说，豪宅有什么用呢？她喜欢的房子，大概不能像别的房子那样是用砖和混凝土盖出来

---

① 《莫斯科—北京》创作于1950年。在20世纪50年代，凡有中苏人民的友好交往活动，几乎必唱这首歌。该歌曲获1951年斯大林文艺奖二等奖。曲作者穆拉杰里，是苏联人民艺术家，格鲁吉亚人。

的。住在木房子里，呼吸都会更轻松些，而且木房子里一点也不潮湿，非常暖和。

阿尼西娅敲门敲了很长时间。院门是那种铁门，又重又大，以至于敲门声都被削弱了。她用拳头捶……家里一个人没有？哦，有人走过来了，她又敲了几下。啊哈，正往外走呢……

笨重的铁门闩哐啷啷地响了几下，声音很是低沉，丝毫不给人以热情的感觉。紧接着走出来一个男人。他刚一出来，背后的门马上就砰的一声合上了。这是一位看门人。他认出了阿尼西娅，她也认识他。两个人微笑着点头致意，他向她鞠躬，并做了一个请进的手势。他麻利地转动了一下粗大的门把手，那是一个金色的、尖嘴薄舌的龙头形状的门把手。

走进院子后，阿尼西娅就明白了：她来相看房子有点过于着急了。还得再等等，一个月后吧。整个院子都被拖拉机的履带碾压得乱糟糟的。所有东西都胡堆乱放，横七竖八的，毫无章法。菜畦啊、灌木啊，都还没有踪影。澡堂的位置有点远，在边上。有一个小棚子！从一边看，只能看到棚顶……木屋的窗户都已经装上了，还带着花饰。

房子里只有伙房和旁边的一间又窄又长的房间收拾妥当了，其他房间的天花板还都脏兮兮的。四周的墙壁被覆墙板包得严严实实，散发着油漆和树脂的气味……不像在居家过日子的宅子里，更像是在接待客人的办公室、会客室中……这些桌椅板凳可不是供人家常使用的，而是为置办盛宴、谈天论地准备的……阿尼西娅发现壁炉后，在心里得出了这样的结论。她又返回伙房。那里的瑞典式炉子还没有冷却下来，散发着阵阵热气。

可是，她的家具呢？她的橱子、抽屉柜，还有那张桌子，都到哪儿去了？老太太困惑不解地摊开两手，看着看门人。看门人眼睛都没眨一下，干脆地回答道：

“太破了……应该用好的！”他飞快地扫了阿尼西娅一眼，那眼神就像是一条鞭子，把人抽打得火辣辣的痛。他意思是说，那都是些破烂玩意儿，可不是家具。

“你叫什么名字来着？我忘了。”老太太问了这么一句，以此来回应守门人蔑视的目光。

“戈沙，”看门人不太情愿地从嘴里挤出这么一个词儿，很是勉强，“老板很快就回来了，很快……”说完这句话以后，他就把身子彻底地转过去了……

她从看门人的口中再也没打听到什么。

一起喝茶消磨时间的人都没有：看门人已经把饭提前吃完了，断然拒绝了与她共进晚餐。他往桌子上简单地摆放了一些吃的喝的，然后就匆匆忙忙到院子里去了。

已经准备睡觉了，老太太无意中想道：“要知道，我可是头脑简单、老实巴交的人，难道我儿子会是糊弄人的人？”想到这里，阿尼西娅非常害怕，她被自己的想法吓呆了，“不不，他不是这种人。他像我，他是我的儿子！……”

第十四章

走了一整天的路，阿尼西娅很是疲乏，而且，这一路上的所见所闻、所思所想也同样让她疲惫不堪。但是她怎么也无法合上眼，无法睡着！已经凌晨两点多了……上帝啊！

阿尼西娅站在窗前：外面漆黑一片，一点儿动静都没有。院门口的门顶灯还亮着，灯光从乳白色的球形灯罩里透射出来，仅仅将门顶灯下的那一小块地方照亮，稍远一点的栅栏就像黑黢黢的石柱子一样戳在那儿，好像直抵天际，仿若是为全世界建起了堡垒。稀疏的星星点缀在夜空，一闪一闪地眨着眼，好像是在簌簌作响。相较于宅门口那些刷刷急行的小汽车，以及时不时轰隆隆地驶过的货运列车，夜空中的星星更能让阿尼西娅有感觉，仿佛听得更清它们的声音。

戈沙在伙房里静静地睡着，鼾声断断续续，非常轻微……

天地万物都在梦乡里沉睡……上帝啊！只有一个人……只有她还在思索！

松木栅栏高高地耸立在那儿，所谓的“栅栏板条”干脆就是一根根对开原木——把一根原木从中间劈成两半，原木上方都用漆过颜色的铁皮包着。这高高耸立的栅栏把阿尼西娅和她曾经踏足过的整个世界隔离开来，也把她和她详细观察到的、思索过的一切分隔开来。她感觉自己身处深井，在一口木头井里。这是一种预兆，预示着一种分离：她要和她曾经赖以生存的东西分别了，要和她现在仍然依赖的东西分别了。这种感觉使得老妇人非常害怕，把她折磨得心不安、神不宁。究竟得怎么分别？她得怎样分别，怎样舍弃呢？是谁命令她这样做的？分别后，她靠什么生活，依仗什么活着呢？

不，为时尚早……她得等儿子回来，她得和儿子再谈一次。到那个时候……那个时候会发生什么呢？她的那幢简陋的木屋很快就要倒塌了。如果再刮一场像她来这儿之前的头一天夜里刮的风，那棵松树就会彻底地断送她的小木屋。这就意味着……阿尼西娅的心仿佛一下子停止了跳动：这意味着她将要和过去的生活告别了。一切都会结束：白昼会在傍晚的时候消逝，爱情会在淡漠中死亡，时光荏苒，青春终将迟暮。她并不赞同尘世的期限，她笃信的是永生不灭。她很幼稚很天真吗？这是自欺欺人吗？

失眠所导致的身体不适使得阿尼西娅的内心产生了一种莫名的负罪感。因为什么？为了什么？她不可能在任何时候、任何事情上都是有罪的！不可能这样。她想喊叫、挣脱——从这个被栅栏圈围起来的、令人烦闷的狭窄空间里挣脱出去，从这个像文具盒一样的房间里挣脱出去，摆脱那间睡着看门人的伙房。简直是神经过敏！你摆脱不了，也躲避不了做母亲的职责与义务。

可是，儿子需要她履行义务吗？即便是在某一方面需要，难道有什么用吗？她几乎不了解儿子，不知道他是一个什么样的人：无论是生活习惯，还是他的个人性格，都不了解。儿子会需要她这个心境复杂、有着各种各样的心情与感受的母亲吗？她不再是年轻时候的那个她了，她已经成为一个更坏、更凶恶、更无怜悯心的人了。一些极其重要的东西已经从她身上流失了！至于她以前是怎么生活、依靠什么生活的，想这个还有什么意义吗？可内疚感为什么没有消失？是因为现在的这些人、这些事？和我有什么关系？阿尼西娅很为儿子担心：做镇子上的“大老板”，就像这里的人称呼他的那样，容易不容易？人们如何做事将取决于他，也就是说，他会将自己的恶习或毛病强加于别人。你瞧，小树林都被砍光了。“他不知道，他不知道！”阿尼西娅为儿子辩解道。

阿尼西娅也是一名老人，但是，她和别的老人又不完全一样：这么多年来，她积攒下了对生活的额外的理解与感悟，以及她由此而得出的额外的经验教训与结论。

唉，生活……生活就是你摸爬滚打，是你连跑带颠儿，是满身泥泞，是跌跌撞撞，生活就是你这一路留下的累累伤痕，然后是旧伤未愈再添新伤。阿尼西娅并不相信未来的日子会更好，认为它有可能越来越差。这已经不是生活，已经毫无例外地全都成了买卖，这是在用神圣的东西来交换魔鬼的东西；生活成了集贸市场，那里的规则是，“我卖东西——你来买吧”，是“我买东西——我也卖东西”。这就是生活？完全就是一个吵吵嚷嚷的旧货市场。即便是在可怕的噩梦中，她都未曾置身于这样的集市里。光天化日之下杀人行抢。可是，这无所谓，不算什么！人们无动于衷，没有任何人站出来！那以后——会怎么样呢？会变得更好，还是会变得更差？好像后一种很快就要成为现实……太可怕了！

就好像是身体内的什么东西突然断开了，阿尼西娅平生第一次感觉到自己被非常痛、非常痛地推撞了一下。她还没有完全意识到，正是这下推撞让她那颗疲惫不堪的心更加剧烈地跳动起来。她自己了解到、亲眼看到的，以及从老朋友梅拉尼娅那儿听到的，这一切的一切，不但没给她平静，而且促使她坚决地作出了决定：离开这里，离开这处宅院。她得从这个深不见底的井中爬出来……

一个干燥、响晴的天儿，这样的天气常常是在10月开头的那几天里才有。在这个时候，老杨树和白桦树的逐渐枯黄的叶子还在沙沙作响，轻轻飘动的蛛丝闪烁着银色的光芒。天地万物都已经和充盈着灿烂阳光的夏季依依惜别过了，那种离别的悲伤已经平息了。

阿尼西娅踽踽而行，她感受到了秋日清晨的丝丝凉意，她无论如何也不能从悲伤中挣脱出来。在这样一种情绪中开始新的一天，她很不习惯：从没有发生过这样的事！哪怕让自己在床上舒舒服服地躺一会儿也好，又没有什么十万火急的事情等着她。不，大清早就悲伤，没有过这样的事！于是，她为自己占了一卦又一卦：即将发生在她身上的离别，都是在别人身上发生过的事——所有那些活了很大岁数，干得很开心，在田地里转来转去的人都遭受过。不会永远这样！阿尼西娅的心悄悄地建议自己：是时候了，已经到了该……不，为时尚早。她住在乌利亚基尔，她要回到那里去。她将再来一趟，和儿子谈一谈，到那个时候就有一个最终决定了……

天空中的太阳显得不同往常的小，且异常的白，在那里低垂着，一点儿都不让人感觉到它在夏天时那样迅速爬升的意愿，人们感觉不到它照暖大地，照暖江河湖海，照亮森林的兴致和劲头。浅蓝色的天空非常悠远，几乎没有云，只是在火车站的那一边，在东边的天空中飘浮着几朵。可以自由自在、轻松顺畅地呼吸。可是，难以抑制的悲伤、离别的念头、再见的思绪终究还是一阵阵袭来。这些令她忧伤的念头是从哪里来的？是因为什么？是因为凌晨她站在窗前，那一下非常痛、非常痛的推撞？……一丝幸福的、对美好未来期望的微光出现在她的面前，而她却……她怎么了？回家、回乌利亚基尔的念头一遍又一遍地在她的脑海里出现……上帝啊，你救救我吧！

一条宽宽的街道将镇子分开，阿尼西娅心想，这是镇上的主干道。这条宽阔的主干道两边满是售货亭和卖货的小摊床，那里还有一家日用工业品商店，一处长长的、加上了棚盖的市场。老太太非常惊讶，满眼都是瓶瓶罐罐、大小不一的匣子、塑料袋子、纸袋子，简直是铺天盖地。在每一件包装上都有鲜艳夺目的标签或者商标，虽然是用外语写的，但招徕买家的意图非常明显。阿尼西娅走过来走过去，来来回回几趟……不是我们俄罗斯的——满眼都是外国货！

在那处加棚盖的市场的后面，有两排和阿尼西娅一般年纪的老太太，或者是站着，或者是坐在木头箱子上，她们在央求顾客买东西，声音很是忧伤……自家出产的商品都是日常用品和食品——小到成捆儿的干蘑菇！她们把这些自家产的货物拿在手里不时轻轻地挥动。阿尼西娅就像在队列中穿行，她感到尴尬，很难为情，也有些心慌意乱。顾客中的老江湖们在洋洋自得地高谈阔论，他们对轻易到手的战利品很满意。

这一路上还遇到了什么样的人？这些人可是让阿尼西娅大为感叹！他们是一样的装束：夹克衫、牛仔裤、旅游鞋。夹克衫上的细带子左右晃动、扣钩闪光发亮；旅游鞋都是那种圆头厚底的，鞋后跟已经有些磨损，甚至磨薄了；牛仔裤也都穿破了，裤脚和膝盖处破破烂烂的，裤子的屁股部位缀有艳丽的饰边。他们疏远且陌生的目光四处游移，并不看向固定的地方。

当然，还遇到了商人。其中有中国人、朝鲜人，还有很少很少一部分高加索人。“到底是为了啥非得背井离乡地去远方奔波啊？”阿尼西娅心里想道。在顾客被商家们说服来买货的时候，商贩们会柔声细语、彬彬有礼；可是，一旦推销不成，他们就放肆无礼地瞅着你，那眼神儿，简直是要把人狠揍一顿才解恨，他们会从大金牙的牙缝里挤出嘘嘘、呲呲之类的不满的声音。你就等着瞧吧，然后就是不搭理你、冷淡你。这些商贩的表现，完全是主人和东家的作派，而非他乡之客……偶然也能遇到本地人在这里经营，但显然：他们是受雇者，是给别人打工的。外国东家们像对待奴隶一样粗鲁地对待他们……上帝啊！但是那些中国老板——总是像自己人一样——微笑着，仿佛是在和街坊邻居打交道，会很便宜地出售……

有一位“老者”——明显比阿尼西娅年轻很多的男人，个子很矮，穿了一件军用的、带有迷彩花纹的粗呢短大衣，头上是一顶浅色的针织帽儿，脚上还穿着夏天穿的凉鞋；蓬头垢面，胡子拉碴的——他非常突然地向阿尼西娅眨眼示意，咧开嘴儿，很有礼貌地笑了笑，露出了一口健康的白牙。他正在一只倒扣过来的箱子上坐着，时不时地对着瓶子呷一口啤酒。老者动作麻利地把另一只箱子拽到跟前，然后向阿尼西娅比画了一个请坐的手势。他咚咚咚地喝了几大口啤酒，将瓶子摆放在脚边，随即用脏兮兮的巴掌擦了擦嘴，再用国外产的打火机点着一根烟，抽了起来。阿尼西娅停住了脚步……

“大姐，我们的情况很不妙啊！……”“小老头”说道，他就像是在和挚友谈心一样，嗓音低沉浑厚，但是有些嘶哑。他看着阿尼西娅，仿佛是在看自己的邻居。他说着说着，突然间就抱怨起来：“俄罗斯民族要完蛋了。这是进化规律！”他摊开双手，就像是在说，毫无办法，一点法子都没有！“好家伙，突然拥到咱们这儿来多少人啊！从前就没有见过这么多人。大地母亲成了无依无靠的人！成光杆儿了，没有树叶的光秃秃的树条子。那些来的人对‘绿叶’简直是爱得发狂。哎哟哟！”他像要把戏逗笑的艺人那样双手抱头，醉醺醺地摇晃着脑袋。嗯，演员一个……

“可和你有什么关系？把酒戒掉，清醒清醒吧……总这么喝，终究是要挨饿受冻的……”

“如果你愿意的话，我现在就给你几块？”他把手伸进衣兜里，掏出来一张小额的中国纸币给阿尼西娅看。“确切地说，现在用中国人的票子，卢布被代替了。清楚了吗？”

“那你这钱是在哪儿得到的？啊，我明白了，你是偷来的。在林子里抢劫……”

“唉，你的确不是本地的，不是奥利乔伊人。不认识我？……我挣的可是辛苦钱。”他把手又按在了酒瓶子上，补充道：“我把房子租出去了，晚上给人家睡觉用。就是当‘窑子’。没听说过吗？啊，老太太，你难道不知道？一张沙发，三张床……我的名字里有三个伊万：伊万诺夫·伊万·伊万诺维奇，但人只有一个！”他说这些话，就好像是在说一件微不足道的事儿。

“我是从小庄子里过来的。”老太太说道，就好像没听到“小老头”说的那些话。但实际上，阿尼西娅这样说更多的是为了摆脱他的话题，她不想引起对方带有侮辱性的惊讶。

“就是买卖关系……小年轻们饮酒作乐，得给他们提供性服务，照咱们的话来说，就是把‘妓女’摆好，得准备上。住一宿吧，别走。来得及……”

“那你自己住哪儿？”

“当然是住家里，还能住哪儿？白天的时候，那是我的，晚上的时候，那是妓女的！”他含糊不清地嘟囔道。

“这么做能行吗？”

“可是谁禁止呢？大姐，这是自由！……为了自由那可是掉过脑袋的。性革命！宣传画你都没看到过吗？那上面可全都是搔首弄姿的姑娘……”

“小老头”沉默了一会儿，他把剩下的酒都喝光后，将瓶子递给了阿尼西娅。老妇人毫不在意地收下，没露任何声色。她也没坐下，因为“小老头”身上有一股难闻的气味，长时间没洗澡而散发出的那种气味，而且还有别的怪味，呸……

“我不是叫花子，不是。我有钱，可钱是没用的东西，是身外之物！”“小老头”轻快活泼地说道，随即又淫荡地笑了笑。“想带你‘回家’，可你年纪有点大。恨不得马上就动手做点什么。你忘了？我昨天可是在商店的院子里看见你了……怎么，你钱包丢了？还是被偷了？”

不，老妇人不记得是否看到过这个人：哪里顾得上那个。

“要知道，你不是上了年纪的老人。看样子，你是有家室的人！”阿尼西娅责备道，她试图离开。

“小老头”喋喋不休地发表着自己的议论和看法，想把阿尼西娅给留住。他说：这些正经人全都装正经，开开玩笑都不可以；他是百分之百的单身汉，有没有老婆都无所谓。

“我是一个分成两半的人：一半伊万在这里，另一半伊万在那边……”

“怎能这样呢？从来就没听说过……”

他不是一个傻瓜，并不像外表上看起来的那样，他甚至是城府很深的人，很狡猾，让人不由得想和他再说一会儿话。那接下来要说什么呢？

“嘿，你太崇高，太神圣了，简直是纯洁无瑕……电视你看不看？因为它，我们全都变得傻头傻脑的。我们越来越糊涂，越来越蠢！”“小老头”阴险地咧开嘴笑起来。

“电视嘛……我搬来后，傍晚的时候，应该看看。在看门人戈沙住的伙房里，在角落里的那张小桌子上摆放着一台电视。到时候我会瞧一瞧，看一看……”阿尼西娅说。

“我的大姐啊，是这样！……在我家过夜的人在钱财上并不让那些‘女人’抱屈。晚上我让出地方，早上回家的时候，在桌子上会有一小堆儿钱……小年轻们干了些啥，和我没关系。他们在那儿是吃啊、啃啊，还是吭啊、吸啊，随便，怎么都行……然而，这让我备受折磨，极其痛苦：我扪心自问，你干了些什么啊？可是，内心中的另一个我却在悄声嘀咕：买卖就是买卖，不是啥罪过！天上掉馅饼，坐收渔利的事儿不好吗？这就是分成两半的我……我等着呢，看哪一半转变成另一半，看哪一半胜出，到那个时候，我就浑然一体了……变成个好人还是个坏人？我等着呢！……我现在这个样子是暂时的：这是我微不足道、让人瞧不起的那一半。”“小老头”不带任何恶意地大笑起来，他的意思是说，无可奈何，既然无法逃避，那就承认好了。他迟缓了一下，同时也克制了一下自己的情绪，继续说道：“那些幼稚的寻欢作乐的人啥事都能搞出来，他们——当爹作妈……在那儿一个劲地造人！”“小老头”的话让阿尼西娅目瞪口呆，她惊愕得不知所措了。

“造什么？”

“造什么，造什么……造孩子呗——还能造什么？喜欢干活的小年轻们！白天伐木，晚上造人。没问题！……女人们心满意足：生孩子。可是良心在哪里？所以就现钱儿支付。奥利乔伊镇上的丑闻！‘勇士的奇遇’[①]！”

① 小说中俄语原文是 Фанфан-тюльпан，在俄语中，这是青年戏谑语，意思是“男性生殖器”。根据上下文判断，这是指1952年的一部法国电影：法语原名是*Fanfan la Tulipe*，中文译名为《芳芳郁金香》或《花开骑士》或《勇士的奇遇》。

“过去是有这样一部电影。”老太太的脑海中飞快地闪过这个念头。“那又怎样呢？电影里都是法国人。我们可是俄罗斯人。”

“小老头”站了起来，摇了摇脑袋，仿佛是在寻求同情一般。

“大姐，就是这样……我想去喝pijiu，哦，就是啤酒的意思。伏特加就是baijiu。你瞧，一样的词尾，终归一个样！”他招了招手，他的意思是说，你等着吧，我请客……

“牛奶用汉语说，是niunai！”阿尼西娅显摆道，她的意思是，我也懂一些。“馒头用汉语说，是mantou。土豆是tudou。我说汉语也很连贯、很流畅！”她几乎就脱口而出：我能和中国人说上一阵子。

“大姐，你不要改变自己的信仰。学习中国字吧，要不然谁说动他们去信东正教呢？……你在自己的庄子里都发霉了！”“小老头”谈及的“他们”是那些从南边来的成百上千的外地人，而阿尼西娅想到的却是自己的李方，她想起了和李方之间的浓烈的爱情，她的亲爱的人！终于，从“小老头”这儿有新的消息传来，就像是在内部按下了接通按钮后接听到的：“奥利乔伊的当家人，玩得更猛，更剽悍，也更先进。少妇们被领进女澡堂，领到他面前……一个亚当和一群夏娃！不知道吗？你那糊里糊涂的脑袋瓜子怎么什么都不关心？真的，你太圣洁了……”

“不关心。”阿尼西娅机械地回答道，甚至没考虑“小老头”所说的那些话的意思。她仿佛看不到一丝光亮，因为她不知道“小老头”说的纯粹是谣言……看吧，突然出现在她面前的却原来是这样的生活！她曾经为自己的怪念头，为自己的荒唐的想法和行为而痛苦，无论是过去还是现在，她都为此而备受折磨。但是，在某种程度上，一切都没有因此停留，一切都从她身旁过去了。没挂住什么，也没让谁恼怒或是激愤。可是今天，此时此刻，她被刺中要害，一定要坚持住啊！阿尼西娅的脑袋昏昏沉沉，但她的思绪却澎湃跳跃，最好不要打开电视。“小老头”口中的当家人说的竟是她的儿子，儿子，她的阿卫……不，她已经等不到夜幕降临了，什么样的电视她都不需要。看够了，也听够了。没什么可等的，坐火车离开。她已经没力气走回乌利亚基尔了。在奥利乔伊她暂时还没有家：作为自己栖身之地的屋子还没有彻底完工。她想要的住处，哪怕是块与世隔绝的能住的空地也成。要不然，就是个山洞也行：她能探身向外，能随意地走一走，然后再回到里面。得有太阳、森林、菜园、小河、各种小动物或是家畜……得有小老鼠在那里搔抓、咯吱咯吱地发出声响，得有星星在松林上空眨眼，仿佛闪耀的烛光，仿若在低语着喜悦的事：我们都活着！

如果说，在起初的时候，老妇人很是畏惧，她害怕自己拒绝自己，害怕自己拒绝这一整个夏天，以及来奥利乔伊的这一路上，自己欢天喜地憧憬向往的一切（乌利亚基尔的木屋马上就要倒塌了，而这里的房屋是新的），那么现在，当她该回去稍事休息的时候，她却突然不愿再回那个新家了，彻底没那个愿望了。所有房间都是新的，但都空着，让人觉得不自在，凄凉惨淡，一点乐趣都没有。而且，她能干点什么活儿呢？儿子又不在这里。不知什么时候回来……她今天在镇子上来回折腾，东走西看，但明天，后天，后天的后天她干什么呢？……即使儿子回到这儿，也只是短暂地停留，他能在这儿羁留？除了儿子，还有什么人、什么事能牵绊住她呢？没任何人、任何事能这样。“我一定要回自己家！”阿尼西娅最终作出决定，她朝河边走去，她想坐在哗哗滚动的流水旁，让自己平静下来，安心地想一想。为什么要悲伤呢？也就是相看相看房子……

全然是在不久之前，好朋友梅拉尼娅还是那种情况——不去她那儿，还能去哪儿呢？是的，现在看见了吧，她儿子非常严厉……因为自己昨天去做客，梅拉尼娅受到严厉斥责。阿尼西娅非常难过，一直烦恼着：哎哟，她儿子要是没碰上我就好了！居然遇见了……不，去她家的路已经行不通了。那能去哪儿呢？返回乌利亚基尔，回庄上去，然后就听其自然，不必顾虑啦。回到母鸡、菜园子和庭院那儿——回到大地母亲的身旁……

又是一个与昨天一样的阳光明媚的日子。一个招人喜欢的、非常好的秋日！秋风阵阵，那是从江河上游一路欢腾而来的源头风；周遭一片嘈杂，到处都是连续不断的摩托车的突突声，以及汽车的轰隆声，在这种情况下，根本就听不见风声。不时掠过的秋风就这样“悄无声息地”吹拂着水面，在深水区的河面上掀起片片涟漪：那儿灰蒙蒙的，只是短暂地泛起银光；但很快就又恢复为黑黢黢的平静水面，尽显山岩峭壁下那种神秘莫测的幽暗。那深水区引诱了落水人——他们是水中祭品。

镇子上挤满了车，什么牌子的都有，大小不一；胡同里的路被这些车碾轧得坑洼不平，它们径直地穿过那些已经荒芜了的菜园子，紧贴着房子行驶。路上的人也都行色匆匆，有人拎着花花绿绿的手提包，有人拎着黑色的旅行包，有人拎着几乎就要耷拉到地上的、带有图案的塑料袋子，有人拖着塞得满满当当的带小滚轮的行李箱，他们自己都不知道自己要奔向何方。好多人顽强地拖拽着行李，浑身大汗，嘴里不停地骂着“鬼”字——如果走得轻缓、从容一些，你就不会那么痛苦了吧……

那处加上了棚盖的集贸市场就是一座加长版的大号商店，以前在这个位置上曾经是一座体育场；从这里直接往前，一直向下走，就走到了河道的浅水处。当时人们更经常地把这个地方称为渡口、码头，或是道口。起先是因为——往河道的浅水处倾倒了石头，一直铺到河道的三分之一的位置，那里有一座小岛，上面生长着茂密的柳树丛和白桦林。铺下石头的初衷是为了在干旱的夏天，或是在初秋时分，人们既可以踏上小岛，又不会弄湿鞋袜。堆在河道里的石头被松木桩子圈围着，桩围的另一侧就是航行着渡轮的，河水翻滚汹涌、打着水旋儿的深水区。木桩的顶端只是稍稍地露出水面，人们可以踩着桩顶飞奔，还为此给它起了一个“桩道儿”的名字。后来，因为这座小岛，建了一座任何洪水都卷不走的宽阔的桥；此外，还为奥利乔伊修建了一座火车站。以前役马在这儿非常勇敢地将马腿儿踏入水中，轻松地拉拽着四轮大车和轻便马车。小轿车和越野车不拘礼节地在光滑的石头上蹿腾着、摇晃着……曾经有渡轮在水中航行，现在没有了，因为架设了这座讨厌的“鬼桥”……

阿尼西娅从学校旁边走过。在她的脑海中还保留着过去学校的模样：全都是木头房子，到处都洋溢着欢声笑语。现在的学校都换成了砖瓦房。她在一旁坐了下来，一直坐到窗户上的光亮变得暗淡的时候。校门口的三级台阶又宽又矮，台阶上方的遮雨板已经没有了，在当时，遮雨板上总是悬挂着鲜红色的标语条幅，在遮雨板的每个角上还都悬挂着红旗。

学校的双扇门眨眼间就打开了，一群孩子叽哩哇啦地喊叫着跑出来，蜂拥奔向河边，在那里玩闹嬉戏，玩水玩沙。放学了！孩子们就这样争先恐后、像放羊一样三五成群地拥出校门，然后就直奔“码头”，一路上叽叽喳喳、吵吵嚷嚷。有的孩子直接扑倒在沙子上，就在平缓的河岸边打闹嬉戏；有的孩子踩着木桩、顺着“桩道儿”奔向小岛；有的孩子在平静的深水区的水面上打水漂；还有一部分孩子在用沙子盖房子、建关卡、堆要塞，用的是含有较多黏土成分的沙子。孩子们无忧无虑的喧闹声将沉浸在纷乱思绪中的阿尼西娅解脱出来，她怎么能比得上孩子们！——剩下的四分之一的路程，阿尼西娅是面带笑容、眼中噙着泪水走过的：想起童年时的欢乐，老妇人分外感伤。她的人生马上就要过去了，就要飞逝而去……

役马拉的那种四轮大车的轮印一点影子都没有了，汽车碾轧出来的两道辙痕倒是明晃晃地展现在眼前，车辙里散发着汽油的味道；路两边的栅栏被泥浆溅得脏兮兮的；没什么小灌木，在任何污泥块子上也都没长小草。在阿尼西娅的青年时代，各家各户都是用栅栏围着；你想看一眼就看一眼，不想看那就不看——没谁说什么。可是现在，围墙连着围墙，在这道道寂静无声、难以接近的掩护物的背后，是那些明亮的、高高耸立的、有着铁皮或者石棉瓦屋顶的新房子，人们在其中各自过着各自的生活：小声唱歌，低声交谈，收音机时不时地轻响着，看家狗把锁链弄得哗啦啦地响并断断续续地吠叫着。街上空荡荡的；阿尼西娅深一脚浅一脚地走着：脚下的路被汽车轮子碾轧得坑洼不平，她的脚就踩踏在那些坑洼里。

阿尼西娅就这样步履蹒跚地行走着，附近依旧是突突轰响的摩托车，它们在急速地行驶着，拖着一缕缕黄灰色的烟尘，奔向四面八方；推土机不知在什么地方推着土；学生们仍然没有消停下来；母山羊因为寂寞无聊，在咩咩地叫着。

在河对岸的山上开凿出来的铁路基坡顺着河岸一直延伸到褐色的火车站跟前，就像一条石质的、“多愁善感”的带子。

快点，快点回乌利亚基尔！阿尼西娅想象着，想象着自己晚上从走下火车到走进庭院的整个过程：下邮政列车，回农庄，走到小河边，进菜园，走进那个有狗窝的庭院，尽管窝里已经没有狗。她已经与之挥手告别了的过去会突然间变成新的、她极度渴望的、恨不得现在就得到的东西。就让小木屋倒塌——把她自己也埋在木屋里吧。小木屋的屋顶却非常好，非常结实。还能去哪里呢？为什么要搬出去呢？从哪里吃力地蹒跚走出来，就再吃力地蹒跚走回到哪里去！……那个无眠的夜晚并没有白白地过去。正是这个夜晚，让阿尼西娅平生第一次感觉到自己被非常痛、非常痛地推撞了一下。正是这下“推撞”使得她现在萌生了踏上归途的念头，萌生了回家，回到“小”松树那儿，回到母鸡身边，回到庭院里的想法。她的全部身心就越来越沉浸在这样的念头中，这下“推撞”让她的精神格外振奋，也越发坚定了她回去的决心，它仿佛又在轻轻地推她、提醒她：该启程了，动身吧！梅拉尼娅羡慕她：你一个人，一个人……我会快乐、舒适地生活下去！

阿尼西娅挑拣了个地方，坐了下来，她把那块参加葬礼时才戴的黑色的头巾垫在身子底下。而头巾下则是一段原木——被太阳晒得暖融融，被渔夫们的屁股磨得光溜溜的原木，此时此刻，这段原木似乎正为她愉悦地散发着暖意。孩子们东一堆西一撮地散落在河岸上，已经不似先前那样吵嚷喧闹了。他们的生活就是这样：他们还相信童话！她为孩子们放肆夸张的举动高兴，可能是因为当年她自己也是这样的：也相信童话，也跑跑跳跳，也会无缘无故地大声喊叫，也会因为男孩子的无心的戳捅或是拍打，而狂怒地尖叫，就好像是感到了剧痛一般。不知道因为什么，她心里还觉得惭愧呢！在人前人后，在儿子面前，在梅拉尼娅面前，甚至在自己“面前”，她都感到羞愧。她错在哪里呢？是什么力量使得她如此这般的不知所措？难道一个人注定不能知道自己的命运？哪怕是用眼角瞥那么一眼，然后猜到——看吧，等着你的是什么——也注定不能？瞧瞧，这就是你的命运！命运注定不能被人窥视，人逃避不了命运的安排，也躲藏不了。

老妇人坐在那里，仔细倾听着孩子们的说话声，她越来越顺从内心关于离开这里的想法。很快就要回家了！就是说，这是命运的安排，命运就是这样给她预定的；以前她琢磨不透应该如何生活，现在，就算是重新让她开始，她还是学不会……上帝啊！你一定要多给孩子们一些恩赐，要比你给我们的多。一定要帮帮他们，劝导他们，为他们指点迷津，一定要支持那个疲惫不堪、摇摇欲坠的孩子！

天空一片寂静；明亮的太阳挂在高空；河流平静地流淌着。

但夜里……好像有电流穿透她的全身：你要做好准备！难道星星已经仔细观察过，看清了她的人生路径，并且提前预言了，可她自己却不知道？

阿尼西娅坐在那儿，她虽说不是处在哼歌唱曲的状态，甚至根本就谈不上有多高兴，有多快活，但是，她也并不忧伤，并不沮丧。仿佛卸下了千斤重担一般，她感觉轻松了不少……就要回家了！但阿尼西娅有一种预感，命运已经安排好了，她注定要回到那里……

孩子们在撒欢儿，在蹦蹦跳跳地玩闹着，他们互相推搡，一边跑，一边叫喊。喜欢欢腾热闹的他们和她这个孤单的老太婆没有任何关系。孩子们不会走到跟前，也不会打听她心里在想什么。他们陶醉在幸福中，生活在阳光下的幸福……没关系，他们还没长大，还没到急于知道如何谋生、如何过日子的时候。谢天谢地！每个人都有自己的命运：命有定数，彼此不同。但命运如何，又会在什么时候你们才能感受到它的滋味——没有任何人会悄悄地告诉你，提醒你，指点你。尽情地成长吧，亲爱的孩子们，尽情地撒欢儿，尽情地玩耍吧！

命运的翻转怎么那么快啊：忽然独立自主了一回，但陷阱已经在这里，那圈套可是说来就来。

她的命运就是这样：直到生了两个孩子后，在生第三个孩子之前，她才真正尝到那个命运的滋味，也正是在这个时候，她方解其意……上帝啊！那个时候，她可是多么幸福！李方那样爱她，使她感到愉快，他那样卖力气地淘金……而她呢？不，她没有一见钟情；她故意刁难这个可怜的人。他受折磨了……命运将他带到如此遥远的地方！一晃可是过了多少个寒暑春秋。原谅我吧，李方努什卡！我也爱你。我已经不再是漂亮的少女了！……如果我突然间成为你的负担，成为年轻、帅气的你的负担，那可怎么办？阿尼西娅就是这样考虑的，她甚至每天晚上都在那儿恍惚、发呆，在那儿心烦、苦恼。我和那些婆娘洗沙的时候，也在想着你。那可是战后，男人们还没有从前线归来的时候。

淘金的活儿并不是什么秘密行动，不是偷偷摸摸地干，而是公开地……一群人组合在一起，而李方却单打独斗。阿尼西娅觉得，李方开始不使劲淘金了，无论走到哪儿，都在注视她，留心她。他并不进到院子里，而是站在灌木丛中：说来就来！就站在那儿，看着她，冲着她笑。李方就这样冲她微笑了两个夏天，在第三个夏天的时候，他更近一些地走到了阿尼西娅的跟前。也许，那个夏天也会在这样的微笑中迅速地过去，如果施韦季哈没有怂恿她去与李方约会的话，然而……施韦季哈长得高大壮硕，粗里粗气的，是个男人婆。对于她来说，将待洗的金沙耙进独轮车，推运到洗矿槽那儿，或者，提起装满沙子的吊桶，将它底朝上地翻过来，全都不费吹灰之力。她有三个女儿，都不是和一个男人生的，小姑娘们的眉毛、鼻子各不相同；不知道什么原因，那些男人都没能在她身边久留。施韦季哈一边在清洗矿槽的格栅——也就是在分筛机上操纵着浇水用的舀子，一边鼓励她，向她施加压力，强迫她去与他约会见面。

“哎，阿尼西娅……你在那儿琢磨啥呢？怎么蔫头耷脑的，来例假了吗，肚子疼？我们女人天生是这样的。你是女人，他是男人，能怎么办？你考虑考虑，虽然他是中国人，和咱们俄罗斯男人没一点相似的地方……可是，想把女人追到手，哪儿的男人都一样。他会把你捧在手心里——瞧着吧，你会幸福的。中国男人和咱们俄罗斯男人还真不一样：哎呀，他们不酗酒！我家里的爷们也是中国人，他简直是埋没我这个主妇的才能了：什么事都亲自上阵，烧菜、做饭、喂孩子，要知道，有俩丫头可不是他亲生的。不但哄孩子们睡觉，还为她们煎汤熬药。既然那个李方死乞白赖地要和你交往，你就放心吧，别怀疑了……为啥其他的娘们儿哈喇子流那么长？不是所有的婆娘都有丈夫啊。你那位还是一个美男子。唉……眼红啊！

……上帝啊！她爱得可是多么投入……第一次也是最后一次！她虽然是一位母亲，但只有和李方在一起的时候，她才是一个名副其实的女人——仅仅是在那个时候，女人这个词所能包含的所有特性才在她身上充分地显露出来。她清楚地记得，正是在那一段时间里，她才认为自己是一个仍然保持着青春活力的，仍然强烈地渴望着激情的女人。彼时彼刻，她感觉自己非常温柔、亲切，整个人的精神状态非常好，虽然有的时候也会突然感到绝望和恐惧不安……

甚至打盹儿醒来后，阿尼西娅仍沉浸在梦里的想法中：仅仅因为和李方之间的那一份绝妙的愉悦与温存，她就不枉在这个世界走一回！值得痛苦，也值得悲伤。感受着那种喜悦和希望——她在自己的第一次也是最后一次的痴心爱恋中所感受到的那种喜悦和希望，阿尼西娅睁开了眼睛，弄清楚了：得赶快出发。她似乎是在无意中弄清楚了：邮政列车还得等，得等很长一段时间。可是，刚才出现在她心中的那份自豪感转换成了一个绝对意外的念头：预定好了，哎哟，我们的生活老早以前就被预定好了，我们在劫难逃！真的，无论你怎样摆脱，怎样兜圈子，必定要发生的事那是避免不了的！在那个时候，她从“悬崖”上跳了下去，瞧，就是从河岸上那处又高又陡、有点像悬崖峭壁的地方，她跳进了汹涌翻腾、团团打转的旋涡中，竟然没被淹死！现在她再也不用跳河了，已经没有让她悲观绝望到如此地步的理由了。她尊重李方所遵循的他们民族的风俗，她相信他，更甚于相信乖张任性的自己。她放“他们爷儿俩”离开，让“两个男人”下河起航（傍晚的时候他们就能航行到阿穆尔河的对岸了！），她向他们父子俩告别。一滴眼泪都没有掉——无论如何也不能哭！……她登上木排，在上面来回走了走，又跳了跳——得检查一下，看结实不结实！——顺便看一看那用胶合板搭起来的遮雨棚。宝贝儿子在香甜地睡着，不时发出轻微的呼哧声。阿尼西娅亲了亲儿子，并画十字为他祝福……李方一边撑篙，一边重复道，过一两个星期他就会回来，也会把儿子带回来……木排离岸后摇晃了一下，转过方向，然后就被水流快速地冲走了。恐惧攫住了阿尼西娅的心，她彻底地失去了常态，迅速地离开了原位置，跑了起来……向“码头”跑去！

要赶不上了，有点来不及了：运货列车已经停在那里，正在往煤水车上加水，眼看就要出发了。

那个时候，她可是有多么害怕，害怕自己赶不上火车……已经不是理智，而是情感在支配她的头脑：那种丧失骨肉至亲的感觉。尽管是暂时分别，尽管孩子有可靠的保护、上帝的庇佑，但那种失去骨肉的感觉仍占据了她的内心，占据了一位母亲的全部身心，它也激励着她、促使她——无论是在多么短的时间内——把所有的因素都权衡到，得以必需的速度向必要的方向猛扑，她得正确估算一切因素。李方和儿子会绕过岬角，会沿着河湾行到马达兰大桥，她得趁这个时候，乘坐那趟运货列车顺着铁路线追上他们，到那个时候，她就可以从火车的踏板上跳下去，顺着路堤翻滚到河边。桥底下的水很浅，从那个地方跳进河里，她就能截住木排，就能迅速抱起儿子，再慢慢地走回去。她怎么能和儿子分离，怎么能抛弃从自己身上掉下来的亲骨肉呢！

在那一刻，运货列车就好像是听了她的吩咐似的，仍然在那儿停着，他们还在往煤水车上加水；阿尼西娅低声地祈求，在她爬上路基前列车千万不要开动……等她抓住踏板上方的扶手后，火车就得赶快出发了，即便是延误一分钟，她的计划和打算也会付之东流。于是——阿尼西娅就冲上前去！……

没淹死在河里，确实没有，可是，她差一点就被活活烧死。多年积累下来的废炉渣在路基上覆盖了厚厚一层，形成一条宽宽的带子向远处延伸，在宽度上几乎就触及河岸边了。谢天谢地，不是非得从灌木丛里挤过去才能凑到车跟前：如果是那样，她就来不及了。阿尼西娅没怎么费劲，很快就要爬到路基的顶部了。最好还是停下吧……脚下的炉渣开始变得柔软、温热，继而变得炽热、滚烫起来。她陷进厚厚的炉渣堆里，开始是没过脚踝，随后就没过了膝盖。滚滚热浪就像是从火炉里蹿出来似的，径直向她扑来，阿尼西娅下意识地挣脱到一边：一堆烧得通红的、还未燃尽的炭块儿冲她滚来，那上面还蹿腾着一条条或紫或绿的火舌，那种色调让人惊恐不安，很是不祥。司炉工从火车头里抛扔出来的这些煤渣还需要经过很长一段时间才能彻底燃尽。阿尼西娅如果再伸腿向前，那这个世界的大门也许就会向她关上了……

阿尼西娅倒下了，倒在了已经被烧焦的灌木丛上：散发着恶臭气味的、碎玻璃状的大堆煤渣，像火山口的熔岩一样涌到跟前。火车在呜呜地鸣笛；阿尼西娅猛的一下跳起来，跑起来，希望尽量绕过热的煤渣，然后挺直身子，两大步就跳到了路基上。她冲着火车司机招手：我还没上去，你不要开车，我急着去办事……看见我了吗？我来得及……此前当她把两条腿从煤渣堆里拽出来的时候，膝盖和手指都被烫伤了，还失去了套鞋。列车开动起来，在逐渐加速。阿尼西娅也跟着跑起来，紧盯着踏板，她明白：再不踏上最后一节车厢，那就来不及了。她再一次走运了：负责车辆尾端制动的列车员原来是老头波尔塔夫采夫。她知道运货列车不能搭载旅客，于是就预先喊叫，拼命地喊，她瞄准车厢上的扶手，想抓住它，哪怕是抓到下方的踏板也行：

“可别磕到手指！别磕到……看在上帝的分上！”

阿尼西娅的一只手紧紧地抓住了扶手，而另一只手，在踏板上方来回晃动着的那只手，被老头波尔塔夫采夫抓住了，那是她的同村人，他惊慌失措、一声不吭地把阿尼西娅拖上了制动台……老头骂了她一顿，但还是把她安排在了妥当的位置。

阿尼西娅在大桥上看见了木排，她非常高兴，大声地笑起来：他们在那儿！她站住脚，想挑选一个安全的地方，可以从那儿跳下路基，可是突然间她却愣住了，就好像有人把她截住，阻挡了她那轻率的母亲的冲动。阿尼西娅沉默着，没有抽泣，也没有流泪，她目送着木排远去，目送着正在遮雨棚中熟睡的儿子和李方远去。她就这样望着，李方在灵活地撑着篙，木排在大桥下穿过，驶过河流的转弯处，消失在河湾的那一边。她没有喊，没有哭，也没有斥责自己，只是无力地摆了摆手，手掌火辣辣的，非常痛……爱与痛撕扯着她的心。

……到时候了，必须得走了，该去河对岸了……起伏的波浪不时拍打着河岸，而露出河面、可供行人踩踏的石头特别少，只是在某些地方，那些翻滚着泡沫的波浪才偶尔地闪烁一下，这意味着：在那处地方有牢固的、便于踩踏的石头。阿尼西娅不得不踏上那座令人讨厌的“鬼桥”。“鬼桥”也并不那么远：可以沿着岸边慢慢地走过去。阿尼西娅迈着碎步轻快地走着，脚底下的鹅卵石非常“柔顺”，不时发出嘎吱嘎吱的响声；绵软的沙地上留下了深深的印痕。

一条小船儿安静怡然地摇荡在水面上，那是一条从“鬼桥”那边顺流而下，从龙骨到船舷都涂了焦油的尖头小舟，小浪头在小船的前方拍打着河岸，时断时续地发出哗哗的响声……一位姑娘站在船上，短上衣色彩鲜艳，很是喜庆，而身着花衬衫的、浅色头发的小伙子却坐在那儿，正瞧着女朋友摆出趾高气扬的造型。突然间，小伙子抄起一支桨，然后又拿起另外一支，起劲地划动起来，小船儿被他划向了岸边。涂了焦油的尖尖的船头咯吱咯吱地扎进沙子里，就像被人猛然拉住了舌头一样。老妇人请求这对年轻人把她载运到对岸去，这样她才能赶得上火车。

“老奶奶，没问题！”浅色头发的小伙子很乐意地回应道，他用脑袋指点了一下位置，示意阿尼西娅坐到笑呵呵的、对什么都满意的姑娘的身边。姑娘已经坐下了，一边微笑着表示赞同，一边用她柔软的、戴着戒指的那只手拍了拍让老妇人坐的位置：请坐！

老妇人坐了下来……她感觉很好，仿佛两位年轻人的蓬勃的朝气和精神传给了她，使她恢复了活力。为避免小船被冲到浅滩，“船夫”用力地划着右桨，左桨悬空，只是偶尔地划擦一下水面。小伙子想让船头逆水而动，以便更有效地减缓小船的偏移，以免船体偏移到石头上，结果却没有成功……一排层层叠叠、汹涌澎湃的浪头令人恐惧地涌来，浅滩处的水流喧闹声已在耳畔响起，小船的底部被反复地刮擦着。突然间，小船儿倾向了一侧，船体摇晃着就冲进汹涌的水流中，在那里等候小船的正是隐蔽的、被淤泥覆盖、可供行人踩踏的石头。在这个时候，船头直竖起来——船尾进水了。阿尼西娅还没来得及抓牢船帮，就掉落到水里：水里也没有什么能抓在手里的东西……

在阳光的照耀下，滚滚而来的波涛闪闪发光，那块通常她参加葬礼时才戴的毛头巾被浪裹挟着来回翻动，但很快就被急流冲走了。

也许，阿尼西娅在水中甚至连支撑物，或者什么可依靠的东西都没有找，但在她的内心突然显现出一个愿望：最好是能自己站起来，就像小伙子和姑娘掉进水里后所能做到的那样。可是，老妇人没能自己站起来，尽管她已经触到身底下光滑的卵石层，那是被起伏的水流经过多少年月抚平的……老妇人顺从地随着水流漂浮，好像在说：河流啊，你把我带走吧，把我冲走，摇摇晃晃地把我送走吧。阿尼西娅没有挣扎，也没有啊呀啊呀地叫喊。

她听到了，小伙子在向她大声呼喊：稳住！要静止不动，等小船被水浪冲上河岸，我们就会把你拉出来。小伙子还喊叫着提醒她：前方是深水区……要坚持住！我马上就来！

“老奶奶到底在哪儿？”姑娘非常惊恐，大声地喊叫道。

阿尼西娅惊奇地睁着眼睛，沉入了水中。清澈的水流颤动着，光芒闪烁，那是在向她致意问候，这甚至让老妇人感到开心；身处在清澈的水流中，她看到了倒映在一股股细流之上的蔚蓝色的天空，以及蔚蓝天空上的一颗熠熠生辉的可爱的“小星星”，在幸福、美满的曲调的伴奏下，它突然开心、快活地跳跃起来。

第十五章

阿尼西娅不想落后，她以尽可能快的速度走在路上，心脏在急速地跳动着——复苏心脏活力的那种跳动，但同时，就像中了邪似的，她的心又在一阵阵地抽紧，仿佛要停止跳动一般。怎么可能跟得上！这位一大早就过来的客人，此时此刻，正迈着坚定的步伐，满有把握地行进着。他就像不止一次来往于这条林间土路似的，这条勉强能辨认出来的，早已废弃的林中道。这条从村上通往焦油场的路，早已被运载焦油桶的四轮大车给彻底轧坏了。大马车的车轮毂非钢即铁，都是锻造的，路面上的车辙至今还在。而那条从她那幢小木屋向远处延伸，一直延伸到阿穆尔河的小道，则更结实，也更经久耐用，完全是行人踩踏出来的。现在这条在原始森林中蜿蜒穿行的小道，曾经强烈地吸引着阿尼西娅和李方，吸引他们前往那座位于中国的、具有俄罗斯风格的城市——哈尔滨。“吸引”是吸引了，他们二人也已经动身前往，然而，前往哈尔滨的路当时被眼前的这个人给阻断了。此时此刻这人正迈着坚定的步伐大步前进，这是她的三儿子李卫。他们仅仅是在陡弯处向左急走的时候才迷了一次路，但是，当长满小包的、结实的矮桦丛的蘖枝被儿子踩在厚厚的皮鞋底下，他的脚立刻就探摸到了车辙，于是，他就又像先前那样，坚定、顽强地向前走去。

一两个小时前，阿尼西娅想都没想过会有这次泰加林之行，太突然，也太出乎意料了。她很惊讶，就仿佛小儿子阿卫，像他的两个哥哥——根卡和米什卡那样，在这里绕着灌木丛跑，玩“哥萨克捉强盗”那种游戏，或者，也像他们哥俩那样，在这里采摘浆果。“当时你既不会走也不会跑，那个时候，我还怀着你，小儿子还在我的肚子里。回来的路上，你父亲抱着你。居然你现在也记得这条路！”阿尼西娅激动地思索着，同时也加快了自己的脚步。

第三天是一个温暖无风的响晴天，让人很不习惯。这样的好天气一般都是在10月中旬的那几天才能摊上，再往后可就是风刀霜剑般的严寒天气：你就等着瞧吧。现在大森林的颜色暗淡下来了，草叶都枯黄了，灰黄一片，但是落叶还没有干枯蜷缩，它们温顺地铺盖在已经长满了草的马蹄印上，将马蹄印与车辙全都遮盖住了，仿佛把它们藏匿了起来。在干燥的霜冻天里，阿穆尔河沿岸地区的大地就像人的脸，皱着眉头，变得阴沉、严厉。天空越发严厉，云儿四散开来，不断扩展……云朵间的蓝天已经微微地暗淡下来，第一场雪眼看就要降下，夜晚的时候一定会飘落下毛茸茸的、洁净的雪花。阿尼西娅的心变得轻松起来，心中已经不再是漆黑一片，她已经做好飞向高空、直冲九霄的准备了，就像四十年前的那个时候一样，不哀伤，不害怕。那个时候，她走在李方身后，已经意识到即将到来的生活上的重大转变。此时此刻——走在儿子身后，阿尼西娅的那颗敏感的心也并不平静。当时的她正值预产期，她祈求上帝，要让她挺着肚子过阿穆尔河，要来得及在那边分娩。现如今，儿子已长大成人，已经是一个高大魁梧、坚定刚毅的汉子，她勉强跟得上儿子的步伐，竭力不让他宽厚的后背脱离自己的视线。无论是在那个时候，还是现在，命运中的机缘转变总是以某种惊人的方式与大自然中的变化相呼应，总是与森林的变化，与河流的变化，与收割了的菜园的变化同时发生……多年来备受生活折磨、一直被阴霾笼罩于心的阿尼西娅，此时此刻却感觉到，一阵又一阵的喜悦之情频繁地袭来，直抵心扉；她的两只眼睛也搜寻到了那棵白桦树，当年她就是在这棵树下停歇的，因为将要降生的儿子精力充沛地蹬踹着她的肚子，她只好将后背倚在粗糙的树干上，坐在了柔软的、长满青苔的山丘上……

阿尼西娅忧伤地体味着四季轮回，而在夏天和秋天交替之际——她的体味便带有一种甜蜜的，且令人感到沉重的忧伤。夏秋交替之际是一段令人奔波忙碌的时节，它还常常给阿尼西娅留下特别强烈的感觉——钻心刺骨的等待的感觉，等待让人悲伤的、多雪的冬季，等待冬季的凛冽寒风与酷寒，虽然说它们出现之后不会很快就结束，但是，严冬过后，身体与心灵放松的日子就会到来，她于是就这样忐忑不安地等待奇迹发生：李方会在春天的时候回来找她……阿尼西娅拖着步子慢腾腾地跟在儿子身后，她几乎就不能自已，一两个小时前就是这样，在那个时候，李卫出现在庭院里。不能因为好的预感，以及自己生活中的令人非常愉悦的转变，而在原始森林中哭哭啼啼，老妇人就这样一边尽力克制着自己的情绪，一边努力地走在小道上，她湿润的双眼几乎流淌出泪水。

……就好像是有人提醒了一样，阿尼西娅昨天就发好了用以烙饼的面团——她把家中剩下的黑麦面粉都和了。说实话，想要把每一张面饼儿规整地放进已经烧得炽热的、滋滋作响的平底煎锅，用黑麦面并不太适合。面团发酵得非常好，松软极了，看起来，三整块儿就足够用：膨胀起来的面团把锅盖都顶掉了，挤到锅沿外的面就像一根又一根的冰溜子。不能让热气腾腾的饼子走了麦香味，所以，阿尼西娅用毛巾把盛饼的盘子盖了起来。饼上满是孔眼儿，浸润了油脂的孔眼闪闪发亮，那是红褐色的油光。用毛巾捂上，饼子就可以多焖一会儿，那些发亮的油珠就会更多地沉积在逐渐冷却的面饼里。

做完饭以后——她一个人需要那么多吗?！——阿尼西娅就坐在桌子旁，一只手托着面颊，出神地望着窗外。“却原来，黑麦面这么好，那面团发酵得多好啊！没有什么好事可等。好事又从何而来呢？在这幢老旧的小木屋里，我不管怎样都得挺过今年的这个冬天，然后就顺其自然吧……黑麦面粉已经放了一年，但面团就像是用新面发的。够吃三天了……”往事浮上心头，阿尼西娅还记得，在战后年代，就是那么少的一把面，还得抻开日子吃，她得盘算：掺点什么好呢？是和麦麸子掺在一起，还是和荨麻粉掺在一起？或者，把这三样都掺和在一起？她还经常打发孩子沿着铁道线捡粮食，哪怕是捡到一小把从车厢缝隙里漏出来的干瘪麦粒也好。野鸽子贪婪地啄食麦粒，但还是有剩下的，那是留给人们的：像她这样的人。在自家造的碾谷机上把麦粒碾碎，再用筛子过一过——面粉，那已经就是面粉了。

不，在那个年代，薄饼可是奢侈品。最常吃的是“面糊糊”。几把面撒进开水锅，那就够了。她做一顿饱饭——孩子们就能恢复活力，就会开心快活起来，而她这个当妈的，也就有了面对孩子的勇气，一家人立刻就振作起来，就有了精神……现在老大、老二都不在世了，阿卫却又不在身边。也许，他不便和她这样的母亲来往，很为难？难道是小儿子的傲气在作祟？也可能他的确是挤不出时间来陪母亲？“不会的，他不会是这样的孩子！”阿尼西娅非常惊恐，立刻就掐断了自己的揣测。她急忙要把不好的念头从自己的脑中驱散，但这些念头还是不受抑制地充斥在她的脑海里，尽管李卫他，就像她猜测的那样，从小到大也吃尽了苦，在他长大成人的岁月里，一定遭受了太多的灾难与不幸。

生理上的饥饿是有形的，是实打实的肉体上的饥饿——但那是一时的。精神上的饥饿却是长久的，但是这么多年来，为什么儿子的心却没有向母亲靠近呢？看来，随着年岁的增长，儿子的心被生活中纠缠不清的麻烦给磨薄了，磨钝了。再不然，儿子的心就是受伤了，就像凄风冷雨中的小树枝，没能从生身母亲那儿获取暖身祛病的汁液，枯萎了，心灰意冷，不再生长……“不，我想得不对：儿子他不可能更早地出现，他已经把所有的话都告诉了你，两个国家和解了，他重回故地才变得轻松、变得容易。他终究是找到了路！之所以能够找到，那是因为，尽管他本人没有在这条林中小道上欢蹦乱跳地走过，但是，这条路，她怀着他的时候走过，她抱着他的时候也走过。这就是心灵所珍视的亲人、亲情、故乡、故道，心灵能感觉到！可见，儿子他并没有把自己的心丢失在国外的人潮汹涌的集市上，他也没有迷失自己——无论是在为人生无所畏惧地打拼的过程中，还是在与我们那可恶的、诡诈的管理者进行交谈的过程中。”

竟然是这样：儿子回到奥利乔伊后，从看门人戈沙那儿了解到，她已经相看过房子了，他为此而感到惭愧，于是就突然到这里来……此前是她有点着急了，急着看自己的新房子……今天如果不是儿子来领她，她会再等一等，等个把月，然后就带上家里的公鸡、母鸡，直奔奥利乔伊尚未竣工的新房子：以后就没什么可带的了，接受吧！

尽管已经喂过食了，但寂寞无聊的母鸡们还是没有从房门前的台阶上离开。而那只公鸡，它根本就没从台阶上离开过一次。它以保护者所特有的那种眼神，斜着眼睛自上而下地睥睨着一切，有时候它用一只脚站在那儿，有时候像主人一样来回踏步，还时不时地瞅一眼房门：一股股香味从门缝里钻出来，诱惑力太大了。

“妈妈，还远不远？”李卫转过身来，向母亲问道。儿子的头发理得很短，但他没有戴帽子；阳光不是很热，透过枝叶星星点点地照射在他的头发上；在光点的映照下，他的牙齿更显白亮；两侧的面颊呈现出粉红色。

“不远了！”阿尼西娅喘了一口气，回应道。“一会儿就到了！”看到那棵白桦树，老妇人非常高兴，她停了下来。以前就是在这个地方，感觉到阿尼西娅不太对劲的李方，急忙跑到跟前，将她抱在怀里，奔向焦油场……老迈的白桦树弯曲得厉害，就像一根弯曲的扁担够向地面，但是，它还没有倒下。老树被闪电劈开了，从弯曲处一直劈到根部，但它还活着，而且，被不久前刚长出来的小植物缠绕着，上面还点缀着一串串晚熟的越橘果。李卫摘下一捧，然后一颗又一颗地扔进嘴里，满意地眯起眼睛。

……发现了院子里的客人后，大公鸡头一个鸣响了警报：猛地一跳，咯咯地叫起来，随后，它很不乐意地跳进了母鸡堆里。母鸡们却东奔西突，四处乱窜。老妇人突然听到了瓷哨子吹出来的欢迎的哨声，这让她惊慌失措起来。她急忙跑到门外，站到了台阶上；老妇人极其信任地扑过来，一头扎进儿子的怀里，哭了起来……

刚一踏进小木屋的门，李卫就闻到了薄饼的香味，不知为什么，他高兴、开怀地大笑起来。大概他想起了自己曾吃过的别样的早餐——在他那被谜题裹挟的、奢华的生活中吃过的别样早餐，阿尼西娅的感觉就是这样。李卫吃得很香，蘸着大口纸杯里的酸奶油，以他那真正的男子汉的胃口吃光了所有的黑麦薄饼。大口纸杯是他从手提包里掏出来的，一起掏出来的还有用塑料袋装着的那种家制酱菜。儿子很喜欢这种平常的农家饭菜。他仔细地瞧着自己的老母亲，极力地克制着自己的情感，他渴望再次拥抱母亲，渴望再一次偎依在母亲那虽已干瘪，但仍柔软的怀中，他想亲吻母亲，亲吻她脸颊上的、额头上的每一道皱纹。阿尼西娅越发和善起来，她一边照顾着儿子吃喝，一边温存地看着他，那双湿润的、视力差得跟瞎子差不多的眼睛就没从儿子身上离开过。

“你当时就生在奥利乔伊！”阿尼西娅忽然说道，就好像是在窃窃私语，但她马上就后悔了。没必要，没必要，怎么忽然说起这个！李卫警觉起来，他一边嚼着薄饼，一边问道：妈，我生在哪儿?！“以后再告诉你。”阿尼西娅挥了挥枯瘦干巴、累得酸疼的手。此时此刻已经无法逃避了，她得向儿子招认了。“儿子，你生在原始森林里！嗯，听到你第一声啼哭的，还有小兔子，或者乌鸦，不单单是我和你父亲两个。你父亲为你接生，是他烧的水，给你在温水里洗澡，把你洗净……你立刻就吃了奶……然后，就睡着了！”阿尼西娅不停地眨着眼睛，看着儿子：他跟父亲一样，对什么事儿感到惊讶的时候，就会把眼睛瞪大、瞪圆。

“啊……生在森林中？怎么会这样？……我想去看看……”

“是这样：我在俄罗斯这边待不下去了。在那个时候，和中国人交往是被禁止的，和中国人生孩子就更糟。我们决定在哈尔滨举行婚礼。于是就动身出发了……”

“就是沿着这条小路走的?”李卫目不转睛地看着母亲，他跺了一下脚，焦急地问道。

“是这条路，孩子，就是沿着这条小道走的……怕是你出生的那处房子现在啥都没剩下了！”阿尼西娅不愿回忆过多的细节，那会触痛儿子的内心的伤口，最后那句话是一个明显的暗示，嗔怪儿子非要走这么远的路去看自己出生的地方。李卫态度非常坚决，下定决心去看一看。眼下他已完全是迫不及待了。他又问了一次：是不是还得走很久?

“过了越橘丛,也就到了,就在旁边……”

越橘丛……阿尼西娅非常喜欢去采集浆果,虽然走远路的时候,她走不快,如果带着孩子们,就更走不快了。她会蹲坐在第一排灌木丛前,两手飞快地采摘,就像是在给头次产犊儿的奶牛挤奶似的。她手指翻飞,采摘下来的浆果很快就盖满了桶底儿,随后,盛放浆果的小桶眼瞅着就装满了。孩子们非常快活:可以在大树后面来回跑,可以在树墩后面捉迷藏,能用树棍儿做枪。孩子们还会把小篮子挎在腰间,前跑后颠地寻找果实结得更丰硕的灌木丛,发现后,就来找她:

“那边的浆果多,蓝蓝的一片。这边少……”

“嗯,你们摘吧……腰上挂着的那是啥?篮子里空空的。你们得撵过我。去吧……”

兄弟俩会害羞地把篮子藏在身后。她就劝告他们:找个地方待着——别走丢了。大森林能把人诱到深处,熊瞎子会把他撕碎。阿尼西娅呼哧呼哧地从蹲坐处站起来,缓缓地走到孩子们身后。哥俩儿会一个接一个地爬上散发着香味的刺柏,一边大笑一边打闹。他们把捻碎了的浆果涂抹在小脸上,躲在树桩后,吐着蓝舌头——因为吃越橘的缘故,两个人的舌头都变成了深蓝色——做着鬼脸,互相吓唬。阿尼西娅总是容许他们嬉戏玩闹。

整天忙活,不是在屋子里,就是在院子里,坐一会儿、歇一歇的时间都没有,她忙得几乎就没有和孩子们温存的机会,也没时间和他们推心置腹地说说亲近的话。所以,她让孩子们自由自在、无拘无束地成长,做他们喜欢做的事。她不责骂,也不唠叨,只是训诫、开导他们:

“找到地方就停下来,蹲下。得一把一把地采摘!‘恐吓’浆果,那可是罪过。你们得心怀敬畏地走过去。不能忘了说一声谢谢……”

……果子太多了，多得让李卫惊讶，已经有一半掉在地上，涨发起来，形成黏糊糊的一层。李卫大呼小叫地俯下身子，也蹲在第一排灌木丛前——还是越橘丛，一模一样的越橘丛！李卫迅速地摘了一小把，随即就往嘴里扔。“不是那一片，不是那片越橘丛！”阿尼西娅很想告诉儿子。似乎，他自己也知道。

……阿尼西娅采摘浆果的时候根本就不用看着树丛。她想尽量对儿子们更亲切一些。嗯，他们蹲下了……然后，当桶里装满浆果的时候，大家伙儿就围坐在树桩旁边。不知他们吃的是早饭，还是午饭，反正就是吃点东西。匆忙间烙好的黑麦面油饼，每人两个带皮的煮熟的土豆，一升牛奶，那是用瓶子装来的。而旁边，就是那桶浆果，装得满满的，已经装得冒尖了：散发着浓烈的果香，颗颗饱满；透过薄薄的、半透明的、浅灰色的桶壁，瓦蓝色的浆果依稀可见。阿尼西娅用头巾把浆果桶裹好，大伙轮换着，一会儿用胳膊肘挎着，一会儿用手提溜着。如果谁的胳膊肘和手酸疼了，那就一边一个，一起抬着桶走。一个人顺着车辙走，另一个人走在路中间……孩子们！原谅我吧……

最后，阿尼西娅和儿子李卫来到了一块林间空地……在第一场寒风到来前，在凄凉的灌木丛的某些树枝上，还挂着蜷曲的、深红色的、椭圆形的叶子。“那些可怜的果子都散落到地上了，没等到采摘的人，它们发酵变酸了，也有的干巴起褶了——没法拿了！”

阿尼西娅不住地说：来晚了。

听完母亲的话，李卫叫出了越橘的学名：

“笃斯越橘……在我们那边，越橘丛会长得更高一些。奶奶经常带我们到森林里去，我们摘果子，拿去卖掉！”李卫叹息了一声，他久久地看着母亲，目光中满是歉意。

正如阿尼西娅所料，距离村子最近的焦油工们歇脚过冬的住所已破烂不堪，屋子里只剩下了一个用铁桶改装成的小铁炉子。炉子侧壁已被铁锈彻底腐蚀，炉顶和烟囱都塌了，剥落下来的红色铁锈在炉子底座那儿积成了堆儿。屋外的草丛以及矮树丛长得很稀疏，看来，她和李方离开后，这里点燃过篝火。阿尼西娅后退了两步，已能确认：这就是她分娩的那地方。当年那个时候，这里铺放着宽宽的木板床，那是用剖成一半的原木铺接成的。分娩的时候，她可是受尽煎熬，她求李方走开，别和她搅和，但李方不但没有退却，还减轻了她生产的痛苦。啊，那道门槛还在！当时她曾请求李方，把胎盘深深地埋在门槛下。为什么一定要埋在那里呢？她还记得自己的回答：这样做孩子就会幸福成长。

阿尼西娅犹豫了很久：向儿子说这件事呢，还是不说？一方面，出于羞耻心，老妇人很难为情；另一方面，她非常害怕，如果把这件事说出来，会驱走儿子的顺遂与成功。于是，她选择默不作声。而李卫，他好像感觉到了，母亲言犹未尽，她并没有把最隐秘的事都说出来，而且，他感觉母亲的确认与肯定太微弱了，就那么三言两语：是的，孩子，你就是在这里出生的。他于是突然深深地鞠了一躬，然后就彻底跪下了，在距离锈铁堆那儿一米远的地方跪倒在地。他三次叩首，在这一小块边境之地上叩首。对于他来说，这方寸之地是他的神圣之地。

阿尼西娅看着儿子，看着他毫不窘迫地鞠躬叩拜，老妇人突然惊慌起来，她不知所措地想道："和施韦季哈那个荡妇一样，我也怀上了其他国家的人的孩子。上帝啊，宽恕我吧，在你面前，我罪孽深重。可是，难道只有我一个人这样吗？如果被自己喜欢的男人纠缠上了，在他面前，女人得如何坚守呢？她怎么反抗？即使很害怕，也反抗他？……施韦季哈三下五除二就生了一对吊眼角的双胞胎姑娘：她对禁令可是嗤之以鼻！自己去了劳改营，从这座劳改营折腾到那座劳改营，她的女儿们则被折腾到这所保育院，那所保育院……上帝啊！这一切都是因为什么呢？为什么这样？男欢女爱这原本就不是女人琢磨出来的，也不是男人琢磨出来的：天性如此，这是上帝的意愿。在这种情况下，还责怪谁呢？给女人自由吧：真正跳出樊篱、嫁给外族人的自由，和他们生育子女的自由。哎哟！难道这是坏事？堕胎可是被严厉禁止的。应该把这个写入法律：如果家里没有男人，那么你，女人，你就得为国家生养孩子，以便将来代替在前线阵亡了的战士。没什么可说的，女人得肩负起恢复人口的使命！……'未婚夫'们都被打发回家了，被撵回到阿穆尔河那边去了，无一例外，全都被白白地交还了，女人们生儿育女的大好时节也就此告终……上帝啊！你给我们，给我们这些已经异常饥渴的女人自由吧，能有什么要紧的呢？不管怎样，自由自在的生活总算是能有一线希望的啊。要不然就落得现在这样：空空荡荡，渺无人烟，到处都是原始森林。如果生养了孩子，过上安宁、富裕的生活，那以后会是什么情况？"

叩拜结束，李卫站了起来，裤腿都没有拍打一下，就抱起母亲，踩着越橘丛走了起来。他抱着母亲走了很长一段时间，当他把母亲放在地上后，便目不转睛地看着她，然后毅然地宣布：

"没事了，妈妈，咱们走吧！"

阿尼西娅也没多问：很明显，是回奥利乔伊。还能去哪儿呢？

在往回走的路上母子俩都没说话。快到家的时候，李卫摇了摇他那头发剪得短短的脑袋，又重复了一遍他刚刚说过的话，话里面塞进一个让人不太理解的词儿：

“咱们去塔赫塔梅格达[①]……”

“去塔赫塔梅格达？为什么去那儿？去那儿干吗？”

“咱们从那儿飞到海兰泡！然后到对岸的黑河去……”

“卫尤什卡[②]，我的乖儿子，你竟然是这么打算的？去什么海兰泡，去什么黑河……我可是从来没在天上飞过。太让人害怕了……”

去中国旅行，这个消息可是太让阿尼西娅激动不安了。李卫发现此情形，温顺地笑了笑，就和老人亲热地说起话来，他想说服母亲：

“按照我们的习俗，亲戚们总得见见面，哪怕是见上一面也好。嘿，妈妈，你怎么这样激动啊？你都给我看了我出生的地方；我也要给你看看，我在童年时代生活过的村庄。你就答应吧……我父亲的哥哥也住在那儿。你和亲戚们认识认识，在那里住上一阵子，四处看一看……”

“我怎么去啊？汉语我一窍不通。就算以前懂一点，现在也都忘了。而且还那么远！我还不得死在异国他乡啊?！不去，我不去……”

“妈妈，答应吧……你在我们那儿一定会感觉很好。我大伯爱喝茶，也爱聊天，不停地说啊说啊……”

“啊……怕是和我一样，他也是一个不懂外国话的人。我们聊什么天啊？别瞎琢磨了……不许笑！”阿尼西娅真生气了。

“你将是最受尊敬的客人。像你这么好的妈妈，谁都没有。我要向他们炫耀炫耀！”

儿子的真诚与坦白差点让娘儿俩吵起来。李卫不可能让步：他的邀请属于被习俗尊崇的一种礼节，母亲拒绝此行，会伤害儿子的尊严。

① 塔赫塔梅格达：俄罗斯阿穆尔州斯科沃罗季诺区的一个村庄。

② 李卫的名字“卫”的俄语爱称。

无论如何，他得“保全面子”——那是每一个中国人在与他人交往的时候最看重的东西，就算是和自己的母亲交往也是这样。“面子”是靠德行来支撑的——靠心灵的美德来维持，这就意味着，即便常有一些行为不合逻辑，不合理，但是，它们却合乎规则，是正当的。尊敬母亲这一礼节，它超出真理之外，也在任何窘迫与难堪之上，不容流言蜚语。家庭和谐，同社会和谐一样，具有重要意义……把母亲带回老家，让她看一看伟大的中华民族，看一看自己的家乡，还要把大伯、妻子和女儿介绍给母亲认识，所有人都会为此而感到高兴。此外——商业计划不能落空，得实现它……还要跑一趟原始森林，去打猎……

“可是，如果我生病了，谁来给我看病啊？”阿尼西娅没有妥协。

李卫假装受了很大委屈的样子。他莫名其妙似的耸了耸肩，两只眼睛并没有看向母亲：难道你不明白？你为什么不信任我？那么医生是干什么的？中国医生是世界上最好的医生……难道你不知道？

看到儿子的眼神，阿尼西娅明白了：有充分的理由信任他。儿子为什么不直说，为她盖的新房子还没有完工呢？她都查验过了……老妇人心中已同意、妥协，但她还是急切地说出了最后一个借口：

“那家里的鸡怎么办？把它们安顿到哪里好呢？”

“鸡？”李卫为难地重复了一下，迟疑了一下，随即“嗯”了一声。的确，把鸡送到哪里去呢？怎么安置它们？忽然，他非常坚决地在空中做了一个砍剁的动作：

“杀了吧！……咱们会在中国待上一段时间，然后才回来，得过两……”李卫一时顿住了，“到那边看看再说！”他神秘兮兮地补充道，同时摊开两手，这意思是：我自己也不知道会待多久。

“咱们把鸡带到车站去吧，寄养在别洛格拉济哈家。我回来后再把它们取走。唉，身边没个活物可怎么生活呀？我可不能杀了它们，儿子，你骂我吧，不，不要骂啊……要不然我不去了！”阿尼西娅先是提高了嗓门，但随即就紧紧地闭上了嘴唇。

“那就把它们带到车站去。”李卫勉勉强强同意了：和长辈争论不出道理来。

母子俩还在院子里，在那儿谈论着。家里的鸡在他们的身前脚后跑来跑去，就像是猜到了什么。

“咱们得赶紧走……三点钟的飞机，而火车，啊，还有一个小时就开了！到车站得二十分钟……还来得及！”

已经呆傻了的阿尼西娅急急忙忙把那些咕嗒咕嗒大叫的母鸡塞到两个笼子里，她一边塞一边絮叨：家里没法安顿你们，我回来后就把你们接回，一定会接你们，不会让你们无依无靠的。先忍忍吧……为了把那只公鸡塞进笼子，她可是折腾了好一阵子。李卫提着笼子。大公鸡非常委屈，竭力要跳出笼外，又伸着脖子喔喔地啼叫，抗议自己受到了强迫。

别洛格拉济哈非常爽快，二话没说就接收了老妇人的鸡，并且，立刻就把它们放进了菜园子。圈围菜园的栅栏又高又密实；地里的蔬菜暂时还有一些，随便它们吃去，割完后的草也长出来了，也能啄食上一阵子。晚上我会把它们关到门厅里过夜……

在奥利乔伊的车站那儿，阿尼西娅非常高兴地看到：铁皮屋顶下的新房子炊烟袅袅。

……飞机从小镇上空盘旋而过，飞平稳后，开始加力爬升，惊魂初定的阿尼西娅暗暗地推想道：“这趟艰难的旅行是吉还是凶呢？未来的结果是好还是坏呢？”

第十六章

李卫向母亲做了一个手势，那是在招呼她下车，随后，他们就走出了车厢。只是到了这里，到了绥化站的圆形广场上，阿尼西娅才一点一点地回过神来……上帝啊！她一直过着有条不紊的生活，可前几天去奥利乔伊相看房子，很不顺利，可以说房子看得很失败，她感觉，从那以后，自己的生活将没有出路，变得毫无希望——什么办法都想不出来，只有躺着等死了！可是，生活就像飞转的车轮，它旋转起来，把老妇人转得晕头转向、昏头昏脑！从昨天中午到现在，一天一宿的时间都不到。昨天早上，天光乍亮，她正站在那儿，瞅着发酵起来的面团；然而，今天早上，在这个时候，展现在她面前的，却是异乡的生活场景，是异乡人的、别样的生活习性，是她听不太懂的中国话，是完完全全的另外一种精气神儿——这些就这样清清楚楚、明明白白地出现在她的视线中，响在她的耳畔。昨天上午她烙了薄饼，见到了儿子……上路，坐火车，赶飞机，再坐火车；此时此刻，她在这里，在异国他乡，在一座陌生的城市里，儿子催促她快走，不给她熟悉环境的机会。就像在梦中一样，阿尼西娅坐上了火车，一路的跋涉与纷乱的途中见闻让她累得打起盹来，老妇人很快就沉入了幸福的梦乡，这个幸福的梦越做越长，一直到现在她还没有从梦中醒来。她在中国大地上的旅行，从人流熙来攘往的黑河火车站开始了。就像她做的那个梦，旅行开始了，还没有结束……

……车厢很旧，外体落满了灰尘，在每一节车厢的上方都飘着一缕烟雾，车门紧闭着，一堆人顺从、安静地守候在车门前。李卫在站台上踱来踱去，正在那儿不停地跟某一个人打着电话，贴放在他耳边的电话机非常小——那是一个奇怪的物件儿，闪闪发光，上面有按钮，一巴掌就能抓得过来。他一边解释，一边听着，偶尔骂上一句“邪门了”、“见鬼了”之类的话，随即又连连称是。他说的话不多，很短也很简单。收好那个神奇的打电话的物件儿后，李卫满脸歉意、极其难过地对母亲说道：只能坐二等普通座去绥化了。因为不是快车，火车会开得很慢，停靠的站点也会比较多。扶着母亲坐到长凳上，李卫也紧挨着边儿坐下了，他一再向母亲赔罪：本打算是买软卧的。“妈妈，我要是买到了软卧票，坐完飞机后你就能在火车上睡一觉，休息休息了。”自从儿子吹响哨子、走进木屋后的那一刻起，他一直都这样殷勤客气、礼貌谦恭。

“行了，儿子……有什么可难过的？到站后再休息。我忍一忍……”

……坐渡轮过阿穆尔河的事，李卫根本就没提，对于他来说，就好像不存在什么边境线，按照老妇人的理解，那可是管控严格得不能再严格的边境线：得交上证件，放下包，让士兵在里面掏摸掏摸，然后再还回来。儿子出入境的相关证件始终会随身携带着，他把手伸进口袋是要拿证件，可是，关口的人却说：“过去吧，我们认识您！一起过来的是您的母亲？老大娘，您请……一路顺风！”儿子在海关有很多这样的朋友；没有任何耽搁，母子俩即刻进入到一间宽敞的、有四扇窗户的房间，房间被两排漆成黄色的栏柜隔开，中间是通道，动作娴熟的小战士们就在栏柜上检查行李。在办公室的出口处，几乎所有通过关的人的注意力都被一艘雪白的客轮吸引了：它停靠在码头上，在那儿不时地鸣笛；清晨的阳光荡漾在幽深河水的水面上。

黑河……这座城市位于大河南岸。有一年，那还是在两个国家恢复交往之前的年代里，阿尼西娅因为某个原因一整个秋天都待在布拉戈维申斯克，她经常站在齐腰高的护墙边——堤岸的石头砌起来的护墙……大河的那一边：吹吹打打，锣鼓喧天，女人们挑着桶，还有拉着大车的蒙古马、一群母牛；小孩子们扔着石子，你追我赶地跑着。在这一边，一名边防军人把她招呼到哨所里——大娘，你用望远镜看看吧！她仔细地观看大河的那一边……简陋的小屋一片又一片的……有个小男孩在众目睽睽之下就蹲下了，裤子都没脱下来。他在水边蹲了一会儿，很快就站了起来，跑走了……阿尼西娅回想起来：中国小小孩穿的是开裆裤，大小便的时候，他们会直接蹲下……石岸平缓，一条路通向小山。音乐声回荡着。还有一幅巨大的领袖肖像……

“去做客？”留着胡子、看起来并不年轻的出租车司机突然问道，就好像这位上了年纪的女乘客和他非常熟稔似的，他的突然发问把阿尼西娅从沉思中拉了出来。与老妇人搭话的同时，司机开始发动马达。破旧的“伏尔加”震颤了一下，但没有发动起来。司机跳下车，掀起引擎盖，捣鼓了一阵，又把引擎盖放下，然后就满意地返回车内，咕咚一声坐下了。驾驶座下的弹簧令人讨厌地、嘎吱嘎吱地响了几声。发动机就像打喷嚏一样，吭哧了一两下，随即就以怠速静悄悄地运转起来。阿尼西娅的沉默并没有让司机感觉到尴尬。“去做客啊，太好了！”司机很亲切，他扭头看了一眼老妇人，继续说道。阿尼西娅的样子可不太好。她觉得从飞机上下来后自己身体的尺寸都变小了。飞机的轰鸣声仍在耳畔萦绕，妨碍了她思考。飞机降落的时候，彻底引发了她恶心欲吐的感觉。老妇人太虚弱了，要不是儿子搀扶着她，她根本就走不下飞机舷梯。李卫遇到了自己的一位熟人，帮母亲坐到出租车上后，就和熟人热火朝天、劈里啪啦地说起话来……刚刚走下飞机的阿尼西娅非常疲倦，她不想说话，也不想思考。昔日的、河对岸的情景一个劲地出现在她的眼前。想到当时小儿子杳无音信，她此刻还感到非常害怕，周身的气力都被抽光了。她千百次地懊悔，千百次祈求上帝垂怜。阿尼西娅闭着眼睛坐在车里，尽力地纾解自己的紧张情绪，安慰自己，让自己镇静下来。出租车司机并没有沉默下来。他讥讽地说道："我们的餐桌上现在摆放的都是外国的食品和饮料。国内出产的东西，总的来说，几乎啥都没有：光是面包和土豆。用人家的油，做出来的菜都不是那个味。但还是要谢谢邻居帮助我们摆脱困境……要不是他们，咱们就完蛋了……"

阿尼西娅猜到了司机所说的是哪个邻居。

"可他们用啥帮啊？他们那儿经常挨饿，比我们这儿还穷。"

"大娘，你可别说了，那是以前！"司机非常愉快地回应道，因为脑海中出现的某个念头他还笑了笑，"哎哟，他们现在可不一样了……有钱的黑头发的兄弟们从黑河那边过来，会突然出现在商店里，买上很多东西……有的人会一次买十五顶帽子，一顶接一顶地戴在头上！简直是表演杂技……要不然就买十个镀锌的小盆儿，一个套一个地摞成摞儿，用两只手抱回去。在脖子上挂五个相机的，就更不用说了，全都这样，都成规律了！还有更厉害的人，居然能把两三件厚呢大衣穿在身上。一边走，一边笑，笑得合不拢嘴，那嘴都咧到耳朵根儿了！……非常精明的民族：咱们这样款式的大衣，怎么能不买呢？可照相机？那边没有这种样式的货……"司机稍等了一会儿，李卫在他身边坐下后，他就缓缓地开动了车子。道路不太好，司机时常减速，况且也没人催促他。大概是他等乘客等得太久，就忍不住向偶遇的旅伴一吐为快。也可能，他只不过是通过交谈这种方式给乘客解解闷儿。他每动弹一下，座位下的弹簧就嘎吱嘎吱地响几声。

“开玩笑终归是开玩笑，但是开不了多久！”出租车司机继续说道。他对自己恼火起来，人也变得愁眉苦脸的；又像是在说，他为自己的国家感到难过。“俄罗斯搞的是一场灾难性的改革！在这种情况下，莫斯科在胡闹，居然用坦克炮轰白宫！饥饿的冬天常常出现在我的脑海里：国家抛弃了民众。我们即使无能为力，但哪怕能挽救那么一星半点也好，人们已经为战斗做好了准备，一句话，情愿做任何事。可是，甚至电视台的良心都麻木了，他们在那儿叫喊：自由，自由！饭都吃不上了，自由有什么用呢？总之一句话，都在那儿胡说八道呢，瞪着眼睛撒谎。隐约可见一座又一座已经废弃了的、空无人烟的城市，那里没有食物，没有温暖，也没有光明。瞧瞧吧，那些野生的臭民主派[①]使得老百姓陷入到一种什么样的境地了……这个时候，来帮助我们的是黑河！是它来帮我们解围……”

“以物易物？”李卫并不是在打听或是询问什么，他根本就没有把脑袋扭向司机，当然，他也不是无缘无故、随随便便地说出这个词：在他的心里，还是有别的想法的。似乎，爱说话的司机谈到的所有事，李卫都知道，而且他知道得很详细；他只是在暗暗责备，这个司机太饶舌了，他认为这样多言多语很不合时宜。李卫在专心致志地思考着什么：手指时而攥紧握拳，时而松开伸直。

“就是以物易物！”出租车司机回了一句，同时还多疑地瞟了一眼

① 臭民主派：俄罗斯保守派贬斥民主派的说法。

李卫，已经不再是激动、兴奋的样子，神态几近冷漠。司机的眼睛反复瞥过来，他似乎是在努力回想，在哪里，在什么时候，见过这个沉默寡言的乘客，这个讨人喜欢的中国人，于是，他暗自决定：不问他们是否要去市里的某个地方，而把他们直接拉到海关得了。

……一场清冷的三月雪在地上盖了薄薄的一层。在州百货商店的正门口，头一次出现了一群中国男人，他们穿着同样款式的棕色大衣，是那种布面儿大衣，不同于咱们俄罗斯的厚呢大衣或是呢绒大衣。每个人都戴着与大衣同样颜色的、有护耳的棉帽子，只是在帽子边上有那么一圈羊剪绒。这伙人的穿戴都是崭新崭新的，就像从仓库里刚拿出来的那样；许多人的外衣看上去都不合身：要么太小，要么太肥。很快就弄清楚了，这是中国商人们来俄罗斯做试销。这形象地表现了那种已经被人们忘记了的、古老的、以货换货的交易形式。

一条以货易货的商道出现了，它斜穿于阿穆尔河厚厚的冰层上。起先，运输的货物是黄灿灿的大豆，使得这条路很快就变黑了，因为一层厚厚的黑土撒落在冰面上，那是阿穆尔河沿岸地区的、被水淹没过的黑土，人们一直在黑土地上种植大豆，春华秋实，黑土地总是馈赠给人们以空前的丰收；随后，这条路变灰了——现在运送的货物已经是化肥，冰面上高高地堆了一堆又一堆，就那样露天存放着。在农村的所有仓库里存放的也是这种无机化肥，堆得满满的，满得不能再满。

路上的卡车一辆接一辆的，络绎不绝，它们往返于黑河与布拉戈维申斯克这两座城市之间。输往黑河的货物是：木材、卡玛斯牌载重卡车、钢轨、槽钢和废弃的有色金属。从黑河运回来的货物是：用以救急的“长城牌”罐头焖肉和成块的猪肉，用含有烟碱的水草制成的、向士兵提供的香烟，用高粱酿的白酒，还有苹果、橘子……只要冰层保持晶莹透明、闪烁耀眼的状态，车辆就可以在河面上通行。人们自豪地把结雅河与阿穆尔河之间的两河地带称为“牛奶车间”和远东的“粮仓”，可是，临近春天的时候，在两河地带，无论是在城市还是在乡村，都突然发生了食品危机。河对岸的人对于我们俄罗斯这边遭受饥荒的人非常同情。所以，商人们纷至沓来，来这边供销商品。炎夏刚开始的时候，阿穆尔河沿岸地区就实行了“游客免签入境”政策——这被视为摆脱眼下这场意外灾祸的出路与办法。两个城市一下子就变成了旧货市场，那市场规模大得简直无法计量。神奇的时代出现了：许多随机应变的市民从那边运来仿造的“阿迪达斯”运动服、运动鞋，再把这边的金属与木材运过去，仅仅是靠这么倒来倒去，就发了大财。

如果李卫不是中国人，他就享用不到命运本身给他的赏赐。果然，他出色地利用了命运的赏赐！当然，并不是他一个……几年前，阿穆尔河对岸还是古老、闭塞的偏僻之地，满眼都是简陋的土屋和快要倒塌的土房子，垃圾遍地，后来逐渐地，有坚实地基的新房子出现了，挡住了那些土房子，再后来，映入人们眼帘的，已经是那些上端被修建成圆形的高楼大厦了。

正是历史本身再一次让两个伟大的国家彼此靠近……团结一心，其利断金。

“唉，这条该死的破路！”司机骂了一句，他一边减速，一边匆忙地转动着方向盘，先是向左转，然后再向右转。街道旁的木屋从眼前一座座掠过，不时闪过木屋窗户上被刷白的百叶窗；几乎每一家每一户都被高高的木栅栏围着，带有木门闩的大门非常显眼。许多五层、七层的楼房矗立在远处的某个地方。被邻居们称为“黑龙江”的阿穆尔河也展现在眼前：顺着那条被轧坏的公路，浩淼的大河延伸向远方，看起来真的像是黑色的。

“瞅瞅，那就是他们，‘基尔皮奇’[①]们！满头大汗，汗流浃背地……”出租车司机炒豆子般地挖苦道，同时，他还用头意味深长地朝那个让路的、没刮胡子的中年俄罗斯男人点了一下。那个人正往前推着小车，小车特别矮，特别宽，上面满满登登地装载着中国货，用皮带勒得紧紧的。那伙明显是酒鬼的男人，每个人都提着一只巨大的、漆布面的行李袋。像这样“提拉拽扛着大包小裹”的人，阿尼西娅在奥利乔伊也见过。但是在奥利乔伊那儿，人们并没有用什么名称来称呼他们，不过对他们也没有什么尊敬的态度。

“为什么叫‘基尔皮奇’？”阿尼西娅和李卫彼此对看了一眼，问道。

“大娘，那是因为他们人不进田垄，手不摸锄犁。如果下地干农活，那可是从一大早就哭丧着脸的。嗯，受雇于那边，简单地说，可不是因为他们的眼睛好看，也不是因为他们的鼻子长得俊……他们可不就是‘基尔皮奇’嘛：挣点钱，就拿去喝酒，然后再挣。从旁观者的角度看，挺好：他们这是在帮哥们儿运货。就好像有多拼命干活似的，可实际上根本就不是那么回事！”司机突然生起气来，同时把车停在了应该停的地方。李卫用人民币支付车费，这让阿尼西娅非常惊讶，但是她什么话都没说，否则，她觉得，那会让儿子感到委屈。可是出租车司机却不由自主地接过了李卫递过来的人民币：“而且啊，在咱们俄罗斯人中……简单说来，出现了假冒的乘客，他们也是‘倒爷’。按照规定，每个人携带五十公斤以下的行李是免费的，不用交税，一句话……咱们就是这样生活的！”等阿尼西娅下车后，司机就转动了方向盘，踩足了油门……

---

① 基尔皮奇、基尔皮奇科：这些是俄语词кирпич的音译，该俄语词的本义是“砖头”，如果把这个词拆为кир和пич两部分，前者是“酒”或者“酗酒、纵酒、聚众酗酒”之义，后者的意思是“喝”。

现在,想必是有许多大烟囱耸立在那儿,但是在晨昏中看不清楚罢了。不过,有三幢大厦却一幢接一幢地出现在高处,高楼上的阳台一排又一排,宽大的窗户上闪烁着光亮,非常耀眼。“住在这样的高楼大厦里,又暖和又舒适。不用挑水,不用劈柴,不用五次三番地搬柴火、烧炉子,也用不着拎着泔水桶在路上跑来跑去!”当母子俩从渡轮上下来,坐上公共汽车的时候,老妇人重又想道,那一刻,她心里非常嫉妒,很是羡慕。却原来,火车站近得很,就在眼前。是李卫怜惜母亲,担心她累着,才坐的公共汽车。

火车站普普通通,和别的车站没什么不同:候车室里挤满了人,满得不能再满。买票的人在窗口那儿规规矩矩地排着队。没有笑声,也没有骂声。火车也是平平常常的,没什么特殊之处。但是,非常安静……仅仅是偶尔传来金属碰撞摩擦的嘎吱声——那是火车的缓冲盘在摩擦的时候发出来的声音:一列又一列载满货物的火车停了下来。一切都是相似的,很容易就认出来:微微晃动着灯光的、秋日的晨昏,指针已经停止了转动的、圆形的大钟。上车的时候,一点都不拥挤,也没有任何喊叫声。乘客们默默地提着箱子,挎着筐儿,拎着包儿。车厢很快就被塞满了,到处都是人。现在开始挤得慌,也非常闷,但是仍然没有人说话。旅客们非常安静,礼貌且又谦和。清一色的蓝上衣。

看旁边的几个中国人:一位年迈的老爷子,身边的两姐妹腿上各坐着一个小男孩。尽管都不太活跃,几乎也没表现出怎样的关切,但是,根据几个人的手势或动作,以及他们对老人的恭敬的态度,能非常明显地看出来:他们是亲人。两个孩子也和大人一样,安安静静的,只是偶尔出几声。年轻的中国女人谦逊持重,极少交谈,即便是说话,也是低声耳语,她们的言谈举止无不表现出对老人的恭敬态度。对面坐着一对中国夫妇，两口子神情安然，脸上的表情就像佛陀那样安详。丈夫的年龄明显在四十开外了，身材胖胖的，大肚子，颧骨很高，他的目光几乎没从媳妇身上挪开过——欣赏地看着她，毫不掩饰自己的爱意。妻子苗条、优雅，也一动不动地坐在那儿。她对周围发生的任何事都不感兴趣，偶尔扭扭脸儿：年轻的她保养得很好，长得也很漂亮，温和地笑着，神情非常吸引人。他们虽然有不小的年龄差距，但是能看出来，夫妻俩彼此很满意。

那对夫妇很快就下车了，他们所坐的位子空了下来。李卫依然精力充沛，同车上别的乘客一样，安静地坐在那里；他向窗外望了望，然后就掏出记事本，仔细地看一阵，间或在上面写些什么。从娘俩上了火车，坐到位子上以后，他就开始在那儿计算。阿尼西娅不想吃东西，那种夹着一小片柔软的粉色火腿的面包片她已经在飞机上尝过了。上了飞机后她就感觉不舒服，有点害怕，在火车上也是如此——窒闷的车厢让人非常烦闷。

祈祷拯救了阿尼西娅，使她摆脱了所有的忧伤与恐慌，摆脱了饥饿感，也摆脱了她对未来的畏惧。每当一个人独处的时候，老妇人就会出声地祈祷，她每一次都会遗憾，附近没有可去的教堂。其实最近发生的事没太惊扰她：她虔诚地相信，上帝在她心中，且永远与她同在。在人群中的时候，老妇人会悄悄地说出祷词，向至高无上的上帝热烈地祈求，而他就会听到自己忠诚的奴仆的心声。儿子早已长大成人，在他人到中年的时候，在另一个国家找到她；没有忘记，也没有抛弃她，而是前来拜见。此时此刻，娘俩正听从古老的中国习俗的要求，去中国农村走亲戚，难道这不都是上帝的旨意吗？

火车轮子哐当哐当的响声非常有节奏，阿尼西娅打起盹来，紧紧地闭上了睫毛稀疏的双眼……李方非常清晰地站在她面前，满腔爱意地看着她，就像不久之前刚刚下车的、对面座位上的那位丈夫看自己的年轻妻子那样。他离阿尼西娅那么近，她觉得好像自己能牵住李方的手，把他拉到跟前来。

“真的是你吗？你来了？李方努什卡！”阿尼西娅猛地一下跳起来，大声喊道，“我相信，你就在我身边。我看见你了，看见了，这不是梦。瞧，我能牵你的手！你怎么还站在那儿？咱们走吧，走吧！”

李方摇了摇头，没有答应阿尼西娅。“我的爱人！”根据口型，阿尼西娅猜到了他想说的话。他的双唇只是稍微动了动，但是，她明白也理解他说的是什么，就像他活着的时候那样，她始终能读懂他的唇语。

“可是，我看到你了，看到了……一点儿都没变，没变老。你答应过，要带我到哈尔滨，是吧？你看，我真来了。真的是你吗？！”

“是的，是我！”她的爱人神色冷静，轻轻地回答道。“咱们很快还要再见面的……”说完这句话，李方就消失了，无影无踪，就像飞上了天。

阿尼西娅哆嗦了一下，睁开了眼睛，挺直了发麻的脊背。李卫算完了账，记事本也收了起来，在旁边睡着了，不时发出轻微的鼾声，脑袋垂得低低的。车厢里很暗，仅仅是一些非常小的灯散发着暗淡的光，时不时传来睡着了的人的含糊不清的喃喃声与鼾声。突然，刺耳的刹车声响起：火车停在了森林中的车站，正像通常所说的，彻底停在野外了。

阿尼西娅站了起来，先是活动活动麻木的双腿，然后向黢黑的车厢连廊处悄悄地走了过去，她打开车门，踏在了距离地面仅一步、带有凸纹的最下面的一级台阶上。深秋的夜笼罩着她，把她紧紧地拥抱在自己的怀中。无论是痛苦还是喜悦，都远远地离去了，不知去向了何处，就好像消逝在广袤无垠的宇宙中，隐没在它的无底深处，不急于回返。

星星在顽皮地眨着眼睛，它们试图告诉阿尼西娅一件极其重要的事，这件事高于世间那些混杂着的欢乐与不幸，它的涵义也极其深刻。最高处的那个光点熠熠闪动——正是它，倾听着人世间的热诚许诺，作为回应，它给大地以静谧，给人心一片安宁。

阿尼西娅乘火车刚一到达李方曾经生活过的她并不熟悉的某些地方，就已经梦到他了！梦中的他活灵活现，栩栩如生。“今天就能看到他的家乡……可是，能在那儿看到什么呢：看那里的生活？这就足够了……唉，李方，李方！”不，再也看不见什么了！——她听见了李方离去的脚步声，脚步很重，枯枝被踩得发出咯吱咯吱的脆响。脚步声、枯枝的脆裂声逐渐远去，李方宽厚的背影也彻底消失在视线之外。阿尼西娅的目光在搜寻着天上的北斗星，找到后，就观赏起来。一模一样，一模一样！相较于在俄罗斯那边，七颗星星挂得更低一些，位置更显眼，也更醒目。天空依旧，还是那片天空。仍然是在群山之上，在往温暖的南部的方向——眼下停靠在站，但还要继续前行的火车的运行方向，猎户座那几颗排列成直线，排得仿若一根扁担似的星星不时地眨着眼睛，星光闪烁，亲切动人；在南方这片已经不属俄罗斯的天空上，还闪耀着一些她不太熟悉的星座。阿尼西娅发现：她极少像现在这样，昂起自己白发苍苍的头，凝视苍穹，更不会去欣赏上帝创造出来的美，至于说倾听熠熠生辉的南十字星座的低语，那根本就不用提了。没那个工夫，总是不得闲，或者是因为悲伤、难过，她根本就忘记了瞅一瞅令人迷醉的天空，哪怕是匆匆瞥一眼。“不，应该，应该全神贯注地观察，即使是看一回也好，要仔细地观察上帝创造的神秘莫测的图景，要不然，生活中的喜怒哀乐会毁坏人的心灵。”

天快要亮了，就好像不是秋天时候的黎明，亮得并不急促，在山间的平原地带，往往就是这样，黎明来得不慌不忙。连绵的峭壁就在眼前，黛绿色的，被薄雾笼罩着，一条环绕着山崖的小河潺潺流过。远处的山峰雄伟地耸立在那里，就好像是在那儿撑托着业已从下方被照亮的穹顶。跃跃欲出的朝阳仿若一只被烧得通红的圆盘，当它仅仅从某一处山尖上露出最上面的边儿时，春天般的、灿烂耀眼的阳光就已倾泻下来了。黑夜的影子似乎在山谷中掠过，不露形迹地消散了，不知为何，山谷让阿尼西娅想起了奥利乔伊的那片已经成为草场的沼泽地。在一些浅水处，河水慢吞吞地流淌着，平静的水面上升起一团团若隐若现的薄雾——随着朝阳升起，薄雾也就羞涩地、不知不觉地消散了。平缓的山坡地带已被开垦出来做了耕地，沟垄起伏，仿佛褶皱一般，自上而下地排列开来；山坡显出了乌黑色。那里种植了荞麦、大黄米、谷子、玉米、高粱和小麦。收割在望……

还用得着说吗，什么都不一样……甚至连空气都不一样。

刚一走出车站，就闻到了麻油香。出站的旅客并没有急着赶路，没争先恐后地拥向公交车，正相反，他们不慌不忙地绕过了公交车和出租车，聚到了那些流动的小吃摊旁。所谓小吃摊，就是：一个小火炉子——炉子里的火苗非常均匀，噗噗地向上蹿着，没冒一点烟，一只盛放着沸油的小盆，一只装着面团的小桶，还有一张用来擀面的小桌子。三轮车从各处聚到广场这边来，车上的货装得满满的，有蔬菜、水果、鱼、宰杀后已经拔完毛的家禽，还有米袋子。在一块铺了层沥青的小空地上，立刻就出现了一堆又一堆的食材，堆得跟小山一样。

不得已让母亲在硬座车上遭了一夜的罪，李卫感到非常歉疚。还在黑河站台上的时候，像是要赎罪一样，儿子就信心十足地向母亲保证：下火车后，童年时的朋友会来接他们，到家也就一个小时或者一个半小时的路程！——坐朋友车直接去自己从小长大的那个村子。李卫的朋友正在那里迎接他们……那是一个面孔黧黑、中等个头的人，身体很敦实，长着一双富有洞察力和远见的眼睛，目光中带着沉思。他头发乌黑油亮，可是，已经有缕缕白发隐现其间。他立刻就挽住了老妇人和李卫的胳膊，然后也走向了小吃摊。李卫笑呵呵地看了看母亲，旋即又把目光转向了朋友，和他说了些什么。从朋友手里接过刚烙好的一大张饼，李卫就用中文说了一句话，话不太长，两个人全都大笑起来。

阿尼西娅本来已经拒绝了，她不想在走路的时候吃那份一块钱的早餐，但她还是决定尝一尝：这个面带笑容、不慌不忙的小伙子烙的薄饼，会不会比她烙的更香、更好吃？却原来，真的是更香更好吃：面粉是用刚刚收割的小麦磨出来的。太好吃了！……

朝那辆深红色的小汽车走过去的时候，阿尼西娅发现，附近什么东西都有得卖：或者是用网兜装或者是用袋子装的土豆、鸡蛋（只按重量出售）、西红柿、新鲜的牛肉与猪肉、大米、香蕉、草莓、青菜……

车子疾驰在热闹的城市街道上，三个人沉默着，都没出声。用原木建造的房子实际上不是很多，基本上都是用石头和黏土盖的房子。他们很快就超过了一辆大轮子的、笨拙行驶的马车。一位穿着粗劣棉裤、戴着草帽的路人，恭恭敬敬地闪避到一旁，让开了李卫他们乘坐的小汽车。一股股呛鼻子的气味飘过来，有豆油味、蒜味，还有一股别的什么气味。一堆又一堆的砖垛、新锯好的薄板垛，一台台混凝土搅拌机，接连在眼前闪过。一位卖菜的商贩来得比较晚，他用扁担挑着沉沉的菜筐，横穿马路而过；早市上已经有了一个卖菜的人。驶进丛林之前，车子在高低不平的野地上轻微地摇晃着。在稍远一点的地方，闪现出四季常青的松树的树冠。成片的落叶松呈现出乌黑色，白桦树的树干呈现出一片白色。李卫和他的儿时玩伴变得活跃起来，你一言我一语，着急地抢着话头，互相打听着什么，问这问那的。一路上，两个好朋友就没安静下来一分钟……

要是阿尼西娅懂汉语就好了……

头一个发问的是李卫，司机正专心注意着路况，他不假思索地说了一件什么美事，两个人互相看了一眼，都很满意，但随即又争论起来……事情是这样的：李卫对朋友的行为非常不满——打到那么多大雁、野鸭，却没捡回去，这样一来，猎物就会被狐狸和乌鸦吃掉。他非常惊讶，被打死、打伤的禽鸟竟然有那么多！司机反驳道：酷爱狩猎的人，怜悯之心也就被他的嗜好夺走了。难道你不是这样的人吗？

好在阿尼西娅听不懂，因为她每一次听到狩猎者讲这类残忍行为，心都会被刺痛。看到河面上受伤的小鸟，用一边的翅膀在那里无助地扑腾，她会非常难过。乌鸦们会毫不怜惜地置可怜的小鸟于死地。它们用爪子抓住小鸟，把它撕成几块，一边呱呱大叫，一边争抢，转瞬间就把小鸟吞食而尽。这样的事更多地发生在春天和秋天。鸟类为了迁徙，要克服无数困难，飞越千山万水，可是，许许多多的大雁和野鸭在半路上就消失了。秋天的时候会消失得更多……

“还有狗熊？”

司机点了点头：有那么一窝，被大伙发现了，是一头母熊和两只熊崽子。它们四处乱跑，还没冬眠呢。只允许猎杀其中的一只……

不一会儿，李卫和他的朋友把话题转到了生意和急于要办的事上了。阿尼西娅闭上了眼睛，心不在焉地听着两个人的说话声——富有旋律的、夹杂着赞叹声的、悦耳的中国话……

终于把林木茂密的山脊上的这段路走完了，旋即，一条山谷展露在眼前，有一个村庄坐落在那里。通往山谷的是一条土路，铺得很平坦，但是弯弯曲曲。显然，这样的路况让司机不得不打起精神。一路上，司机把车子开得非常平稳，但是，遇到坑洼处和急转弯的时候，就不得不放慢车速。而车子刚一驶上平坦路面，司机就把车速提到了一百码。车子左右摇晃起来，虽然幅度不大，但阿尼西娅立刻就感到头晕目眩了，她有点恶心，想呕吐。李卫发现了母亲的不适，示意司机把车速放慢一些。老妇人把捂着嘴的手掌挪开了，冲儿子无精打采地摆了摆手，她的意思是说，感觉不舒服，但暂时还忍得住。

车子驶到了坡底……

一座简陋的土坯房子，歪歪扭扭的台阶上坐着一个老太太，脑袋上什么都没戴，白发稀疏、蓬乱，谢顶谢得很厉害。一个穿得破烂不堪的小男孩在她脚边爬来爬去。男孩跑了过来，嘟嘟囔囔地说着话，还伸出了脏兮兮的、瘦瘦的小手。男孩瘦弱不堪……李卫把衣兜里所有的钱都掏了出来。

从土坯房离开的时候，李卫非常难为情——同胞的生活太贫苦了，在国内，有同样生活境遇的人还有一些，李卫说，半饥半饱的日子他也过过。那个时候，连被子都没有，只能穿着自己的破衣烂衫睡——已经穿破了的大衣、有窟窿的毛衣……小孩都生虱子、蛔虫……都病恹恹的，许多孩子因为害上天花、伤寒，或者因为腹泻死掉了。但是孩子们都很听话，和长辈们住一起。他们小小年纪就因为从事过于繁重的劳动而疲惫不堪。要是家里有一头水牛的话，那日子就好过多了：牛可以骑，当脚力，能耕地，还能拉车……李卫和他朋友又唠起嗑来，非常激动……

阿尼西娅要是懂汉语就好了！……

第十七章

从李卫的言语举止上判断，阿尼西娅明白，他们就要到家了。多半是想让母亲知道，他从小在其中长大的村子就在眼前，李卫把车窗玻璃稍稍地摇下来一些。开窗前，他先让司机把车子的速度降下来。儿子频频地转动脑袋，左瞧瞧，右看看，旋即把身子坐正，举目向前，凝视远方。眼前的一切明显已占据了他的全部身心。无论家乡有多贫苦，有多寒酸，只要是与它相逢，怎样的一颗心都会剧烈地跳动起来！亲爱的故乡，你永远是美丽的，即便是我短暂地离别，你都让我牵挂。我的心如果不在这儿，它又能在哪里呢?！我的魂魄如果不在你这儿，它又能在哪儿呢?！

“的确，的确，儿子，在这样的时刻，有谁会急着赶路呢？得让车子慢慢地开，时不时还得停一下。应该走一走，逛一逛，多看一会儿心灵所珍视的小路、树木、林边草地和山坡。于是，你童年时候、少年时候的过往就会重现在记忆中，就会让你想兴致勃勃地讲述所有的美好旧事……儿子，真的，真的是这样！”

就好像是感觉到了椅背后的无言的希冀，李卫不时转过身来，看向母亲：目光相遇，阿尼西娅总能根据儿子的眼神猜测出他在想什么……

在前方不远处，闪现出了或红或绿的房顶，都是两三层的单幢小楼。李卫也紧张起来：至少得告诉母亲马上就到了吧。忽然，李卫转过身，向母亲欢快、狡黠地眨了眨眼：到了！

十幢小楼，清一色的独家住宅，夹出一条宽阔的街道，非常宽，简直成了可以对开车辆的小停车场。这里的每一幢小楼都没什么两样，在奥利乔伊那儿也有这样的宅子……在李卫的指引下，车子突然向右一拐，灰色的碎石子在已经变热的轮胎的碾轧下，吱啦吱啦作响，一些细碎的石子迸了起来，劈里啪啦地弹在车底盘上。在一幢小楼旁，汽车停下了，如果说有什么区别，那这幢房子也许在面积大小上不同于其他小楼。既没有栅栏，也没有大门！一台黑色的奔驰车停在花园尽头。

尽管有客人到来，但对面的小楼里却没有任何反应：那是一座空楼，没住人。他们下车后小汽车就掉头离开了……

“李卫，李卫！”一个漂亮的中年女人，显然是媳妇，一边招呼丈夫，一边挥动头巾，笑容满面的，非常亲切。她站在那儿等候了片刻，李卫刚一把母亲搀到车外，她就走到跟前，向阿尼西娅鞠躬问候。儿媳妇咧嘴笑着，露出了一排洁白、整齐的牙，她没掩饰自己的笑容，笑得也毫不勉强。一双灵动的、眼角上翘的丹凤眼，炯炯有神地注视着婆婆；嘴唇丰满、性感，略微涂了一点口红。

“您好！”儿媳妇亲热地看着婆婆，用俄语热情地问候道。尽管她没有把“您好”这个俄语单词正确地拼出来，而且，是用中国口音说出来的，但是，这句问候立刻就让不知所措的客人平静了下来。李卫介绍道：这是李安，“啊哈，按俄语的叫法，就是阿尼娅。”儿媳妇小心翼翼地挽起阿尼西娅的胳膊，继而又轻轻地依偎着老妇人，搀扶着她沿着小楼的墙壁小心地走着。此时此刻，老妇人彻底地轻松下来。儿媳妇就像依偎着自己的妈妈那样依偎着她，向婆婆表现出了发自内心的、由衷的好感。一楼的相当一部分空间被一个带有花样立柱的开放式露台占据了。几根银白色的排水管，顺着楼角自楼顶处垂悬而下。楼角被刷白了，宽大的窗户刷的也是同样的白色；窗户里面绿色的花边窗帘呈现在眼前，和有坡的房顶相配，显得绿汪汪的。不久前，整条小路都铺上了碎石子，就等着铺沥青了。苹果树上的叶子虽然已经掉落了一半，但是，硕果飘香。茂密的小草、鲜艳的秋日里的花骨朵儿、明媚的阳光、清新的空气，还有主人们的亲近热诚的态度，这一切的一切让阿尼西娅彻底平静下来。老妇人感觉，自己身处亲人间，至亲的亲人就在身边。

在远一点儿的地方，苹果树的树丛中有一座凉亭，那是一座带有雕刻花纹的、圆形的亭子，没用一块玻璃，一个老头正在那里坐着。当他拄着拐杖向这边走过来的时候，阿尼西娅暗自想道：太像李方了！这是他大哥——李酿，孤零零的一个人，住侄子家以终天年。他稀稀落落的白发只剩下了一圈，就像小孩的童花头那样环绕在秃顶的大脑袋上。没留髭须，这让他看起来要比他的实际年龄显得年轻一些。上身穿了一件破旧的蓝外套，到处都是补丁，裤子肥肥大大的，两边的裤兜儿全都撕破了，耷拉到膝盖处，这身穿戴让老头显得非常难看。他没鞠躬，只是用蹩脚的俄语向阿尼西娅说了几声欢迎，随即就转过身，挪动拐杖，拖着步子蹒跚地离开了。李卫冲老头背后说了句什么，可是他连头都没回。很明显，老人没听明白侄子说的是啥。

“彻底糊涂啦！”李卫伤感地说道，“连我都不认识了！总穿那条旧裤子、那件破上衣……他懒得穿新衣服！”

儿媳妇对此和丈夫是一个态度，她摇了摇头，向丈夫说了一句什么；旋即亲热地、笑盈盈地用手比画着，请婆婆进屋。

受到了热情接待，阿尼西娅很满意，她表现得也很自然，刚好是她能够做到的那种自然。他们盼望着她的到来，也为她的到来而感到高兴！客厅里有很多上了漆的家具，饭桌已经在那儿摆好了。后来快活起来的李酿被打扮一新：上半身穿一件崭新的开领衬衫，下半身则是精心熨好的裤子，脚上是一双皮条凉鞋。这会儿他已经坐在餐桌前，正在那儿打量饭菜呢：一盘鱼、一盘鱼子酱、一盘浇了汁的白切肉、一碗清汤白菜，还有一盘土豆。

李酿端坐在首位，他给每一个人的小酒杯里都斟上了酒，那是家里的自酿酒。把额外的那只小酒杯倒满酒以后，他把一块干硬的面包盖在了杯口上。“在我们那儿也这样缅怀去世的人。”阿尼西娅想道，同时轻轻地画了一个十字。

李卫几乎就没怎么端杯，他媳妇只把酒杯端起来一次，即便如此，也只不过是沾了一沾嘴唇。但老爷子却是想喝就喝，一杯接一杯的，根本就没在意侄子和侄媳妇的不以为然的眼神。就像一个老朋友似的，李酿非常随意地做了一个手势，请客人坐近一些，可是，他自己却迅速地向阿尼西娅挪近了一些自己的椅子，然后就嘟嘟囔囔地用自己的语言说起只有他自己才觉得有趣的事儿来。

“你们的别墅可太棒了！”阿尼西娅称赞道。因为喝酒，李酿的眼睛变得通红，他睁大两只浑浊的眼睛，目不转睛地盯着客人。他好像懂俄语，因为他很开心地点了点头，随即又得意洋洋地把目光转向了侄子，仿佛是在说，住这房子要感谢李卫。可是，这里的主人是我！这一切——都是我的！……

“哈，这是我的房子！”老头傲慢地确认道，同时做出一副雄赳赳的样子，端起架子来。他的秃脑袋在微微地晃动，干瘪、苍老的手也在明显地抖动着。看来他是不打算沉默了。他用半通不通的俄语继续说道:“你们俄罗斯人非常善良!”话音未落,他就用小拇指上的长指甲剔起了牙——剔他那口焦黄,甚至发黑的牙,旋即又咧开嘴,和善地笑了起来。“不要学我兄弟。你们那儿是外国,得按你们的规矩生活。你丈夫上了战场,后来,人没了!”李酿遗憾地摊开双手。“我弟弟一遇到你,就深深地爱上了你,爱得死心塌地!嗯,可不……这样的事要是不明白,那就是傻子。俄罗斯女人,喔哟,那可是忠诚、可靠的老婆!”他那双细长的眼睛湿润起来,闪动着可以让人察觉得到的泪光。“我弟弟说,尼西娅特别温柔,特别迷人。没有她,他就不能安定地生活,也不能安然入睡!尼西娅说,李方努什卡,我们生个孩子吧。后来,孩子降生了:呱呱坠地!我一边摆动摇床,一边唱儿歌:睡觉觉吧,睡觉觉吧,我把梆子敲呢。小伙子,是不是?……所有的事情我都知道……尼西娅,谢谢你:你生了一个多么好的儿子啊!啊,李卫……”

李酿突然起身去了隔壁房间,但很快就回来了,手里还拿了一沓印有照片的旧剪报,因为保存时间太久,剪报都发黄、发脆了。他递给阿尼西娅一张,老太太瞧了一眼,吓得毛骨悚然。这种事简直不能想象,可报纸上却……剪报上的照片显示的是:被扒光了衣服的农民的尸体,全都被钉在破屋子的墙上,在那里悬挂着……每一个人都被开膛破肚……

“他们就有这个癖好,让肠子都流出来!”老头儿悲痛地说道。“还有更厉害的,甚至会吃人肝。嗯,是的……我参加了游击队,打了很长一段时间的仗,悲惨的事可是看到太多太多了。

“你看这一堆,全都是女人、孩子和老人的尸体。他们被驱赶到一块,头戴日本军帽、身材矮小的士兵们拿刺刀扎他们,用马刀砍他们,就像是在训练的时候砍、刺假人那样。这么一群人,都死了!他们曾经站立的地方,变成了一座人肉堆成的山。军官们几乎就在尸体旁摆出打仗姿势，士兵们偶尔也这么干……再瞧瞧这幅照片，二十个女人站在那儿，裙子都掀起来了，内裤也都被脱到了膝盖处，在每一个女人旁边，戴着同样帽子的士兵们不知什么原因全都蹲在那儿摆出照相姿势……被砍下来的中国人的脑袋拿在暴徒手里，刽子手表情冷漠，就好像没睡醒似的。对他们来说那算不了什么——司空见惯的事儿，就好像是在运动，在参加比赛，但那比赛却是看谁砍人砍得更高明，砍杀得更熟练……”

阿尼西娅感到特别压抑，不再想吃任何东西，不仅如此，桌子上的饭菜她看都不想再看一眼。她回想起了自己国家的报纸上刊登过的类似的照片——德国法西斯匪徒们也是这副德行，特别喜欢在受害者身旁搔首弄姿。战争……只要想起那个兵荒马乱的年代，人们就会觉得不舒服，不由自主地感到害怕。

然而，老妇人很快就弄明白了，老头儿给她看剪报实际上只是一个引子，一个令人悲伤、惊惧，乃至倒胃口的引子。虽然那些悲惨的事发生在很久之前，发生在遥远的过去，但是，那段岁月至今还鲜活地存留在她的记忆深处，时至今日还触痛着她的神经。更详细、更主要的事儿——把旋律推向高潮的“主歌”，还有待于老头“唱响”，有待于老头叙述呢。当“演唱者”——李方的哥哥，以他那不太清晰，有时候甚至根本就让人听不懂的俄语“唱响”它、讲述它的时候，侧耳倾听的阿尼西娅不时发出惊叹:“主歌”竟然带给她这样一个令人惊讶的新发现。

“李卫像他父亲。李方那个人，可怜起人来，倾家荡产地付出都愿意……儿子也心肠软，看不了别人的痛苦！李方他可真就是把金子分给了你从前的丈夫。他带回家来、藏起来准备结婚用的那笔金子，倒是剩下了，没化为乌有。上帝仁慈，可真是世事难料啊！你看看，那笔金子带来了多大的福气！”当老头儿挑选字眼的时候，或者，在他停顿的时候,阿尼西娅就会感觉到自己内心转瞬即逝的想法。

大伯子讲得颠三倒四,他的俄语也说得结结巴巴的,阿尼西娅从他的叙述中弄明白了,之前他们住的房子离边境不远,是后来搬家才搬到这里来的:李卫就是在这儿长大的。仍然是黑龙江省。村子穷得都没法再穷了,跟周围的村子没什么两样,在那个时候,这么穷的村子在中国有不少。现在,他们的孙欣村已经成了天堂。老头子那双细窄的眼睛半合着,此时此刻变得更红了,他很自然地把泪珠拭去,一点儿都没感到难为情。说完过去的事,老头儿又说起了新时代的事。

李卫和他媳妇对看了一眼,虽然茶水还没喝完,但都从饭桌边站起身来,轻轻地走向了露台。而阿尼西娅却继续坐在那儿听着……

……李卫稍稍发了一点儿财以后,家乡的村民代表们来哈尔滨找他——那时候,李卫已经在哈尔滨生活、工作了,他们请求李卫做他们的村主任。在孙欣村,大约有一百户人家,大部分人都是从南方迁徙过来的移民。他们在解放前的荒年时候蜂拥而至,是饥饿把他们逼到这里来的,渴望找到一份活儿干也是他们到这里逃荒的一个目的,什么活儿都行。南方天气热,毗邻温暖的海洋,人们在那里完全是按另一种方式生活,甚至说话都跟东北这边不一样。

在孙欣村,哎哟,语言问题……风俗不同,实际上是整个生活方式都不一样。在旧时代,这里打架、吵嘴、杀人……简直让人想逃跑!"半夜的时候,有红胡子出来"……如果打牌打输了,就使劲喝酒。这样的人哪有心思顾得上住的地方。窝棚似的小屋,破旧不堪,眼看就要塌了;冬天跑风,夏天漏雨。一到雨天,这路就鼓胀起来,到处都是泥——人都没法走,更不用说车了。农闲时节,人就变得像野兽一样,凶狠残暴;收割庄稼的时候,就顾不上寻欢作乐了。可是,到了冬天——又旧态复萌……

现在是新时代了，村民代表们劝了李卫很久，但是，他没去做村委会主任；李卫允诺，他会拿出一笔钱来帮大伙。他的承诺很快就兑现了。在李卫的资助下，村里的那条土路被改造成了柏油路：现在，即使是下雨天，无论是步行还是开车，都能畅通无阻。没过多久，李卫收购了一家砖厂、一家采砂场，还买了一台碎石机。有一天他派来好几辆满载着建筑材料的翻斗车和大卡车；有一辆车还拉着工人……

所有的村民都出动了！因此就又出现了好几条带排水沟的道路：有几千米长，通向远方的田野，横穿了整个村子。人们再也不用受烂泥道的折磨了！

那些破旧、简陋的小屋已摇摇欲坠，根本就没法住人了。把它们拆除后，李卫把砖、水泥、沙子，还有石头赠送给了他认识或者不认识的这些住户——需要多少就送多少……一年内，知恩的同乡们盖起了二十一座房！并不是像李卫他们居住的这样的单幢小楼——而是小一点的，他们至今还住在里面。孙欣村在一天天地发展……

那一年春天，没有种子。那就买一点吧，可是没有钱。冬天的时候就已经没粮吃了。唉呀呀……他奶奶的！村主任说：李卫，借点钱吧，秋天就还你。秋天还钱的时候，李卫没收，他说：我借出去的钱，以后就用作贷款吧……于是，人们就都来贷款，需要多少就贷多少。好样的！哈哈……

这里人少，土地充足，甚至富余，可是收入甚微：过冬的食物都不够……村主任——李卫的朋友，去了一趟县城。他非常详细地打听到，领导来黑龙江视察后，扶助农民的具体计划已被制订出来。这一计划的实质在于：发展农场（合并统一的农业用地）、保障肥料供给。这是一项共同事业，每一名农民都要入股。如果哪家哪户过冬的食物不够，就要添补上，不能让这户家庭挨饿。如果哪家有多余的粮食，那就不能出售，要分配给同一农场的入股者。于是一千五百亩田地——大约一百公顷！——交给五十户最贫穷的农民，由他们经营。一切都统一起来：无论是播种，收割庄稼，销售粮食，还是管理农场。从日出到日落，就像在自留地里那样干活儿。拖拉机和联合收割机也出现在田地里。可结果呢？入股农场的农民家庭已经不足五十户了，总共才十一户。其余的农户，就好像他们仍在田地里干活一样，仍然分给他们过冬的粮食和蔬菜。那他们都到哪儿去了呢？原来他们转而从事副业了，通常是——冶炼矿石，炼出铝锭后再卖掉。还有一部分人在别的地方做雇工，也有人到别的地方找工作去了。

在这种情况下，把土地合并为统一的农场是不划算的，无利可图，而且也不妥当：三分之一的人干农活，却要养活所有人。主任，你再寻思寻思吧！现在，村主任按照区域把农民组织起来，非常正式，还签了合同。一部分钱被扣进公共账户。这样才划算！……

“哎呀，养猪完全不是小打小闹、各家各户养那么一头两头的事了。现在的情况是一养就养许多头猪。哈尔滨那边的工厂主任来了：帮忙建养猪场。工厂帮了很大的忙。贫穷的农户开始在这里养猪，不断扩大规模，卖了几茬猪，就赚了大把大把的钞票……养猪场的规模现在很大。没有穷人啦！”老头儿善意地笑着，补充道。“是的，得动脑子，得多劳动……打架斗殴的人没有了，也没人吵嘴骂街了，人们干活劳动，也很少喝酒。”老头儿突然把酒杯给弄翻了。

阿尼西娅一边听老头儿叙述，一边想：如果没有李卫和他投入的资金，孙欣村就很难发生变化，村民们的生活就会仍旧是以前那样，就像是住在破屋里的那户人家，李卫当时还把车停在了那户人家的房跟前，还在那儿把母亲搀扶到车外呼吸新鲜空气……但阿尼西娅立刻就打断了自己的念头：孙欣村的变化可不单单是因为儿子的慷慨，也不仅仅是因为村主任精明强干，或者是因为几家工厂的善举。农民之所以发家致富，是因为政策好，还因为他们受到了指点：要尽可能地改变生活，过上更好的日子。于是，他们就找寻到了摆脱贫困、过上富足生活的正确道路。于是孙欣村就发生了翻天覆地的变化。这里地多人少，基本情况和我们俄罗斯那边的阿穆尔河沿岸地区一样。中国人已经想出了解决问题的办法，为什么我们俄罗斯的管理者们还在那儿无动于衷呢？墨守成规现在行不通了——既然开始了新生活，那就得按新办法来。向我们的邻居学习学习吧——哎哟，应该学学！

“哎呀，我差点儿忘说了！”经过短暂的停顿后李酿猛地一下从座位上蹿了起来，“我们的村主任可是一个有心计的人。他发挥领导的话说：想致富，就得努力干活，得赶紧干活；想吃饱饭的人，加油，加油！还得开动脑筋，不能傻坐着。于是我们就炼出了许多铝锭，可以卖上好一阵子！还囤了一点儿。哈，是有风险……他说：得冒风险！”说到这儿的时候，老头用巴掌拍了两下自己的耳朵，就好像是在说：有些人听到了上面的指示，也明白其中的意思，可是他们却什么都没有做。“我们村主任把铝锭一直囤到夏天才拿出来卖，价格上涨了两倍。赚了好大一笔钱啊！”李酿拍了拍裤兜。“上涨了两倍。两倍啊！”老头儿欢腾起来，容光焕发的。他频频点头，因为过于用力，脑袋都发红了。额头上显示衰老的皱纹都泛着光，让老头儿显得生气勃勃，他的自豪之情溢于言表。他一边收拾剪报，一边总结道：

“得学习啊，脑袋瓜子也得灵活！”收拾好照片，老头儿就呼哧呼哧地站了起来，把它们拿回了房间。回到饭桌边上以后，他沉默了很长一段时间，就好像是在打盹儿。

“你们怎么不吃菜呢？”当李卫和他媳妇从露台上回来，坐到饭桌前的时候，儿子用俄语嗔怪地问道。

阿尼西娅半合着眼睛坐在那儿，琢磨着李酿刚才说的话。真没料到，李卫竟然是这样一个人！她在儿子身上发现了新东西。“他身上的这种品质随我，那是我的脾气秉性。”

“我们吃着呢，我们吃着呢！”老爷子看了看客人，回应道；他的嘴唇微动着，就好像他的确是在咀嚼东西似的。

“真好吃！”阿尼西娅拉着长声夸赞道，同时很随意地递过盘子，接住了儿媳妇夹过来的菜，那是一小片裹着酸甜汁的白切肉。“谢谢！”

“得好好吃饭。”老头儿狡黠地眯缝起眼睛，嘟嘟囔囔地说道。“对吧？”阿尼西娅感觉，大伯子话里有话。李卫的媳妇皱了皱眉：老伯伯，你最好还是别说话了！瞅瞅，你只顾兴高采烈地说话，都顾不上吃东西了。阿尼西娅觉得，这是对自己的无声指责。儿媳妇怎么这样呢？老人希望有人陪他，与其说他乐意有人和他一起吃饭，不如说他更愿意有人和他唠嗑，更愿意和陪他的人说说自己的意见以及感受。为缓和尴尬场面，李卫把一个装着小礼物的盒子递给了大爷。老人并没有因为收到礼物而高兴起来，他把盒子放到了身边的地板上，用只有他自己才懂的语言嘟囔了几句什么。侄媳妇斜着眼睛匆匆地瞥了他几眼。

阿尼西娅感觉得到，老爷子是一个独立自主、自尊心比较强的人。要是跟陌生人单独待在一起，他一定不会是先开口说话的那一个。和侄子、侄媳妇他也是平等相处，从来不委曲求全。谁要是不了解他待人处世的方式和习惯，会觉得他这个人太傲气。李酿还会因为鸡毛蒜皮的小事而抱屈、生闷气，尤其是当着客人的面时。受了委屈他必定会表现出来。他性格就这样，和李方一样。好吧，谁让他们是亲兄弟呢……他不喜欢侄媳妇的那种笑，所以，当侄媳妇把脸儿转向他的时候，他就紧闭双唇：又不是跟你说话，我说话的时候你最好别听！阿尼西娅也觉得有点儿尴尬。于是，她脑袋里想起什么就问起了什么：

“那村里收割庄稼的时候所有人都到地里去干活？”

“就是，”儿子喝了一口水，回答道，“我们所有人都到地里去，家里不会留人。”

“那孩子怎么办？比方说，吃奶的孩子……”

“他们跟父母一起，也在田地里……在我们这儿小孩子很早就看到田间劳动，这没坏处。”

看见桌子上摆的盛放牛奶的精致小陶罐，阿尼西娅想问，他们是不是养了奶牛，可是，随即老妇人又不想问了：就算是有，谁来照看它啊？老爷子走道儿都费劲，年轻人又没时间，况且，他们根本就不需要奶牛。阿尼西娅了解到儿媳妇是从农村出来的，结婚之前和牲畜打过交道，她可是知道上班工作的人顾不上养牛：饲养奶牛可不是一件简单的事儿。老妇人忽然想起来：他们根本就不住这儿，而是住在城里，从这儿进城还得开车……

饭快吃完了。很明显，老爷子坐累了，也说累了。于是他就要了一杯茶，可是，喝浓茶也没能提起精神来。老人默默地站起来，还是一声不吭，一瘸一拐地回了房间。从房间里传来很大的稀里哗啦声，那是他在整理剪报。儿媳妇跟丈夫耳语了几句后，李卫说道：

“妈妈，你也休息吧……我们还有事儿，还不能休息。”

儿媳妇伸过手来想帮助阿尼西娅从凳子上站起来，老妇人一摆手，直截了当地拒绝了：我自己来。这使儿媳妇觉得受了委屈……她们走过了好几个房间，经过的时候，阿尼西娅注意到：每一个房间里都很有品位地摆放着红木家具，摆得满满登登的；第一个房间，里面放着一架钢琴；在第二个房间里，放着跑步机和大小不一的各式哑铃；在第三个房间里，摆放着一台醒目亮眼的电脑……老妇人后来非常惊讶，因为李卫夸口说，在村里所有像他大爷住的这样的单幢小楼里，房间都是这样布置的。那些别墅一样的单幢小楼都是农民的……

“农民的？”阿尼西娅下意识地叫了起来。“这得是啥样的农民啊？难道穷人们住在豪宅里？儿子，你别给我讲瞎话了。这样的房子不可能是农民的，不是。有钱的人才住在这样的房子里享受。”老妇人抱屈地补充道：“在奥利乔伊那儿，你看见过我们简陋的房舍吧？在我们那儿……”

李卫仰头大笑：

“妈妈，你不太了解中国人，虽然你生了我……中国人如果想要做什么事儿，就能把它做成。在我们孙欣村，人们很快就会都成为有钱人了。一个人发财了，只能说他走运。一个村子变富了，也不能说生活就富裕了。整个国家都富起来，那才是真正的富裕生活！妈妈，这是我们的梦想！”儿子刚毅、自信地为自己的话收了尾。阿尼西娅在听他说话的时候，微微张开了干燥的嘴唇，李卫注意到了母亲的神情，有点儿发窘，变得腼腆起来。老妇人回想起，儿子在她那像叫花子住的小木屋里吃饭的时候，讲过同样的话。在那个时候，李卫说话就好像是饭桌上的一次再普通不过的吹牛皮：母子重逢嘛，他一时高兴就吹起来了。却原来，儿子的话正在成为现实……梦想正在他的家乡实现着！这里曾经是一个贫穷的地方，李卫的童年就是在这里度过的；他就是从这里走出去——去寻找更好的出路，去闯荡天下的。他在孙欣村找到了自己的运气，他也珍惜自己的承诺。老妇人怎么能不相信自己的儿子呢？

最里面的一个房间，窗子朝向花园，实际上也是最安静的一个房间。房间里摆放着一张深棕色的皮面软沙发，带有很高靠背的那种，老妇人觉得，这张沙发太高档了。儿媳妇像一个保护人似的注视着婆婆，好像她适才看见了，而且也注意到了，婆婆坐下来想躺下，但却下意识地皱了皱鼻子。儿媳妇打了一下手势，意思是她现在就把被褥拿来，于是就走了出去。

她的儿媳妇可真不懂礼貌……不，她们只是习惯不一样罢了。阿尼西娅无论如何都不会在没准备好床铺的情况下就带客人去休息。“都准备啥了？扔过来一个枕头，放下一床被子就完事了，亲爱的客人，您休息吧……她有点傲慢，不太尊重人。嗯，好吧，可能我这是在找茬呢！”老妇人在那儿寻思道。这时候，她感觉自己越来越困了。儿媳妇也仔细询问过她的身体状况，也关切地问过她需要什么，在俄罗斯那边生活得怎么样，就好像李卫没说过似的，然后笑呵呵地把她从饭桌前领到沙发跟前……然后就把她一个人留在这儿：拿枕头去了。如果是阿尼西娅的话，她会趁客人不注意早早地就去把被褥铺好，尔后再把客人带过去休息，还要祝客人做个好梦……

阿尼西娅就这样穿着内衣躺下了。儿媳妇却扬起她那细细的眉毛，收起笑容，让婆婆起身，以便她铺上黑、红颜色相间的方格毛毯。完事后她就迈着小碎步走到卧室门口，虽然扭过身去了，但是她很快就摸到了身背后的门把手——那是一个圆形的镀金把手——把门轻轻带上。走出房间的时候，她的脚步非常轻，没弄出一点动静。

老妇人心满意足地睡着了，睡得并不是很沉；半梦半醒之间，她听见了汽车发动打火的声音，噪音被压得很低，不太响……

第十八章

在中国做客一个礼拜的时间差不多快要结束了，可是，李卫却没给母亲任何暗示，没有任何告知她准备动身回俄罗斯的意思。生意上的事时而顺利，时而不顺，但是儿子从没把糟糕的情绪发泄到老婆身上，一次都没有，他反倒是常常开个玩笑，而对母亲则表现出特别的关心。可能是在无意中看到，阿尼西娅很喜欢织东西，于是他在去哈尔滨的时候，顺路买了些毛线，甚至还额外买了四根织针。老妇人特别喜欢这份礼物，高兴得不得了！那些毛线不是第一次洗就缩水的日本货，也不是俄罗斯生产的那种，俄罗斯生产的毛线非常粗糙，很容易起球倒卷儿，而是英国货，有深灰色的，还有淡红色的。简直是宝贝！这一个礼拜，阿尼西娅忙的可不是一份单调乏味的活儿，它有助于消磨时间，还使人心情平静。不知怎么的，它使老妇人摆脱了恐慌与焦虑。老太太每一个白天都是一个人待在这豪华的大房间里，高兴地挥动着织针。实际上，如果不织点东西，还有什么活儿让她忙呢？一日三餐，根本就用不着她来做：儿子和儿媳妇会把所有吃的喝的都带来。也就剩下烧水煮茶了，可是，两口子信不过老太太，烧水煮茶的活儿也由他们自己干了。有时候，儿媳妇会在晚间一个人回来，而李卫——第二天才回来……

阿尼西娅光是看到毛线团的样子就特别满意。可是，用它们织什么呢？给儿媳妇织件短衫？给她日思夜想的孙女织一副手套？给乡下的大伯子织一件坎肩？也可以给儿子织一件套头衫啊。老妇人特别想在那段时间内给他们每一个人都亲手织点什么，可以留给他们作纪念。只是留作纪念！她用手工织出来的衣物，没有谁会穿戴上的：又不是穷人。儿子喜欢穿白色或者蓝色的衬衫，再打上领带；儿媳妇每一天都穿新的、细毛纱的短上衣。给孙女织冬天戴的手套倒是非常及时……可是，孙女能穿、能戴的新衣物想必也很多很多。大伯子根本就没必要穿旧衣服，但那是老爷子对待东西、物件的习惯，穿衣戴帽完全是依照他的个人喜好。于是，老妇人就首先开始织坎肩，手套然后再织……

老妇人开始觉得，心里没有悲痛了，所谓的悲痛和不安，都是短暂的，都是微不足道、无足轻重的东西。最好还是能提前知道动身返回的时间：要不然去一趟教堂都来不及。还是应该找到教堂……

阿尼西娅端坐在厨房里的凳子上——还是习惯坐凳子，带扶手的那种沙发椅她坐腻了！旁边就是圆形的弯腿儿餐桌，桌腿儿上雕刻着花饰；厨房里金属材质的厨具全都是镀镍装饰，闪着光；搁板上摆放着碗碟家什儿，都是名贵餐具，也闪着光，但是相对柔和。它们很漂亮，让人赏心悦目，却不是她自己的。即便如此，老妇人仍有一种感觉，好像是在自己家里待着。如果一定要说有什么不对劲的地方，那就是这里缺少母鸡咕哒咕哒的叫声，唤人晨起的大公鸡的打鸣声也没有。

“这个花样好看，”老妇人寻思道，“左边两针……”这时候，她的注意力忽然被开门声吸引住了：有钥匙插进锁孔，转动了两圈。阿尼西娅放下手中正在编织的活儿，从凳子上站了起来。房门口铺放着松软的地垫，老太太并没有听见孙女李旭（北京大学的学生）进门的声音。女孩出现在她面前时轻轻地鞠了一躬，腼腆地问候道：

“奶奶，您好……奶奶！”李旭飞快地打着招呼，说话和动作简直是一气呵成，她非常高兴，睁大眼睛仔细地打量阿尼西娅。

李旭穿着一件普通的、领口镶着毛皮边的深色大衣，脚上是一双红色的靴子，紧接大衣的下摆。一头短发，使她看上去就像一个男孩子。扔掉害羞，也没继续说什么问候的话，女孩儿一下子就向奶奶扑了过来，搂抱住老太太的肩膀，小脸儿紧贴在奶奶的脸颊上。她细长的丹凤眼睁得大大的，热切极了，就好像是有火苗从眼睛里蹿出来似的；胖嘟嘟的、婴儿肥的脸蛋儿，皮肤稍微有点黑，但细嫩、光滑——这是一张皮肤富有弹性的、洋溢着青春与笑容的脸——它由内向外绽放着喜悦，毫不做作。女孩的脸上写满真诚，异常美丽！她一进门就招呼奶奶，而且是用俄语，就好像从小到大都是在阿尼西娅的照看下长大的。老太太非常惊讶！

“我的宝贝孙女！”老妇人一边拥抱着至亲骨肉，一边哼道。没有克制自己的情感，阿尼西娅被温暖、热切的亲情感动得热泪盈眶。“这么善良……这么招人喜欢。太像你爸爸了。瞅瞅，这眼睛，充满热情的眼睛……让我好好抱抱你，就这样，就这样……”

“可是，可是……眼睛怎么会是‘热的’[①]呢？”李旭从奶奶的怀抱里挣脱出来，拉着长音一个字母一个字母地说出“热的”这个俄语单词来。

“这么说，你懂俄语？”阿尼西娅再一次感到惊讶。

“只会一点点。这有什么奇怪的？嗯，是的，我学过，爸爸也教的。”

---

① 这里“充满热情的”和“热的”是同一个俄语单词，孙女是仅从最简单的字面意思上来理解该词的。

“原来是这样！我就知道，他一定会教你的。你爸爸能用俄语连贯地表达，别人说什么，他也都能理解。就像他自己的父亲：过去的时候，我和你爷爷曾一起淘金。”

李旭顽皮地摆了摆小手：奶奶，我听不懂啊。阿尼西娅有点发窘，慌了起来……

“那么学校里逼着你们学点俄语吗？”

“可不是嘛，奶奶！我朗读能力不行，单词的意思理解，可是不会说。”李旭对自己很不满意，她撩起额头上的刘海儿，脱下了靴子。

“老一辈人俄语虽然说得不是很好，但是他们都会说。毕竟友好相处过。曾经有一首歌，里面的歌词是这样的：‘中俄人民是永久弟兄。莫斯科—北京……’美好的东西还得继续唱下去。两国关系最好更加密切，就像过去那样……可是，现在的年轻人瞧不起俄语，确切地说，不需要我们的语言了。是不是我说的这样？”

“奶奶，我需要，我可得学！”李旭又顽皮地噘了噘嘴儿。她的意思是说：我跟他们不一样，我可不是这么想的。

稍稍吃了一些点心后，李旭发现放在一边的织物，她注视着阿尼西娅，毫不掩饰自己的羡慕之情。然后，她饶有兴致地端详起已经织好的底边来，非常真诚，没一点做作的样子。

“那些男孩子也许就这样出神地看着你！”阿尼西娅一边欣赏地看着孙女，一边问道。老太太说得真准。

“啊，是的！”李旭笑了起来，但随即又收起笑容，神色变得忧郁起来。阿尼西娅立刻就以自己特殊的方式明白了孙女情绪转变的原因。老妇人决定证实一下。

“哎呀，我听说，你们中国姑娘年龄不大就嫁人了。而我自己出嫁那年也就十七……”

“十七岁出嫁？哎哟，我都十八了……”

“已经有了相中的男孩儿？”

“嗯……”李旭低下头，继续端详奶奶的织物。老太太明白了：她父母不让她交男朋友。这也在理儿：那样有可能荒废学业。谈恋爱可不是开玩笑！阿尼西娅直截了当地说出了自己的想法。李旭弄懂了奶奶的意思，忧伤地点点头：是啊，是啊，真是这样，一点不错。脑袋里的那些傻念头都不能要，都得放弃……

“你看，很简单：先这样织一个环扣，然后再织第二个，孩子，往右边织。明白了吗？往右边织。再来一遍！”阿尼西娅丝毫不差地又演示了一遍。李旭紧闭双唇：看懂是看懂了，可是……“现在得在左边织两个环扣，一个，两个，你看啊，我再来一遍！”于是，阿尼西娅把刚才织的那几针都拆开了。“来，你试试……”老太太把毛线和买来备用的一副织针一起递给了李旭。

刚开始的时候，李旭织得并不顺当，但是，她没有放弃。最终，努力没有白费。看得出来，孙女的理解能力很强，领悟得很快。祖孙俩就这样坐在那儿织啊织啊，直到黄昏。傍晚的时候，轮到阿尼西娅学习了……学习怎么备茶，怎么喝茶。

实际上，备茶、喝茶这件事儿更复杂，比学会织毛衣困难多了。至少，对于阿尼西娅来说是这样。李卫坐在那儿看电视，媳妇在热饭，李旭先是往一只小茶碗里倒了半碗茶，随即又闻了闻。第二只、第三只小碗都是这样做的。烧水的茶壶是一个带彩绘的、用黏土烧制的砂壶，水开了，出现了气泡。得开一会儿，等水沸腾，然后还得……李旭一点儿都不着急。她就在那儿等着，一直等到白色气泡大量翻涌到水面上。茶壶里的水猛烈地“抖动”起来——该沏茶了。几秒钟后，李旭把中间那只小茶碗里的茶水倒了出来，又过了片刻，她俯身到冒着热气的茶壶前，用软刷[1]轻轻地刷拭壶嘴，动作柔和、细心，她这样做，就好像是为了让茶壶舒心畅快似的。这时候，李旭才把棕红色的茶汤倒入几只又细又高的瓷杯中，每一只瓷杯都用又低又宽、很像碟子的小茶碗扣上了，然后她端起瓷杯，再迅速地把它们翻转过来。茶水就这样被"倒"进了茶碗里！现在就可以喝茶了。一滴水都没洒出来。成功！

不明白，太神秘、太复杂了……

这时候，儿媳妇端来切好的香肠、什锦蔬菜和半个西瓜，西瓜已经切成了薄片。李卫解释说：这些东西喝茶的时候吃。碗里的茶水得三口喝完。为什么要三口喝完呢？李卫又解释道：喝完第一口，脑袋里的坏念头就离开了；喝完第二口，心里就没了不好的感觉；第三口喝完，身体就得到了净化。

"拉倒吧……我可学不会！"喝了一口茶碗里的水，阿尼西娅坦白地承认道。不，三口才喝完的要求无论她多么努力也达不到。李旭忍不住了，捂着嘴扑哧一笑。

"试试嘛！"李卫建议道。"喝一碗学不会，那就喝十碗……"

"干吗喝那么多？不行，我可学不来……"

"还早呢，能学会。今天晚上咱们就坐在这儿喝茶，妈妈，坚持啊！"

果不其然。几个人就这样默默无语地坐在那儿享受着。喝完最后一碗茶，时间已经过去两个半小时了。在此期间，李卫会偶尔打断这个仪式，询问母亲：

"妈妈，怎么样，好喝吗？是不是感觉轻快些了？"

"儿呀，轻快多了……哎呀，你刚才说得对：我都感觉不到身体的

---

① 俄语原文中的"软刷"在此处实指茶道中使用的"养壶笔"。

存在了。手脚都轻快了，非常舒服。如果站起身来，我能四处跑。”阿尼西娅坦白地承认道。她没说假话：确实如此。儿子笑了笑，随即又瞅了一眼妻子。好像她也在咧嘴儿笑，她那柔软、丰满的嘴唇还没合上呢。“我们俄罗斯人喝茶，会把杯里的水一口气喝光，然后，立刻就能飞奔。还是这样一口一口地慢慢喝更好。可是，太让人倦怠了。这么长时间，给菜园子翻土，都能翻一半了。”

“城里有很多茶馆。在那里喝茶，时间更长：可以听音乐，可以听奇异故事，还能听到演奏者吹长笛……”

“可别，儿子，我可坐不了那么长时间。啥笛儿都不用，还有那个什么，也用不着……这么大岁数了，啥都不用！”阿尼西娅朴实地坦言道。“什么活儿都不干，就在那儿坐着，而且，还得坐那么长时间，我可受不了。我更乐意走动走动，手里随便拿点什么，锹啊，锄头啊，桶啊，拿点啥都行……”

李卫大笑起来，儿媳妇笑呵呵的，嘴也咧得更大了，李旭的脸都笑成了一朵花儿。儿子宣布：他明儿个一早去打猎。说这番话的时候，他特意看了看妻子和母亲，以至于娘俩都明白了：他是为了她们去打猎……

出门后的第三天，李卫回来了，同样是在晚上。正如阿尼西娅所料，背包里是他媳妇所期盼的，也是他曾经许诺送给妻子的熊皮。妻子的吩咐就是法令，于是，这条法令被执行了。

这次喝茶喝得很开心，那些繁文缛节都没了。阿尼西娅知道，酷爱打猎的人会在头一场雪之前进入原始森林，然后，在祖辈们挖出来的，并且得到他们悉心保护的洞里过夜。这样的“地点”不会被人轻易地看出来。洞里一定得有小铁炉子、宽宽的铺板床、用厚板子钉出来的桌子、两条粗笨的长凳。炉壁那儿必须得有一口小锅、一抱劈柴和一盒火柴——火柴得放在最干燥、最显眼的地方。猎人们的栖身处通常是在小溪边的山冈上，或者是在森林中湖泊附近的山冈上。

阿尼西娅还知道猎人们的另一个癖好：他们特别愿意给别人讲故事，可能是真人真事，也可能是他们编造出来的。可是，如果让她的少言寡语的李卫编故事……

儿子的心情特别好，他以灰熊做引子，讲起了笑话：灰熊就是灰熊，可不是国宝大熊猫，它把人都追到树上去了！老太太没弄明白儿子是在开玩笑，张嘴问道：孩子，灰熊追你？儿媳妇晃了一下脑袋：他在那儿瞎说呢，您可别信！她一边心不在焉地听着，一边照看着桌子。最好吃的东西都被儿媳倒腾到李卫跟前了，一大堆：那还用说，丈夫已经三天两夜没在家了！李卫兴致勃勃地讲述着，把头扭向母亲的时候，他就说俄语，把头扭向妻子的时候，他就说汉语。也不知是什么原因，故事中的人被他用上了第三人称。

“哈，灰熊在他身后追赶……他不得不脱下靴子，朝熊脸上扔过去。打中了！熊爬下树，把靴子撕得粉碎。然后就又往树上爬，都嗅到那个人的脚丫子了。那个人就从身上脱下棉袄，抛向怒气冲冲的灰熊……熊又爬下去，把棉袄撕成了碎片。然后就又往树上爬……他身上只剩下衬衫了。他把衬衫也扔了过去。灰熊把衬衫也撕碎了……后来怎么样了？灰熊爬不上去就在树底下盯着，那个人光不溜秋地蜷缩在树上，吓得直哆嗦。他在树上等啊等啊……马上就黑天了，天儿也变冷了：正值秋天嘛。很快就冻僵了……”

“从树上掉了下来？”阿尼西娅抓住儿子的衣袖，问道。李卫煞有介事地摆出一副严肃的模样，一本正经地说：

“携带着枪支的一帮地质工作者把他给救了……熊跑了！”

“谢天谢地，人还活着……被撵到树上的那个人不会就是你吧？”

“是一个砍伐树木的人，灰熊要惩罚他……”

“原来是这样……破坏大自然？大自然的确会惩罚他。”阿尼西娅仍然觉得，李卫说的就是他自己。老妇人从来就没听说过，在家乡阿穆尔河沿岸地区哪个猎人打猎的时候发生过这种事儿。李卫继续往下装，还是那一本正经的样儿，他补充道：

“那只熊怎么就那样穷追不舍呢？是因为那个人往树上爬的时候，竟然向灰熊吐了一口痰，同时还向它做了一个轻蔑的手势。正是这个手势侮辱了熊，也把它给激怒了。它们也和人一样！祖辈们就是以这种方式狩猎的：向熊做一个轻蔑的手势，它咆哮起来后，并不跑掉，一般说来，被激怒的熊会扑向猎人。这个时候，猎人把猎矛掷出去，它就会刺穿熊脑袋。这才是打猎嘛！”李卫实在绷不住脸儿了，哈哈大笑起来，他一边笑，一边看着惊讶感叹的母亲。老太太手里的织针停了一阵子后重又飞快地舞动起来，一闪一闪的。

“竟然是在开玩笑！……你就可怜可怜自己的母亲，可别再吓唬我啦！”阿尼西娅松了一口气，请求道。“要是让李旭听到了……还好，她不在家。孩子，你闺女太招人喜欢了！”老妇人的话使得李卫特别满足。

李卫的情绪非常好：在那儿一直说啊说啊……

“……湖岸上的草被压倒了：嗯，一定是谁在这里打滚了。会是谁呢？当然是灰熊啦！那个人拿起枪，一把已经装上了扎坎枪弹①的滑膛枪。他四处张望：一棵松树，树皮被熊爪子抓得破烂不堪；在另一棵松树上，也留有同样的记号。哈，两头熊碰到一块儿了，还在这儿较量过。从树上的记号看，能非常明显地看出来，哪一头熊更厉害，力气更大。落败的那一头拔腿逃开了，它以后再也不会出现在这里。如果

① 扎坎枪弹：滑膛猎枪用的一种子弹。

人不冒犯熊的话，它是不会向人发起进攻的。比如说，用斧子在树上砍一个记号，灰熊见了立刻就会发起脾气来，就开始寻找挑事者，得比试比试，较量一下。它们就这样。脾气秉性和人差不多：不要惹我。

“野鸭在湖心戏水，可是它们却在岸边吃食！啊哈，灰熊弄折了一棵树，把它们惊散了……突然间，土丘上的草丛被稍稍压弯，猎人的手指不由自主地抠动了扳机。枪声响过之后，高高的草丛里有个什么东西微微地动了动。是它！就在跟前！……猎人愣住了：的确是熊！熊耳朵支棱着，两眼放光，一眨不眨地瞅着他。可是，枪膛里只有一颗子弹，很可能不够。猎人看着熊，灰熊看着猎人。怎么办呢？端着枪、准备射击的手都已经累酸了。猎人向旁边摇晃了一下。灰熊纹丝不动，即便是熊耳朵都没支棱一下。猎人在那儿等啊等啊，迟迟没开枪，熊的个头似乎缩小了一半。然后，就越缩越小，最后，竟然变成了……树墩子！他懊恼地踹了一脚，又往上吐了一口吐沫，冲着原始森林很难听地骂了一句……”

李卫斜着眼睛看了看母亲：她相信了呢，还是没相信呢？

阿尼西娅没停下手里的活，一边织，一边平静地说：

“以前人们捕鸟猎兽，是为了不饿死，去打猎是为了获得食物。可是现在呢？”

儿子明白，自己的母亲想说什么，于是，辩解道：

“妈妈，你胃不好，经常胃疼。我知道，已经疼很长时间了。吃那些药也不起什么作用……”他又开起了玩笑：“我求啊求啊，想要点胆汁，可是哪头熊都不给。都是小气鬼……”

“孩子，你开什么玩笑？野兽也想活命啊。人生病，和野兽有啥关系！关它什么事呢？……我的药就是祈祷……”

“祈祷是精神疗法。该吃的药也还得吃。你需要胆汁。这就是，拿着!”李卫从背包的一个小口袋里取出了一只保管得很好的小盒子,递给了母亲。

“孩子,谢谢!”阿尼西娅激动地说道,这份珍贵的礼物让她对儿子非常感激,但对于儿子取熊胆的这一做法,她又很不认同。老太太这时不知所措地看着儿子,她已经不知道该怎么说话了。儿媳妇的眼睛刷地一下盯向丈夫,目光中满是责备的意味:给我的礼物呢,什么时候给我?不知什么原因,李卫并不急于让媳妇感到高兴。李卫把那种开玩笑的语气一转,代之以认真、正经,且格外亲切的口吻,说道:

“我生在越橘丛里……那幢小木屋已经没有了。妈妈,是这样吧?”阿尼西娅点头:是的,没有了!“这越橘果多好啊……你看!”李卫伸出舌头给母亲看:我的舌头到现在还是淡蓝色的呢。

“你们这儿也有越橘生长吗?”老妇人停下手里的织针,问道。

“有啊……如果果子熟过头了,手都拿不起来。灌木丛被踩坏了,城里人拼命地采摘,想把所有的浆果都摘走。掉在地上的,都被捡起来。唉!”李卫叹了一口气。“再这样下去,野兽啊、浆果啊,啥都剩不下了。大森林在诉苦,在呻吟:人们在践踏它,破坏它,它被垃圾堆得满满的……我要是看不见这些该多好!一头驼鹿被捉到了,宰了它!皮毛珍贵?立刻就动起手来……”

李卫始终都是一个沉着稳重的人,但同时,他也是一个感情丰富的人,他真的非常生气——他的愤懑是很当真的。

阿尼西娅痛苦地思索道:人类真是贪婪……

儿子沉默起来,若有所思地凝望着远处的天空。阿尼西娅知道他在思考什么……啊,广袤无垠的大森林,你像海洋和天空一样辽阔!当人身处草丛中,和周遭的小草浑然一体的时候;当人身处丛林中,和旁边的树木浑然一体的时候,那是多么好啊。如果人们明白鸟儿的想法，理解野兽的情感……到那时候，人类就会懂得大森林的痛楚，就会仔细倾听大森林的诉说，就会检视它的伤口，了解它的内心。一个人如果隐藏起来，一动不动地在那儿躲着，他就会逐渐地理解鸟儿的啁啾声、乌鸦的呱呱声、鸽子的咕咕声和老鼠窸窸窣窣的声音。如果人把动物当成自己的同类，那么就没有哪种动物——无论是天上飞的、地上跑的，还是藏在洞穴里的——会害怕人类。而且，它们也不想吓唬人，只是想和人类和谐共处。唉，它们现在害怕人类，回避人类，也远离人类，因为人类——已经不是大森林里的居民了，而是它的敌人……

“那你当时为啥要把灰熊打死呢？”阿尼西娅终于停下手里的织针，径直问道。李卫有点纳闷，他看了看母亲，没有回答，却从背包里掏出熊皮，递给了妻子，其实那是一张人造皮革。媳妇向丈夫报以灿烂的微笑。

……因为害怕，那人竟然把树墩子当成了灰熊……这时候，灰熊已经不在草丛里了，而是在密林中……猎人和灰熊就这样又面对面地相遇了——从树桩那儿按不同方向走过来：树桩子很高，弯曲的枝杈也多。先前灰熊藏了起来，就像小孩子躲父母那样，时不时地还向外看几眼。这时猎人的猎枪从手上掉了下来，只剩刀了！……灰熊扑向猎人，把他摁倒在地，顺势又坐在他身上，用爪子啪嗒啪嗒地拍打起猎人的后背来。就好像是父亲对儿子搞恶作剧一般！猎人没有惊慌失措：他把脑袋塞在熊的两条后腿之间，一使劲，像背牛犊子似的，把灰熊背到了身上……灰熊尽管吓了一大跳，但是它没想咬人。反倒是因为害怕，吓得拉起屎来。转屁股的时候，粪便溅了猎人一身——里面都是越橘果。然后它就直立起来，冲向了猎人。还能怎么办呢？这时候，猎人就把刀刺进了灰熊的心脏，熊皮外面只剩下了刀把……

那只熊为什么不上来就把人撕碎，而是和人玩耍一会儿呢？因为它吃饱了。还有什么原因呢？这是一只幼熊，第一次碰见人，把人当成了自己的同类。这一点人是后来才想明白的：屠宰后收拾熊肉的时候……

“拉倒吧，你又在那儿撒谎了！”阿尼西娅斥责儿子，她知道，儿媳妇无论如何都不会弄明白这个圈套的。“你就乐意蒙骗我们，骗我，骗你媳妇，让我们伤心难过……”

阿尼西娅一边唠叨，一边端详那只小盒子。盒子密封着，里面有包装用的软管，这能摸出来。是的，是胆汁，但却是药厂生产出来的……老太太也彻底明白了：李卫他什么熊都没猎杀过！天底下的猎人都一样，都喜欢开玩笑，方才的那番讲述，那是和母亲，和媳妇开玩笑，让她们娘俩高兴快活呢……这份礼物太珍贵了！向儿子道谢后，老妇人把小盒子放进旅行包，保存了起来。儿子盯着她，神情非常专注。老妇人期望儿子宣布：很快就要动身出发了。在这里做客已经有些时日，该回家了。可这一次，李卫仍然避而不提……

阿尼西娅并没来过哈尔滨，可是，老妇人走在哈尔滨繁华、热闹的大街上时，她仿佛觉得，自己没在国外，就在俄罗斯呢。许多建筑都是按我们的方式建造的，俄罗斯精神在中国还有留存！四五层高的楼房，每一家都有阳台、拱形窗；胡同很短但很宽，电线杆子一根根地立着。离老远就看见了不大的圣母帡幪教堂[①]，阿尼西娅不知不觉在众人面前哭了起来，她一边抽泣，一边自己画了个十字。于是，老妇人就向教堂的方向走去。不单单是去做祷告——去规规矩矩、恭恭敬敬地祈祷，她还希望在教堂里能碰见一个生活在这里的、已历遍艰辛的俄

① 即哈尔滨圣母守护教堂。

罗斯老乡，能和他聊聊天。刚一靠近"洋葱头"式的教堂，阿尼西娅的希望几乎立刻就实现了。教堂的墙壁好久没人照管，好久没粉刷过了；窗户上到处都是灰；在窗玻璃上的某些地方，裂纹弯弯曲曲地延伸着，窗角处露出很多窟窿。相较于教堂旁边的新建筑，这教堂看上去让人觉得很奇怪。

阿尼西娅走到破旧不堪的大门前。一个穿工作服、长着一双蓝眼睛的老太太正在大门那儿站着，手里拿着扫帚。看见有新教民过来，老太太赶忙把扫帚放进小桶里，挺直腰板，轻轻地鞠了一躬，非常有礼貌地向阿尼西娅打招呼问好。俄语语音地道、纯正，嗓音低沉、洪亮，她是哪国人，已经毫无疑问了。她叫娜杰日达・马卡罗娃。两个老太太三次亲吻，这立刻就让她们彼此更加确定——都是俄罗斯人。

"马卡罗娃就马卡罗娃吧，我一直都用自己出嫁以前的姓。至于丈夫的姓嘛……我还是不说了，要不然你会笑话我的。我就这个命儿……"

娜佳[①]从来没去过俄罗斯，阿尼西娅在此以前也从来没来过中国。如果不是因为儿子，她阿尼西娅也不会站在这儿，也不会在这里享清福。儿子把我接过来，认识认识亲戚。他出生在阿穆尔河俄罗斯那一边，却是在中国这一边的农村长大的。今年这个夏天找到了我，找到了自己的亲生妈妈。

"那你儿子多大了？"

"四十多了……两个国家和解后，他就开始做生意。现在很有钱。"

"原来是这样！"老太太慢声说道，她的目光也变得完全和善起来。不过，老太太并没有追根究底：就是这样的时代嘛。

---

① 娜佳是娜杰日达的昵称。

“有些人说俄罗斯人在这里处境不好，其实并不是这样，中国的老百姓，无论是过去还是现在，对俄罗斯人都很尊敬。现在就更友善了……俄罗斯人处境不好的时候，也的确有过！在他们的文革时期，啐我们、憎恶我们。有时候，即便是足不出户，也挨打。别说对我们这样，那些不懂事的毛孩子就算是对他们自己国家的知识分子和学者也不客气：连捆带绑，在地上连拉带拽。哎哟，我怎么又回忆起那些不好的事情来了！……当时有那么多教堂，全都被关闭了，只剩下三个宝贝疙瘩。教民很少，全都祈祷我们的上帝耶稣……神父格里戈里比我们经受了更多的考验，这个可怜的人！上帝保佑，可别……他就这样被拽上马车，穿着神父穿的那身衣裳，在城里游街，被人们批斗，就好像他是什么敌人似的，人们侮弄他，嘲笑他……神父吃尽了苦头，可是，他没有放弃东正教，没放弃《圣经》，一直坚持着自己的信仰……只要没死，我们就会来教堂，来祷告。还剩下多少人？都是上了年纪的老人了。我们希望：将来能信教的人更多一些。最好能像以前那样多……当时有些人离开了，但是我能去哪儿呢？我嫁给了一个中国人。他那么珍惜我、爱我，难道我能和他断绝关系？……更何况，还有孩子！一家子人……”

两个老太太一边聊着一边走进教堂，她们非常吃力地跪在了十字架前面。腿脚不听使唤，颤颤巍巍的，骨头又酸又疼。她们的祷文一样，只不过，从娜佳的嘴里偶尔会蹦出汉字来，声音还不小，但是，这并没有让她们两个感觉不好意思。

阿尼西娅得告别了……

“你听我说啊，我为什么要说……”教堂清洁工的眼泪湿润了她那浑浊的眼睛，那是充满感情的泪。老太太从衣兜里掏出一块小手绢，擦干眼睛，又开始说起来，但她说的完全是别的事了。不，她说的还是同一件事：说的是上帝对人的宽恕。已经是很久很久以前的事了，可是，她至今也忘不了那件发生在当地人身上的事。“不信教的人总是嘲笑说：哪来的天命和奇迹！……我要说，有啊，真有！可是，啥天命呢……”老太太非常激动，她歇了一口气，然后没经任何过渡就提出了问题，而且是一个只有她自己才知道答案的问题。

“为什么在火车站的那么大的神龛里放置尼古拉·乌戈德尼科圣像呢？时至今日还有许多人在那儿祭拜他。那是有原因的……是的，是的。围墙围着，摆放着烛台，并排放着装蜡烛的小盒子。当时有很多很多的俄罗斯人在搬迁。他们来到圣像前，向上帝祈求路途平安。拿起蜡烛，可又舍不得花钱。穷人太多了，一个接一个的！哪一次都不带钱……却还是祷告，向圣徒祷告！在这里，他被叫作仁慈的尼古拉。这里生活着各种各样的人，有蒙古人，还有布里亚特人，他们不信耶稣，可他们却拿着小圣像，向尼古拉鞠躬。我不止一次亲耳听见他们大声祈求：仁慈的尼古拉啊，帮帮我们！要知道，真就帮了他们！”娜杰日达非常感慨，她又放低声音，向阿尼西娅兴奋地问道：“你已经看见过松花江了吧？”

“那还用说……当时正好从江边路过，儿子从村里开车出来的。旁边就是火车站，不远……江面那么开阔，水量也大。水流很缓，非常平静……那么多高楼大厦……太高了，啊，却没有窗帘。我看见了轮船，也看见了小船里的渔夫……”

娜杰日达耐心听着，暂时没有打断阿尼西娅的话，尽管她迫不及待地想要向这位新来的教民讲述尼古拉显灵的奇迹。等阿尼西娅讲完了，她才告诉她：

“从表面上看，这条江舒缓平和，无论是对轮船，对小船，都很平和、温顺，可是，你知道人们为啥给了它一个‘诡诈难测’的评语吗？……

我都亲眼看见多少次了：江水像柱子似的迅速升起，就仿佛炸弹爆炸了一样。真的，我向你发誓！波浪汹涌，排山倒海似的从这岸拍到那岸！有一次，一个正在江上打渔的渔民就碰上了这么大的风浪。他想，完蛋了，末日来了……马上就得和生命说再见了，突然间，他用咱们的语言喊起来：'火车站的老头儿，救命啊！火车站的老头儿，救命啊！'紧接着，就有一股力量把他向上托起，而且，还把他从江心抛到了岸上。怎么样？我的朋友，你听明白了吗？……差点被淹死的渔民恢复知觉后，脑袋中立刻就有了跑去火车站拜谢的想法。他跪在圣像前，一拜再拜。抑制不住地哭啊、哭啊。人们就问他：你怎么了？于是，这可怜的人就向人们讲述起自己的遭遇来。'火车站的老头儿'就这样救了我，就这样救了我……真的，我向你发誓！你相信吗？……”

两个老太太在那儿祈祷了很长一段时间，一边画十字，一边鞠躬。

最后她们像亲人那样亲热地告别……

三辆婚车开到了教堂前。司机穿着蓝色的新西服，扣眼上插着一朵小花，手里捧着一帧圣像。新娘子是一个胖脸的俄罗斯姑娘，身着白色婚纱，喜气洋洋的。所有陪着来的人，穿得都十分朴素。

格里戈里神父是一位白胡子的斯拉夫老人，高高的个儿，他走到中国新郎跟前，用俄语低声说了些什么。新郎很乐意地把几张小纸片给他看了看，接着，婚礼开始了……

以前阿尼西娅的婚礼并不是在教堂举行的，这是她头一次自始至终地见识教堂的婚礼仪式。金冠、戒指、银碟儿上的葡萄酒——全都使她感到惊讶。老太太睁大自己那双视力很差的眼睛，什么都不想错过，力图弄清每一个细节，尽管这对于她来说根本就没必要。阿尼西娅一边留意仪式，一边想：“啊哈，在教堂举行婚礼，原来是这样！我就没和新郎在圣坛旁边站过。贵重的婚纱、头纱……上哪儿去弄呢？村苏维埃工作人员在一本脏兮兮的簿子上登个记，就已经是全部仪式了……神父像是要说点什么了。”

神父站在那儿，没动地方，朝向新人。

“我的孩子，你要是没在异国他乡举办婚礼该多好！”格里戈里神父招呼了一声新娘后开始说道，他那深沉的男低音里带着悲伤。“父亲、母亲、挚友故交都不在你身边。我的孩子，你孤单地站在圣坛前。但是，你的丈夫……他会把你带回家，在那里，另外一个国家的人会亲切地拥抱你、招呼你。也可能不会拥抱你，让你感受不到温暖……俄罗斯，你的祖国—母亲，成了你的继母。你在这里找没找到幸福？”神父微微地转了一下头，就好像是在侧耳倾听，想听到新娘的回答。半空的教堂里一片寂静，静得让人感到憋闷。

泪水在阿尼西娅的眼眶里打转，她使劲地忍着，两肩却微微地颤抖起来。新娘身旁站着几位俄罗斯女人，人数不多，有年轻的，有上了年纪的，她们都撇了撇嘴儿，没敢擤鼻涕，于是，就都把手绢儿拿到了嘴唇边。

“那你找没找到快乐？”神父格里戈里没有掩饰话语中的悲伤，痛苦地问道。老人停顿了几秒钟，到底是自己回答了自己的问题：“爱情，这不就是幸福吗！这不就是快乐吗？你的选择是自由的。你找到了丈夫，找到了朋友，找到了自己的保护人。他就是你的爱人！我的孩子，有了他，你也就为自己找到了祖国，也为自己的孩子找到了祖国。你找到了自己作为女人、作为妻子的命运归属。爱人者，不论在什么地方，都可以把那儿当作自己的家，无论人在哪里，他都能安乐舒适地生活。得好好活着，好好地去爱，要开心快乐。祝福你们：祝福你，也祝福你的丈夫！祝你们永久相伴、美满幸福。我的孩子，得高兴起来！做你新祖国的好女儿吧。就像尊敬自己的祖国那样尊敬她，就像为俄罗斯服务那样为你的新祖国服务。在场的每一位都高兴起来吧！没有孤儿，只有深爱丈夫的忠诚的妻子。伟大的国家，感谢你，感谢你收留了一位可怜的俄罗斯孤儿……”

阿尼西娅看到了人们明亮有神的目光，也看到了显露在他们脸上的笑容，她知道：现在所有的人都很高兴，包括她自己。如果当年她和李方的婚礼也是这样举行的，那么像格里戈里神父所说的那番话也会有人向她说。她也会是这般幸福的模样，就像现在这个年轻的新娘……不是那个命啊！可是，人们不管怎样都会相亲相爱，边境线也阻挡不了。遵从生活法则的人，怎么会有罪呢？阿尼西娅对于这条法则永志不忘，之所以刻骨铭心，是因为她和他共同经历的，根本就不是一次意外，不是一场骗局，也不是一次为谋利而进行的交易，而是爱情。她珍惜回忆，就像珍惜圣物一样，对于她来说，这圣物就像呼吸一样，就像信仰耶稣一样，是她必需的。

阿尼西娅想要再次祷告，她心中的这个愿望特别急切，特别热烈。老妇人后来平静了下来，她感觉，经历了这一次精神震撼，多年以来包围着她孤单生活的所有微不足道的琐碎事，所有无足轻重的空虚的念头，全都烟消云散了，她解脱了，她已经廓清了自己对尘世幸福的疑惑。在人世间的幸福感就像希望的光芒一样，洒满她的心头，一丝光亮在她的脑中闪现：那是好运在向她许诺；可是，好运还没有降临到她的身上，仅仅是在附近的某个地方，她还应该，应该继续祈祷……

“上帝啊！感谢你：感谢你与我同在，我不是孤单单的一个人，有你关心我，有你保护我。上帝啊，继续庇佑我吧！我应该继续受难，我已经准备好了。留下来陪我吧，不要抛弃我。你的每一句话都是高尚纯洁的，都是明智合理的。我接受苦难，那是你的旨意；我的幸福，就是我对你的信仰！你是我永远的庇护者，你是我的拯救者。我都快被淹死了，是你把我留下来，让我继续活着。这是吉兆呢，还是凶兆？”

……“我的那颗小星星在召唤我到它那里去。难道真的要死了？可儿子怎么办？”这样的念头在阿尼西娅的正在消逝的意识中一闪而过，刹那间，她感觉到，一双有劲儿的男人的手从下面托住了她，然后又紧紧地夹住她往前拖，把她从河水中救了上来。呛进去的水一点一点地流了出来。她蔫头耷脑、无精打采的，还一直在咳嗽，鼻孔里钻心的疼。阿尼西娅总算是吸进去一大口气，虽然费劲，呼哧呼哧的，嗓子眼里发出的湿啰音也还非常明显，但是，这口气儿却是那么清爽。在老妇人缓过气来的那一瞬间，如彩虹般多彩的、灿烂的阳光径直射入她那半睁半闭的眼里。“我还活着，我还活着。”阿尼西娅恢复了知觉。她那干瘪的肌体复生了，肌体的每一个细胞都在高兴地颤动着。老妇人感觉到了精神上的新生所带来的欣喜，它在不断地为她补充力量。两个年轻人没有离开，他们搀扶着阿尼西娅，一直把她送到了车站，在路上还帮她拧干了衣服上的水。他们还搀扶老妇人上了火车，让她坐到座位上以后，还请求旁边的人照料她……

第十九章

和已经过去了的那些天一样，这一天老妇人起床后先是活动活动胳膊腿儿，然后，她就按照既有的节奏，从容不迫、安定悠闲地开始了一天的生活。几个人一起吃了早饭，都没出声，吃得慢慢悠悠的，以那种习惯了的速度。糖、牛奶、抹了黄油的面包、火腿煎蛋，煎蛋里的火腿是很小很小的薄片，煎得通红……阿尼西娅尽量配合吃早饭时这种不慌不忙的慢节奏，每吃一口面包，她都有意地拖延一下吃下一口面包的时间，尽管如此，还总是第一个吃完早饭。老妇人觉得自己很不好意思……可是，即便吃完了，她还得继续坐着。可以说，白天的时候她什么操心事都没有，所以，白天就过得很慢，很慢——慢得让她受不了。这儿的人对长寿极其崇信；他们敬重老人，渴望多子多孙。爷爷奶奶、父亲母亲、儿子一辈、孙子一辈全都住在一起。这些个村子的人全都不慌不忙的：生命是永恒的！它一直都在延续。没必要着急，也用不着着急：生活在前进，你也和生活一道在前进。为什么苦恼呢？还说什么呢？一切都是合理的，都是有理有据的——于是，几个人经常是很久都默不作声，特别是在休息的时候，就连吃早饭的时候也是如此。如果说话，也是简单地说几句废话——既不礼貌，也是对别人不尊重。阿尼西娅寻思道："说老实话，如果是那样，亲爱的，你们还是快出门吧！要是和你们这样说话，我就没时间给孙女织手套了……"

老妇人急匆匆地洗好了餐具，又擦了擦桌子，然后就迫不及待地坐到了凳子上。"可是，爱情却是偶然出现在人与人之间的，"织完第一针以后阿尼西娅的脑海中立刻就产生了这样一个想法，"这种事并非时时发生在每一个人身上，但有时能遇到。有的人一辈子都不能让别人爱上自己，可有的人……"李方努什卡爱上了她。他也慢慢地、逐渐地吸引了她，以中国人所特有的那种方式吸引了她。他可是经受了怎样的折磨啊！她全都知道，也把一切都看在了眼里。那时候，阿尼西娅有些害怕：万一他是一个轻佻的人，她就会在村里的婆娘们面前出丑丢脸。可是，他就像磁铁一样吸引了她。他的爱炽烈到什么程度啊，以至于她直到现在还爱着他，记得他，思念他，在梦里常见到他。尽管他不在身边已经许多年了，但无论她遇到什么事儿，她总是在梦里和心爱的人"商量商量"，和他一起"分享"生活中的酸甜苦辣。

"是的，我爱上了他……是因为什么呢，是出于怜悯？还是因为同情？唉，我是多么痛苦啊，虽说有丈夫，可是在认识李方之前，却没遇到一个自己中意的人，没遇到一个自己喜欢的人。冥冥之中到底是什么东西让人们相遇相识，并且终其一生都相思相念呢？大概是善良吧。但是，善良的人并不足以让她这样迷恋。那就是说，是爱情?！是的，是的……"阿尼西娅织漏了一针。拆了以后，又织上了。"如果没有怜悯，没有同情和善良，就不会有爱情。可是坏蛋也谈情说爱呀！"老妇人又漏掉一针。"我珍惜李方吗？别提有多珍惜了！从那时候起一直到现在，这么多年来我始终都在经受回忆的折磨，睡不好觉，内心也无法安宁。在这儿，在儿子家做客，我感觉很好。可是，不知为什么，儿子却不太轻松！”老妇人暂时放下了正在织的毛坎肩。“我坦荡真诚地活着，现在也不是孤零零的一个人了。儿子和孙女都需要我，好像儿媳也需要我……如果儿子不是一门心思赚钱……他的心灵能摆脱开钱财该多好。李卫的脑袋里老是钱啊钱啊，对阔绰、惬意的生活孜孜以求，不但如此，他还不加选择地把钱财太多地分给别人。”老妇人的心不由得恐慌起来。“可能，我被吸引到儿子这儿来，也是为了那被诅咒的钱。为了摆脱贫穷，为了他给我盖的房子。不过是他请我来做客。要是没有儿子呢？……我怎么也理解不了：他在寻思啥呢？无论从哪个方面说，儿子的活法和他父亲都不一样，他关心国家。他尊敬母亲，就像照顾孩子那样照顾我。他为什么需要我呢？我给不了他什么……上帝啊！血缘关系把人们连结在一起：父母与儿女，兄弟姐妹之间，但是，怜悯、同情和爱情同样把人们连结在一起。什么样的金银财宝也不比它们更有力。亲情、同情和爱情会将世人永远地维系在一起。我在中国和这么多亲人相认：儿子、孙女……现在，他们就是吸引我的人，就像磁铁一样。并不是每一个人都像我这么有福。”这时候，阿尼西娅的脑海中清晰地浮现出她在城市公园里遇到的那个干干净净的老头，当时她去那边寻找教堂，那是她无意中进入的一个公园。回想那老头的时候老妇人又拿起了织针。

……老人个子很高，满头白发，拐杖放在两腿之间，两只手握着，他孤单地坐在花园里的短凳上。他穿着精心熨烫的尼龙衬衣，打了一条红色的条纹领带，外套是一件黑色的、已经穿旧了的西服上衣，下半身是一条深绿色的裤子，脚上的皮鞋擦得锃光瓦亮，老人的这身穿戴打扮表明，他正在找老伴儿。这位穿戴讲究的孤身老人看起来也就七十岁，在中国，这样的老人并不少见！可实际上，他早已过了七十，有五个孩子。没一个子女来看看他，全都是偶尔打打电话。探望父母是一项古老“习俗”，可是孩子们却把它给忘了。好吧，大儿子住得远，人在南方，两个最小的在国外，可中间那两个呢，一个闺女，一个儿子！哪一个住得都不远，可即便是过春节的时候，也没谁回来看看忧郁的父亲。因为什么？谁都不知道。“我的那个窝儿已经空了！”老人说这句话的时候，用拐杖指了指那些在树上挂着的废鸟笼子。废鸟笼有很多，挂得到处都是，每每让他想起他那已经支离破碎的家。

阿尼西娅是在和老人聊天的时候才了解到这些信息的。可以说，老人旁边的那个唯一的空位子是她反复请求才“求来”的，得到老人的允许以后，她才坐了下来。老人斜着眼睛看向阿尼西娅，问道：

“你是俄罗斯人？”他说的是俄语，但语法说得并不正确。

“是的，我是俄罗斯人！”阿尼西娅坐在老人身边，回答道，没往他那边看。

老人活跃起来，向阿尼西娅非常率直地吐露了实情，实际上，他是在寻找道义上的“声援者”。他以为阿尼西娅和他一样，也是孤身一人。“居然有这么些人抛弃老人！”老头用拐杖杵了杵地，因为生气，脸上的颧骨都扭歪走形了。

阿尼西娅被这位年迈的中国老人的真诚感动了。他担忧孩子们的吉凶祸福，可子女们却不关心他。对于阿尼西娅来说，这是一件令她不快的事儿。老太太没有立刻起身离开。她在那儿坐了一会儿，听老人诉说……并不是所有的话阿尼西娅都能明白，但是，老人想要表达的主要意思她都能理解，她心想：“孩子，孩子……你们抛弃了父母，无视他们的生命。可是，你们留下了什么呢？和你们一起生活，父母会很不舒服，但没有你们，他们的心情会更糟。如果有可以期盼的人，那就好了。也许，他们会靠回忆过活……”

阿尼西娅还了解到，有一位和老头同岁的老太太——他身边的座位就是为这位老太太留的——她生养了三个儿子、一个女儿。儿女们都争先恐后地求老太太到自己那儿去，可是，老太太不想去。她一个人生活，优哉游哉。此时此刻，老太太正沿着林荫道跑步呢，她还要做操。每天晚上，他们会一起跳舞。哈哈……老人笑了起来：他那张满是皱纹的细长的脸，还有那双透着睿智的上斜眼，全都变了模样。

"那日常生活中有帮衬您的人吗?"阿尼西娅看着老人，关切地问道。老人没吱声，又在那儿烦闷地沉默了，显然，他在寻思怎么回答这个问题。"没一个人帮您?"阿尼西娅又把问题提了一遍……

"有啊，有啊……嗯，一位女邻居帮我，她送我茶叶……打打电话……但很少来我家。她丈夫去世了。请问，您在外国生活?"

"外国!"阿尼西娅模仿老头的那种说话腔调回答道。"俄罗斯……阿穆尔……布拉戈维申斯克。还有你们的黑河……"

老人叹了一口气，同时还点了点他那经过精心修剪的白发苍苍的头：

"俄罗斯人帮了我们很大的忙。他们人非常好！经常去教堂，可我们很多人，满脑子都是挣钱，挣钱！……我得去忙一会儿了!"

老人轻快地站起身，拄着拐杖，不慌不忙地向自己那位已经出现在林荫道上的"老太太"走了过去。

"孤单单的一个人，没有家了……以前可是一大家子人啊!"阿尼西娅回忆完那天在公园里与老头交谈的场景，一边思索，一边往一个一个的线套儿上穿针。"可现在，一家一个孩子。那些个备受宠溺的孩子既不尊敬母亲，也不尊敬父亲：他们被过分疼爱，娇养惯了。这样的孩子说走就走，轻易就弃家而去，至于老爹老妈，你想怎么过就怎么过吧。这些孩子不想和父母来往……"但是，在孙欣村，阿尼西娅也亲眼看到了一大家中国人是怎么搬进来的——搬进独门独院的小楼里……

……新住户一大早就开车过来了。这一家有不少人呢。来的那些年轻女子，一人抱着一个孩子；还有三个半大小子，手里拿着木剑，在树干长得细细的苹果树的树趟子里来回跑。老头儿和老太太是坐着马车过来的。一群狗汪汪地叫着，你追我赶的，但主人没让它们进屋。

人们进屋的时候，谁都没空手。要搬的东西真不少：大大小小的篮子、盒子，老式的木箱子、大包袱、小包袱、塑料袋子，可都不是一个两个的；家具风格不一，什么样的都有；大伙手忙脚乱地往楼里搬桌子、椅子、橱柜、成套的卧室家具，还有孩子坐的小推车。屋外的人刚一见少，就已经闻到空气中的豆油味了，从烟囱里冒出了一缕缕深蓝色的炊烟，在秋天阳光的照耀下，弯弯曲曲地飘向天空，一时间，煤烟味儿四处弥漫。小楼里响起了锤子的丁丁当当的敲击声，似乎是在固定额外的支架。少妇们把年迈的老人搀扶到长凳前，小心翼翼地扶他坐下，然后才收回手。虽然身体虚弱，但是老人并不想长时间地坐着。他先是安静、泰然地待在那儿，等少妇们离开了——老人似乎不需要任何人，对谁也都不感兴趣——他就走到屋外呼吸新鲜空气。老人静静地站在那儿，仔细地倾听着亲人们的谈话，从他们的语调上，他听到了亲人们的快乐和喜悦。不知老人在思考什么，他那薄薄的、绀紫色的嘴唇微微一动，嘴角露出了一丝淡淡的微笑。但随即，一丝悲痛的神色在他那满是皱纹的、略长的脸上急速滑过。无论是喜悦的事儿，还是悲伤的事儿，他都很珍惜。

那幢小楼就这样迎进了自己的居住者……

黑夜降临。房间里的灯一盏接一盏地熄灭了。接纳了这个热闹的多口之家后，小楼也昏暗下来了。突然间，有一个黄点在二楼闪烁，那是晃动、跳跃的烛光，但很快烛光就熄灭了。孩子们睡得正香。全家人都为乔迁新居而欣喜，虽然忙乱，但那是一种心中充满快乐的奔忙，在欣喜、奔忙的同时，逝去的人并没有被遗忘——有人在一楼哀悼亡灵。那是一个女人：她坐在草席上，两只眼睛看着那根为追荐逝者而点燃的蜡烛。是母亲在哭悼儿子。通风窗开着，听到那位母亲的哭诉，阿尼西娅感受到了别人的心灵的悲伤：那位母亲的灵魂在恸哭。除了信仰上的和民族上的差异，我们都是一样的：我们都难测自己的祸福，所有人都听命于天，由上天照管着，我们被要求绝对服从，如若不然，如若像淘气的、不驯服的孩子，那么就要受惩罚。

窗外劈里啪啦地下起雨来。乌云像是迈着沉重且又迟缓的步伐，慢腾腾地挪动着。空气中的水分已经饱和，湿度太大了，空气就像凝固了似的，至少，给人的感觉是这样的。

由于担心自己在临行之前着凉、生病，阿尼西娅决定不出门了。她感觉自己特别累……“可别病倒啊！”老妇人自言自语道，然后就把通风窗关上了。可是，生活中的事情往往就是这样：你越提防什么，它就越来什么。坎肩已经织好了，就剩手套了……午饭前，老妇人在床上躺了一会儿，可是情况并没见好——她没感觉到轻松。

老妇人洗了一把脸，又照了照镜子。唉，过去的漂亮模样已经杳无影踪。这么多褶子……皮肤失去了光泽，灰灰的，两腮都塌进去了。曾经满头的栗色头发，一根都找不到了：全都白了。只有脸盘还是先前的轮廓……上帝啊！时光带走了女人的美丽。无影无踪，一去不返……青春的流逝并没有使她不安，让她不安的是，女人的魅力和那种纯属于女人的美丽容颜也和青春一起流逝了。如果不是满脸皱纹，即便是人已暮年，她的心也不会像面颊上的皮肤那样，因为悲痛与不幸而变得粗糙、麻木。她所来到的这个世界，曾经非常美妙、令人愉悦，也招人喜欢。但是随着时光流逝，她已认为，这世界与命运对她太残忍。一次打击……两次……三次……扼住你的命运之手才稍微松开一点儿，随即就再一次勒紧，简直是把你往死里整……

好吧，还有饥饿……饥饿损伤身体，直至今日，身上还有很多地方在疼。可是，心呢？阿尼西娅不止一次地发现，她的心早就不为那些微不足道的顺利或成功感到高兴了，没什么特殊原因。好像所有的不幸都发生在不值一提的成功之后，她刚想为幸福起舞，可却……是不是人在年纪大的时候，心就变硬了？然而老妇人仍然心怀希望，她希望生活向好的方向转变，而且，当转变来临的时候，她还能接受它们，就像接受一件自然而然的事儿。就应该这样！避开所有提醒她已至风烛残年的念头、给她带来痛苦的念头以及徒劳无益的空幻的念头，这是老妇人的一个心愿，可是，这个心愿却无法实现，为什么呢？因为只有长眠才能摆脱那些念头。很奇怪：老妇人并不惧怕死亡。她已经做好了长眠的准备。实际上，也该到长眠的时候了。此时尘世间的幸福来临了，奥利乔伊那儿新盖的房子已然完工，但是，新房子也并不能使老妇人欢喜、满意，她不着急搬过去。无忧无虑的生活并没让她高兴！即便是森林、小河、溪流、林中旷地和花儿的美也不能像以前那样把她吸引到那儿。要知道，就在不久前，大自然的景色还让阿尼西娅激动得喘不上气来呢：老妇人感觉，她和这个美丽佳境是一体的。而现在——母子相认，慈乌反哺，一切都遵循儿子孝敬母亲的习惯方式、循序渐进地安排妥当的时候，老妇人却不相信未来有很好的日子。为什么呢？能不能摆脱这种精神负担？老人这样折磨自己的心灵是因为什么呢？

因为下雨，天亮得有点儿晚。窗帘还没有拉起来，室内美观、精致的家具隐约可见，随着天光渐亮，它们也会越来越清晰，几张不带扶手的椅子、圈椅、老妇人在上面睡觉的那张皮沙发、桌子、立柜，一切都属于又不属于她，这没使阿尼西娅难过，也没让她多开心。若是生活更轻松、更顺遂，不像这样曲折，没有那些让人疲惫不堪的想法和念头，那会怎样呢……和李方相遇后，她的心欣喜若狂！没过几年，她的幸福就戛然而止……对于生活的重重打击，她差一点就没挺过去。她庄重、真诚地祷告："上帝啊，把我带走吧！"上帝默不作声。她又哭着祈求，祈求上帝带给她好运，她的祈求被上帝听到了……想到这里老妇人的心愉快起来了，神志也清醒了，她想平静平静。于是，她就平静了下来，没有任何干扰，房间也因此显得更加宽敞、开阔了。不要着急，哪儿都不用着急去。平静本是财富！

太静了，寂静得让阿尼西娅感到惊讶，也让她有点儿害怕，就好像有危险在向她靠近。老妇人微微地抬起头，环视了一圈卧室：她感觉，似乎有个人躲藏在圈椅的靠背后，正蹲在那儿等候呢。在等什么？等她死？阿尼西娅感到不舒服，难受起来。没有任何害怕的理由：阴暗的早晨不管怎样都会放亮的，哪怕不是一个阳光灿烂的日子。心脏在快速地跳动着。恐惧束缚住了全身，使得老妇人动弹不得；身体内先是酸疼，继而，一阵阵刺痛袭来，老太太浑身发冷，不禁打起了寒战，寒意迫使她钻进了被窝。

阿尼西娅几乎实实在在地感觉到，有人在轻飘飘地踱步。她猛地一下掀开被角儿，但立即又把它拉过来盖在身上……房门吱吱哑哑地开了，又吱吱哑哑地关上，声音萎靡，无精打采的。周遭再一次陷入寂静。可是，却有人举着拳头一动不动地站在她跟前，拳头就举在她的头顶上。不——举着刀子！阿尼西娅吓得差点喊叫一声。她整个人都哆嗦起来……一片寂静，还是那个尘世人间。她又觉得，好像没有人，这屋子里的无论什么地方，什么人都没有。(老妇人不知道，李卫往卧室里张望了一眼。）她尽情想象，却又不由自主地被想象带入恐怖、神秘的世界里来。太可怕了……在奥利乔伊那儿住的时候，在木屋里，这种情况从来就没在她身上发生过。老妇人感觉浑身再次发冷，又打起了寒战，随后就发起烧来。这时候，她明白了：生病了。如果突然死了可怎么办？那又怎样？已经活了一辈子，可别再活了。她在心里开始酝酿生命的终结。老妇人平静地思索着死亡问题，就好像在思索很早之前就已经作出的一项决定那样。可惜的是：她那个珍贵的小包袱没随身带来。那里面有衬衣、裙子、长袜，以及早已买好的、崭新的寿鞋。所有的东西都干干净净的，是的，只是有点褶子。可是，她的那颗心呢？它是否还像从前那样，就像刚从上帝那里得到它的时候那样纯洁无瑕呢？

在儿子和儿媳起床后来到母亲跟前的时候，阿尼西娅告诉他们，今天她不到外面去了，有通气窗，在卧室里一样能呼吸到新鲜空气，她想躺在床上休息。老妇人感觉自己非常疲倦，非常虚弱。会好起来的……要知道，到教堂去的路——前往那个爱的空间的路，已经被她找到了。向上帝祈祷后，一切都会过去的。祈祷是一剂可靠有效的良药。村庄里哪有什么医生？耶稣基督正召唤她呢：到我这边来，我把你治好，我安慰你。无论是默默地暗自祈祷，还是出声地公开祈祷，她已经习惯于在圣像前祈祷。好像已经见效了：身体上的疼痛不知藏到哪儿去了，她所渴望的心灵上的安慰也得到了。似乎走进了教堂，老妇人看到了一幅画在一块小木板上的耶稣像。她感到很伤心：怎么可以这样对待至高无上的神？不，圣父的衣饰应该是用金片做的，而圣母的衣饰也应该用贵重、华丽的金属缀片做。无论是在她的家乡，在俄罗斯，还是在这里，上帝都是同一个，他说的话也是一样儿的：“凡你们祷告祈求的，无论是什么，只要信是得着的，就必得着。”[1]是的，是的：他得看一看她那正在祈求恩典的嘴唇，看一看她那正在画十字的飞快移动的手指……如果没有你，受苦的人可怎么办啊！？

傍晚时分，李卫走进了卧室，母亲的健康状况让他焦急不安。阿尼西娅没再隐瞒：

“胸口堵得慌，出汗出得厉害。原想睡一觉就好了，可一点用都没有。腰腿酸痛得不能动弹。耳朵里嗡嗡地响。嘴里发干，可一喝水就恶心……”

李卫非常同情母亲，但是没有作声，他摇了摇头，就走出了房间。好像他没有发愁，因为走出房门之前他说医生会来的。于是，老妇人就等医生……

没过多大一会儿，儿媳妇就端着一只有彩绘的小碗走进了卧室，她把小碗放在已提前挪到老妇人床前的桌子上。瓷碗儿里盛放着淡黄色的粥，盛得满满的。儿媳妇用手势比画，请求婆婆把碗里的粥全都喝光。喝完之后，老妇人就又如此这般地被儿媳妇求着喝下了一杯羹。既没吃药，也没打针……粥很普通——是玉米面粥。里面掺和了一点白蘑菇，是那种切得很碎，已经熬煮好了的蘑菇丁儿。那杯羹似乎也是用类似的东西做的，但是，羹里面还添加了一些橙色的山楂粒儿和黑色的什么粒儿。

老妇人是没滋没味地把玉米粥吃完的。那杯羹她倒是很乐意喝——因为羹是甜的。这天的早、中、晚三顿，吃的、喝的都一样，一样的粥，一样的羹。老太太没好意思张嘴提医生的事。第二天早上，天快亮的时候，阿尼西娅就感觉轻快了。她睡足了觉。腰也不酸，腿也不痛；嘴里不发干了，体温也正常了。的确，胸口还有点闷，醒来的时

① 见《圣经 · 马可福音》(11∶24)。

候浑身都是汗，仍然耳鸣。午饭后，这些不适的症状也消失了。老妇人在房间里踱步，她有种感觉，好像自己去那个世界转了一圈儿，不知是什么东西发生了改变：是这个尘世人间发生变化了呢，还是她自己有了什么改变？

医生到底还是来了，他仔细地听了听，又检查检查，然后，通过李卫翻译，他向老人解释道：这是常见的心肾阴虚。冠心病有五种类型，您的病正好是第五种。这种类型的冠心病一般常见于中老年人。这种病转化得特别快，如果恶化，可能导致死亡。当然，这是在没有及时发现的情况下。如果治疗得当……

再没什么可说的了？吃粥、喝汤就行？怪不得在我心里有一种将要客死他乡的感觉呢……可老妇人却大声说道：

“那吃蘑菇有用？医生，我从来没有见过，也从来没有吃过这种黑色的蘑菇……”

老太太的问题并没有让医生吃惊，他扶了扶眼镜，同时又动了动浮肿的眼皮儿，微微地露出他那一口洁白的小碎米牙，简略地回应道：

“那是木耳……要恢复阴阳平衡，您得躺上个把礼拜。”

“可是我现在的感觉很好啊！”阿尼西娅心里想的话差一点就脱口而出。医生让老妇人把腿脚露出来，先是为她仔细地按摩了很长一段时间的足底，然后，他又使劲地按压主要集中在老妇人那干瘪、枯瘦的小腿肚子上的“痛点”。后来医生每天都过来。除了按摩脚掌、额头和脸部以外，他还给她做全身穴位按摩，给她的腹部、背部和肩部刮痧，给她针灸，上了针之后，医生就在那儿耐心地等待着。每一次收拾好东西离开的时候，他都不忘点头道别。在治疗的过程中，他总是建议老太太：您喝口茶。得经常喝，多喝一点……李卫在医生的背后向母亲做了一个手势，他是在嗔怪妈妈：我和你说什么来着？……

阿尼西娅很快就恢复了健康，以至于有精神头儿思念起家来，于是，李卫就把母亲送回了奥利乔伊。

母子俩刚一走近小门——大门又宽又笨，为此而装了便门——阿尼西娅就好像是被施了魔法似的，不由自主地退后了几步。看门人戈沙毕恭毕敬地深鞠了一躬，迎接主人和他的母亲。李卫闪开了道，让母亲走在前面。戈沙的脸上露出笑容，做好了随时效劳的准备。老妇人步入庭院，哎呀一声叫了起来。这是一个什么样的庭院啊！不用说，这里有人照料。庭院被收拾得整整齐齐：拾掇小院的人不但勤快能干，而且还非常有品位。小路上都铺着河沙，它们总共没有几条，彼此也没有交叉。那条宽一点儿的小路通向她的房子。在盖着石棉瓦的房顶上立着十字形天线。院里是成片的草坪，一直延展到栅栏边上。天亮之前飘落的薄薄的、又松又软的小雪覆盖在矮矮的青草上，使得草坪越发地显出它的碧绿色彩。小草什么时候才能长高啊？

老妇人一边走一边感谢上帝。她回想起在那些自以为非常痛苦的时刻自己竟然立刻就失去了希望，现在感到非常惭愧。就在不久之前，在动身去中国之前，每个晚上睡不着觉，她还躺在床上想，自己如何可怜，如何孤单。心脏有毛病，腿脚老是疼；生活凄惨。几个孩子，一个接一个地离开了，保护她的人一个都没有，也没有任何援助。她这辈子已经到头了，她也活够了。人生之路越走越窄，也越来越短……在这样的绝望时刻，她的生活空间在坍塌倒闭。无论她祈祷了多少回，也无论她乞求了多少次，上帝都没听见。“上帝啊，你在哪里呢？”当她失去儿子的时候，当她防备丈夫的时候，她曾这样绝望地质问道。似乎，上帝不是万能的。那怎么办？怜悯，就像耶稣那样怜悯……他为所有人受苦受难。大概，还没轮到她为世人受苦受难。忧伤、难过的时候，阿尼西娅也常想，应该帮助比她更不幸的人。对于任何一个人来说，苦难都是避免不了的。也应该奉献……

当然，她几乎没什么可奉献的了。可是，对伸手讨饭的人视而不见，从旁边走过去，她做不到。她总是说一些亲切的话，让不幸的人感到温暖，如果看见疼痛得抽搐起来的人，她会流泪哭泣。她还是对上帝满怀期望，她祈求，祈求他帮帮他们。

上帝啊，原谅我吧，饶恕我吧……你，我们的天父，不要惩罚自己的孩子，请唤起他们热爱生活的欲望，赐予他们精神力量吧。

此时此刻，老妇人正步伐匀整地走在河沙铺的小路上，徐缓、庄严地走向窗子上带有花饰的房子，生活的重担好像不那么重了。门廊不太宽，门上有遮阳棚，旁边是带雕刻装饰的柱子；还有房顶上的烟囱……白色的窗扇儿和蔼地敞开着，好像是在邀请人们进屋喝茶。

李卫跟在母亲后面，非常认真地注视着她。大概，在他的心目中，母亲跨过门槛，一进门的那个时候，对于他的礼物的第一反应格外珍贵。只不过，母亲的欢呼声在这之前他终究还是听见过——当母亲看见那座可以用来作贮藏室的棚子的时候。棚子的左半边堆放着劈柴，一直堆到了棚顶；棚子的右半边被用作鸡舍，里面的栖架是用一些竿子十字交叉地搭起来的。

老妇人一点儿都没畏惧，她不慌不忙地踏上用薄木板钉成的台阶，走上了门廊。李卫赶到前面，亲手打开了包着人造革的屋门。

阿尼西娅第三次哎呀呀地欢呼起来……

厨房中间是一个带暖墙的荷兰式火炉，那堵暖墙是给里间正屋取暖用的；窗户边上摆放着一张手工桌子，做工比较粗糙，桌子上的铜茶炊特别显眼，是那种老式的锻造件组装成的茶炊；靠墙放着一个细窄的碗橱，是的，里面是空的……

已经见识过儿子在中国是怎么生活的，阿尼西娅以为，奥利乔伊这儿的屋子，李卫会按照中国人喜欢的样式摆放家具……可结果却是：房子里的一切都是按俄罗斯人的生活习惯而陈设的，朴实简单，且方便舒适。

正屋里的家什摆设老妇人也很中意。

在屋角上放圣像的地方[①]，竟然挂着一幅被绣花毛巾蒙着的阿尔巴津圣母像！这再一次使老妇人感到高兴。圣母，她给人带来幸福……阿尼西娅一边念着祈祷文，一边画着大大的十字，从头到尾，小声念了三遍"我们在天上的父……"老妇人绕着圆桌走了一圈，桌面上铺着蓝色桌布，她注意到，虽然是蓝色，但不是那种很鲜艳的颜色，随后，她又摸了摸那张很高级的钢丝床。枕头一个摞着一个，成一小堆儿了，全都套着带花边的天蓝色枕头罩。地板上细心地铺着长条地毯，是那种机织的粗地毯。阿尼西娅踩了上去，转过身，走向了窗台。窗台很宽，而窗户上挂着印花布的短窗帘，在窗帘后面的窗台上，还藏着一只大肚子的黏土烧造的花盆：那里面栽插了石蜡红，正开着鲜红的花。老妇人摸了摸盆里的花，站了一小会儿，又弯下腰，闻了闻……

一般旧木屋里的家什、摆设，李卫已经看见过许多，所以，他能准确无误地猜中母亲的心意，他也满足了老人家的愿望，母亲为此深受感动。现在要改变老人习以为常的生活环境已经晚了，她只有在自己非常熟悉的世界里，心绪才能保持平静。阿尼西娅看到的奥利乔伊这儿的新家就是按她的习惯布置的，她最后的栖身之地也就这样展现在她的面前。她不久以前来看房子后心里所产生的那些顾虑没什么根据，根本就没必要担心。

---

① 俄罗斯人室内供圣像的地方，位置一般在门对面的右方。一般把人进入正屋时见到的右上角称为"红角"或"前角"。

母亲每走一步，儿子都注意地看着，从她的手势上和她的感叹声中，李卫已经猜到了母亲想要说什么。

“哎，妈妈，怎么样？”

“孩子，很好……我很满意！”老妇人一头扎进儿子那坚实可靠的胸怀里。

阿尼西娅哭了，因为心中澎湃的感情，因为一路上的劳累与疲惫，因为儿子对她的关心。一切原因都在于，在人世间有一种幸福，叫作平凡的、母亲的幸福。